La Femme Révoltée

Nous possédons tous la clé, de notre propre bonheur, ouvrons la porte.

Lady Kondo

ISBN : 978-1-5272-5485-5

Je dédie cette histoire,

À ma Mère et à mon Père, pour m'avoir donné la vie.

À mes Sœurs, sans vous je ne serais qui je suis.

À Jimmy, dans ma prochaine vie je t'épouserai.

À toutes les Personnes souffrantes de la Sarcoïdose,

Et autres formes de maladie chroniques.

Et à Toi, tu sais qui tu es.

« Il y a toutes sortes de révolutions : politiques, économiques, industrielles, scientifiques, artistiques, etc. Mais peu importe ce que nous tentons de changer, le monde ne s'améliorera pas tant que les êtres humains eux-mêmes demeurent égoïstes et manquent de bienveillance. Dans cette optique, la révolution humaine est la plus fondamentale de toutes les révolutions, et la plus nécessaire pour toute l'humanité. »

Daisaku Ikéda

Mon nom est Kondo.
Un prénom masculin, légué au premier né qui signifie *chef* ou *patriarche*. Je suis née à Conakry, la capitale de Guinée, le 28 Septembre 1958. J'étais le premier enfant, alors j'héritai de ce privilège de Babou, mon grand-père.
« Fils, » a-t '-il dit à mon père, « Dieu nous a béni d'une fille, en ce jour fatidique du 28 Septembre. Un jour je partirai. Il lui revient donc le rôle de protéger notre héritage. »

Je dois expliquer que tous les hommes de notre famille y compris mon grand-père et mon père, arrivèrent second. Qu'une femme puisse se confier une telle tâche s'avérait une première. Plus encore, la religion musulmane empreignait l'histoire de notre famille mais Babou ce visionnaire consultait toujours sa sagesse. Jamais il ne m'imposa l'islam. Cependant, il me rappelait toujours que le 28 Septembre 1958 était mon jour de chance et l'année décisive pour la Guinée.

—Pourquoi cela ? —Parce que président Ahmed Sékou Touré dit : « NON ! » au Général De Gaulle qui entretenait l'idée de bâtir une alliance Franco-Africaine. La Guinée, un pays noir dit NON à un pays blanc. —Kondo, j'avais 70 ans. Ce « NON » donna naissance à l'indépendance de la Guinée le 2 Octobre 1958, il me rabâchait. —Le premier pays Africain à se libérer de la dépendance coloniale Française.

Voilà l'histoire derrière ma date de naissance. Ainsi j'ai passé toute ma jeunesse avec ce grand homme que le continent africain regardait comme le roi des griots.

Depuis le treizième siècle, les Griots font partie de la culture de l'Afrique de l'Ouest. Le mot lui-même signifie, *Le sang de la société*, en langue *Malinké* qui représente le peuple de l'Afrique de l'Ouest. Leur mission reposait sur la préservation des généalogies afin de transmettre les cultures et les traditions, à travers les générations. Je les considérais comme des troubadours africains. En plus de servir de conteurs dans nos communautés, ils occupaient également des postes de conseillers et de diplomates. Babou organisait des séminaires chaque année. Toute personne intéressée à apprendre pouvait joindre. —Parce que l'Histoire repose sur le cœur des hommes. —Nous devons éviter les faux récits racontés au sujet de notre terre, notre mère l'Afrique, il s'écriait avec passion, dans la plupart de ses discours !

— Les gens doivent connaître la vie des Africains, en rêver. Ils doivent venir nous rendre visite. Ils sont venus effectivement mais pour d'autres fins. Écouter Babou demeure ma plus grande fierté. J'admire encore aujourd'hui, cette habilité qu'il détenait à plonger son public au cœur du récit. Tous se reconnaissaient endossant le futur des protagonistes de l'histoire. Notre village *Kissidougou,* une région de Guinée Conakry était toujours bondée. Le mot veut dire *: Terre d'Asile. Kissi* littéralement parlant signifie : *s'échapper* et *Dougou : le sol ou la terre.* Les gens parcouraient des kilomètres pendant des heures, des jours et des nuits, pour l'entendre. Jamais ne se séparait-il de sa corne faite en Tanganyika et d'ivoire olifant. Chaque son contribuait à donner le ton à ses récits.

Sur cet objet si précieux, on y lisait huit noms dont le mien, gravés en forme du symbole de l'infini, notre sceau familial.

« Kondo, ton temps viendra. Tu es la reine des griots, le sang de la société des *Malinkés.* Je veux que tu engraves ces mots en toi, de notre président : « *Il n'y a pas de dignité sans liberté. Nous préférons la liberté dans la pauvreté, à la richesse dans l'esclavage !* »

En 1980, je parcourus le monde ! Non, père m'envoya à Paris, à la *Sorbonne* où j'ai étudié la littérature Française et la philosophie. J'avais vingt ans. Mais pour une personne originaire d'un petit village quelque part sur le continent Africain, la France inspirait un autre monde, le paradis de la liberté, l'égalité, et la fraternité, le rêve de tout africain d'y vivre. Une planète, qui n'appartenait qu'à des femmes minces et élégantes, toutes propriétaires de petits caniches, fumant leur *Gauloise* ou leur *Camel,* aux terrasses des Cafés Parisiens. Toutes principalement blanches, à l'image de Catherine Deneuve et de Romy Schneider. Sans aucun doute à la recherche du sosie d'Alain Delon comme père pour leurs bébés. Et bien évidemment, le même compte en banque.

J'ai étudié dur, très dur et suis tombée amoureuse du dix-huitième siècle, le siècle des Lumières qui donna naissance au mouvement culturel, philosophique et intellectuel. Montesquieu représente l'un de ces premiers penseurs politique à nourrir ma curiosité sur cette ère nouvelle, l'âge de raison. C'est à travers ces fameuses *Lettres Persanes*, son roman épistolaire, un échange entre deux Persans, *Usbek* et *Rica,* qu'il remet en cause les différents systèmes politiques et sociaux, y compris celui de la Perse. —Quel coquin je pensai, il a tout compris celui-là !

Rien de plus astucieux que de dénoncer les injustices sous le regard d'un étranger, surtout lorsqu'il s'agit de vanter les louanges de l'esclavage.

Ce qui me toucha encore plus sur son art de penser, je le trouvai dans *L'esprit des lois*, publié en 1748, un écrit plus que révolutionnaire, dans lequel il questionne les justifications de la servitude. Il y défend une théorie unique, une loi à observer en accordance avec le temps, plutôt que de la suivre et l'appliquer, tel un commandement. De par la notion du temps j'en comprends, le temps d'apprendre des différentes cultures et traditions, le temps de l'émergence de nouvelles croyances, le temps climatique, géographique. Le Temps avec un grand T, tout simplement, ce sociologue de l'humanité. Dans cet ouvrage, il livre à nouveau, une critique sans appel sur l'esclavage, qu'il déclare contre nature. Et tout cela bien entendu sous ce style propre à lui, l'ironie.

—Pour sûr, on peut débattre sur l'attitude de ces chefs africains, vendant leurs sujets aux princes de l'Europe afin que ces hommes noirs, se jettent à terre pour extraire de l'or et autres pierres précieuses qui évidemment, brillent de valeur, seulement parce que ces hommes blancs le décidèrent. Néanmoins, ces grands chefs blancs, de par leur intelligence d'homme blanc, de par leur éducation d'homme blanc, représentants de la suprématie divine, à l'image du tout puissant, ne pouvaient-ils pas : « *se mettre dans l'esprit que Dieu, qui est un être très sage, ait mis une âme, surtout bonne, dans un corps tout noir* » ? Je l'ai tiré de l'Esprit des lois. Tout ceci pour dire qu'à l'heure actuelle, je veux juste reconnaître que ce traité basé sur quatorze ans de labeur, clairement marqua l'émancipation de l'opinion publique, car figurez-vous que cent ans plus tard, l'esclavage fut aboli le 28 Avril 1848 grâce à Victor Schœlcher.

Je ne peux partager mon admiration pour Charles Montesquieu, sans vous offrir mon ressenti sur Jean-Jacques Rousseau, écrivain, philosophe et même musicien. Un de ses livres les plus connus s'intitule, *Du Contrat Social*. En une phrase, ses idées reposent sur la vie commune. Il décrit que

---

l'homme s'est éloigné du bonheur naturel à cause des contraintes de la société, et qu'il s'allie aux autres dans le seul but de protéger ses biens, d'où la souffrance constante qui mène à l'inégalité. Alors il propose de travailler ensemble. Ce qui explique la théorie du contrat social, un pacte d'entraide entre les hommes. L'individu fait partie de la société et la société ne peut exister sans l'individu. Rousseau était un passionné de justice et de liberté. Il incarnait le goût de la vertu et méprisait la richesse, basée sur l'arrogance. Laissez-moi vous éveiller aussi sur son travail, en tant qu'écrivain. L'avant-garde du Romantisme rime avec les œuvres de Rousseau. Il développa le sentiment de la nature, cette ambiance bucolique que je découvris dans son roman *Julie, ou La Nouvelle Héloïse,* c'est poétique, c'est beau. J'ai aussi passé mes nuits avec ses *Confessions.* Pourquoi ce titre ? Quand on parle de lui, au vingt et unième siècle, Rousseau reste un grand homme, qui a eu une influence incontestable sur la Révolution Française. Il est étudié à l'école, admiré, moi je l'admire. Mais la vie ne l'épargna pas. Celle-ci fut injuste envers lui, jusqu'au point qu'il se mit en tête, qu'un complot se tramait autour de lui, et devint victime de sa propre paranoïa. C'est alors qu'il décida de raconter sa vie. Il se met à nu, il confesse, il avoue. J'ai ressenti qu'il me parlait, cherchant presqu'à se faire pardonner. À travers ses confessions, Il démontre véridiquement la fragilité de l'Homme, avec un grand H.

À mon tour de confesser, J'ai aussi entrepris une liaison littéraire avec le Marquis de Sade. Il faut me comprendre, je n'avais que vingt ans et encore vierge en la matière de la chose. Je m'arrêtai à *La philosophie du Boudoir.* Cela me suffit amplement pour cerner l'immoralité perverse encrée dans les gènes de cet être. Oui, on peut reconnaître que l'atrocité gouvernant l'existence de cet homme intrigue encore aujourd'hui le monde entier. Oui, Le Marquis de Sade contribua à la science, il permit au monde médical d'étudier et d'identifier le sadisme, démontrer par ce sujet en question. Oh que oui, on peut saluer son talent d'écrivain, cet art, cette magie qu'il possédait, ce control sans limite, à peindre d'un vocabulaire taillé sur mesure, des cruautés inimaginables, avec pour seule motivation, assouvir son plaisir. Certains même, encore de nos jours admirent sa liberté de penser.

Néanmoins, le Marquis de Sade était-il vraiment un homme libre ? Quelques lignes auparavant, j'avouai mon amour pour le dix-huitième siècle. Je réalise après réflexion, quarante ans plus tard, alors que l'humanité ouvrit une nouvelle ère pour éveiller l'homme sur la beauté et le pouvoir de nouvelles idées, une nouvelle dimension sur l'apprentissage de la vie, avec pour pilier central, l'individu, cette époque aussi mit la lumière sur le barbarisme, résidant en chacun d'entre nous, glorifié par Sade. Un mal qui ronge l'esprit, qui nous démange et hurle ce besoin d'être entendu, vu, d'exister. Un mal qui cherche à prouver sa liberté de penser.

Ce que j'ai cherché à comprendre : —à quoi bon jouir de cette liberté de penser, si ce droit inné en nous, reconnu par nous hommes, ne cherche qu'à nuire au bien-être d'autrui ?

La question à laquelle j'ai cherché à répondre, —comment se sentir libre lorsque l'on se trouve forcé de fuir et vivre dans l'ombre tout au long de notre existence ? La réponse que j'en ai conclu, —Sade ne jouissait pas de cette liberté qu'il semblait croire d'exprimer. Pourquoi cette observation ? Car son besoin de vibrer sous l'emprise du mal, le possédait. Sade incarnait la pire espèce qu'un être humain puisse représenter, et malheureusement seul l'être humain de par sa faculté de penser peut infliger de telles abominations sur un autre être humain. Voilà la raison pour laquelle je tombai amoureuse du dix-huitième siècle, pour ce paradoxe nécessaire qui donna naissance à de nouvelles idées et cette même lumière qui illumina le mal au sein de la Révolution Française. Une révolution humaine, qui pointa la torche sur la condition humaine. Tout au long de mes études, je misai mon temps sur la recherche de moi-même. —Me suis-je trouvée ? Je ne suis pas mariée. Je n'ai pas d'enfants. Un homme ? J'en ai connu. J'en ai aimé et j'ai pleuré comme dans les films. Et puis, je suis devenue Lady Kondo, titulaire d'un Doctorat en Philosophie et Littérature Française. J'enseigne à La Sorbonne.

Une de mes plus grandes satisfactions, je la dois au fait d'avoir percé le vrai visage de Sékou Touré ; l'homme qui incarnait le héros, le sauveur de l'Afrique. J'ai observé d'un autre œil, l'homme africain, pour qui mon Babou, vouait une profonde admiration. J'ai analysé l'homme noir, qui de par ma date et année de naissance, me donna ma liberté guinéenne. J'ai vu, comment sa soif du pouvoir, son désir d'incarner la nation, l'a animé à plonger mon pays, dans une terreur inimaginable. En 1960, deux ans après sa prise du pouvoir, il mit en place le camp Boiro, aussi appelé le camp B. Dans ce lieu, qui apparaissait aux yeux du peuple, comme une résidence militaire pour la protection du président, il y encouragea la pire des tortures contre son propre peuple. Le peuple que lui-même se félicitait, d'avoir libéré de l'emprise de la colonisation française. Tout au long de son règne, jusqu'en 1984, la Guinée vibrait sous les battements de la répression, le refrain de l'humiliation, les cris de la mort et sous les chants du silence que personne n'osait briser.

Sa phobie que des complots se tramaient contre sa personne, ravivait l'obscurité dans son âme. Il tourna sa paranoïa vers l'intelligentsia africaine ; ces hommes et ces femmes de savoir, de sagesses, d'expériences, qui ne cherchaient qu'à l'épauler. À eux aussi : « Non ! » il leur dit. 50.000 guinéens de ce que j'ai cru lire furent assassinés dans ce lieu. On les attrapait. On les questionnait dans la cabine technique, qui ne représentait que la cabine de torture. On les menaçait à lire des aveux. On les plaçait dans la « diète noire » un régime basé sur une totale privation d'eau et de nourriture, jusqu'à ce que s'ensuivit la mort. Nous parlons de l'Afrique, les températures peuvent atteindre des degrés insupportables. À Plusieurs dans des petites cellules, nus ils restèrent, des mois sans se laver. La découverte des faits, me démangeait, comme une infection contagieuse. Comment cet homme, le premier président de la république de Guinée, en qui son peuple opprimé, lui inspirait une vaste confiance, se trouva à pratiquer ce même traitement qu'Hitler appliqua aux juifs ? Le camp Boiro, on le compara à celui du Auschwitz, des Guinéens.

—Pourquoi laisser des traces si sinistres, de votre passage en ce monde, Président Sékou Touré ? J'en arrivai à le confronter dans mes pensées. « Était-ce de cette liberté, entachée par votre propre ignorance, des droits fondamentaux qui défendent le respect pour la dignité humaine, ces lois qui protègent la vie, à laquelle vous référâtes, quand vous avez osé défier De Gaulle avec ce Non, catégorique ? »

J'ai cherché, j'ai étudié son personnage et je découvris.

Vers 1830, à Miniambaladougou, actuelle Guinée, un certain Almamy Samory Touré naquit. Durant son existence, Il bâtit l'empire Wassoulou et en prit les commandes. Ce chef de l'empire mandingue se heurta aux colonies françaises, entre 1882-1898. Pendant ces années, il lutta avec acharnement contre la pénétration française et britannique, sur le territoire africain. Par tous les moyens, il tenta de neutraliser les hommes blancs. En vain, ses ennemis le capturèrent en 1898. Cependant, dans l'évolution de l'Afrique de l'Ouest, il demeure le dernier grand chef noir indépendant et l'un des plus grands résistants africains de la fin du XIXe siècle. Son arrestation marqua l'achèvement de la conquête de l'Afrique de l'Ouest. Quel rapport avec Sékou Touré ? Un soi-disant lien de parenté à l'ethnie mandingue ! Sa grand-mère, Bagbè Ramata touré, représentait une des filles d'Almamy Samory

Touré, il ne cessait de souligner. Plus encore, il soutenait la thèse, que le destin voulut, qu'en ce 28 septembre 1958, soixante ans après l'arrestation de l'empereur, lui, Sékou Touré, l'homme malinké, descendant de Samory Touré, s'avérait le seul à poursuivre ce combat. Ainsi se révéla la réponse qui illustrait son mythe. Il utilisa cet argument qui le propulsa, tel le grand conquérant qui délivrait l'Afrique de l'emprise de l'occident. Il se construit une image qui brouilla sa réalité. Il dépeignit un portrait de lui-même qui terrorisa une nation toute entière. Il se créa une identité politique, celui du dictateur.

Qu'en était-il advenu de ce héros, tant attendu pour le continent africain ? Un continent reconnu, pour ses valeurs, ses richesses naturelles. Un continent qui renferme une des plus belles histoires de l'humanité. Souvent je me demande, et s'il avait dit « Oui » au référendum ? Comment l'histoire de la Guinée se serait-elle déroulée ?

Pourquoi je vous raconte cela ? Parce que c'est notre histoire ! Nous devons tous questionner notre histoire ! Notre histoire a besoin d'être racontée avec fierté, pour que jamais le peuple guinéen ne subisse de telles abominations. L'homme guinéen demeura pauvre et dans sa pauvreté, il perdit sa liberté, à cause d'un seul homme. Aucun peuple, aucune nation, ne mérite de se voir humilier, périr, sous l'influence immorale d'un homme. J'aimerais voir la jeunesse d'aujourd'hui et de demain, à travers le monde, se dresser et qu'elle apprenne à établir, une distinction très claire entre un héros et un tyran. Car même le héros possède son propre démon. Moi, y compris.

Et l'ironie de cette observation, sans un méchant, un héros n'existe pas.

En Novembre 2019, je rencontrai Issata Sherif, originaire de Guinée, aussi. Je participais à un séminaire sur Londres avec pour thème, *L'Impact et le Pouvoir des Mots.* Vingt participants, hommes et femmes racontèrent leurs expériences. Parmi eux, elle s'y trouvait, avec son fameux : *« Ainsi, l'ai-je entendu ».* Cette formule s'utilisait, à travers les enseignements Bouddhistes, aussi connus comme le Sutras du Lotus, pour exposer l'aboutissement de la vie du Bouddha. Tout Sutra s'ouvre traditionnellement avec cette expression. Elle emprunta cette expression pour révéler son parcours. C'est à ce moment-là, que je découvris l'extraordinaire force de vie qu'elle dégageait, grâce au bouddhisme. Elle me toucha. Nous restâmes en contact. Je vis en elle, une version plus jeune de moi, à une autre époque. Sous son regard d'enfant, derrière ses grands yeux bruns, mis en évidence par ses longs cils, sa silhouette élancée, elle portait cette même soif sur le sens de la vie, que j'eusse tenté de découvrir tout au long de mon existence. Bien que diplômée et satisfaite de ma réussite, quelque chose me manquait. J'ai eu la chance de voyager, la chance d'étudier, la bonne fortune de dévorer des livres, et de découvrir le monde des mots. Les mots racontent l'histoire. Les histoires se transmettent.

2020 marqua le quarantième anniversaire de la mort de Babou. On m'attendait pour commémorer sa vie dans ma ville natale et fut conviée à donner une conférence à des jeunes femmes. En février, j'atterris à l'aéroport de Kissidougou. Une fois sortie de l'avion, la chaleur m'accueillit avec une étreinte des plus passionnée. J'oubliai toujours à quel point l'Afrique était chaude et combien elle me manquait. L'odeur de ma terre, caressa mes narines. Et les larmes aux yeux, je replongeai des années en arrière, regardant cette jeune femme, dans son jeans bleu, chaussée des baskets blanches. Une veste noire fabriquée de tissu wax, couvrait son corps enfantin. Elle transportait une valise en cuir marron, similaire à celle de *Paddington,* petit ours brun, en route pour Londres. Ses cheveux noirs coiffés en tresses fines, cachés sous une toque africaine de cuir rouge, elle s'évadait pour sa nouvelle aventure. Ce jour-là, j'étais vêtue, d'un tailleur jupe longue plissée en lin, couleur moutarde, dont la veste courte et cintrée, aux manches trois quart, mettait en évidence, ma chemisette blanche en coton. Une écharpe de soie rouge ornant mon cou, reflétait le même rouge de mes espadrilles. Je portais ces chaussures plates chaque été, dont j'en collectionnais toutes les couleurs. « Madame Kondo, » appela une voix, alors que je passai la sortie avec deux porteurs qui poussaient mes chariots. Je cherchai du regard, un son que je pus déceler comme masculin et mes yeux s'arrêtèrent sur un homme grand et mince, à la peau très claire, une couleur dont je questionnai l'origine. Derrière son regard tranquille et rassurant, je ne pus déterminer son âge, mais le costume blanc qu'il l'habillait, le tee-shirt noir assorti à ses mocassins qu'il portait sans chaussettes, sans oublier le chapeau beige orné d'une bande noire, lui prêtait l'allure d'un intellectuel, un homme sage. « Je suis Moussa. Votre père m'a chargé de vous assister pendant votre séjour. » La voix était bien masculine, chaude et douce. Et chaque mot qu'il prononça s'échappait de sa bouche comme s'il lisait un poème. « Merci Moussa, je vous en suis très reconnaissante. J'essaierai de ne pas vous faire trop travailler. »

« C'est mon honneur de vous servir. » Il fit signe aux deux hommes qui l'accompagnaient. À l'extérieur, deux voitures Audi nous attendaient. Une pour mes bagages et les porteurs et l'autre pour Moussa et moi. Lorsque nous nous éloignâmes de l'aéroport, je remarquai à quel point le pays changeait. Bien que je le visitasse tous les ans pendant l'été, je ne manquai pas d'observer, une nouvelle jeunesse. Cela me réchauffait le cœur pour l'avenir de mon continent.

Perdue dans mes pensées, ce n'était que lorsque Moussa m'adressa que je réalisai notre arrivée devant la maison dans laquelle, je grandis.

« Madame Kondo, » il ouvrit la porte.

Le portail déjà ouvert, donnait vue sur une grande cour qui protégeait notre immense villa blanche et rouge. Je me faufilai hors de la voiture, les yeux dirigés vers papa et maman. Tous deux vêtus de leur tenue traditionnelle, leurs couvre-têtes, s'accordaient à la couleur de leurs vêtements. Papa portait son *kufi,* parfois appelé *topi,* une casquette courte sans bord, forme arrondie, porté principalement par les hommes, et maman, un foulard aussi volumineux que la bonté de son cœur. La beauté et la richesse de l'Afrique vivent dans la vitalité des couleurs de nos vêtements. Tous les tissus sont effectués à la main, utilisant des techniques transmises de générations après générations. L'aspect le plus fascinant de la fabrication, repose dans les motifs et les couleurs. Cet art est choisi en fonction du sens profond de la tradition. L'exemple le plus commun se trouve dans la distinction des tribus. Le rouge par exemple, principalement représente la couleur de mon peuple, en raison du sol de Guinée. Cette rougeur dans le sol est liée à la pierre de Bauxite, riche en aluminium. Dans l'art de l'habillement, la fabrication du tissu est faite par les hommes et les femmes. Les hommes travaillent sur le tissage et nous les femmes, nous nous occupons de la filature et la teinture. Typique ! Hop, hop, hop… Un *grand boubou* bleu égyptien, un composant d'une grande robe ample, tombait sur une chemise et un pantalon à cordon, de couleur similaire, qui habillait le corps sec mais encore solide, qu'était devenu mon père. Le devant de sa robe Africaine brodée d'or, représentait comme une énorme chaîne couvrant sa poitrine. Bien qu'il portât ses chaussures en cuir de crocodile, au ton vin Bordeaux, soulignant l'élégance de l'image que j'ai toujours conservé de lui, je n'ai pu m'empêcher de remarquer que ses cheveux encore bien touffus, et sa barbe recouvrant toute sa bouche avaient virés au teint bien cendré. Et il utilisait maintenant une canne pour se déplacer. La canne d'ébène de mon Babou, dont il tenait fermement la poignée dorée. —Papa a vieilli, j'ai réussi à penser, mes yeux se remplissant de larmes. Maman aussi portait un *grand boubou* rouge, avec d'énormes fleurs imprimées en or. —Fidèle à toi-même, j'ai contemplé silencieusement, remarquant ses pieds à l'intérieur de ses sandales Masai. Derrière eux, une tribu d'hommes, de femmes et d'enfants m'observaient, entrer dans la cour.

« Kondo » parla père d'une voix forte, me rappelant qu'il était l'homme de la famille.

« *Fatkè fitini* » qui signifie 'petit papa', et je m'inclinai devant lui.

« *I bisimila,* (bienvenue). Comment était ton vol ? »

 « Des plus agréables *fa,* » souris-je. '*Fa*' pour père.

« *Inchallah,* je suis heureux d'entendre cela. » Il me serra dans ses bras pour me faire profiter de sa bénédiction et ordonna à ma mère d'approcher.

« *Bamuso fitini* » je soufflai, qui veut dire 'petite maman' observant son visage froissé de rides.

« Ma reine Kondo est là. » Pour mes parents, je restai Kondo. Elle ouvrit les bras, m'invitant à trouver place près de son coeur. Je n'avais pas de mots ! Chaque fois que l'on se retrouvait, je demeurai toujours le bébé de ma mère.

« Laisse-moi te regarder ! » Elle se détacha de moi, me tenant les mains. « *Ba*, » j'exprimai, qui se traduit par mère.

Ce fut ce que je parvins à dire, tellement j'étais émue.

« Tu es notre fierté Kondo et les filles sont impatientes de te rencontrer. « Moi aussi *ba* ! Je ferai tout pour leur insuffler l'espoir, comme vous l'avez fait pour moi, —Toi, Babou, et papa. »

« Je souhaite juste que tu trouves chaussure à ton pied, pour tes vieux jours. » Je lui offris un regard souriant.

« *An denmuso* (notre fille) doit être fatiguée Fanta, » papa fit savoir, nous encourageant à nous introduire dans la cour.

« *Bamuso fitini* Kondo » des voix appelèrent. *Bamuso fitini* représentaient aussi bien la mère et la tante. J'étais la tante pour mon peuple. « *i bisimila*! » d'autres voix s'ensuivirent. Elles parvenaient des enfants et des femmes de mon père. Il en avait cinq, dont maman. Moi, j'étais la seule enfant que maman put lui offrir. D'où la nécessité de prendre plusieurs épouses, toutes plus jeunes que ma mère. Je me trouvai encercler et la musique commença. *N'Bakè n'sén na, N'gné n'mire la Kanoun né ma/ N'sin watiri kono, N'gné n'miri la n'Kanoum/ N'lanin avion kono, N'gné n'miri la n'kanoun né ma...* Tous chantèrent. De suite, je reconnue la voix de Mory Kanté notre musicien légendaire de l'Afrique de l'Ouest, lui-même issu d'une famille de griot. De par son père un *Kanté* et de sa mère une *Kamisoko,* il bénéficia de la tradition orale pour enrichir son expérience musicale. Les paroles ressemblaient à une lettre d'amour, mais avant tout, décriaient un message personnel, aux femmes qui nous nourrissent, nous servent, nous éduquent, nous soignent, un hommage à nos mères de l'humanité.

Puis j'entendis son nom « La Guinéenne, » et je fondis en larmes. "*La Guinéenne*" était la chanson que ma famille choisit pour célébrer mon retour. En l'écoutant je me rappelai que ce chant annonça aussi quelques années plus tôt, le retour de Mory Kanté, en Guinée. Il y établit le *Nongo* Village, un centre culturel. J'étais La Guinéenne de retour au pays. Les tambours et tambourins grondaient en cadence au rythme des voix chantantes, pendant que les enfants me guidèrent jusqu'à la maison. Une immense table nous attendait, couverte de plaisirs typiquement Africains : —cuisses de poulet grillées, poisson frit, viande de chèvre aromatisée par une sauce au curry, riz wolof, des bananes plantain, patates douces, crevettes grillées et piment partout. 'CEA,' c'est l'Afrique pour vous !

Ma chambre resta conservée comme je l'abandonnai tous les ans. Enfin presque, le mur brillait d'une peinture rose saumon. Offrant une lumière plus douce à l'espace, l'éclat frais soulignait le style colonial. Je sentis encore l'odeur fraîche d'un travail récemment terminé. —Une moustiquaire pendait au plafond, au-dessus de mon lit en bambou.

Mon plus grand bonheur m'attendait placer sur mon bureau, *Leuk le lièvre,* le tout premier livre que j'ai lu, écrit par Léopold Sédar Senghor, écrivain et poète. Il fut aussi le premier président de la République du Sénégal, et le premier Africain élu à *l'Académie Française.* Ce livre présenté en contes Africains étudié à l'école, met en scène *Leuk,* le personnage principal. À travers ses aventures, avec *Bouki* une hyène, Sami un bébé déjà né roi, j'ai pu observer les vraies valeurs de la vie, comme la morale, l'intelligence, la sagesse et bien plus encore.

Le lendemain après le petit déjeuner, je partais pour *Kankan* en avion, accompagnée de Moussa et son entourage. Kankan située dans la Haute Guinée, représente la deuxième ville importante du pays après Conakry, la capitale. Je siégeai à l'hôtel Plaza pour la nuit, petit endroit charmant où j'ai dégusté un bon plat à la sauce d'arachide, une spécialité de mon pays. Un coulis pimenté et raffiné par des queues de bœufs qui donnent toute sa saveur à ce met typiquement guinéen. Comme j'ai adoré ! Comme ça m'a manqué ! Moussa dina avec moi, il me confia que les temps étaient durs. Sa femme décéda d'un cancer aux ovaires sept ans auparavant. Il se trouvait à élever trois enfants, deux garçons et une fille, Abou, dix-huit ans, Ibrahim dix-sept ans et Kadhy quinze ans. Son souhait fut qu'un jour, ils découvrirent le monde. Je l'écoutai avec grand intérêt. Après quelques verres de lait caillé aromatisé de gingembre et de gouttelettes de rhum, nous disparûmes dans nos chambres respectives.

« Bonjour Madame Kondo. » Il était aux environs de huit heures. Moussa qui attendait déjà dans le hall m'adressa, quand je sortis de l'ascenseur. J'optai pour une robe beige aux manches courtes, en *Bologan,* style cache cœur. La tunique m'arrivait aux genoux. On pouvait y voire imprimé des petits oiseaux, couleur ocre sur mon tissu Africain. L'origine de *Bologan* dérive des mots *bogo* signifiant "terre" *et lan,* "issu de". Il désigne à la fois le tissu et un style particulier de teinture. Celle-ci se présente par un trempage dans une décoction de bouleau d'Afrique, des arbres de la famille des *Combretaceae* et la pharmacopée africaine. Une fois le tissu séché à plat soleil, l'artiste peut alors structurer son dessin à la boue fermentée avec l'aide d'un calamus. Pour les couleurs rouges, le même processus est utilisé avec l'écorce de *mpécou.* Il est aussi observé, qu'oubliée quelque temps, cette même concoction pouvait tourner au kaki. La beauté de cette technique repose sur sa constitution à préserver l'environnement, plus encore, des vertus thérapeutiques sont souvent attribués à l'étoffe, car la teinture prend naissance à base de terre. Si bien que le peuple africain traditionnel, l'honorait comme une énergie vitale. J'avais autour de mon cou, la corne de Babou, un collier, cher à mon cœur.
« Moussa bonjour, appelez-moi Lady Kondo. »
« J'en suis fort honoré. Comment était votre nuit ? »
« De la plus douce Moussa, Inchallah. »

« Heureux de vous l'entendre dire, » il commenta. « Si je peux me permettre vous êtes très belle. »

« Merci, » je répondis touchée. Nos regards communiquèrent un plaisir partagé. —À quand remontait la dernière fois que je reçus un compliment ? « Vous n'êtes pas mal non plus, » je remarquai et observai son apparence avec attention. Un pantalon en lin, couleur crème couvrait ses jambes et je devinai des muscles entretenus avec fierté. Il avait enfilé une chemisette en wax orange, soigneusement taillée, qui illuminait son visage, et je réalisai que nos couleurs s'accordaient.

« Merci à vous, » il me sourit.

« Prête pour déjeuner ? »

« Oui, je meurs d'un café ! »

« Je ne vous laisserai pas mourir, » il plaisanta et m'entraina vers le réfectoire de l'hôtel. J'ai senti sa main caresser mon dos, et je frémis telle une adolescente.

Nous atterrîmes devant l'université *Julius-Nyerere de Kankan* ou *UJNK,* dans l'heure qui suivit. Elle représentait la deuxième plus grande institution universitaire de Guinée, nommée après *Julius*-Nyerere ancien président de la Tanzanie, pendant la période de 1964 à 1985. On le surnommait le *mwalimu,* qui veut dire l'instituteur en swahili. Julius-Nyerere était un homme qui cherchait à établir une société égalitaire, juste et solidaire. Pour lui l'Afrique devait puiser dans ses propres ressources, d'où son adhésion au panafricanisme, un mouvement politique, une vision culturelle, sociale et économique qui cherche à promouvoir l'indépendance totale du continent africain. Cela demande l'unification des africains de l'Afrique avec la diaspora africaine en une communauté mondiale qui partagerait la même histoire.

Moussa m'ouvrit la portière et je vis s'approcher une femme escortée par deux hommes.

« Madame Kondo *Salam alaikum,* » m'accueillit Myriam Bâ, la directrice de l'institut. Des années que nous entretenions des correspondances écrites, conférences vidéo et finalement nous nous faisions face.

« *Wa alaikum salam,* Lady Kondo, suffira. » je pris ses mains, que je gardais dans les miennes.

« Je suis très heureuse de vous rencontrer et merci d'avoir acceptée notre invitation. »

« C'est mon plus grand privilège d'être ici. » Madame Bâ qui devait avoir mon âge, mais un corps plus enrobé que le mien, portait une tunique en wax violet, orné de motif triangulaire jaune. Des tresses finement travaillées décoraient sa tête, telle une crinière africaine. La vue de cette couronne méticuleusement tissée, me renvoya des années en arrière, aux heures passées assise par terre sur des cousins. Les coiffeuses tiraient sur mon crâne avec passion. C'est exact ! Quelquefois trois femmes s'acharnaient pour me rendre belle. Elles induisaient mon cuir chevelu, de crèmes capillaires qui n'existaient qu'en Afrique. C'était l'époque des tresses. Un jour, j'ai tout coupé et je me suis sentie libre. Je me suis sentie authentique. Des lunettes ovales, à la monture dorée, mettait en évidence le regard d'une femme sensible et révélait certainement le coeur d'une mère de famille. Les hommes aussi, portaient leur costume traditionnel, le daishiki, de couleur vert pomme, brodé aux manches et au cou, de fil argenté.

« Voici Fofona et Boubakar, mes vices présidents, » elle me fit part. « Bienvenue dans notre établissement Lady Kondo, » les hommes me saluèrent d'un mouvement de tête.

Je leur souris.

« Faisons chemin, » elle encouragea.

Un silence respectueux régnait dans l'air, lorsque nous traversâmes la cour, le respect avec lequel je grandis, ce respect pour nos aînés, pour nos institutions. Une présence honorifique accompagnait ce silence, et je sentis la force de vies humaines, la passion de la jeunesse. Mes yeux se levèrent. L'université s'étend sur une longueur que je ne peux estimer. Elle se mesure juste par la grandeur, du nom de l'établissement. Sur leurs balcons, des enseignants et des étudiants, brandissaient une pancarte.

« Bienvenue à Madame Lady Kondo ! » j'ai pu lire, inscrit en rouge, jaune et vert, les couleurs du drapeau de la Guinée. Rouge au ton du courage, jaune à la lumière de la compassion et vert au son de l'espoir. Émue, jusqu'aux larmes, ce respect que j'ai ressenti, leur accueil me le confirmait. La main sur mon cœur : « Inicé ! » je m'exclamai. « Inicé ! Inicé ! Inicé ! » je répétai pendant des secondes, « merci, » en français. Des jeunes filles comptaient sur moi, mais ma mission appartenait à toute la Guinée.

« Mesdemoiselles, je vous présente Lady Kondo, » Madame Bâ prononça, lorsque nous entrâmes leur classe. Dès que j'eus posé mes yeux sur les filles, mon cœur sauta de joie.

« Bonjour Lady Kondo, » vingt jeunes femmes de vingt ans d'âge ; assoiffées d'apprendre, s'exprimèrent excitées et impressionnées de me voir.

« Mesdemoiselles bonjour, merci pour votre si chaleureux accueil. » Je m'inclinai devant elles.

« Nous vous avons gardé une carafe d'eau », souligna la directrice, pointant en direction du bureau. « Et préparé une petite collation de fruits et de biscuits pour votre pause. Le déjeuner offert par vos parents a aussi été livré. »

« Inecè, » j'utilisai à nouveau, en lui serrant les mains. Je la regardai de longues secondes. On s'était comprises. Nous avions choisi la même mission, l'éducation. Elle quitta les lieux. Je pris la chaise du bureau que je rapprochai près d'elles, sous leur regard étonné. Moussa me trouva une petite table sur laquelle il plaça mon rafraîchissement. « Merci, » je murmurai. Il partit de son côté.

Je m'assis et m'écriai : « Nous sommes libres ! » Elles ricanèrent. « Jeunes Dames, » je poursuivis, « C'est mon plus grand honneur d'être ici, avec vous. J'ai soixante et un ans, célibataire et sans enfants. Je suis professeur de Lettres et de Philosophie à la Sorbonne. » Je lis sur leur visage ce qu'elles mouraient d'envie de demander : —Comment se fait-il que Lady Kondo n'eût pas d'enfants ? « L'éducation demeure mon plus grand trésor, mais la connaissance sans la sagesse n'apporte aucune valeur à la vie. J'aimerais donc partager avec vous l'histoire d'une amie, Issata Shérif. »

—Un bouddha est un être éveillé qui utilise son expérience de vie, pour encourager autrui à atteindre sa propre illumination, elle me dit. Et moi t'ai-je vraiment entendu Issata, le doute me surprit. ?

Je pris une profonde inspiration avant de siffler ma corne. Un son continu qui renfermait la musique des vagues de la mer, le silence de la nuit et celui du vent à travers un matin d'été, s'en échappa. Et je commençai :

Prologue

Il était une fois au vingt-et-unième siècle, dans une ville où la grisaille rime avec le romantisme, et se trimbaler avec un parapluie, quelque fussent la taille, la forme et la couleur s'avère l'accessoire fétiche, pour se protéger de ses sautes d'humeur pluvieuse, une ville réputée pour son rôle dans le commerce international, où il faut lui reconnaître, la fameuse politesse typiquement correcte que personne ne pourrait imiter par ailleurs, où toutes les diversités culturelles sont toujours invitées à la table où les parcs les plus magnifiques et extravagants, accueillant les touristes du monde entier, représentent la fierté de sa population, où la Tamise coule en toute confiance à travers ses bâtiments historiques; — Oui, vous l'avez bien deviné — à Londres, il y avait une guinéenne, nommée Issata Sherif. *Les filles soupirèrent d'une manière enchanteresse. Je vis dans leur regard ce sourire pudique comme si Londres leur évoquait le pays des merveilles de leurs rêves. Respirant doucement, je continuai* : L'origine du nom Issata provient de l'Afrique et signifie *une personne bienveillante.* Mais il est également expliqué, qu'il dérive du nom arabe Aicha, qui implique : *Celle qui lutte !* En résumé, n'importe quelle femme nommée Issata pourrait être identifiée comme : *Celle qui lutte pour devenir une personne bienveillante !* Et comment honorer une telle héroïque définition ?

Issata recherchait l'Homme Parfait qui la ferrait danser à travers les diverses postures de la vie. Oui, les temps ont changé ! Prince Charmant ne sonne plus à la mode ! On ne rencontre plus d'hommes coiffés d'une couronne, de nos jours, à l'exception du Prince William et du Prince Harry.

En ce qui me concerne cela doit être douloureusement lourd de porter le sang royal sur une tête, tout au long d'une existence. De plus, il n'est point juste que les hommes en général, soient définis comme Prince, sur le simple et fructueux fait qu'ils possédaient un titre. Donc, nous femmes, soyons honnêtes quelles sont les vraies qualités d'un Prince, à part le fait qu'il se doit d'être charmant ?

C'est pourquoi, il fallait trouver l'Homme Parfait !

—Le HP, ainsi elle le baptisa, en attendant qu'il se manifesta. Femme qui cherche HP, s'attend à ce que celui-ci surgisse, grand et beau, au teint si naturellement bronzé, qu'elle pourrait presque sentir ce miel d'acacia dégouliner sur sa peau et qu'elle n'aurait d'autres choix que d'y tremper les lèvres, pour y gouter, le miel, bien entendu.

Bien sûr, il devra posséder un corps d'athlète. Et de cet esprit créatif que je lui ai découvert, elle lui avait déjà dessiné des muscles aussi discrets qu'entretenus, jusqu'à ce qu'elle en arrive à déguster la marchandise. Après tout, les affaires sont les affaires. La culture prenait place première dans ses critères, car Issata adorait argumenter et elle s'assurait de toujours gagner. Il fallait aussi qu'il lui offrit des fleurs, l'invita dans des endroits romantiques, cela relevait du bon sens, selon sa devise.

Mais le plus important se jouait dans *Le Baiser,* l'art décrit dans l'œuvre de Klimt. Selon elle, le baiser contenait le test ouvrant la porte vers le septième ciel. Un homme qui manquait d'expérience dans ce domaine ne savait pas faire l'amour. Prendre son pied et faire l'amour exprimaient deux choses très différentes. Pas besoin d'un homme ou d'une femme pour jouir. On peut tous s'offrir ce plaisir, avec nos ressources naturelles ou avec l'aide d'outils spécialisés pour la chose. Moralité, un homme qui ne sait pas embrasser, sauve qui peut ! Les filles éclatèrent de rire.

« Ce n'est pas moi, Issata a dit ! » Voilà ce qu'elle attendait de son HP et il devait la faire danser à travers les multiples facettes de la vie. —Oui, et danser !

Elle grandit en France mais déménagea à Londres, à l'âge de vingt ans, comme jeune fille au pair pour étudier l'anglais. Des années plus tard, elle y vivait encore. Peut-être apprenait-elle encore l'anglais ? Bien qu'elle aimât Londres, vivre dans une grande ville, en tant que femme, n'était pas chose facile à observer. —Où sont Les Hommes, elle se demandait souvent ? —Non, mauvaise question, car l'espèce masculine, domine le monde, elle est partout, sauf dans son lit et dans sa culotte. *Les filles s'esclaffèrent.* Comment les rencontrer était plutôt son dilemme ? En effet les temps avaient changé et pourtant, trouver la personne idéale, s'avérait mission impossible au vingt- et unième siècle.

Comme je l'ai mentionné, quelques lignes au-dessus, elle pratique le bouddhisme et récite : *Nam-myoho-renge-kyo,* l'expression de la loi ultime de la vie, basée sur l'enseignement de Nichiren Daishonin. Cette loi s'appelle la loi mystique. Évidemment que non, elle ne se promène pas vêtue d'une longue robe orange ! Quoique parfois, en fonction des tendances de la mode, mais pas pour des raisons religieuses, et elle mange de la viande. Rappelons-nous, qu'elle est africaine de nationalité française, et qu'en France on aime les steaks bien saignants. Bien que la chair fût rouge, on l'appelait cuisson bleue. Ah nous autres français, tellement romantiques ! Avez-vous déjà dégusté un Chateaubriand, une Bavette d'Aloyau ou tout simplement un faux-filet ? Goutez-y, car aucune gastronomie ne peut rentrer en compétition avec les saveurs de la cuisine française ! Je pense que je vais me faire des ennemies ! Mais ce n'est point grave, car en France nous aimons les révolutions ! Oui, je suis Franco-Guinéenne, soit dit en passant. Tout cela pour dire, qu'elle bouffe de la viande et des saucisses…Le seul terrain d'entente qu'elle pourrait entretenir avec un moine bouddhiste s'observe dans la coiffure. Elle gardait ses cheveux très courts. Tout cela pour dire qu'elle était normale. Elle rencontra le bouddhisme à l'Université à l'âge de dix-neuf ans. Philosophie ayant toujours été sa matière préférée, elle trouva des similarités entre l'enseignement de Nichiren et celui de Rabuch Spinozza sur sa théorie : *'Le désir est l'essence même de l'homme'*. C'est pourquoi, les principes clés comme « *Les Désirs mènent à l'Illumination,* » et « *Transformer le karma en mission* », selon Nichiren, la fascinèrent. Le désir, ce sentiment fort d'aspirer, à obtenir, une envie, un souhait, pourrait l'amener à s'élever spirituellement ? —C'est tellement cool, mais je ne veux pas devenir une vieille dame ! Je veux juste un petit ami ! —Et le karma ? Rien qu'à prononcer le mot, elle se sentait intelligente. Elle adorait dire : —C'est ton karma !

Dans l'histoire du bouddhisme, les premières doctrines expliquèrent que les désirs terrestres représentaient les causes des souffrances profondes du monde et que ces souffrances se manifestaient par diverses envies, tels que l'attachement, l'illusion et les impulsions destructrices. Ces négatives émotions, désignées par les trois poisons, furent reconnues sous les formes de l'ignorance, l'avidité et la colère. Selon ces théories, pour réaliser le bonheur, tous désirs devaient être éliminés, car ils n'entraient pas en compatibilité avec l'illumination.

C'est alors que débarqua Nichiren Daishonin prêtre du XIIIe siècle. Pour quoi faire ?

Il voulait comprendre pourquoi les enseignements bouddhistes faillirent à guider le peuple vers l'atteinte à l'illumination. —Si l'humanité continuait d'obéir à ces raisonnements bouddhistes antérieurs, les gens se condamnaient à attendre des vies après des vies, dans l'espoir d'une existence heureuse et épanouissante. Il en déduisit, qu'un aveuglement aussi insensé était voué d'avance à l'échec, et c'est ainsi qu'il partit en pèlerinage, déterminé à trouver une réponse. Il chercha et se familiarisa avec le Sūtra du Lotus, qui renversait les enseignements précédents en proclamant que tout être humain avait le potentiel de révéler l'état du Bouddha dans sa forme présente. Parce que, tant qu'il y aurait de la vie, les désirs continueraient d'exister. Un désir restait un désir, un vœu sincère, qui émergeait du cœur. Sinon, qu'en serait-il de manger ? Les gens mourraient de faim s'ils s'abstenaient de se nourrir. Qu'en serait -il du désir sexuel, l'humanité périrait aussi, si elle renonçait à cette liberté de procréer, cette liberté d'assouvir les besoins fondamentaux de l'existence. « Et le sexe est un fait de la vie ! » m'exclamai-je. « Issata insista sur ce point. Elle a même dit qu'elle considérait le sexe comme un facteur important pour maintenir les relations de couple en vie. Que toute relation saine se nourrissait de passion, d'excitation et de sexualité. Selon elle, le sexe ressemblait à un *Arpeggio*, mot italien qui signifie jouer sur une harpe, utilisé pour créer un intérêt rythmique… Un peu comme les préliminaires…Donc vous comprenez mesdemoiselles, le sexe est important !

Elles ricanèrent à nouveau, et je souris intérieurement, questionnant ma propre sexualité.

Après des études vigoureuses, Nichiren se rendit donc compte que le plus grand enseignement de Shakyamuni, reconnu comme le premier Bouddha, provenait du Sūtra du Lotus. Et il en conclut que Nam-myoho-renge-kyo, le titre du Sūtra du Lotus, caché dans l'enseignement pouvait libérer l'humanité. Il y découvrit que la source du désir jaillissait de la vie elle-même. Être en vie, cet instinct primitif, dénonçait un désir en soi. De part cette réalisation, l'idée que l'être humain associait le désir au bonheur, décrivait un acte naturellement humain, qu'il se devait de défendre.

Le 28 avril 1253, Il proclama Nam-myoho-renge-kyo et de nos jours, le message principal de Shakyamuni est clairement expliqué par Daisaku Ikeda, représentant de la Soka Gakkai Internationale, connue sous le nom de la SGI, dans le passage suivant : « *L'esprit du Sūtra du Lotus n'est pas d'éradiquer les désirs. Lorsque nous nous basons sur la Loi Mystique, nous pouvons transformer les désirs tout comme ils sont en illumination. C'est le principe selon lequel les désirs terrestres sont l'illumination.*

Les « anciennes affaires du roi de médecine de Bodhisattva, » un chapitre du Sūtra de Lotus explique « Il {Le Sūtra de Lotus} peut causer des êtres vivants pour chasser tous… pain » (LSOC, p328). *À ce sujet, Nichiren dit que : « éradiquer » devrait être interprété comme « devenir illuminé concernant »* (OTT, p174). *Dans le bouddhisme de Nichiren, par conséquent, « leur causer à renoncer à leurs attachement » doit être interprété comme « leur causer à devenir illuminé concernant leurs attachements. Il ne s'agit pas d'éradiquer les attachements, mais de les distinguer clairement. En d'autres termes, plutôt que de nous faire abandonner nos désirs et nos attachements terrestres, notre pratique bouddhiste nous permet de discerner leur vraie nature et de les utiliser comme force motrice pour devenir heureux. La vérité est que nous ne pourrions pas, en fait, éradiquer nos attachements, même si nous le voulions. Pour des raisons d'argumentation, même si c'était faisable, cela rendrait impossible de vivre dans le monde réel. Ce qui est important, c'est que nous utilisions pleinement nos attachements plutôt que de leur permettre de nous contrôler. Pour ce faire, il est nécessaire que nous les reconnaissions clairement pour ce qu'ils sont. —Le cœur du Sūtra du Lotus, Conférences sur les Expédients et les chapitres de la durée de vie p,69. »*

Dès son engagement au bouddhisme, Issata cette belle femme, indépendante, intelligente et amusante qui prônait la paix dans le monde, pratiquait pour rencontrer le HP. Et devinez quoi, en dépit de toutes ces grandes qualités, que toutes femelles lui enviaient, même celles déjà casées avec quatre gosses, elle n'attirait pas un homme dans sa vie.

Si, sauf qu'il repartait comme il apparut. Où trouver la faille ? —*Karma, je m'exclamai !* —Qu'est-ce que cela signifie réellement ? Voilà ce que j'en compris : C'est un mot en sanskrit, une langue d'antan, qui se traduit littéralement par action. Le bouddhisme insiste sur sa création en trois niveaux, à travers les pensées, les mots et les actions. En d'autres termes, toute action mentale, verbale ou physique entraine une influence manifeste ou latente sur nos vies. Cependant, puisque ces trois expressions proviennent d'une cause profonde, le motif de l'action, l'attitude fondamentale derrière l'acte lui-même est très révélatrice des résultats sur notre propre vie. La bonne nouvelle, c'est que le karma peut être positif comme négatif, Nichiren avance. Et il explique même, que sa doctrine permet d'influencer tous les aspects de notre vie, tant physiques que mentaux, pour le mieux.

Comment ? En s'attaquant à la cause profonde du karma. Ce processus s'appelle transformer le karma, qui consiste à éradiquer les tendances négatives qui dominent nos vies. Elle m'expliqua aussi qu'il se manifestait sous différentes formes. Je pense que nous commençons à deviner, dans quel domaine de sa vie, son karma est des plus dominant.

Employée par Voyage Europe, connu sous le nom de VoyE, un nouveau service ferroviaire, basé à la gare de Waterloo, elle travaillait comme chef de cabine sur les trains. VoyE lança un projet pour ses salons d'affaires, *Le service à la carte* et Issata fut recommandée pour soutenir ce projet à Londres. Sa mission consistait à définir le profil de leurs très gros clients, la Business First. Elle rebaptisa le groupe, *BFirst*. Cette compagnie couvrait les destinations de Paris, Bruxelles et l'Allemagne. —80 % d'entre eux transpiraient la testostérone mais personne n'attira son attention jusqu'au jour il arriva.

Je m'arrêtai et les fixai avec intensité. Dois-je continuer, mon regard souriait ? « *Oui,* » *une majorité s'exclama. Alors que j'allai poursuivre, j'entendis :* « *Est-ce que le bouddhisme est une religion ?* » *je croisai le regard de la jeune femme qui se prononça.* « *Quel est ton nom ?* »

« *Bintou.* » *Les cheveux relaxés, coiffés en arrière en petite queue de cheval, trois points noirs, à chaque coin de ses yeux, elle avait l'air d'une coquine.* « *Merci Bintou, découvrons cela ensemble.* »

1ère Partie

Mr Smith

Les Désirs mènent à l'Illumination

1

Tout commença en Octobre 2011,
« *L'Année des personnes Capables et du Développement Dynamique.* » Chaque organisation se doit d'honorer une déclaration de mission. Celle de la SGI repose sur la propagation de la paix, la découverte des cultures, et l'éducation. Tous les ans, Daisaku Ikéda suggère un thème, une directive spirituelle en accord avec l'ère du temps.

—Capable ? Dans quel sens ? se demanda Issata quand elle entendit le thème. —Et en plus de cela, je dois mûrir avec dynamisme. —Comme si je n'avais rien d'autre à faire ! Elle plaisantait bien entendu. L'année touchait à sa fin, et son rêve de partager sa vie avec un bel homme, n'était pas en vue de se réaliser. Mais elle gardait l'espoir que son HP arriverait bientôt. —Et s'il se présentait en forme de Shrek, elle remarqua un jour, complètement paniquée ?

—La princesse Fiona l'a aimé, répondit-elle.

—Mais je ne suis pas Fiona ! Puis, elle réalisa : Dans les contes de fées, beaucoup de princesses transformèrent une grenouille en un prince !

Ses cheveux noirs afro, soigneusement taillés sur son cuir chevelu, un soupçon de Dee-Dee Bridgewater et Angélique Kidjo, deux femmes différentes, mais de véritable symboles et inspirations dans le monde de la musique, Issata arriva devant l'entrée de sécurité de Voyage Europe, à cinq heures trente, heure à laquelle elle commençait. *Air sur la corde G,* de Bach jouait dans ses oreilles, à travers son iPod. Ce morceau appartenait à sa musique classique préférée. Le genre de musique que l'on veut entendre quand on est heureux, amoureux, même triste, perdu ou confus. Le genre de musique, qui parle à nos sentiments, les écoute et les comprend. En écoutant cette mélodie, elle se sentait libre d'explorer toutes ses fantaisies, elle laissait les vibrations de chaque note, transporter son âme. Toutes renfermaient l'expression de sa sensibilité, de son regain romanesque, de sa féminité. *Air sur la corde G,* décrivait cet appel l'encourageant à y croire. Elle enleva son trench, et dévoila une silhouette si élégamment conçue dans une robe d'uniforme couleur rubis. Celle-ci mariait la tonalité de son manteau, dont la texture soyeuse, se fondait parfaitement à ce teint lisse de sa peau noire et flattait sciemment ses longues jambes de sirène. —Bach ne me suit pas au salon ! Elle enleva ses écouteurs, salua le garde de sécurité, toujours fidèle à son poste, avec un : « Bonjour Kwame, »

« Issata ma soeur, comment vas-tu ? »

« Je vais bien merci. » Il scanna son badge et elle se dirigea vers la réception du salon.

« Salut Issata, ça va ? »

C'était Michael son collègue, originaire des îles Caraïbes. Il aimait garder ses cheveux en tresse plaquées sur son crâne.

« Oui, merci. » Elle l'accueillit avec son sourire doux et généreux, qu'offraient ses dents écartées, une dentition qu'elle héritait de son père. Issata possédait les dents du bonheur, cette fameuse expression de l'ère napoléonienne. Pour comprendre l'origine, retournons-y ! Autrefois, les soldats équipés d'un pont entre les deux premières dents de devant se voyaient exemptés de participer à la guerre. Par

conséquent, la chance leur souriait car ils écopaient le bonheur d'échapper à la lutte sanglante. Et qu'est-ce que les dents avaient à voir avec la guerre ? Eh bien sur les champs de bataille, l'armée obligeait les soldats d'utiliser leurs dents pour charger leur fusil de guerre car leurs armes devaient leur rester en mains. Ils devaient donc utiliser leurs incisives pour couper le papier d'emballage contenant la poudre de chargement. Tâche pas très facile à effectuer avec un grand écart entre les dents. Certains soldats utilisèrent même cette ruse de retirer une dent afin d'échapper à la guerre. Heureusement, personne ne s'attendait à ce qu'Issata partit en guerre. Mais elle avait un autre champ de bataille à gagner. — l'Homme Parfait ! Et elle avait le sourire pour ça.
« Et toi ? »
« Tout va bien, nous avons la liste de nos voyageurs *Business First* et l'un d'entre eux voyage ce matin. Il devrait arriver d'une minute à l'autre.
« Qui ? » demanda-t-elle, intriguée.
« Mr. Smith. »
« Je vais pouvoir enfin le rencontrer, merci. » Elle s'éloigna. Elle entendit beaucoup parler de lui, de par ses collègues, mais n'avait jamais réussi à le rencontrer. Il était avocat, fut tout ce qu'elle connaissait de lui. Pendant qu'elle se préparait, son téléphone sonna. Se préparer, signifiait échanger ses ballerines argentées pour ses chaussures en cuir noir à talons hauts et avaler un expresso.
« Dis-moi, »
« Mr. Smith est juste en train de passer la sécurité. »
« Ok, merci. »
Le salon était construit sur deux étages, —un rez-de-chaussée et un premier niveau accessible par un impressionnant escalier hélicoïdal, en marbre rose pâle. Les voyageurs pouvaient aussi utiliser l'ascenseur. Issata

travaillait à l'étage, baptisé *Le Salon,* dont la capacité comprenait près de deux cents places pour un confort ultime, un bar central et une série de kiosks individuels similaires à des places de théâtre. De ce fait, les passagers pouvaient profiter de leur temps avant leur train. Chaque boîte se présentait d'un grand canapé, rembourré de tissus en velours rouge cerise, d'une petite table piédestal en pin et des derniers services de connectivité. Mais ce qui différenciait Voyage Europe aux autres compagnies ferroviaires s'observait à travers la création du Business First, ou comme Issata l'appelait, la *BFirst* clientèle. L'entreprise emménagea une section privée pour accommoder leurs gros clients. Ce luxe leur permettait d'apprécier leur moment de solitude ou de rencontrer d'autres voyageurs dans une atmosphère intime. Tout cela dans les limites de la raison, bien entendu.

Issata était en train de vérifier la section VIP à l'extrême droite du salon, séparée par un diviseur translucide, lorsque son téléphone sonna à nouveau.

« Oui ? »

« Il arrive vers toi maintenant, tu ne peux le manquer ! »

Il avait raison ! Une forte présence envahit l'atmosphère. Lorsqu'il grimpa les marches, elle aperçut une tête rousse, positionnée sur une stature parfaitement allongée, recouverte d'un costume gris clair, dont le tissu sentait l'argent. Cette rougeur, soigneusement travaillée, illuminait une peau extrêmement blanche. Troublée, elle prêta ses yeux, à ce contraste de couleurs qui se dirigeaient vers elle. Troublée, elle prêta son ouïe, au son de ses pas. Il caressait les marches comme s'il exécutait une danse gracieuse, le genre de danse dont elle rêvait de partager avec son *HP.*

Du haut de l'escalier, elle le fixait curieuse de découvrir qui se cachait derrière ces enjambées envoûtantes ? Le coeur tremblant, elle observait tous ses faits et gestes. Il menait la danse méthodiquement. Très concentré, il suivait sa trajectoire, le chemin d'un homme en contrôle. Puis, il s'arrêta comme s'il avait attendu le moment propice. Il leva la tête et elle croisa un regard bleu et perçant qui la transperça avec violence. Elle reçut un choc électrique lui glisser dans l'estomac. Jamais, elle ne rencontra des yeux remplis d'une telle force. Ils brillaient d'un pouvoir magnétique, si enjôleur, qu'elle se sentit nue. Presque satisfait de son impact sur la personne d'Issata, il poursuivit sa route. Dix marches après, il la retrouvait en haut de l'escalier. Incapable de prononcer un mot, elle resta planter devant lui, telle *Blanchette*, la chèvre de Mr Seguin. On s'en souvient tous, de cette petite coquine, tirée du livre, Les *Lettres de mon Moulin. Blanchette* cherchait à s'évader vers la montagne, en dépit de l'interdiction de son maître. Il craignait pour sa sécurité. Car un grand loup rodait aux alentours de la montagne. Et cette malheureuse rebelle, y trouva son compte. Issata l'observa dans toute sa splendeur. Elle étudia son visage ovale, saupoudré de taches de rousseur, et fit attention à sa chemise rose, qui soulignait la couleur de ses petites lèvres, rehaussées d'une fine moustache. Cette vignette sensuelle, se voyait mise en valeur par le costume trois pièces dont elle examinait la certitude qu'il coûtait très cher. Dans une main, y logèrent un imperméable crème, ainsi qu'une sacoche marron. Dans l'autre, un chapeau couleur chocolat, à la couleur de ses chaussures en cuir de veau. L'éclat doux du cuir, mettait en valeur, la pointe de la chaussure qui ressemblait à un chapeau d'orteil. De par ses semelles rouges, elle reconnut la signature de Christian Louboutin. Elle ne pouvait définir son âge. Elle ne lui prêtait aucune vieillesse, mais aucune jeunesse non plus. Tout ce qui pouvait se lire en lui se traduisaient par la beauté, le pouvoir, l'homme. Mr Smith lui incarnait son conte de fée. Elle se sentit dériver vers les années vingt, l'ère du Jazz, les années folles. Après *le rôle de Blanchette* qui clairement ne jouait pas en la faveur d'une femme noire, elle se transformait en Joséphine Baker, glissée dans une immense couronne à plumes, accrochée à sa mini-jupe fétiche, confectionnée de bananes, avec pour effet artistique, embellir son héritage africain. —*Chiquita Madame de la Martinique,* sonna dans ses oreilles. Et elle se fredonna à elle-même, *Issata Madame du Salon d'affaire, c'est aujourd'hui le jour où votre conte de fée commence...*Sur le point d'exécuter la danse du Charleston au milieu du salon, elle entendit provenant de très loin :

« Bonjour, » une voix profonde et mélodieuse, similaire à celle de ces officiers d'antan, formés pour délivrer, l'arrivée du roi. Elle fondait comme un sucre d'orge mais le bruit de l'ascenseur s'ouvrant, lui remit les pendules à l'heure.

—Réveille-toi, ma fille ! Tu n'es pas aux *Folies Bergères,*

—De plus Voyage Europe ne serait pas impressionnée par ta performance.

« Bonjour Mr Smith, » elle bafouilla.

« Vous connaissez mon nom ? » ce même son raffiné, voulut savoir.

« Michael à la réception m'a informé, et Je suis Issata. » Elle essaya tant bien que mal, à masquer ses émotions, derrière un sourire crispé.

« Dans ce cas puis-je vous appeler Issata ? »

« Oui, » elle s'exclama, à brule pourpoint. « Et puis-je vous offrir quelque chose à boire ? »

« Non, merci. J'ai un coup de fil très important à passer. Je vous verrai au départ. » Il s'éloigna et se dirigea directement vers la zone privée. Elle l'observa prendre le *Financial Times* du rack à journaux et s'installer confortablement dans un des kiosks privés. —Voici Mr. Smith, elle se félicita !

Fascinée et abasourdie par la présence masculine qui envahissait la pièce, elle ne prenait pas note des voyageurs, mais flânait dans le salon, portant son attention dans la section des VIP. Elle le surprit épier dans sa direction. Il possédait un contact visuel impeccable. Le bleu occupait son esprit et elle vit du bleu partout comme ce bleu des océans qui s'admire sur des cartes postales. Naturellement, la bande originale du film le *Grand Bleu,* résonna dans le salon et elle plongea dans un océan imaginaire. Cette musique représentait le premier son électronique dont elle tomba amoureuse. Toute la puissance émotionnelle du film était contenue dans ce morceau. —Une ambiance riche en complexité, tantôt sereine, tantôt capricieuse ; —Une ambiance magique, une histoire romantique entre deux hommes, amoureux des eaux profondes. *—Mesdames et Messieurs l'embarquement pour le train de 7h37 va commencer,* » retentit dans ses oreilles. L'annonce la força à sortir de sa nage. Bien, qu'elle ne plongea pas loin, elle se sentit trempée d'émotions.

« Avez-vous apprécié votre séjour avec nous ? » elle commença doucement, tout en l'approchant.

« En effet Issata merci, » il ronronna et enfila son manteau.

« Vous avez un accent, » elle balbutia.

« Je suis allemand, et j'ai étudié le droit à l'Université d'Harvard aux États-Unis. »

« Très impressionnant, »

« Marchez donc avec moi, » il poursuivit, menant le chemin.

Elle s'exécuta et enchaina :

« Voyagez-vous tous les lundis matin ? »

« Oui, normalement sur le 10h17, mais j'ai une conférence à Paris très tôt aujourd'hui.

« Oh, cela explique pourquoi je ne vous ai pas vu auparavant Vous arriviez peut-être lorsque j'étais en pause ? »

« Peut-être, » il souligna, et s'arrêta un moment, pour la regarder. Elle réalisait qu'ils venaient d'atteindre la sortie du salon. —Devrais-je descendre les escaliers avec lui ? Elle se laissa séduire, quand il commença à descendre. Il abordait chaque marche avec précision, ne manquant pas de jeter des coups d'œil sur ses jambes sexy. Des échanges visuels se créaient entre eux, attisant une tension sexuelle. Elle devint faible sur ses jambes, qu'elle craignit de tomber. Heureusement, ils arrivèrent au bas de l'escalier. M. Smith s'arrêta à nouveau. Il lui sourit, la forçant à confronter son regard. Elle ressentit son pouvoir bleu magnétique ouvrir, la fermeture de sa robe d'uniforme, et visualisa celle-ci tomber lentement, le long de ses jambes amazoniennes. Des gouttes spécifiques qui ne se récoltaient que dans ce genre de moment commencèrent à dégouliner sur sa culotte en coton. Embarrassée, elle retint son souffle, pour se préparer à lui dire au revoir mais il la devança :

« À lundi prochain Issata. »

« À lundi prochain, » elle présenta sa main.

Il la garda un moment. Elle ne put s'empêcher de remarquer la montre très luxueuse qui habillait son poignet droit.

—Une Rolex, précisément !

« Ce Mr. Smith quel personnage ! » elle s'exclama, quand elle retrouva Michael à la réception.

« Je savais que tu l'aimerais, » il la taquina.

« Il est carrément canon ! Ses yeux me hantent déjà, et il m'a appelé par mon nom ! »

« À toi donc de jouer ! »

Pour un lundi, Issata prit les mêmes et recommença.

Le salon plein à craquer, elle accueillit tous ses habitués comme elle s'occuperait de ses propres invités à la maison.

La matinée se déroula très vite et en douceur.

À neuf heures, le temps de sa pause de quarante-cinq minutes, elle s'assit tranquillement dans la zone réservée pour mettre à jour ses dossiers. Elle créa un portfolio, qui illustrait le profil de chaque voyageur et développa une méthode qu'elle nomma « *Apprendre à vous connaître.* »

—Mr. Smith allait arriver d'une minute à l'autre. Elle mit de côté ses fichiers et partit se rafraîchir. Alors qu'elle se dirigeait vers l'ascenseur, Michael l'appela.

« Oui ? »

« Il arrive. »

« Je suis dans l'ascenseur. » Dès qu'elle en sortit, elle le vit monter les escaliers, vêtu de noir. Son chapeau Borsalino couvrait sa tête.

« Mr. Smith, » elle appela, et se dirigea rapidement vers lui. Il tourna sa tête vers elle. Sa veste ouverte sur une chemise bien ajustée, mettait en évidence son torse musclé. Il ne portait pas de cravate. Elle l'admira dans toute son élégance et scanna ses chaussures en cuir noir, méticuleusement polies, confectionnées exclusivement pour lui.

« Issata, je craignais ne pas vous voir aujourd'hui. »

Elle rit nerveusement. Sa voix profonde et sensuelle, ce son riche, luxueux et lisse lui avait manqué.

« Je venais pour vous accueillir, » elle répliqua, et se précipita dans les escaliers.

« Ravi de vous voir !» il laissa sortir, lorsqu'elle se trouva à sa hauteur. Il plongea dans ses lucarnes brunes avec amusement, et savoura chaque instant de leur proximité.

« Moi aussi ! » elle s'exclama, envahit par une grosse vague d'excitation.

« Quelle déclaration ! »

—La honte, elle regretta intérieurement !

« Dans ce cas, pourquoi ne pas venir vous asseoir avec moi et tout me dire sur votre week-end ? » Il commença à marcher sans attendre sa réponse.

—C'est clairement un avocat, une petite voix lui souffla !

« Bien sûr, je vais chercher une bouteille d'eau, » elle s'éloigna de lui.

« Aujourd'hui vous êtes mon invitée, Dîtes-moi tout ! » il ordonna quand elle le rejoignit. —Quoi, elle paniqua dans son for intérieur et ressentit du liquide chaud lui couler sous ses aisselles.

« Cela vous dérange ? » il la dévorait du regard.

« C'est juste que… » elle pouffa de rire.

« Mais asseyez-vous, je vous en prie. »

Obéissante, elle s'installa en face de lui. Sa jambe droite arpentait la gauche. Ses deux bras serrés contre son corps, elle décida de jouer le jeu.

« Qu'aimeriez-vous savoir ?» sortit de sa bouche.

« Maintenant vous vous révélez. Quel est votre rôle au salon ? » Il la dévisagea de la tête aux orteils, scrutant langoureusement chaque partie de son corps. Ses prunelles s'attardèrent sur ses lèvres juteuses et brillantes.

Qu'offriraient ces lèvres, si stimulées, pouvait se lire dans ses œillades ? À quoi sert une bouche ? À siroter, siphonner, imbiber, haleter, avaler, caresser, embrasser, sucer…Il l'étudiait comme une œuvre d'art, anticipant sa réponse. Issata lâcha un petit soupir et dans la précipitation expliqua : « J'assiste nos voyageurs Business First, tout comme vous. »

« Et qu'est-ce que cela signifie concrètement ?

— Il a raison ! Comment lui expliquer ma mission dans le salon ? « Disons que vous faites partie de la liste des élites de Voyage Europe et je suis ici pour rendre votre expérience avec nous mémorable. »

« Ai-je droit à un traitement de faveur ? » ce coquin continua. Rouge de honte, ses narines frémirent mais la lumière de sa peau noire l'aida, à camoufler sa mascarade avec fierté. Au moins, sa noirceur lui servait comme bouclier, une arme naturelle.

« Vous pouvez toujours présenter vos suggestions, » elle défendit.

« Il était temps qu'ils trouvent quelqu'un comme vous ! Je voyage avec VoyE depuis sept ans, et aucun membre du personnel n'a passé de temps avec moi comme vous le faites aujourd'hui. Je me sens très spécial, Grâce à vous, Issata. »

—Grâce à moi, il se sent spécial, elle répéta en elle.

« Je le transmettrai. »

« Bon week-end ? »

« Rien d'excitant ! » Issata devinait ce qu'il voulait savoir.

« Pas d'homme dans votre vie ? Sûrement, avec des jambes comme les vôtres, vous devez bien avoir un petit ami ? » Il jeta un coup d'œil sur ses collant soyeux. Il la caressait habilement sans la toucher.

« Non, je n'ai pas de petit ami … Même avec des jambes comme les miennes, » elle parla brusquement.

« Ai-je dépassé les bornes ? » Il demanda, mais ne s'excusa pas. Les hommes comme lui ne s'excusaient jamais.

« Je ne sais pas quoi dire ! » elle ricana. —Et ça, c'est tout à fait toi Issata, tu ne sais pas quoi dire, une voix familière lui rappela. Amusé, M. Smith en rajouta une couche.

« Vous êtes une femme très attirante Issata, et vous devriez apprécier les compliments que l'on vous offre. J'avais hâte de vous voir ce matin. »

« Mr Smith, » elle essaya de l'interrompre.

« Je parie surtout que vous possédez des talents cachés pour lesquels la gent masculine donnerait leur vie. » Avait-elle bien entendu ? Celui-ci ne quitta pas sa proie. Elle comprit qu'il attendait son argument d'attaque, comme dans une salle de tribunal.

« Dites-moi plutôt comment êtes-vous devenu avocat ? » elle tenta.

« Bien joué ! » il admira. « Mon père était un grand avocat, et j'ai grandi avec la conviction que tout le monde mérite d'être protégé. Cela répond à votre question ? Il soutint son regard.

« Dans quel domaine ? »

« Le droit pénal ! »

« Êtes-vous sérieux ?»

« Très sérieux, et je ne peux en dire plus! »

« Je comprends, car vous pourriez trouver des évidences contre moi. » A ce même instant, elle se sentit coupable. Coupable de quoi ? Être une femme ? Ou coupable de le désirer ?

« Maintenant, je vous découvre ! Vous êtes fascinante Issata, et j'aimerais vous inviter boire un verre, un de ces jours. » L'embarquement fut annoncé.

« Il est temps d'y aller maintenant, » Mr. Smith organisa ses affaires et se leva. « Je vous accompagne » elle proposa, se levant aussi.

« Non merci, je peux trouver mon chemin. Mais pensez à mon invitation. Je veux vraiment apprendre à vous connaître. »

Issata n'arrivait pas à croire ce qu'elle entendait.

« Je vais y penser » elle souffla.

« Quelle est votre boisson préférée ? »

« Champagne. »

« À notre tête à tête au champagne alors …Il mit son chapeau et s'éloigna.

—Il faut que j'en parle à Jimmy !

Lundi se regardait comme le jour le plus beau de la semaine. Une personne appelée Issata incarnait la femme la plus heureuse du monde ! On se demanderait vraiment pourquoi la vie semblait plus belle un lundi matin ?

Décembre, fit son entrée, avec sa longue robe grisâtre, décorée de taches noires et blanches. —Si Décembre était une femme, Issata avait pour habitude de contempler, elle étincellerait de sincérité et de bravoure et transformerait toute la saison d'hiver, en un temps de soins et de compassion. Elle rappellerait à tous que *l'hiver se transforme toujours en printemps,* dirait Nichiren. —Et que les femmes nées en Décembre brillent de grandeur.

Elle attendait déjà assise dans le restaurant *Eat Tokyo,* une cuisine japonaise réputée pour son goût authentique, quand elle vit Jimmy converser avec un serveur qui pointait dans sa direction. Leur regard se croisèrent et elle lui offrit son précieux sourire. Vêtue d'une robe bleue coupée droite, au reflet violet, habillé d'un col à chemise, et dont les manches s'arrêtaient aux coudes, un long collier de perles blanches, accordé à des boucles d'oreilles pendantes, raffinaient son image. Le ton gris fumé de sa collection Mac cosmétique, dramatiquement appliqué sur ses paupières et son rouge à lèvres, couleur rouge sauvage, délicatement peint sur ses lèvres africaines, lui donnait l'allure d'une actrice de cabaret, prête à monter sur scène pour accueillir son audience. Qui était donc ce Jimmy ?

—Il s'appelait en fait James, d'où ce surnom Jimmy pour les plus intimes. Bien évidemment, le meilleur ami d'Issata, qui travaillait également pour Voyage Europe en tant que gestionnaire stratégique pour le service clients.

—Nationalité : Français et Allemand de famille éloignée.

—Profile : grand et beau au corps d'athlète, attentionné et sexy ! —Particularité : il appartient au groupe des gens gays. En ce qui me concerne, —être heureux, ne s'inscrit pas sous le registre de la criminalité. Bien que cela le reste encore dans certains pays, surtout lorsque l'être aimé présente le même sexe. Et oui, Jimmy qui exprimait tout ce qu'Issata recherchait chez un homme, aimait les hommes. Ils se rencontrèrent au cours d'une soirée d'anniversaire, et depuis lors, ils devinrent inséparables. Elle le regarda se faufiler à travers ce restaurant compact. Une casquette beige à Chevrons couvrant sa tête, il portait un manteau gris en tweed, lui arrivant aux genoux. Il ressemblait aux mannequins de Jean-Paul Gaultier, défilant sur une passerelle. Quand il atteignit la table, elle reconnut de suite, la paire de *Jimmy Choo* basket, couleur bordeaux, qu'elle lui acheta pour son anniversaire, un an auparavant.

« Jimmy ! » s'écria-t-elle en se levant et se jetant dans ses bras.

« Chérie tu es superbe ! » Ils s'embrassèrent.

« Merci, tu es très beau aussi ! »

« Joyeux anniversaire », poursuivit-il, et lui remit un petit paquet de Chanel, luxueusement enveloppé.

« Jimmy, tu n'aurais pas dû ! » Elle prit le sac de ses mains, devinant ce qu'il contenait.

« Rends-le -moi donc », il plaisanta et retira son manteau. Il révéla, un jeans slim noir et un col roulé rose cachemire joliment ajusté à sa silhouette élancée. Ils s'assirent.

« Je pense que je vais faire un effort pour le garder ! » Elle éclata de rire et déchira l'emballage comme si elle avait fait cela toute sa vie. « *Allure Sensuelle,* merci ! » elle s'écria.

« Tout le plaisir est pour moi ma chérie, célébrons maintenant ! » Et il fit signe au serveur qui l'avait accueilli.

« Alors, ce nouveau rôle ? »

« Et bien… »

« Quoi ? »

« Il y a cet homme. Les yeux bleus de Mr. Smith la pénétrèrent comme s'il se tenait debout devant elle. Ne pouvant continuer sa phrase, elle rit malicieusement.

« Qui ? »

« Mr. Smith. »

« Dis-moi tout ! »

« Champagne », interrompit le serveur, plaçant un bac à glace sur leur table, il présenta une bouteille de *Laurent Perrier.*

« Mon Jimmy, il n'y a que toi qui puisse me traiter comme une reine. » Elle était émue aux larmes.

« Parce que tu en vaux la peine ! »

Le serveur ouvrit la bouteille et servit leurs verres.

« Joyeux anniversaire Madame ! » il souhaita et disparut.

« Santé ! » Jimmy porta le toast.

« Santé ! » Elle le copia et ils avalèrent leur liquide doré. Un air d'extase s'imprima sur leur visage.

« Mr. Smith, » il reprit.

Elle rit naïvement et raconta tous ses lundis matin depuis l'apparition de cet homme dans sa vie, même s'il ne faisait qu'entrer dans le salon des affaires. Cependant pour Issata, le salon représentant sa vie, il semblait logique que Mr. Smith en occupât une place primordiale. —Qu'il chamboulait son cycle hormonal et qu'elle atteignait des orgasmes, juste en sa présence. Sans oublier tous les signes flagrants qu'il s'intéressait à elle. Jimmy écouta patiemment l'histoire de son amie, qu'il connaissait si bien, et qu'il aimait tellement, secouant la tête parfois, imaginant tout le stress qu'elle encourait pour juste paraitre naturelle. Et c'était la Issata qu'il aimait, l'unique, celle qui le faisait rire.

« Nouveau rôle et nouvelle aventure ! »

« T'en penses quoi ?»

« C'est clair qu'il te drague. À toi de découvrir quelles sont ses intentions. »

« Tu devrais voir la façon dont il me regarde. Parfois, je pense qu'il recherche juste de l'attention. Il est beau, il est avocat et détient du pouvoir. »

« Voilà ta réponse ! Est-il sur Facebook ? » Jimmy sortit son iPhone de sa poche.

« C'est tout toi ça, avec tes *Tinder* et *Happn, match.com applications !* »

« Quel est son prénom ? »

« Daniel. » Et Jimmy commença une recherche avancée sur cet homme qui faisait maintenant parti dans la vie de son amie. Chaque fois qu'il cliquait sur un profil, son cœur battait à la chamade pour finir déçue.

« Pas lui ! » elle soupirait découragée.

« Et celui-ci ? »

« Non plus ! »

Jimmy continua sa mission, aussi déterminé que l'appréhension dessinée sur le visage de son amie. Quand soudain elle s'écria : « Mais Jimmy, tu sais combien de Smith il y a au Royaume-Uni ? C'est comme si l'on recherchait un M. Martin en France ! »

« Touché ! Je pense que tu devras continuer tes devoirs seule à la maison ! »

« Je pense que tu as raison ! »

« À la tienne ! » s'écria Jimmy terminant son verre.

Elle en fit de même, et il refila leurs flutes.

« Êtes-vous prêts à commander ? » le serveur resurgit.

« Bento ? » répondit Issata qui choisissait toujours la même chose.

« Bonne idée ! Va pour saumon et poulet teriyaki. »

« Comme boisson ? »

« Une grande bouteille de *saké* chaud ! » Jimmy décida

« Veux-tu me rendre ivre ? »

« Ce n'est pas très compliqué ma chérie ! Alors, quels sont tes plans avec Daniel Smith ? » il reprit quand le serveur les laissa.

« Si seulement je le savais ! Je ne sais pas quoi dire quand je suis près de lui. Mon cœur bat si vite que j'ai peur qu'il me grille. »

« Profite de ses compliments. »

« Sa présence est hypnotique Jimmy ! »

« Je comprends, c'est parce qu'il t'hypnotise que tu mouilles ta culotte, sans t'en rendre compte ! »

« Jimmy !»

« C'est toi qui l'as dit chérie ! »

« Je souhaite juste rencontrer quelqu'un qui me fasse danser à travers la vie ! » elle murmura d'une voix qui répondait à un rêve impossible à réaliser.

« En fait tu veux vire un conte de fées ? »

« Exactement ! »

« Alors à ta danse avec Mr. Smith ! »

Elle rit.

« Et quelle princesse aimerais-tu être ? »

« Cendrillon ! »

« Pourquoi elle ? »

« En fait le nom Cendrillon a pour connotation : *Celle qui obtient de façon inattendue la reconnaissance ou* le *succès après une période de négligence et d'obscurité ?* ' »

« Intéressant ! »

« Je ne veux juste pas avoir à rentrer à la maison avant minuit. »

« Je vois, tu veux te réveiller le lendemain matin dans un hôtel. »

« Parfaitement, nous les femmes, avons lutté dur pour nos droits, notre émancipation, nous pourrions quand même bien rester jusqu'au matin, avec du champagne pour le petit déjeuner. »

« Issata, tu m'éclates ! Va savoir, tu pourrais être la prochaine Cendrillon du XXIe siècle. »

« Il n'y a pas de princesse noire chez Walt Disney. »

« Mais si ! »

« Laquelle ? »

« Princesse Tiana dans *La Princesse et la Grenouille* »

« Je l'avais oubliée celle-là ! Mais c'est la seule histoire avec une princesse noire ! Toi aussi tu connais tes Disney Classiques ! »

« Écris donc ton propre conte de fées ! »

« Et comment ? »

« Change l'ère du temps ! »

—Changer l'ère du temps, elle se répéta silencieusement.

« Jimmy, je me sens si stupide maintenant, j'ai trente-sept ans, et je rêve d'un conte de fées. »

« Chérie, moi aussi je veux un prince, il n'y a pas de conte de fées pour les hommes homosexuels, non plus! »

Les larmes leur débordaient des yeux, tellement qu'ils gloussaient fort, et évoquaient la couleur de leur complicité. Mais derrière leurs rires, il y avait aussi une vérité profonde, que je ressentis en écoutant Issata.

—*Des études auraient démontrées que plus de sept billions de personnes peuplaient notre planète. Et en dépit de ce nombre volumineux, il existait encore des hommes et des femmes comme Jimmy et Issata, et moi-même, à la recherche de l'âme sœur. Pourquoi tant de difficultés à rencontrer quelqu'un sur cette terre ? La réponse pourrait être liée au fait que même si la vie d'un homme paraissait bien ancrée dans les institutions des sociétés modernes, telles que l'éducation, le mariage, le travail, toutes activités sociales, qui fussent d'un homme, tout bon citoyen, on ne pouvait ne pas remarquer cette fissure, comme le dictionnaire lui-même l'expliquerait : une petite fente. Et depuis l'évolution de l'intelligence artificielle, cette petite fente s'est agrandie à une vitesse phénoménale. C'est devenu une fracture occupant le plus grand pourcentage de notre quotidien. Aujourd'hui cette fracture a un nom. Elle s'appelle la solitude et elle représente la maladie des temps modernes, décrite comme une grande douleur sociale, une immense souffrance, née par le biais de l'exclusion ou voir même le sentiment de se sentir exclu. Qui plus est et je parle de mon sentiment personnel, de nos jours, passé trente ans, les femmes ne sont plus considérées comme fertiles. Dans le cas d'Issata, elle ne voulait pas d'enfants, donc il s'avérait clair que le problème venait d'elle, si elle se trouvait encore célibataire. —Et cette malheureuse scandait ces mots très étranges, devant une boîte en bois, j'expliquerai cela plus tard ; à un parchemin pour être précise. —Qu'elle appelait*

---

son miroir. Contrairement au miroir magique dans Blanche-Neige, Issata ne passait pas son temps à demander :

—*Miroir, miroir en bois d'ébène, dis-moi, dis-moi que je suis la plus belle. Et celui-ci ne répondait pas :*

« *En cherchant à la ronde, dans tout le vaste monde, on ne trouve pas plus belle que toi. Vous êtes la plus juste dans le pays.* » Elle m'a tout juste confirmé que son miroir l'incitait à activer sa sagesse, pour trouver la beauté dans sa propre force.

« Bon on a assez parlé de moi. À ton tour ! » Au même moment leur repas arriva.

« Bon appétit ! » dit le serveur. Il déposa leur diner et tourna les talons.

« Alors ? » ses yeux l'interrogèrent avant d'attaquer son bento.

Jimmy inspira profondément et commença :

« Tu te souviens d'Andrew ? »

« Le coach de remise en forme ? »

« Oui, » il explosa de rire. Un air coquin trahit l'expression sur son visage.

« Et ? »

Il plongea ses baguettes chinoises dans son morceau de saumon et enfourcha la chair crue, marinée de sauce de soja, dans sa bouche. Mâchant rapidement, il expliqua :

« Il m'a recontacté. »

Jimmy le remarqua, à la salle de gym de son quartier quelques mois auparavant. Puis celui-ci cessa de joindre. Il réapparut comme s'il n'était jamais parti. Encombré d'un petit corps Brésilien, il coiffait ses cheveux noirs bouclés en chignon, à l'aide d'un bandana rouge. Il possédait de grands yeux ronds couleur chocolat, capable de brûler n'importe quelle chair fragile, d'un seul regard. Recommandé, avec modération. Ses lèvres égyptiennes, aussi juteuses qu'une pêche mûre, semblaient envoyer des baisers à n'importe quel soupirant assez rapide pour les attraper. Selon Jimmy, il ressemblait à un Dieu. Ils ne se rencontrèrent qu'une seule fois pour boire un verre. Issata se doutait d'avance de ce qui allait s'ensuivre et lui demanda illico presto : « Avez-vous peint Van Gogh ? »

« Oui, nous avons peint Van Gogh, et Gauguin, et Co … » Et ils furent pris d'un fou rire à nouveau. Maintenant, laissez- moi vous expliquer, le mystère derrière l'expression peindre Van Gogh. Issata et Jimmy, associaient l'art de la peinture au sexe et vice versa. Pourquoi ? Selon leur théorie, l'art nous permettait d'explorer notre propre créativité et de ce fait, représentait un outil naturel pour décrire la liberté. Et pourquoi Van Gogh, un homme si tourmenté ? Issata suggéra cette connotation : « *As- tu peint Van Gogh ?*» Un jour, ils passèrent leur après-midi à la Tate Modern, et les œuvres de l'artiste furent exposées. Ils méditèrent sur ce célèbre tableau *La nuit étoilée*. Comme le titre l'indique, dépeint une nuit intense, et très probablement l'état d'esprit de Van Gogh lui-même. Elle perçut les éclairs violents imprimés sur la toile comme une énergie cosmique. Plutôt que de condamner ce peintre, tel qu'un homme enterré vivant, qui demeurait dans l'impossibilité de trouver la paix, elle commença à sentir une libération sexuelle à travers toutes ses peintures, de par l'audace des couleurs qu'il choisit et de par son impulsivité dramatique à exprimer les paysages et la nature morte dans son travail. Voilà l'histoire derrière, « *As- tu peint Van Gogh ?*» Et Gauguin ? C'était juste son pote !

« Ça t'a plu ? »

« Je crois que je suis amoureux ! » Typique de Jimmy, un vrai cœur d'artichaut !

« Que va-t-il donc se passer ? » amusée, elle questionna.

« C'est à mon tour de l'inviter. »

« Tu penses à quoi ? »

« Sans doute aller dîner, et cette fois, passer plus de temps à le découvrir. »

« Parce que la dernière fois, vous étiez trop occupés à peindre Van Gogh. »

Ils rigolèrent à s'en rouler par terre.

« On se retrouve la semaine prochaine. » Jimmy finit par avouer.

« Ça se fête ! Nous avons tous les deux une histoire à partager. »

« Absolument chérie, à nos contes de fées ! » Il versa la dernière goutte de champagne dans la flûte d'Issata.

« Fini, on reprend du saké ? »

« Volontiers ! »

Il interpella le serveur. La commande passée, ils retournèrent à leur repas. Quelques bouchées englouties, Jimmy voulut savoir : « Mais dis-moi, comment ton Mr. Smith s'inscrit dans ta philosophie du bouddhisme ? D'ailleurs est-ce que le bouddhisme est une philosophie ou une religion ? »

« Très bonne question ! Déjà le mot philosophie vient de la mythologie Grecque. *Philo*, veut dire l'amour et *Sophia* la sagesse. Donc le mot en lui-même signifie l'amour de la sagesse. Quand on observe le mot *Religion*, on peut y lire *'on relie'*, en d'autres termes, *en relation avec*. Et la différence entre la philosophie et la religion, en ce qui me concerne, une religion se valide par la foi. Pour répondre à ta question, réciter Nam-myoho-renge-kyo, pour ma part, représente un acte basé sur la foi. Nam est l'expression du dévouement, la promesse de mettre sa vie en rythme avec la loi mystique. »

« En effet vu comme ça. »

« En même temps, ça n'a pas d'importance de savoir si c'est une philosophie ou une religion. Le plus important c'est de pratiquer et d'appliquer ce en quoi l'on croit dans notre propre vie. »

« Alors ? » Jimmy sourit.

« Pour tout te dire, je ne sais vraiment pas. Je vais faire confiance à ce que mon cœur me révèle et laisser l'univers faire son travail. »

« C'est tout ? »

« C'est déjà un début ! »

« Mais à quoi penses-tu quand tu récites ton mantra ?»

« A Quoi je pense ? Les pensées sont ce qui nous rendent vivants, n'est-ce pas ? « *Je pense, donc je suis.* »

« Descartes ! »

« Touché ! » elle soupira. « J'aimerais mieux le connaître et qu'il m'invite prendre un verre. »

« Et s'il ne t'invite pas, est ce que cela signifierait qu'il n'est pas fait pour toi ? »

« Il a plutôt intérêt d'être le bon, car j'en ai plus que marre d'attendre ! »

« Tu médites tous les jours ? »

« Oui. »

« Pendant combien de temps ?

« Cela dépend de ce que je cherche à accomplir, normalement une heure par jour. »

« Une heure d'un coup ? »

« Oui quand c'est possible, en ce moment pendant la semaine en raison de mon nouvel horaire, je pratique trente minutes avant d'aller au travail et termine mon heure dans la soirée. »

« Je suis très impressionné ! »

« Ma pratique du bouddhisme c'est un peu comme mon exercice spirituel, tout comme toi, tu vas à la gym, pour mater les beaux mecs ! »

« Quelle comparaison ! » il ricana.

« Disons que dans le monde à travers lequel nous vivons, il s'avère nécessaire, d'apporter une nourriture saine à l'esprit. Et le bouddhisme me sert d'engrais pour cultiver ma sagesse. »

« Chérie, je veux juste assez de sagesse pour baiser ! »

« Il n'y a que toi pour un tel désir ! Tu peux toujours envoyer tes souhaits à l'univers ! » elle pouffa de rire.

« Pour l'instant je meurs d'envie d'une clope ! »

« Moi aussi, finissons rapidement, ensuite on avise ! »

« Parfait ! »

Ils retournèrent à leur diner et dévorèrent jusqu'au dernier grain de riz. Jimmy paya. Une fois dehors, ils s'empressèrent de soulager leurs poumons.

« On va où maintenant ? » Issata demanda. Elle tirait sur une Marlboro Gold ; les super longues, la seule marque qu'elle fumait depuis qu'elle commença cette liaison dangereuse avec cette drogue légale.

« Tu le sais bien ma chérie ! »

Des couches de salive séchée, enduites au chaque coin de sa bouche, le sentiment qu'une hache se trouvait plantée dans le cerveau, des vagues de nausées remontant vers sa gorge, Issata ouvrit les yeux dans sa chambre faiblement éclairée. Ils furent forcés à affronter les rayons de lumière qui perçait entre ses persiennes. Elle gémit. Allongée dans son lit baroque en acier noir, qui occupait une grande partie de l'espace de son appart, sa tête enfouie dans son oreiller sensoriel, elle ne pensait pas clairement. Ses yeux fixaient, une armoire blanche deux portes, bon marché, encombrée de vêtements, située près de l'entrée principale. Son uniforme y pendouillait. Son autel bouddhiste se trouvait non loin. Au milieu de son bazar, elle réussit à y accommoder un écran plasma surmonté sur deux larges corbeilles en osiers, remplies de choses dont elle ne se souvenait probablement pas. Et bien sûr, une panoplie de dvd et cd jonchaient sur le sol, contre les quatre coins de ses murs.

Que c'était-il passé la nuit dernière ? Elle se vit danser avec Jimmy au *Georges and Dragon* pub, le milieu homosexuel bien connu au coeur de Shoreditch, où tout plaisir libertin s'explorait. Puis ils sautèrent dans un taxi noir avec un autre mec. Il n'arrêtait pas de répéter, —*Te Quiero*. Il embrassait Jimmy. Jimmy semblait chercher quelque chose dans son pantalon.

— Je me demande quand bien même, s'il trouva ce qu'il cherchait, elle réussit à analyser, dans une observation des plus naturelles ? Parce que ce fut ce à quoi toute rationnelle personne, souffrant d'une gueule de bois, se devait de contempler, le jour suivant, afin d'alléger ce sentiment de culpabilité, derrière leur propre sabotage. Voir même le jour suivant, beaucoup de ces fêtards comme Issata, se réveilleraient dans l'univers d'Edward Munch, ce peintre norvégien, le grand expressionniste dans l'histoire de l'art.

Pourquoi son monde ? Tout simplement, car celui-ci peignit une toile appelée ainsi : —Le Jour Suivant. Cette peinture représentait une femme dans une chambre à coucher, allongée sur un lit dans une posture des plus alléchantes. Ses bras écartés le long de son corps voluptueux, ses longs cheveux noirs bouclés balayant le sol, un corset blanc recouvrant son buste d'une façon où la lourdeur de ses seins, ne pouvait passer inaperçue, impliquant sans doute, un besoin d'être vidés, elle incarnait clairement, les états d'âmes d'Issata après une nuit sauvage. Sur cette même bâche on y trouvait une petite table avec une bouteille d'alcool et deux verres placés dessus, suggérant que la femme ne passa pas sa nuit seule, contrairement à notre amie. Non seulement la solitude l'accompagna à la maison, et son corps en souffrait. Aucune réponse ne se manifesta, concernant la chasse aux trésors de la veille.

—Peut-être que je devrai rester au lit, lui traversa l'esprit. Elle souhaitait retourner à ses vingt ans, exemptée de toute responsabilité. Mais elle venait de compter ses trente-sept bougies et l'appel de sa vessie fut plus convaincante que ses désirs d'adolescente refoulée. Elle repoussa sa couette. À sa grande surprise, elle portait sa chemisette rose satinée de nuit. Celle-ci était assez longue pour couvrir son triangle des Bermudes. Elle ne l'utilisait que pour des moments spéciaux. —Allez savoir, elle soupira ! Encore sous les effets de l'alcool, elle posa ses pieds délicatement sur son sol en lino. Ses yeux fixèrent la porte de la salle de bain.

« Alléluia ! » elle s'écria quand son derrière tomba sur le siège impérial des toilettes. Elle pulvérisa la cuvette de son eau chaude et dorée, tout en écoutant la violence concentrée dans le jet de son urine. —Comme ça fait du bien de pisser, elle gémit de plaisir. Un sourire naïf imprimé sur son visage, sa tête collée contre le mur de la salle de bain, elle resta dans cette vulnérable position pendant quelques secondes. Ses jambes vulgairement écartées, elle sentit l'élastique de sa culotte noire en dentelle, que personne n'eut le privilège de toucher, de sentir et de retirer, attelée à ses chevilles. Elle s'essuya le minou et rassembla le peu de force qui lui restait pour soulever ses fesses. —Tu vieillis ma vielle, son cerveau lui souffla, à la vue de son reflet dans son miroir. Elle ne manqua de remarquer, les résidus de son maquillage étalés sur sa figure et se lava les mains. —Tout ça, c'est à cause de toi Jimmy, plus jamais ! Elle enfila son vieux peignoir en laine, qui avait perdu sa couleur crème et retourna dans sa pièce principale. Sa bouilloire en marche, elle s'alluma une Marlboro et prit place à sa table de bistrot. Le « ding » son s'échappa de son iPhone. Elle savait que c'était Jimmy. Elle n'eut à peine le temps de vérifier, qu'un autre *ding* retentit. —Ok, il a trouvé ce qu'il cherchait, elle en déduisit, quand elle lut ses textos. Au même instant la bouilloire siffla. Elle se précipita pour la retirer de sa cuisinière. Son café prêt, elle retourna s'asseoir. Elle tenait dans ses mains, une grande tasse blanche décorée d'un énorme cœur rouge, offerte par Jimmy. Ses lèvres accueillirent l'odeur et le goût de sa boisson chaude avec une immense reconnaissance. Mais son estomac encore très fragile, la contraignit à avaler le liquide avec lenteur. Ce qui n'aidait pas à réveiller son esprit ombragé par les millions de shots de vodka et de téquila qu'elle engloutit la veille. Coupable de son propre crime, elle observa la fumée de sa clope disparaître autour d'elle. C'est alors qu'elle se rappela, leur enquête sur Daniel Smith. —Pas question ! Bien sûr que si ! Elle se connecta à son compte Facebook et poursuivit l'enquête. La liste de noms sous M. Smith apparut interminable. Elle admit sa défaite et ses yeux rencontrèrent son autel bouddhiste.

—Je sais, elle laissa entendre ! —Il est temps de Pratiquer ! En deux temps trois mouvements, elle grilla une autre clope, puis alla s'agenouiller devant son sanctuaire, avec son café. Elle attrapa son chapelet de perles noires, aussi appelé *juzu* en japonais et ouvrit son butsudan.

Devant son Gohonzon, son objet de culte, elle frotta ses mains et exprima un *sansho*, l'acte de réciter Nam-myoho-renge-kyo, trois fois. —Non, elle ne se lava pas et ne changea de vêtements pour prier. Après tout, comme dirait l'expression — L'habit ne fait pas le moine ! Ce n'est pas parce qu'Issata cherchait le HP qu'elle devait se présenter en robe de mariée pour prier, des fois qu'il surgirait comme par magie, frappant à sa porte. Ceci expliquait pourquoi, elle se trouvait la plupart du temps à poil, sous sa robe de chambre. Les filles se tordirent de rire.

« Mesdemoiselles, vous vous demandez sans doute en quoi sa pratique bouddhiste consiste- t-elle réellement ? Car les seules indications que vous venez d'apprendre fussent qu'elle répétait ces mots étranges, parfois pendant des heures et qu'elle appelait la loi mystique. Et si elle pratiquait le vaudou ? Étant africaine, cela pourrait rendre cette théorie très plausible ! Impossible car ce rituel représente un culte né de Haïti. En Afrique nous avons les grands marabouts, » je rappelai, empruntant l'accent

africain. Et elles repartirent, s'esclaffant de rire. « Je vais donc essayer de vous expliquer ce que j'en ai compris.

— Tout d'abord, le butsudan, qui littéralement signifie autel bouddhiste, est un cabinet en bois. Souvenez-vous la fameuse boîte en bois ! Eh bien, ce coffret précieux renferme et protège un Gohonzon ou une icône religieuse.

Issata avait dessiné son model. Il était bâti en bois de chêne rouge cerise, orné deux boutons en couleur laiton comme poignée de porte. Le mot Gohonzon incarne le terme associé aux objets religieux et prend souvent la forme d'un parchemin ou d'une statue dans le bouddhisme japonais.

Honzon signifie objet de respect fondamental. *Go,* un préfixe honorifique, se traduit par « digne d'honneur ».

Autrement dit, Gohonzon signifie vénérer avec honneur. Dans le bouddhisme de Nichiren Daishonin, il se concrétise sous la forme d'un mandala, à base de papier pour calligraphie que l'on suspend. Il contient des caractères chinois et sanskrit dans lequel il exprima sa doctrine. Cet objet de vénération est la représentation physique de la Loi Mystique inscrite par Nichiren en 1279, où il révéla que la loi universelle qui imprègne et régit la vie de l'univers s'intitule Nam-myoho-renge-kyo. Souvent cet outil de culte est comparé à un miroir pour révéler l'état du buddha, notre grandeur spiritual, traduite par la sagesse, le courage, la compassion et la force vitale. Évidemment, quand Issata découvrit que ce morceau de papier, joliment décoré, pouvait être identifié à un miroir, à travers lequel elle pouvait discerner la réalité de sa vie, ainsi que comprendre sa relation avec son environnement, elle fit de suite allusion à Mami Wata. —Nichiren se serait-il inspiré de sa légende ?

Elle incarnait une déesse africaine, une légende propre à l'histoire de l'Afrique qui vécut dans la mer, d'où le nom Mami Wata. Ce pidgin anglais, se traduit par « la mère des eaux » dans les langues modernes. L'histoire raconte qu'elle se manifestait avec une tête et un torse de femme et que le reste de son corps exhibait une longue queue de poisson, la définition d'une sirène. Les croyances expliquèrent aussi qu'elle détenait la capacité de se transformer entièrement en n'importe quelle forme de son choix, comme le serpent, tout en gardant ses attributs féminins, d'où les seins nus.

Quel rapport avec le Gohonzon ? J'y viens, mais laissez-moi vous en dire plus sur cette créature mystique. Inévitablement, elle dégageait une beauté enviable, avec ses longs cheveux noirs et un mystère sombre et excitant. Une telle splendeur, détient toujours des avantages surnaturels. Exactement, elle possédait des pouvoirs immenses telles que la guérison et la fertilité, et fournissait des atouts spirituels et matériaux à ses fidèles. Pour ajouter à son mode de vie très glamour, elle hérita aussi du titre de protectrice du corps des eaux. De ce fait des groupes traditionnels en Afrique refusaient de visiter les plages ou d'exercer leur activité de pêche afin de maintenir la paix dans le royaume de *Mami Wata*. Néanmoins, bien que son intention à l'égard de son peuple partît d'un sentiment sincère, en tant qu'être humain, elle entretenait aussi une faiblesse imminente, un goût pervers pour la luxure. Devinez ce à quoi elle s'abandonnait ? Elle capturait les hommes pour satisfaire son appétit insatiable pour le plaisir charnel. Après qu'elle eut abusé d'eux, elle leur fit jurer fidélité à elle et elle seule ! Et s'ils refusaient, elle les punissait en les plongeant dans une pauvreté extrême, détruisant leur couple, si mariés, ou les condamnait à la peine capitale : la mort ! « De quel plaisir pourrais-je jouir, si j'arrivais à capturer des hommes ? » Issata me confia, mais réalisa rapidement : « J'arrive à peine à en attraper un, donc ce n'est clairement pas pour moi. »

—Moi aussi je n'ai même pas réussi à en attraper un, je dus confesser et j'écoutai les filles rirent.

—De retour au Gohonzon considéré comme un miroir, *Mami Wata* tirait toute sa puissance d'un miroir qu'elle transportait avec elle continuellement et l'utilisait pour mener des rituels, où tous les partisans, en regardant dans ce miroir, pouvaient accéder à son pouvoir sacré et entrer dans son monde. Voilà ce que l'allégorie du Gohonzon, associé à un miroir, réveilla en Issata. Donc je ne peux point vous dire si Nichiren bénéficia de l'occasion de rencontrer cette créature de son vivant, mais selon le récit d'Issata j'en conclus qu'il l'avait tout simplement évitée, connaissant ses tendances destructives et démoniaques. Par contre il expliqua dans un de ses écrits : —*Sur l'Atteinte de la Bouddhéité*, « *Il en va de même entre un bouddha et un être ordinaire. Quand on est dans l'illusion, on est appelé être ordinaire mais, quand on est dans l'illumination, on est appelé bouddha. Tel un miroir terni qui brillera comme un joyau une fois poli. Un esprit assombri par les illusions de l'obscurité inhérente à la vie est comme un miroir terni. Une fois poli, il deviendra inéluctablement un clair miroir réfléchissant la nature fondamentale de tous les phénomènes et la réalité essentielle. Faites surgir une foi profonde et polissez constamment votre miroir, jour et nuit. Comment le polir ? Seulement en récitant Nam-myōhō-renge-kyō.* » Bien que le titre implique une recherche, littéralement liée à une destination, de ce que j'en compris ; l'atteinte à la bouddhéité principalement repose sur un voyage spirituel, qui nous plonge dans les abîmes de notre propre vie, afin de puiser dans ce potentiel infini, appelé l'état du bouddha. L'état du bouddha permet de révéler la meilleure version de notre humanité. Un soi authentique que personne et rien ne peut ébranler.

Observons ensemble, la routine derrière sa pratique journalière. Issata dépoussiéra la base de son butsudan, un meuble couleur crème, dans lequel, elle conservait la plupart de ses livres et ses écrits bouddhistes. Elle vérifia la fraîcheur de ses offrandes, remplaça ses bougies, rafraîchit l'eau des vases pour sa verdure. Elle en possédait deux, de chaque côté de son autel, offrit de l'eau dans une petite tasse de saké et brûla un bâton d'encens. Ces bienfaits ne s'inscrivaient pas sur la liste d'obligations bouddhistes, cependant l'autel désignant le point de focus dans l'enseignement de Nichiren, toute marque de respect envers le Gohonzon, démontre une expression de grande sincérité. Donc en accordance avec la loi de causalité, ces actes se refléteraient dans notre vie. Offrir une tasse d'eau fraîche appartient à une vieille coutume indienne, où la valeur de l'eau est considérée d'une extrême importance. C'est pourquoi les pratiquants offrent un verre d'eau au Gohonzon le matin. La verdure symbolise l'éternité de la vie. Les bougies expriment la lumière. Et cette lumière correspond à la sagesse du Bouddha qui illumine nos vies. L'encens illustre le parfum de l'offrande. Cependant si l'on soupçonne une allergie après son utilisation, il est préférable de ne pas s'en asperger. Cela découle du bon sens. En ce qui concerne la nourriture, c'est le cœur qui décide. Les membres de la SGI offrent principalement des fruits, parfois des bonbons, des gâteaux, des chocolats, même du vin. Issata adorait y placer une bouteille de champagne parce qu'au bout du compte, elle seule dégusterait son liquide doré. Son autel nettoyé, non pas qu'il fut sale, mais je me devais d'expliquer la cérémonie, elle commença Gongyo. Et oui, il faut y mettre de l'effort pour devenir heureux.

Gongyo illustrait sa prière quotidienne qu'elle effectuait matin et soir, comme pratique complémentaire, à la

récitation de son mantra. Ce mot signifie pratique assidue. Elle comprend la récitation du chapitre « Hoben » et « Juryo » du Sūtra du Lotus, et exprime le cœur du Bouddha. Pour Issata, elle regardait ce rituel comme une expression de reconnaissance pour la vie et s'engageait matin et soir à réaliser le souhait du Bouddha, à travers ses propres actions. La prière se termine par un vœu : —*En tout temps, je me demande, comment puis-je faire entrer les êtres vivants dans la voie inégalée et acquérir rapidement le corps du Bouddha.* Très clair ! Un Bouddha est un être, en constante méditation dont la mission repose sur cette recherche perpétuelle à guider son prochain vers le bonheur. Trois prières sont offertes pendant cette cérémonie spirituelle, dont une principalement dédiée à nos désirs personnels :
—*Je prie pour révéler ma bouddhéité, mener ma révolution humaine, changer mon karma et réaliser tous mes souhaits.* Lorsqu'elle finit gongyo, elle enchaina avec son mantra :
—Nam-myoho-renge-kyo...

Ça signifie quoi ? Permettez-moi de vous ramener en France, à l'université Paris 8, Vincennes-Saint-Denis où elle étudiait l'anglais et la littérature. Non, elle passa son temps à faire la fête et à tomber amoureuse. Bien évidement elle échoua sa première année qui marqua aussi l'année où elle perdit son père. Il décéda d'un arrêt cardiaque. Un grand homme, fort, anti alcool et nicotine, mais le destin en décida autrement. À l'âge de soixante-dix ans, il s'éteignit.

L'année suivante, elle rencontra Jeanne, de dix ans son aînée, qui préparait le même diplôme qu'elle. Celle-ci l'initia à la récitation de Nam-myoho-renge-kyo, également appelé *Daimoku.*

—*Nam* est l'acte de dévotion ou de dévouement qui dérive du sanskrit, une langue ancienne venant des Indes.

Cette conjonction est principalement utilisée pour des fins religieuses. *Nam* exprime aussi un retour à la source.

—Quant à *Myô,* il désigne l'essence même de la vie, qui transcende l'intellectuel. Cette essence s'exprime sous une forme tangible, qui peut être observée à travers (*hô*). Alors que les phénomènes exprimés par (*hô*) changent, il reste un principe unique et immuable qui les anime tous (*myô*).

En résumé, *Myô* illumine la réalité mystique de la vie et (*hô*) est la manifestation de la loi elle-même. —Ensemble *Myôhô* signifie « loi mystique ». Elle se nomme ainsi car il dérive de l'impossible pour comprendre le fonctionnement de cette loi intellectuellement.

Renge signifie la fleur de Lotus. Dans la culture asiatique, celle-ci se caractérise comme symbole de pureté et noblesse et représente la seule plante qui produit sa fleur et son fruit en même temps. Par conséquent, cela symbolise la simultanéité de la cause et de l'effet. Cette Loi de causalité explique que nous sommes directement responsables de notre destin et que si nous pouvons le créer, nous sommes à même de le transformer.

De ce fait, réciter Nam-myoho-renge-kyo, produit simultanément l'effet de la bouddhéité, qui se manifestera au bon moment. Tout comme la fleur de Lotus ne peut que pousser des racines épaisses et saines et s'épanouir dans un étang boueux où sa fleur reste immaculée, il en va de même avec nos propres vies. L'étang peut être regardé comme notre monde troublé, et la fleur du lotus : Issata, moi, vous, nous, tout simplement. La boue démontre l'expression concrète de nos problèmes qui devient l'engrais nécessaire pour notre croissance spirituelle. Peu importe combien boueux ou sale l'étang apparait, la fleur de lotus fleurit toujours magnifiquement. Le même principe s'applique pour l'être humain.

—*Kyo* signifie littéralement, sutra, la voix, ou l'enseignement du Bouddha. La composition de ces trois lettres, exprime la vibration et l'interconnexion de l'énergie universelle qui imprègne la vie. À l'origine ce caractère était considéré comme le fil d'un ouvrage tissé, en référence à une continuité temporelle. Au fil du temps, on lui attribua un sens supplémentaire, celui de la logique, de la raison et du droit. Et c'est ainsi qu'il fut utilisé pour préserver un enseignement. De part ce nouveau sens, le *Kyo* de *Myoho-renge-kyo*, devient un caractère éternel indiquant que *Nam-myoho-renge-kyo,* est la loi éternelle, de vérité immuable.

Simplement dit, chaque fois que nous articulons *Nam-myoho-renge-kyo*, nous exprimons une prière solennelle, se traduisant par : —Je dédie ma vie, je consacre ma vie, ou je mets ma vie en harmonie avec la Loi Mystique, la loi de causalité, la loi de vérité éternelle et immuable. Issata insista clairement sur le fait, que *Nam-myoho-renge-kyo* n'était pas une formule magique. Néanmoins qu'en basant notre vie sur cette loi, toutes souffrances et épreuves, pouvaient se transformer en source de joie.

De suite, elle fut conquise par l'attitude chaleureuse de Jeanne. Celle-ci débordait d'une extrême compassion qu'elle ne trouva par ailleurs ; pas même avec maman. J'utiliserai Maman pour référer à la mère d'Issata. Secrètement, elle entretenait une immense colère envers elle, un sentiment agressif qu'elle protégeait à travers son amour fraternel pour sa petite soeur Sophia.

Articuler Nam-myoho-renge-kyo ne fut pas tâche facile à observer. Elle rencontra beaucoup de difficultés à établir le rythme de ces six syllabes, mais avant tout, elle dut confronter cette énorme gêne à entendre sa voix. Non seulement celle-ci résonnait d'une tonalité grave, elle fut souvent comparée à une voix masculine quand elle parlait.

Avec le temps et beaucoup de pratique, elle réussit à trouver son propre rythme. Jeanne l'encouragea également à pratiquer pour entrevoir les preuves actuelles de ce bouddhisme. Pourquoi des preuves ? Parce que le but de cette méditation vise à aider quiconque à atteindre ses objectifs dans la vie et tout débutant comme Issata fut encouragée à commencer avec cinq minutes matin et soir pour tester la vérité du bouddhisme de Nichiren.

Elle désirait un petit ami, et décida de tenter sa chance. Elle assista aux réunions bouddhistes du mieux qu'elle put où elle rencontra d'autres membres Français. Elle fut émue par leur approche de la vie. Ils dégageaient tous cet air de confiance et de liberté, tout en soulignant qu'il en dépendait sans doute de leur maturité. Maman n'y vit aucune objection à sa nouvelle foi. —Seul ton bonheur m'importe ma fille, elle lui sourit. Quelquefois Sophia méditait avec elle quand elle rentrait à la maison. Un an après, non seulement Issata ne réalisa pas son objectif mais elle échoua ses études à nouveau. —Finito avec la pratique, et s'aventura pour Londres, comme jeune fille au pair. Ses débuts comme londonienne la déprimèrent. Elle se sentit seule et cette solitude s'exprimait plus encore dans son manque de maitrise de la langue. L'idée de retenter le bouddhisme eut fin d'elle. Mais la famille, chez qui elle vivait, n'acceptait pas qu'elle récita ses mots étranges à haute voix dans leur maison.

« *Rappelons-nous, de sa peau noire, et qu'elle appartenait sans doute à la lignée des grandes sorcières africaines, du temps de Bokassa.* » *Mes jeunes amies se tordirent de rire avec aisance et j'ajoutai souriante :*

« *Je suis contente de voir que vous êtes encore éveillées !*»

Désespérée, elle priait beaucoup. Une autre jeune fille au pair, avec qui elle se lia d'amitié, l'encouragea à visiter le *Citizens Advice Bureau,* l'office des conseils juridiques gratuit. Elle fit connaissance d'une charmante Nigérienne, qui cherchait quelqu'un pour s'occuper de ses deux enfants et son choix spirituel ne la dérangeait guère. C'est ainsi qu'elle se retrouva dans le nord de Londres.

Preuve de la loi mystique ou juste une coïncidence ?

Elle joignit un groupe dans son quartier local, qu'elle adopta telle sa SGI famille. Pratiquer lui inspira plus de plaisir, plutôt qu'une obsession à réaliser quelque chose. Elle sentit comme une force puissante, la pousser vers l'avant, l'expression d'un sentiment d'harmonie avec son environnement, un sentiment d'appartenance. Elle se concentra plus sur l'écoute de sa voix. Puis un jour, elle réalisa : —Ma voix est mon identité ! Ma voix révèle la vérité sur qui je suis ! À l'âge de dix-neuf ans, elle découvrit quelque chose d'unique, un chemin de vie, qui lui donnait de l'espoir, et elle voulait explorer ce quelque chose. Avec son anglais limité, elle étudia autant qu'elle put la philosophie de Nichiren. Après un an de pratique constante, elle se rendit compte qu'elle n'avait pas d'objectif précis dans la vie. Et maintenant ?

—Qu'est-ce que je pouvais savoir de la vie à dix-neuf ans, et encore moins des relations du cœur, elle en conclut ? Son histoire d'amour avec la loi mystique débuta en Octobre 1994, et en 1997, elle épousa sa philosophie en recevant le Gohonzon. Pourquoi le mot mariage ? Car tout engagement est un vœu solennel et Issata venait de promettre de briller en tant que citoyen du monde et représentante de la SGI.

En 2005, commença son aventure chez Voyage Europe. Travailler pour VoyE animait sa fierté, car elle possédait ce luxe et ce privilège de visiter sa famille facilement. Elle me raconta comment elle se cachait dans la gare de Waterloo, derrière la foule pour admirer le défilé des hôtesses. Elles marchaient toutes avec élégance. Leurs maquillages restaient toujours impeccablement appliqués. Leurs yeux brillants, probablement de fatigue, ce qu'elle ne pouvait envisager, elles conduisaient leurs valises roulantes avec confiance. Le même message, elles dégageaient :

—Rouge, comme Voyage Europe. Un jour, elle prit son courage à deux mains et approcha l'une d'entre elles pour conseils. —J'ai commencé comme hôtesse sur les trains, et me voilà coordonnatrice des salons d'affaires. L'énergie énigmatique de Mr. Smith, la pénétra. Il la déshabillait de ses yeux vifs avec violence et insolence. Son sourire provocateur caressait ses sens. —Jimmy a raison, comment pratiquer par rapport à ce que je ressens, elle se demanda, devant son objet de vénération. Issata redoutait ce sujet particulier, car ses vœux ne furent jamais exaucés. Elle n'était pas vierge ! Loin de là, juste qu'elle n'avait jamais eu de vrai petit ami. Pendait qu'elle écoutait sa voix, elle sentit ce poids lourd peser sur son cœur, un bloc aussi étouffant que de se retrouver dans une pièce remplie de fumée, où l'acte de respirer pourrait entrainer une mort subite. Ce poids réveillait une odeur, un parfum douloureux qui lui rappelait ces années de solitude et son incapacité à rencontrer le HP. Des larmes lui montèrent aux yeux.

—Mr. Smith est sûrement un signe de l'univers ? Elle éclata en sanglots, car elle voulait tellement y croire. Mais cette idée la boulversait car croire rimait avec la foi, cette croyance que Jésus, Mahomet et Nichiren surent démontrés à travers leur histoire. —Comment trouver une telle crédence, alors que jamais elle ne se manifesta ? Issata éprouvait du mal, rien que d'y penser. Son coeur rempli de peines et de déceptions, ne contenait plus de place pour rêver. Elle fixa le Gohonzon les yeux mouillés, avec l'espoir qu'une lumière illuminerait son chemin, telle une fée arrivant à coup de baguette magique. Ainsi le tour serait joué. Et hop son iPhone retentit. Jimmy lui offrit à nouveau, une série de photos, soulignant ces instants charnels avec le soupirant de la veille, qui d'ailleurs, elle ne connut le nom. « *J'ai hâte de voir les tiennes avec M. Smith, Chérie ! XX* » —Oh Jimmy, il n'y a vraiment que toi pour y croire, elle ricana ! Dans son amusement, déborda de sa bouche : —La foi c'est comme mon amitié avec Jimmy ! C'est d'avoir confiance ! La fée venait de sonner le glas. Cette lueur qu'elle espérait commençait à luire en elle.

« *Mon Jimmy je t'aime tellement, X !* »

Après ce message, Issata ne put expliquer la détermination spontanée, qui surgit de son cœur :

—Je prie pour que Mr. Smith m'invita à un rendez-vous galant le 16 Mars. Et pourquoi donc cette date ? Car depuis l'histoire de nos ainés, avant même la naissance des sites de rencontres, des hommes et des femmes, se retrouvaient en tête à tête, aux restaurants, bars et même au cinéma. Il n'y avait jamais eu lieu de choisir une date spécifique, telle une prophétie, annoncée par un prophète qui stipulerait avoir reçu, le message personnel, de la voix spirituelle, que l'histoire d'amour d'Issata, tant attendue se concrétiserait le 16Mars.. Parce que, elle m'expliqua, c'était un jour symbolique pour les membres de la SGI. Cette date commémore une occasion qui aurait eu lieu le 16Mars. 1958. Josei Toda, le deuxième président de l'organisation prononça un discours passionné devant 6000 jeunes, leur confiant l'avenir de la

Soka Gakkai et la responsabilité de partager la philosophie humaniste de Nichiren à travers le monde.

Comment cet homme en arriva au bouddhisme alors ?

À l'âge de 19 ans, il rencontra M. Makiguchi, éducateur, auteur et philosophe. Josei Toda lui-même un enseignant, fut touché par sa chaleur et sa vision d'introduire une approche plus humaniste basée sur la création des valeurs, qu'il divisa en trois distinctes catégories : la beauté, le gain, et la bonté. La beauté pour son impact sensoriel émanant de notre rapport à l'esthétique, le gain, une mesure qui ne serait pas juste limitée à l'aspect matériel mais qui soutiendrait l'amélioration de notre vie dans sa globalité. Et la bonté, car elle contribue au bien-être social, au progrès de toute une communauté humaine, par conséquent le « *Grand Bien* » comme il l'exprimait souvent.

Pour ce philosophe acclamé, la valeur s'observait déterminée lorsque la cause ou l'action entreprise contribuait à élever la condition humaine. C'est à travers l'éducation qu'il choisit d'implémenter sa théorie des valeurs. A ses yeux, l'éducation devait servir de tremplin à l'émancipation de chaque élève et c'est dans une œuvre intitulée, *Éducation pour une vie créative des valeurs,* traduit du Japonais (*Soka Kyoikugaku Taikei)*, qu'il partagea son message. Bien entendu, il fut confronté à une très forte opposition. Ses idées contredisaient la politique du gouvernement militaire, mis en place à l'époque.

Tous deux commencèrent à pratiquer le bouddhisme de Nichiren en 1928 et fondèrent la Soka Gakkai, conforme à leur propre philosophie de vie. Makiguchi honora le siège de président avant que celle-ci prenne le nom de la SGI le 26 Janvier 1975. A l'origine, elle s'appelait Soka Kyoiku Gakkai se traduisant par (La société de création de valeur dans l'éducation). « *Je ne pouvais trouver aucune contradiction entre la science, la philosophie, qui est la base de notre société moderne, et l'enseignement du Sūtra du Lotus,* » il déclara en expliquant, sa conversion à ce bouddhisme. Rapidement Toda and Makiguchi devinrent convaincus que la doctrine de Nichiren était le véhicule incontournable du bonheur absolu. Avec ses propres mots, il exprima : « *C'est avec une joie indescriptible que j'ai transformé la façon dont j'ai vécu ma vie pendant près de soixante ans,* » telle fut sa fierté d'avoir découvert cette extraordinaire philosophie de vie.

Il y ressentait, que seule la transformation individuelle, pouvait transformer la société et de ce fait, le monde. D'où l'importance de l'éducation, l'éducation pour être heureux, et non pas étudier dans le but de passer des examens. Pour Makiguchi, l'éducation devait concorder avec la vie réelle. On devait l'enrichir d'expériences humaines et de nouvelles idées pour mieux apprendre. Malheureusement, sa vision des choses n'entrait pas en ligne avec l'autorité de l'époque, qui imposait le Shintoïsme comme religion d'État pour leur campagne de guerre. C'est ainsi que tous deux furent arrêtés, le 6 Juillet 1943, car ils refusèrent de se soumettre à la politique religieuse, de l'armée japonaise.

M. Makiguchi mourut d'une malnutrition extrême en 1944 à l'âge de 73 ans dans la prison de Sugamo à Tokyo, tandis que M. Toda fut libéré le 3 Juillet 1945. À sa sortie, il observa la destruction du pays ainsi que celle de leur organisation. De suite, il se mit à la tâche pour tout reconstruire. De par sa détermination, des millions de personnes adhérèrent à l'enseignement de Nichiren.

Pour comprendre le 16 mars, Josei Toda avait toujours placé l'émancipation de la jeunesse au cœur de sa vision. Pour cette date prévue, il envisagea de convier le Premier ministre à l'une de leurs assemblées générales afin qu'il puisse rencontrer la jeunesse de ce mouvement humaniste.

Tout le monde travailla dur, pour rendre cet événement historique. En effet, ce jour prit une tournure symbolique mais pas comme ces jeunes gens, l'espérèrent. Le chef du pays déclina sa présence à la dernière minute, et envoya sa famille à sa place. Josei Toda, secoué par une effroyable colère et froissé d'une déception inoubliable face à la réponse du Premier ministre, dédia cette journée, à la jeunesse. Cette date représente « *Le jour de Kosen Rufu.* » Kosen Rufu est le but réel de la SGI, mais j'y reviendrai plus tard. Ce jour honore une nouvelle ère menée par la jeunesse, un combat spirituel qui repose sur l'unité de maître et de disciple, un autre aspect important de la SGI, que nous aborderons ensemble. De ce fait, le 16 mars met l'accent sur le nouveau départ. Tout comme notre date de naissance marque notre histoire dans ce monde, ces dates clés, racontent l'histoire de la SGI et la preuve actuelle de l'expansion du mouvement. Voilà pourquoi elle choisit cette date. Le 16 mars pourrait-il apparaitre comme son numéro gagnant ?

Elle partit pour Paris à Noël, chez sa sœur Sophia ; mère de trois enfants, mariée avec Bertrand, un sénégalais ingénieur en informatique. Son premier fils Malcom, fut conçu de l'union d'un amour de jeunesse. Le père, un jeune homme blanc, refusa de reconnaître l'enfant. Quelques années plus tard, elle rencontra Bertrand avec qui elle partage Nelson et Rose. Issata redoutait cette réunion familiale. — Une semaine avec Maman, elle contemplait anxieuse, durant le voyage. Souvenons-nous qu'elle conservait une colère secrète envers Maman. Une colère qu'elle ne comprenait pas et qui prenait grand plaisir à faire ombrage dans son cœur, épiant ses pensées. Dès qu'elle commença à réciter ces mots bizarres et apparemment d'une résonance très profonde, cette amertume envers sa mère, se réveilla silencieusement, mais assez bruyante pour ne passer inaperçue. Elle gisait au centre de son entité, comme un bateau garé dans un port, et anticipait l'arrivée de son propriétaire pour prendre le large. Elle en parla à Jeanne. Celle-ci l'encouragea à pratiquer pour le bonheur de sa mère et de repayer sa dette de reconnaissance envers celle qui lui avait transmise la vie. Nichiren Daishonin rédigea une lettre extrêmement importante à ce sujet, intitulée : « *Les Quatre Dettes de Reconnaissance* » dans laquelle il exprima ses pensées, du point de vue du bouddhisme.

Dans les croyances hindoues, existe en sanskrit, l'expression : « Krita-jna ». Littéralement, « jna », se traduit par reconnaitre et « krita » ce qui a été fait pour nous. Par conséquent, lorsque nous reconnaissons et sommes en mesure d'apprécier ce qui a été fait pour nous, la phase naturelle qui en découle est de mener une vie, consacrée au bien-être des autres pour continuer la transmission de « Krita-jna ». En d'autres termes, c'est l'esprit de reconnaissance et d'appréciation pour le soutien et les soins reçus des autres qui ont contribué à notre croissance personnelle, qui doivent être cultivés. D'où s'acquitter de ses dettes de reconnaissances, à l'occurrence envers nos parents.

La compagnie de Maman répondit à cette angoisse, qu'elle tant redouta. Une gêne étouffante creusait le gouffre de leur relation, déclenchée par un sentiment terrifiant que sa mère réveillait en elle. La vérité dénonçait qu'elle ne connaissait rien d'autre, que cet engouffrement primitif, de vouloir crier, de vouloir hurler, de vouloir gueuler, rien qu'à la regarder. Issata sentait ce manque d'épanouissement, teinté sa vie. Pourtant, elle avait Antoine, son compagnon, qui vint meubler son quotidien, deux ans après la mort de son mari. Antoine, originaire du Portugal, se présentait comme un homme très courtois, cadre supérieur pour une boîte de marketing, sexagénaire avancé, qui préparait sa retraite patiemment comme tout chef d'entreprise, se vente d'étaler quand le moment arrive. Maman travaillait comme réceptionniste à mi-temps, dans l'école *Arc-en-ciel* où ses filles commencèrent leur scolarité. Elle s'y trouvait t la seule femme noire à qui madame Leroix, la directrice de l'établissement, quarante ans auparavant, confia l'accueil de son école. A la naissance de Sophia, sa patronne satisfaite de ses services, elle bénéficia de son poste à temps partiel. Donc elle ne pouvait qu'espérer elle aussi, l'assurance d'une retraite bien méritée. Alors comment entrevoir ces faits ? Que sa mère vivait de sa tristesse ou la colère d'Issata ?

Ce poids pesait tellement lourd, qu'Issata pressentait qu'un jour elle n'engendrerait plus la force à transporter ce fardeau. Et ce jour-là, marquerait la fin de ses angoisses. Heureusement, la présence de ces neveux l'aida à conserver son équilibre mental. Elle les adorait. Surtout Malcom, né le 18 Novembre 2004. J'y reviendrai au 18 novembre. Très bien, je vous offre un petit aperçu. Cette année marquait ses trente-quatre ans et elle détermina de rencontrer son HP en ce jour même. Celui-ci ne se manifesta pas, mais Malcom choisit son entrée au monde ce jour dit. Dès l'instant, qu'elle le serra contre lui, elle ressentit une profonde connexion à sa vie. Malcom se révélait dans la peau d'un enfant doté d'une grande intelligence mais aussi très agité. L'école décrivait le lieu où il rencontrait de grandes difficultés. Sophia expliqua même, qu'il n'exprimait pas les choses.

—Quoi penser ? Sophia psychologue ne comprenait pas un de ses propres enfants à la maison. Personne ne pouvait juger ! Voilà, ce petit résumé sur l'existence de son neveu, qu'elle aimait très fort.

« Issata, je suis tellement heureuse de te voir ! »

C'était le 31 décembre, elle fêtait le réveillon, avec Agnès, son amie de longue date, de dix ans son aînée. Agnès originaire de Suède, imprégnait la personnification parfaite des femmes scandinaves dont les traits riment avec grandeur et minceur, peau pâle et laiteuse, les yeux clairs, mâchoire carrée et petit nez aussi pointu, que le museau d'un chaton, à l'exception de ses cheveux. Ondulés et longs jusqu'au bas de son dos, ils flottaient avec grâce sur ses épaules, dans une noirceur éclatante comparable à la couleur d'ébène. Il y avait un air de Sophia Lauren dans l'expression de ses grands yeux bleus glaçants et celui de son sourire sensuel. Normal, ses gènes contenaient du sang Grec. En un mot, ç'était une bombe. Elle vivait dans le nord de Londres avec son mari Abdul, moitié indien, moitié somalien. Ce beau mélange exotique, fort et musclé, au visage affiné, aux yeux fins et troublants, excédait dans le monde de la mode comme créateur de lingerie pour femme et homme. C'est à l'âge de quarante ans, que cette muse âgée de dix-huit ans à l'époque et que tous les designers internationaux se l'arrachaient pour leurs défilés coquins, vint réveiller son démon du midi. A Milan plus précisément où il venait de signer un contrat, avec la maison Versace. De suite, il tomba amoureux de son regard à la fois sauvage et innocent, la forme de ses lèvres pulpeuses, la lourdeur de ses seins en forme de poire, elle traduisait la femme enfant résidant en elle, que tout homme digne de ce mot aimerait protéger. La finesse de ses jambes, rappelait l'odeur de ces palmiers tropicaux, que l'on ne pourrait cesser de caresser, jusqu'à ce que le fruit mûr tombât de son arbre. Aucun homme ne pouvait résister à son sex-appeal. Et ce fut lui qu'elle choisit. Ils filèrent le parfait amour pendant cinq ans, puis Agnès tomba enceinte et fut forcée d'abandonner son monde. Mère de jumeaux, Joseph et Louis, elle consacrait son temps à les élever et soutenir des œuvres de charité, pendant que son mari voyageait le monde. Issata et Agnès se rencontrèrent à travers le bouddhisme. Elles n'avaient rien en commun, juste une connexion qui ne s'expliquait pas. Néanmoins, en dépit de sa beauté exquise, Agnès possédait un défaut énorme. Elle n'écoutait pas et débordait d'une négligence, incomparable. Sans la qualifier de stupide, elle manquait de jugeote. Ce que Issata n'eut jamais le don de mentionner. Ou si elle tentait, Agnès utilisait sa réplique passe-partout : —Je suis comme je suis ! Que répondre à cela ?

Issta alla même jusqu'à se demander ce que Abdul pouvait lui trouver en dehors de la beauté. Abdul inspirait plus la délicatesse, la clairvoyance et brillait d'un éveil intellectuel fascinant. Agnès cherchait constamment l'attention. —Peut-être que c'est qui elle est, comme elle le souligne si bien, elle se contenta de penser ! La soirée se déroula joyeusement, avec de la bouffe, de l'alcool et des rires. Tous les invités appartenaient au cercle d'amis d'Agnès et Abdul.

Au matin, elle rentra chez elle à Valley Park, au numéro 66. Les chiffres dorés étaient cloués sur la porte noire vernie, d'une maison blanche. L'encadrement des fenêtres se révélait peint en noir aussi. Issata l'appela, la maison noire et blanche. L'entrée agréablement conçue, donnait vue de l'extérieur sur une immense bâtisse de trois étages, convertie en dix studios. Celle-ci avait été entièrement retapée. Un large palmier planté dans un pot en céramique noir, occupait la petite cour au niveau de la vitrine de son studio. Ce fut d'ailleurs ce qui l'incita à prendre le logement.

Personne ne pouvait éviter la Jaguar noire, toujours garée devant la maison, si brillamment astiquée, que quiconque passant dans le coin, pouvait s'admirer comme s'il se regardait dans un miroir. Cependant, cela relevait de l'impossible de jeter un œil à l'intérieur, car toutes les vitres apparaissaient blindées. Rajeev, son propriétaire possédait ce fameux bolide, model XJ6.

Issata longeait la grille de pierres noires et blanches minutieusement posées sur le sol. Quand elle ouvrit la porte, ses yeux se promenèrent le long d'un couloir, décoré par des tableaux d'anges et une photo du Taj Mahal. Le passage menait à la cuisine communale. Elle aperçut des lumières s'échapper de sous les portes des autres apparts. Mais le calme régnait dans la maison. Elle ne connaissait pas vraiment les autres locataires. Un mélange de femmes et d'hommes. Tous professionnels, tous vivaient leurs vies. Elle découvrait de nouveaux visages régulièrement.

« 2012 est l'année, je quitte cet endroit, » elle soupira, lorsqu'elle se glissa dans son nid. —Pourquoi ? Une maison belle, retapée, même les petits anges dans le couloir veillaient sur elle ?

Acheter un appartement, émanait d'un désir qui lui tenait tout aussi bien à cœur que celui de rencontrer l'homme parfait. Elle fit virevolter ses chaussures et regarda tout le bordel qu'elle avait accumulé.

Laissez-moi vous dresser le portrait de son propriétaire, Rajeev Harijan. Dans l'histoire de l'Inde, un *Harijan* représente un membre de la caste la plus démunie, souvent appelée *Intouchable* ou *Dalit*. Littéralement cette caste se traduit comme « cassé » ou « éparpillé » en sanskrit. On les considère comme *intouchables* en raison de leur statut social et leurs rituels, qui sont regardés comme primitifs. En conséquence, on leur imposait des regroupements dans des hameaux en dehors des villes ainsi qu'aux frontières des villages. L'accès aux temples et aux écoles leur firent aussi interdit car l'idée d'un contact physique s'avérait gravement polluant pour les privilégiés de la caste supérieure. Des dires expliquèrent que même la vue de certains d'entre eux se dénonçait comme polluante. Cela explique pourquoi, les tribus furent forcées de vivre dans une existence nocturne. Heureusement, la constitution indienne moderne reconnut officiellement leur sort en établissant légalement leur tribu attitrée. La famille de Rajeev, du côté de son père, put alors accéder à l'éducation. Mais l'histoire explique que dans le système des castes indiennes, celle-ci ne peut être changée car elle bouleverserait l'équilibre cosmique. En d'autres termes, on hérite de la caste de nos parents. Très jeune Rajeev entra dans l'armée. Sa seule ambition demeura d'obtenir la reconnaissance qui se devait à son rang social. Et il visait le rang de maréchal, le rang le plus élevé qui puisse exister dans l'armée indienne. Ce grade dépassait celui d'officier général. Rajeev servit l'armée pendant cinquante ans et pris sa retraite pour s'occuper des propriétés familiales. Il finit colonel à son départ, alors que tous ses camarades dépassèrent son échelon.

Issata rencontra Rajeev, un an avant d'entreprendre son nouveau rôle à VoyE. Il était vêtu de son uniforme militaire, couleur vert bouteille, d'un turban indien rouge, posé sur sa tête. Une moustache taillée, en forme de pansement, décorait son visage aux traits graves et carrés. Cependant, il donnait l'image d'une personne respectable. Elle ne manqua pas de remarquer le nombre de médailles épinglées sur son uniforme, cinq précisément. Il lui expliqua la signification de chacune d'elles. —C'est mon honneur de servir les autres, il n'arrêtait de répéter. Il lui confia que sa femme l'avait abandonné avec sa fille. —Elle n'a jamais compris ma mission, d'aider les autres, il s'écriait passionnément ! —Ma fille est tout pour moi, elle doit trouver un bon mari qui puisse l'aimer, elle et son fils, disait-il. Il s'avéra que sa fille tomba enceinte à l'âge de quinze ans. Comment ? Il n'aborda jamais le sujet. Issata ne sut que dire. Pourquoi partageait-il quelque chose de si personnel avec elle ? Mais elle sut quoi faire de sa voix nasale, qui décrivait le son de sa vie. Jamais n'entendit-elle une fréquence aussi nasillarde que la sienne. Son timbre résonnait comme une plainte, une fuite, quelqu'un qui cachait quelque chose et cette chose siégeait dans sa voix. Et ses yeux ? Ils criaient d'un ton sombre et pénétrant, un portrait cérébral qui soutenait sa théorie —Il cache quelque chose ! —Et moi, comment ai-je atterri ici, elle contempla ce matin-là ?

2 012 vit *L'Année du Développement d'une SGI jeune,*
commencer

—Une autre année de développement, elle commenta
quand le thème fut énoncé ! — Et je dois faire en sorte de
garder cette organisation jeune ! Et puis quoi encore ?
— Faîtes le ménage vous-même !

« Le travail c'est la Santé, » dirait Henri Salvador.

Il n'existait guère de plus beau boulot pour une femme, que
de se réveiller à quatre heures du matin pour vendre la VoyE
expérience aux voyageurs. Surtout lorsque la motivation se
nommait Mr. Smith.

« Bonjour, Michael », elle salua, et l'étreignit.

« Salut ma belle, et bonne année ! »

« Bonne année aussi ! »

« Alors bonnes fêtes ? »

« Comme d'hab, manger et boire ! »

« À qui le dis-tu ?' il ricana.

« Es-tu prête à le voir ?

« Je vois que tu lis dans mes pensées, » elle s'éclipsa.

Les premières heures s'effilochèrent comme un fil à tisser. Elles peignirent sa matinée, de sourires et de bienveillance, une toile qu'elle chérissait précieusement, car elle l'avait entamée de ses propres mains, à petits points de couture appliqués avec patience et reconnaissance.

L'heure de sa pause se pointa, elle quitta le salon pour prendre l'air. À son retour, un nombre incroyable de passagers occupait toujours son salon. Même la zone privée était bondée de *BFirst,* un attroupement que jamais elle n'observa. L'un d'eux commença à la complimenter sur sa beauté et ventait ses mérites de connaitre l'Afrique, car il travaillait à Dakar. Pas le moins intéressée, Issata de penser :

—Mr. Smith arrivera d'une minute à l'autre.

« Enchantée de vous rencontrer, » elle tenta.

Son regard se dirigeait frénétiquement vers la grande horloge romaine murale dans la zone réservée. Mais le client poursuivit sa conversation, déterminé à exposer ses connaissances culturelles. Son cœur battait comme une bombe à retardement, prête à exploser. Elle s'était languit de leurs précieuses retrouvailles, depuis trois semaines, où elle se positionnerait à son balcon imaginaire, ses cellules féminines dansant de joie, en guettant son arrivée.

—Quelqu'un doit m'aider, son cerveau gémit. Les larmes commencèrent à briller dans ses yeux. Son téléphone sonna.

« Oui Michael, » s'écria-t-elle nerveusement.

« Il est sur son chemin ! »

« Ok ! »

Elle flaira sa présence au parfum mystérieux qui attisait des saveurs sexuelles. Oui, elle pouvait le goûter. Elle détenait le flair de son arôme unique, que même le meilleur critique culinaire trouverait difficile à détecter. Puis, elle entendit ses pas célèbres, sa tap dance. Son pas produisait un son très distinct, un phrasé musical, un rythme, une mélodie qui guidait ses pieds. Pour Issata, cette résonnance romantique guidait juste son cœur. La progression de cette marche fulgurante s'amplifia intensément dans l'escalier.

« Monsieur, je dois y aller maintenant, »

« Je voyage à nouveau le mois prochain. »

Issata s'éloigna de lui et fouilla le salon du regard. Ses pupilles recherchaient un homme grand, beau, à peau blanche, pigmentée de petites taches brunes ; cheveux roux et aux yeux bleus comme l'Océan Indien. Ce n'était quand même pas compliqué ? Le brouhaha du salon rempli à craquer, l'assommait et personne ne correspondait à cette description. —Merde alors, elle marmonna ! —Où est-il ? —Pourquoi n'est-il pas venu me rejoindre dans la zone privée ? —Depuis le temps il devrait bien savoir que j'y serais ? Ses yeux scrutèrent tous les recoins de la salle, même ceux que les agents de surfaces avaient pour habitude de négliger. La plupart des voyageurs conversaient dans leurs petites bulles. Certains l'approchèrent, elle simula un sourire.

—Heureusement, qu'ils ne peuvent pas lire mes pensées, elle commentait derrière une posture très professionnelle ! Perdant patience, elle s'apprêtait à appeler Michael, quand le lustre doux d'une paire de chaussure en cuir brun à la semelle rouge attira son attention. Elle reconnut la signature et le vit assis, caché dans petit un coin. Il lisait le FT. Il la remarqua. Facile pour lui, elle désignait la femme noire en rouge. Non, elle n'honorait pas la seule employée vêtue de rouge, et la couleur de sa peau ne se limitait pas qu'à Issata Shérif, dans ce salon d'affaire. Ceci dit, elle endossait l'image de la seule personne dans ce lieu paradisiaque qui rendait à ce ton rouge, sa couleur sacrée. Elle décriait l'onomatopée de cette rougeur érotique. Il la dévorait secrètement par-dessus son journal, un air de triomphe, brillait dans ses yeux. C'est alors que ces cinq minutes de tension qui lui semblèrent interminables, se dissipèrent. Elle marchait lentement vers lui, *Air sur la corde G* émanant de sa personne. Il l'observa marcher, écoutant le son de ses pas mélodieux. Son regard bleu caressait ses jolies jambes élancées. Issata flottait au ralenti. Ses talons transmettaient le seul timbre majestueux, sur ce sol onéreux qu'animait ce marbre. Les larges carrelets posés sous forme de damier, dominés par trois couleurs complémentaires, un blanc de neige, un beige au ton caramel et un mélange de cuivre chocolaté, prirent une dimension des plus somptueuses. Combien de fois par semaines, par mois, s'engageait-elle sur ce parquet qui invitait des milliers de personnes à se piétiner les uns, sur les autres, comme s'ils pratiquaient le tango ? À plusieurs occasions, Ils tournoyaient avec leurs valises, dansant la salsa du démon et courraient chopper leur train. Mais ce lundi-là, dénonçait une réalité particulière, une vérité authentique. Ce lundi-là, elle s'en souviendra pour l'éternité. Elle atteignit son siège, le cœur battant nerveusement. Ses yeux s'attardèrent sur sa chemise rose en soie, entrouverte, qui ne demandait qu'à être retirée. Celle-ci même se révélait sous un costume noir à fine rayure.

« Bonjour Issata, je vous attendais. »

Au son de sa voix, le martèlement de son cœur s'accélérera, la preuve cardiaque qu'elle vivait encore. Ensorcelée par la force de persuasion qui tonifiait sa voix, —Vous m'attendiez, elle répéta silencieusement. Les mots se liquéfièrent lentement. Elle les sentit fondre comme un bon beurre français, qui frémit dans une casserole à feu doux. On y ajoute du sel, du poivre, de l'ail, du vin blanc…Et ? Issata sépara ses lèvres, pour accommoder une respiration rapide :

« Bonjour, » elle balbutia. « Pourquoi n'êtes-vous pas venu me voir ? » s'empressa de suivre.

« Je viens de vous le dire ! Et je ne voulais pas avoir à vous partager avec les autres voyageurs. » La voix de l'avocat plaida sa cause.

« Je vois, » elle soupira, embarrassée.

« Bonne année, » il poursuivit.

« Oui, bien sûr, bonne année ! » Sa langue se fourcha, puis plus rien.

Mr. Smith ne perdit une goutte de ce spectacle qu'elle lui offrait. Il la dévisageait de haut en bas, confiant d'avoir gagné le procès. Surtout lorsque son opposante inspirait la femme rêveuse qui se laisserait séduire même dans son pire cauchemar. Ces hommes-là ne vivaient que pour la victoire. Le mot « défaite » n'existait pas dans leur dictionnaire.

Issata frissonnait de sueur. Elle resta bloquée, son regard perdu dans le lagon bleu de ses yeux. La sueur glissait sous ses aisselles. —Bonne année, c'est tout ce que tu trouves à dire ? Elle plaidait coupable ! Mr. Smith était divinement beau, et elle lui découvrait une nouvelle beauté. La dominance du rouge dans ses cheveux, déteignait plutôt vers un ton cuivre brun, ce qui expliquerait presque le contraste entre sa peau blanche et ce regard obsédé par le pouvoir. Qu'était-elle en train d'affirmer ? Que la beauté se révélait dans l'obsession, ou que l'obsession, en partenariat avec le désir animait la beauté ? Ou appliquait-elle tout simplement ce proverbe si connu d'Oscar Wilde : *« La beauté est dans les yeux de celui qui regarde »* ? Cette observation ne lui donna pas la solution à son malaise. Elle se sentit exposée, sans défense. Elle n'osait bouger par peur de dévoiler des flaques d'eau malodorantes sur le parquet luxueux. Elle s'enfonçait dans sa terreur. Effrayée de s'évanouir, étrangement, l'image de ces femmes du passé, coincées dans leur corset, effleura son esprit. Comment arrivaient-elles à respirer, avec le nez de tous ces gros cochons toujours fourrés dans leurs nichons ? Comme s'il entendit sa question, l'avocat laissa entendre naturellement : « Issata, cette année j'aimerais passer du temps avec vous en dehors du salon. »

Ses yeux s'écarquillèrent. Son cœur cogna violement dans sa poitrine. Elle entrouvrit sa bouche. Ses lèvres tremblèrent. Son cerveau gela de panique. —Alors, nous ne sommes plus Joséphine Baker ! une petite voix murmura. Lui, l'observait d'un air jouissif.

« Moi aussi ! » détonna de sa bouche.

Peu surpris, il commenta :

« Je vois que nous voulons tous les deux la même chose. »

—Mais quelle idiote, elle hurla en elle !

« Et vos fêtes ? » il continua.

« Mes fêtes ? Je suis allée en France, » elle beugla.

« Seule ? »

« Oui et vous ?»

« J'étais à New York. »

« New York ? »

« J'ai passé Noël avec des amis. »

« Oh ? »

« Juste des amis Issata ! » il souligna.

L'annonce de l'embarquement retentit dans les oreilles d'une Issata déstabilisée. Il se leva et ajusta le nœud de sa cravate. Elle le regarda enfiler son long manteau noir.

« Êtes-vous autorisée à m'accompagner sur le quai ? » Au ton de sa voix, elle comprit clairement qu'elle n'avait aucun choix.

« Bien sûr, je reviens. » ses dents claquèrent.

Elle s'éloigna nerveuse. —Calme toi, tu l'emmènes juste sur la plateforme. Couverte de son manteau du travail, elle le trouve près de l'ascenseur avec deux autres voyageurs qu'elle ne connaissait pas. Lorsque l'ascenseur arriva, Issata les laissa tous entrer en premier. Collée contre lui, son esprit divaguait d'étourdissements. La chaleur de son corps frotté au sien, elle respira son odeur sauvage qui flirtait avec ses hormones. Frémissante, elle se demandait si les deux autres voyageurs pouvaient détecter l'énergie chimique qui les reliait. Elle n'eut pas le temps de le découvrir. Les portes de l'ascenseur s'ouvrirent. Ils sortirent tous.

« Tout va bien Issata ? »

« Oui merci, j'étouffais un peu à l'intérieur, » elle répondit gênée.

« *Moi aussi, j'avais un peu chaud mais pour des raisons très différentes.* » Son français était impeccable. Il prononça ses mots dans un doux grognement qui alimentait une faim insatiable.

« Vous parlez Français ?»

« *Je parle plusieurs langues, dont une en particulier.* » Il insista sur la fin de sa phrase. Elle captura le petit sourire en coin, qui révélait sans doute cette compétence linguistique, dont il semblait fier. Elle aurait pu chercher à en savoir plus sur ce talent qu'il possédait, mais elle se contenta de jeter sa tête en arrière et rit sottement.

« Nous devrions y aller maintenant. »

Elle emboîta les pas. Il la suivit sans rien dire.

Ils passèrent devant la réception sous les yeux d'un Michael amusé et impatient de la cuisiner. A nouveau, ils se retrouvèrent côte à côte sur le tapis roulant, déjà bondé de voyageurs. Elle regardait droit devant elle, de peur de croiser son regard. Lorsqu'ils atteignirent la plate-forme, elle regarda dans sa direction et le coinça à la regarder.

« Voiture 14, » il sourit.

Ils s'aventurèrent silencieusement. Des habitués lui firent des signes. Elle répondit d'un hochement de tête, par simple politesse, afin de bloquer les milliers de pensées qui bourdonnaient dans son esprit.

« Nous y voilà ! » Mr. Smith s'arrêta devant l'entrée de sa voiture.

« Alors bon voyage Mr. Smith. »

« Issata, dorénavant j'aimerais que vous m'appeliez Dan ! »

« Je vous demande pardon ? »

« Dan est mon petit nom, » il murmura, et garda son attention uniquement sur elle.

« Si vous voulez. »

« Je viens de vous le suggérer ! »

« Il faut juste que je m'y habitue, » elle balbutia.

« Essayez maintenant, » il insista.

Elle le regarda perplexe.

« Dites mon nom, vous verrez ce n'est qu'un passage ! Après vous ne pourriez plus vous en passer. »

« Dan, » elle éclata de rire.

« Vous voyez, ce n'était pas si dur ! »

« Vous devriez monter dans le train ! » elle coupa rapidement.

« J'aimerais tellement vous emmener avec moi. » Il se rapprocha d'elle et toucha sa main.

« Mr. Smith! »

« Dan, » il rectifia.

« Oui, Dan je suis au travail ! » elle s'empressa de retirer sa main.

« Je ne vous plais pas ? »

« Mais si ! » elle s'écria et sentit les regards tournés vers elle.

« Donc à la semaine prochaine ! » Il lui lança un clin d'œil et grimpa dans le train.

« Alors ? » Michael voulut savoir, quand il la vit se précipiter vers lui.

« Il veut que j'appelle Dan ! »

« C'est clair qu'il te drague ! »

« C'est aussi un client. »

« Toi aussi tu l'aimes bien ? »

« J'avoue et je me sens ensorcelée par sa présence. »

« Pourtant c'est toi l'africaine, si je ne m'abuse ! »

« Michael, » elle s'esclaffa de rire.

« À toi de voir ce qu'il veut vraiment ! Mais dis-moi, n'aurais-tu pas perdu du poids ? » il analysa sa silhouette.

« Je ne sais pas. »

« J'ai l'impression ma chérie, fais attention. »

« J'y veillerai. »

« Comment allez-vous ma chère ? » elle entendit une voix nasillarde, alors qu'elle introduisit sa clé dans la serrure de sa porte. —Oh non pas lui, elle rumina. Ravalant sa fierté, elle se retourna. « Je vais bien merci, et vous ? »

« Je n'ai pas à me plaindre ! Je suis votre serviteur et reconnaissant de vous avoir comme locataire. Sans vous, je ne serais qu'un simple rabat joie.

—Et voilà que ça recommence, toujours ces mêmes phrases mielleuses !

« Comment va le travail ? »

« Je viens d'arriver. »

« Oh je vois, vous devez être fatiguée. »

« Effectivement, vous désirez quelque chose ? »

« Non, j'aime conserver des relations très humaines avec mes locataires. »

« Merci de m'informer ! » Elle poussa sa porte.

« Prenez-soin de vous et que dieu vous bénisses. Vous êtes comme une sœur, n'hésitez pas à me contacter, si vous avez besoin de quoi que ce soit. »

Issata se barricada dans son chez soi. —Vous n'avez rien d'autre à faire ? elle analysait, faisant voler ses chaussures. —Toujours dans la maison comme si quelque chose s'était passé ici. —Et ce vert hideux de votre uniforme, il renferme comme un présage. Elle retira méthodiquement ses vêtements, commençant par ses bas, sa culotte, d'accord son string, puis remonta délicatement vers sa robe. C'est alors que l'image de ces oiseaux noirs, symboles célèbres d'Alfred Hitchcock, dans son film, *Les Oiseaux,* lui traversa l'esprit. L'histoire commence avec deux beaux oiseaux verts, des tourtereaux plus précisément. Mais derrière leur charme, reposait un lourd secret. —Tout comme Rajeev, toujours propre, voire trop propre ! Elle suivit sa routine habituelle : avala un verre de Prosecco, ou plutôt deux, grignota, les restes de take-away du Japonais du coin, et s'enfila deux clopes avant de faire sa sieste. Deux heures plus tard, elle émergerait de son roupillon, utiliserait son petit joujou rose, pour jeune femme en détresse. *Je m'arrêtais un moment, pour vérifier qu'elle comprenait ce à quoi je referai. De par leurs éclats de rire, j'en conclu, qu'elles avaient compris. À leur âge, je n'avais personne avec qui parler de sexe. Je dus étudier seule, cette discipline naturelle. Je n'en suis pas une experte mais je possède mes propres compétences dans ce département que je mis en pratique, à plusieurs occasions.* —Se retirerait dans sa salle de bain, prendrait sa douche et on remettrait tout ça pour le lendemain. Ce lundi-là, elle ajouta soirée entre filles à sa liste.

« Ma chérie, » Agnès s'écria, l'accueillant chez elle. Agnès avait revêtu une longue robe de soirée rouge au décolleté dangereusement plongeant, valorisée par une paire de souliers argentés à talons aiguilles, qui mettaient en valeur ses orteils peints en rouge. Alors qu'Issata portait une veste grise en laine, style caban, qui recouvrait ce que l'on pourrait lui deviner un slim jeans noir et un col roulé. Un béret couleur prune en accord à la couleur de ses bottines à haut talons carrés, habillait son crâne.

« Salut Agnès, » elle étreignit son amie. « Tu as l'intention de participer à un gala ? » elle ajouta, sans la moindre surprise. Le confort, l'argent, ses souvenirs du temps de ses couvertures de Vogue et Gala, furent tout ce qui lui restaient.

« Ce soir c'est la fête ! C'est toi qui aurais dû faire un effort, surtout si tu veux rencontrer un mec ! »

— Et qui te dit que je ne l'ai pas rencontré, elle pensa fortement. « Sauf que moi je bosse demain ! » ses lèvres défendirent.

« Oui je sais tout ça. Allons dans la cuisine ! »

Les deux amies traversèrent le long et spacieux couloir qui les séparait de la cuisine. Agnès avait déjà tout préparé. Une bouteille de *Dom Pérignon* et un plateau de fruit de mer les attendaient.

« C'est la raison pour laquelle, j'aime tes invitations ! » Issata dévorait des yeux, le festin qui lui souriait.

Des huitres, des langoustines et du saumon fumé étaient tous joliment habillés de citron et de persil pour faire face à leur destin.

« Mets-toi à l'aise. » dit Agnès et s'affaira à ouvrir la bouteille. Le bouchon en liège sauta. Elle versa le liquide doré dans leurs flutes.

« Santé, » s'exclama Agnès, et offrit une flute à son amie, une fois qu'elle fut installée.

« Santé, » Issata renchérit. Toutes deux guidèrent leurs verres à leurs bouches.

« Le champagne il n'y a que cela de vrai ! » dit Issata.

« On en a pour toute la nuit ! » Agnès rebut une lichée.

« Comment vont les garçons ? »

« Super bien, en déplacement avec leur père à Milan. »

« La chance. »

« Oui j'ai beaucoup de chance ! »

—Je parlais de tes fils, Issata d'observer dans sa tête.

« Nous nous sommes bien amusés le soir du réveillon. Ça faisait tellement longtemps que je n'avais pas autant bu. J'adore vous avoir tous autour de moi, ça me rappelle mes temps sur les podiums. » Elle s'alluma une cigarette. Tirant une bouffée, ses yeux brillèrent, en revisitant les passages de sa jeunesse.

« J'imagine que ce rôle de maman a dû affecter ton rythme de vie ? J'admire les couples qui ont des enfants, bien que je n'en désire pas moi-même car de nos jours, c'est une énorme responsabilité ! » Issata reconnut, s'allumant une clope aussi.

« Oui, mais je n'ai pas à me plaindre ! Abdul et mes chouchous représentent tout pour moi ! » sa voix de diva roucoula. « D'ailleurs toi aussi il serait temps que tu rencontres quelqu'un. Une belle fille comme toi ! Sûrement que dans ton salon, tu dois bien pouvoir rencontrer un petit business man sympa ? »

—C'est tout à fait du Agnès ça, pensa Issata ! C'est bien la pire des choses à balancer à une femme. Déjà que c'est difficile de se l'avouer, mais si en plus de ça, celle que je crois être mon amie, me le rabâche constamment. Les larmes lui montèrent aux yeux. —Comment peux-tu être si insensible aux sentiments des autres, elle eut envie de crier. Moi aussi j'aimerais tellement rencontrer quelqu'un ! Moi aussi j'aimerais vivre dans une grande maison et sentir la présence d'un homme, qui m'encourage, me rassure, m'inspire. Et là, le sourire de Dan vint la secourir. Flottant sur l'écran de son esprit, ce sourire parfait, lui donnait l'espoir que quelqu'un puisse s'intéresser à elle. —Parce que tu crois que tu es la seule femme au monde à avoir un mec, elle analysa ? Peut-être que ton Abdul se tape des gonzesses ? Il est tout le temps entouré de petites fleurs fraîches ! Elle prit une grande inspiration.

« Ben peut-être qu'il y a quelqu'un ! » elle lança et avala d'une traite son champagne. Dans son élan, elle présenta son verre, pour une deuxième tournée. Son cœur battait rapidement. Pour une fois, c'était son histoire, sa romance.

« Petite cachotière ! Vas-y annonce ! »

« Rempli mon verre d'abord, car ce genre d'histoire ça donne soif ! »

Agnès s'exécuta, sans s'oublier.

« Champagne pour Madame. »

Elles s'enfilèrent une bonne lichée.

« Il s'appelle comment ? »

« Daniel Smith, il est avocat ! »

« Avocat, c'est bon ça ! Et ? »

« Il est beau, il est sexy et il parle Français. Ce matin, il m'a demandé de l'escorter sur le quai et de l'appeler par son petit nom, Dan. » Elle finit son résumé, frémissante. Elle n'avait pas partagé énormément, mais juste de parler de lui, la rendait heureuse.

« Mais c'est super ! Il faut qu'il t'invite boire un verre ! »

« Il me l'a proposé, donc à voir ! »

« Issata ça se fête ! Et si on goûtait à ces petites créatures avant qu'elles fondent toutes. Elles se sont faites belles pour nous ! » elle jeta un coup d'œil sur son plateau maritime.

« Il n'y a que toi pour ce genre de métaphore. » Issata éclata de rire.

« Mais le saumon est un mot masculin, alors il l'emporte sur le féminin ! »

« Toi aussi tu en as de la retenue ! Disons que de nos jours, on ne sait plus qui est saumon et qui est crevette ! » Toutes deux s'esclaffèrent à s'en rouler par terre.

« Merci Agnès. J'avais besoin d'en parler ! J'aimerais tellement y croire, tu sais ! » elle soupira et se laissa tenter par la langoustine.

« Et ton pote Jimmy, il en pense quoi ? C'est un homme et les gays ils ont du flair pour ce genre de situation. »

Agnès ne connaissait pas vraiment Jimmy. Elle ne le rencontra qu'une fois, à l'anniversaire d'Issata. Celui-ci l'avait trouvé d'un ennui mondain avec ses anecdotes de Drama Queen. Il se demandait même comment elle se lia d'amitié avec quelqu'une d'aussi vaine. « Je ne sais pas, » elle aurait expliqué.

« Bien sûr, il est super excité pour moi ! » une bouche encore pleine de chair de poisson, elle laissa sortir.

« C'est délicieux ! » elle ajouta.

« Oui, j'ai commandé chez Scott, le poissonnier ! »

« J'achète aussi chez eux. » elle s'enfila du champagne.

« Mais dis-moi, tu penses quoi de Dan ? » Elle désirait lui raconter, jusqu'au plus petit détail, ses matinées avec lui.

« T'inquiètes ma belle tu le trouveras ton prince ! Regarde-moi, je l'ai bien rencontré ! » Elle choppa une huitre et la lapa comme un chat sifflerait son lait. « Ce fut le coup de foudre ! Nous parcourûmes le monde ensemble… »

—S'il te plait, pour une fois, parlons de moi, elle saignait tristement de pouvoir décrier. Car elle connaissait de long en large, les états d'âmes de son amie jusqu'à en être forcée d'écouter la première fois qu'Abdul l'aurait sautée. Trop tard, Agnès s'adonna à énumérer les mêmes histoires, qu'elle entendit des milliers de fois, au cours de leurs vingt ans d'amitié. Il ne lui restait qu'un seul choix, celui de l'écouter et de lire ce dédain dans ses yeux qui lui rappelait qu'elle était seule. Et qu'elle, Agnès, vivait avec son mari et ses fils, dans une grande baraque qui puait le fric. Heureusement le champagne l'aida à soulager sa torture émotionnelle…

Le lendemain, le réveil s'annonça très dur et ainsi s'enchaîna le reste de la semaine. Sa seule motivation s'appelait *Lundi*.

« J'ai une surprise pour toi » lança Michael, le regard excité, lorsqu'elle approcha la réception.

« Dis-moi, » elle lança, et l'embrassa.

« C'est son anniversaire le 16 Février. »

« Qui ? »

« Ton Mr. Smith. »

« T'es sérieux ? Mais c'est le mois prochain ? »

« J'ai regardé son profil sur notre base de données. Il est né le 16 Février 1962. »

« Michael tu es une star ! »

« Tu pourrais lui offrir une carte de la part de l'équipe du salon. »

« Quelle idée géniale ! »

« Mais fais gaffe quand même car tu as vraiment perdu du poids, » il la détailla inquiet.

« Vraiment ? Je ne m'en rends pas compte. »

« Tu as apporté tellement au salon. Ce serait dommage que quelque chose t'arrive. »

« Merci Michael. » Elle s'éclipsa, le cœur enflammé de joie. « Bonjour » par ci, « Bonjour » par là. « Bon week-end ? » Toute forme de politesses s'échangeait comme à chaque semaine, dès qu'elle atteignait son étage.

À 9h45, elle prit sa position et attendit patiemment l'appel de son collègue.

« Allo, » elle répondit à la première sonnerie.

« Il ne voyage pas aujourd'hui. Sa secrétaire vient de téléphoner. »

« Quoi ? » Les larmes lui montèrent aux yeux.

« Elle l'a dit de t'informer qu'il a une urgence et qu'il était impatient de te revoir. »

« Je n'y crois pas. »

« Cela te laisse le temps de lui préparer sa carte. »

« Et la semaine prochaine ? »

« Elle n'a rien dit d'autre. »

« Michael, je ne sais pas quoi penser ! Le fait qu'il me prévienne c'est un signe ? »

« Ça, tu devras le découvrir par toi-même. »

Comment réussit-elle à assurer le reste de son temps de travail ? Elle trouva tout juste la force de retirer ses chaussures puantes de transpirations, quand elle franchit sa porte d'entrée, et s'affala dans son lit. Lorsqu'elle entrouvrit les yeux, elle ne put définir combien de temps elle sombra dans ce repos confortable. Mais la grisaille qui éclairait son studio, lui signalait qu'elle dormit un long moment. Effectivement, l'écran de son iPhone inscrivait dix-huit heures et elle se découvrit encore vêtue de son uniforme. Paniquée, elle se redressa et peina à se sortir du lit car la fatigue la dominait. —Qu'est-ce qui m'arrive ? Elle alluma sa lampe de chevet et se déshabilla. S'affichant nue tel un ver de terre devant son miroir, elle confronta sa silhouette et s'écouta penser : —C'est vrai que j'ai maigri ! Ses jambes si bien dessinées depuis son adolescence, évoquaient ces fines branches d'arbres séchées, prêtes à craquer au moindre mouvement brusque. Ses bras ressemblaient à des tiges de fleurs sur le point de faner. Et ses seins, seuls les tétons, comparables à des bourgeons, les maintenaient encore visibles. Elle soupira et disparut dans la salle de bain pour pisser. Son regard se tourna vers sa cabine de douche. —On verra ça demain, elle souffla et ce même soupir la renvoya au lit. Elle voulait juste dormir.

Le scénario se répéta tout au long de la semaine, animé de violentes douleur musculaires. Elle se réveillait en larmes tant la douleur la bouffait. Recroquevillée dans son lit, elle n'osait bouger. Seule, au milieu de son matelas, elle ressemblait à un fœtus. Personne à ses côtés pour la protéger. Un seul mouvement envoyait des flammes à son système nerveux. Jamais, elle ne subit une telle agonie physique. Ça brulait ! Ça piquait, comme si on la bombardait d'aiguilles enflammées. Sa souffrance commençait au niveau du bassin et se déplaçait tout au long de ses jambes. Le feu montait et redescendait. Des toux grasses et des maux de tête à lui briser le crâne, s'ajoutèrent à son affliction. Tous les jours elle arrivait au salon, droguée de pilules qui ne servaient à rien. Tous s'inquiétèrent, ses collègues et les voyageurs.

—Je suis fatiguée, elle défendait.

Assommée par la douleur, le samedi matin, elle ouvrit les yeux. Affaiblie par la fatigue, ces mêmes yeux virevoltèrent dans la pièce telles deux âmes abandonnées, dans ce monde troublé, dans lequel elle sombrait.

—J'en peux plus, résonna dans son esprit, alors qu'elle se trouvait encore au lit. Et elle devait rencontrer Jimmy pour déjeuner. —Je pourrais annuler, il me comprendrait ? Elle gémit. Son corps de femme réclamait une potion miraculeuse pour soulager son agonie. « On se retrouve toujours pour treize heures ? » Ce texto de Jimmy l'aida à décider. —J'ai besoin de le voir. Et puis cela me fera du bien.

« Mais ça va ? » il encadra ses épaules de ses mains, la fixant. Dès qu'il l'aperçut entrer l'Auberge, un restaurant Français, situé à la station de Waterloo, il remarqua de suite, que quelque chose clochait.

Après leur échange furtif, elle décolla du lit, s'enfuit dans la salle de bain et prit racine sous la douche pendant un temps qu'elle ne saurait dire. Juste qu'elle devait s'activer. Elle portait un jeans, ses bottines prunes, une veste noire manteau de chez Zara, sa tête couverte d'un bonnet noir à pompon, mais avait omit de se maquiller.

« Mon Jimmy, je suis juste fatiguée. » Elle se blottit dans ses bras. Il la serra contre lui et lui colla deux bises sur les joues.

« Je suis quand même inquiet, tu as perdu énormément de poids, ce n'est pas normal. » il continua, se détachant d'elle.

« Tout le monde me le répète, je vais consulter. »

« Oui et ne perds pas de temps ! Maintenant passons un bon moment ! »

Ils s'assirent et il fit signe au serveur, un petit jeune aux cheveux bruns frisés, de peau basanée.

« Donc il n'a pas voyagé ? »

« Non et ça m'a fait bizarre. J'ai presque l'impression d'avoir reçu un choc émotionnel car tous les lundis je suis prête à l'accueillir. »

« En même temps, si c'est un homme d'affaire, il doit être très occupé. »

« Je sais, mais il m'a laissé un message. »

« Pour l'instant, prends soin de toi. Avec ces horaires de dingue que tu mènes, je ne serais pas surpris que tu aies choppé une saloperie ? »

Le jeune serveur les approcha, avec une bouteille de champagne, et un plateau de charcuteries, garni de cacahuètes et de cornichons.

« Mon Jimmy, » elle souffla.

« On va te refaire une santé ! »

Le jeunot, qui ne laissa pas Jimmy indifférent, ouvrit la bouteille et remplit leurs verres.

« Je reviens tout à l'heure pour prendre votre commande. »

« Parfait, » Jimmy sourit et le regarda s'éloigner.

« Santé ma belle, » il poursuivit, en levant son verre.

« J'ai surtout vu comment tu l'as maté, » elle renchérit.

« Oui, je le croquerais bien, mais on est là pour toi. » Ils s'enfilèrent une gorgée.

« Pour en revenir à toi, vois-tu Pascal ? »

Pascal était son responsable, et le coordinateur de tous les salons de VoyE.

« Pour être honnête, j'ai dû le voir, maximum trois fois depuis que j'ai commencé au salon. VoyE proposa cette idée et je l'ai réalisée. »

« En fait, il n'existe aucune véritable description pour ce poste ? »

« Quand j'y pense, tu as tout à fait raison. J'étais tellement excitée de faire quelque chose de différent. De toute façon Vendredi prochain je suis en vacances ! J'ai sans doute besoin de repos ! »

« Moi aussi, lundi je pars en déplacement sur Bruxelles pour dix jours, en tout cas, promets-moi d'utiliser ce temps pour te reposer. VoyE devrait s'occuper de toi. Il faut que tu contactes Pascal parce ce n'est pas normal que tu perdes autant de poids. Et tes yeux, ton regard est complètement éteint. »

« Pour mes yeux, j'avoue, je n'avais pas l'énergie pour me maquiller. » Un petit sourire se dessina au coin des lèvres.

« Issata, je sais qu'il se passe quelque chose en toi. » Son regard tendre la dévisageait.

« Je vais suivre tes conseils. Et Andrew ? »

« Mon dieu, c'était l'année dernière ! Nous sommes allés au *Rodizio Rico* restaurant brésilien sur Angel… et il était tout simplement ennuyeux. »

« Cela signifie que vous n'avez pas peint Van Gogh ? »

« Si, on l'a un peu peint. Un peu beaucoup même ! La peinture, c'est tout ce que nous partageons en commun, l'histoire de ma vie ! »

« Moi aussi, j'aimerais peindre ! » elle soupira.

« Bientôt ma chérie ! »

« Alors, c'est vraiment fini ? »

« On est tellement en osmose quand on baise, mais il est trop jeune ! »

« Il est trop jeune ou tu es trop vieux ? »

« Vous avez choisi ? » le serveur, intervint.

« Steak frite ? » Jimmy proposa.

« Ça me convient. »

« Et une bouteille de Côtes du Rhône, » il ajouta.

« On va dire les deux, » il lui sourit, puis le serveur déguerpit.

Tout au long du repas, Jimmy ne sentit pas son amie. Même après deux bouteilles…

Elle ne vit pas Dimanche passer. Elle resta au lit toute la journée. Lundi, elle se traina au travail. Dan n'honora pas leur rendez-vous. Aucun message ne lui parvint.

À mesure que les jours passèrent, sa santé se détériorait sur la même intensité que son désir de voir cet homme. Sa silhouette rétrécissait à vue d'œil. Elle peinait à respirer. La nuit, elle commença à nager dans sa sueur, et se réveillait, complètement trempée, comme si quelqu'un lui aurait versé de l'eau. Au grand jour, elle ressemblait à une fleur flétrie, condamnée à mourir de sécheresse. Elle se sentit poursuivie par des lumières blanches. Ces étincelles vicieuses, flottaient devant ses yeux et aggravaient son habilité à voir. L'appétit la quitta, le manque de concentration l'irritait. Au salon, tous remarquèrent un changement radical dans son comportement. Elle se confinait dans un silence total et fut même trouvée en train de dormir dans la zone privée. Une couleur indigo, rayonnait sur son visage. Lorsqu'elle marchait dans la rue, une anxiété étrange la guettait. Elle était convaincue qu'une forme invisible l'espionnait. Elle l'entendait se faufiler dans son esprit. Elle complotait et Issata l'apercevait dans le reflet de son miroir. Les yeux remplis de pitié, cette entité se languissait du moment propice pour se prononcer. Même sa pratique bouddhiste où elle puisait sa force et son espoir devinrent une corvée, une douloureuse austérité. —Qu'est-ce qui ne va pas chez moi, elle osa se demander ? Seules les larmes et la confusion répondirent à son cri d'alarme. Elles formèrent sa nouvelle réalité. Elle craquait. Comme si vivre la tuait.

—Enfin les vacances, lâcha Issata, en rentrant chez elle vendredi à 14h30 ! Elle vira ses chaussures et guida ses fesses à tomber sur son lit. Nonchalamment, elle glissa la fermeture éclair de son manteau. Elle étira ses cuisses et tournoya ses chevilles, pour décontracter ses muscles en feu. Ses yeux fixèrent son miroir. Ils rencontrèrent la tristesse d'une femme noire, dont les yeux bruns avaient perdu leur étincelle, leur exotisme, cette scintille qui illuminait la vie des autres. Elle s'approcha de la glace. Elle pressa ses doigts sur ses yeux et massa ses paupières rapidement ; puis les ouvrit lentement. La femme apparut encore plus triste. Son image révélait une souffrance profonde. —T'es qui toi ? Ses larmes s'échappèrent de ses yeux, comme ces perles d'eau d'un matin d'été, qui saluent les fleurs de leur sommeil profond. Elles rampèrent sur ses joues, et terminèrent leur voyage à l'intérieur du col de sa robe d'uniforme. La femme aussi pleura, mais ne répondit pas. —Parle-moi, elle insista, secouée par des vagues d'angoisses. Des yeux inondés de fatigue, la femme noire ne répondait toujours pas, mais copiait ses gestes. Le cœur battant, Issata tremblait et sentit sa colère se réveiller. Un besoin d'hurler s'empara de son cerveau, et la tiraillait dans tous les sens. Dans ce désir meurtrier, elle pointa du doigt et menaça son adversaire :

—Je te préviens, je n'ai pas peur de toi ! Que veux-tu ? Réponds-moi ou tu vas le regretter ! Elle compressa les doigts fins de sa main droite. En un poing si serré, les articulations de ses phalanges prirent la forme de petits poignards. Elle anticipa la force de sa main, qui cognait le miroir et crut voir du sang gicler sur son visage. Effrayée, elle scella ses yeux sévèrement. Lentement, elle cligna, il n'y avait pas de sang. Elle bougea sa main devant elle, elle possédait toujours ses doigts intacts. Dans sa stupeur, elle réalisa qu'elle se parlait à elle-même. —Non, un cri d'effroi s'échappa de sa gorge séchée. La bande sonore propulsa sa colère. Elle se précipita vers son lit, cachant sa tête dans son oreiller et pleura très fort. —Pourquoi ? La douleur la forçait à se tortiller. Allongée sur son matelas, elle battait des jambes, désespérée à étouffer cette agonie ? Ses pleurs circulèrent comme un torrent de pluie glaciale, et activèrent une symphonie de souffrances physiques et émotionnelles.

—Je veux que ça s'arrête, elle suppliait à travers ses chaudes larmes ! La douleur ne cessa pas, se transforma plutôt en une armée de sangsue. Collée sur la berge de la peau de leur victime, ces bestioles invisibles sillonnaient la chair d'Issata à coup de lames brûlantes. Derrière chaque attaque, ces dévoreuses de sang marquaient leur territoire. Issata ressentit comme des boules de feu éclater sous ses pores. Ces flammes se propageaient rapidement. Elles se proliféraient à la vitesse de larves en phase d'éclosion. Une force invisible était en train de s'emparer de son corps et d'en devenir la maîtresse des lieux, une meurtrière. Issata ne détenait aucune arme pour la combattre. Lassée de ses pleurs, sa propre odeur, un parfum mélangé à la senteur du salon et à l'effluve d'une jeune femme éreintée, lui retournèrent le cœur. Elle émit un son de détresse, se reconnaissant encore dans son uniforme.

Elle se retrouva, le cul plaqué au fond de sa douche. L'eau tombait violemment sur son corps amaigri. Elle se sentit giflée, cognée, tabassée par un pouvoir aquatique. En sanglot, elle garda les genoux serrés, contre sa poitrine.

Issata ressemblait à une fillette, à la recherche d'un câlin, ce contact physique qui nous réconforte quand nous le recevons et souligne notre humanité lorsque nous le partageons. Je m'arrêtai et regardai les filles :

« *Vous me suivez ?* », « *Oui,* » s'éleva dans la salle.

« *Avez-vous déjà entendu parler d'ocytocine ?* » *Je lis dans leur yeux une réponse qui demandait plus d'explication.* « *Ce que je vais maintenant apporter au récit est ma propre interjection. —Les recherches ont démontré de nos jours que l'acte des câlins pouvait améliorer la fameuse ocytocine, également connu sous le nom de « la drogue de l'amour ». Cette drogue représente un neurochimique naturel nous aidant à produire des sensations de bonheur et de confiance et il est également prouvé que même par le simple acte du touché, d'un inconnu, le corps pouvait augmenter le niveau d'ocytocine. De ce fait, sa présence dans le corps est très cruciale car elle aide à accélérer la guérison physique des blessures. C'est pourquoi, lorsque nous offrons un câlin à quelqu'un qui se trouve dans la douleur, ou que nous-même recevons un énorme câlin quand confrontés à notre propre souffrance, non seulement nous entamons un processus de guérison, mais nous permettons également à notre corps de se désintoxiquer en se libérant d'impulsion négative, emmagasinée dans nos souvenirs. Ce que j'essaie de dire, est que le corps humain est déjà conditionné à produire de l'amour et à l'offrir librement. Pourtant beaucoup d'entre nous sommes encore à la recherche de l'amour en dehors de nous-mêmes. Alors apprenons à offrir des embrassades.*

« *Oui !* » *elles exprimèrent.*

Combien de temps Issata resta sous sa douche ? Elle se souvint juste de sécher sa peau et glisser dans sa robe de chambre. Dans sa pièce principale, ses yeux rencontrèrent son sanctuaire. Elle vit que les fruits et sa verdure sombraient dans leur moisissure. Elle n'en avait que faire.

Adossée contre la tête du lit, elle s'alluma une cigarette et contempla la fumée s'évaporer silencieusement à l'intérieur de ses quatre murs. Elle assistait à la mise en scène d'un malaise vertigineux.

Une tempête mélodramatique était en train de s'insurger dans son cerveau. Cette méchante séquestra ses pensées, ses mots, sa volonté rationnelle d'agir, de vivre. Elle faisait l'objet d'un chantage émotionnel, qui affaiblissait son corps et la démunissait de toute coordination mentale. Toute personne prise en otage au sens propre du terme, s'abandonnerait à une panique incontestable avec pour seul espoir, que quelqu'un vienne les sauver rapidement.

Issata ne voulait pas se battre. Elle se considérait redevable de verser une rançon. Elle choisit de la payer avec ses émotions. Un crime se préparait. Elle configurait dans deux rôles de la même scène. Celui de l'otage et celui du témoin. Elle tirait sur la clope et analysait les cercles de brume de son tabac, qui s'estompait autour d'elle. Capturée par ce qui se produisait, à travers son regard, elle se laissa emporter par le film de sa vie. Celle-ci était en train de se réduire en fumée.

Une fatigue la rongeait. Vivait-elle une réalité ou sombrait-elle dans un rêve qui n'existera plus quand elle se réveillerait. Et puis plus rien, ses yeux trop lourds pour demeurer ouverts, se fermèrent. De ce qu'elle me rapporta, elle dormait profondément et rêvait d'une fumée suffocante. Ce poison toxique s'encrassait dans sa vie de tous les jours. Elle se sentit poursuivie. Cette nuée animait une odeur, un parfum traumatisant qui interpella son subconscient. Elle se souvint frotter son nez car la senteur lui picotait les sens. Le touché de sa peau, l'incita à éternuer. Elle toussa violemment, perdant presque sa respiration. Elle ouvrit les yeux. L'odeur persistait. Confuse, elle tremblait. Elle tourna la tête et remarqua de la fumée, danser à ses côtés. Son mégot de cigarette brulait sa couette. —Le rêve ? —Non ce n'était pas un rêve !

Les yeux bouffis telle une tomate épluchée, le lendemain, Issata visita son centre médical. Le trou énorme sur sa couette, dans lequel elle aurait pu disparaître, enclencha le réveil. Elle expliqua tous ses symptômes au docteur disponible. Il suspecta une infection et lui prescrivit une semaine d'antibiotiques, ainsi que de la codéine pour apaiser ses douleurs. Il lui conseilla aussi de prendre rendez-vous avec son opticien afin de déterminer la cause de ses troubles visuelles. —Une infection, elle soupira, une fois dehors. —C'est une probabilité, car je suis si crevée. Elle récupéra ses médicaments dans la pharmacie du coin et rentra chez elle. —Est-ce qu'une cure de vingt et un cachets, trois fois par jours, pendant sept jours, pourrait tout transformer, elle questionna ? Issata avala ses pilules et se réfugia dans son lit. La codéine effectua son effet en un temps. Elle ressentit ses muscles se détendre et sa tête se vider, l'entrainant dans une ivresse sereine. Endormie comme un bébé, Il fallut qu'une succession de vibrations s'ensuivit pour qu'elle se décida à ouvrir les yeux. Elle vérifia son iPhone. —Quinze heures, elle parvint à lire, ainsi que les appels en absence de Maman. —Surement pas, elle exprima irritée.

—Quand je pense que je dormais si bien, ça faisait tellement longtemps ! Un message d'elle reposait dans sa boite vocale. Elle ne l'écouta pas. Elle se redressa sur son lit. Une faiblesse la déstabilisa. Elle réalisa qu'elle n'avait pas mangé depuis qu'elle eut quitté le travail.

—Vraiment ? Elle se tira du lit pour inspecter ses placards. Ils étaient vides ou plutôt encombrés de quelques sachets de crackers, ces nouvelles biscottes à la mode, dont toutes les femmes raffolent : —Les Ryvita. —Ok, elle siffla et ouvrit son frigo. —Rien d'excitant non plus! Si, du mousseux comme toujours. —Sur un estomac vide ? —Pas si vide, j'ai avalé un cocktail de cachetons. —Ma foi, pourquoi pas fut sa conclusion. —Et sûrement, il doit bien y avoir quelque chose que je puisse avaler avec ses crackers ? Elle poussa les quelques Tupperwares à moitié pleins de reste, et repéra du fromage brie et du pâté aux champignons encore dans leurs emballages, mais périmés. —Expirés depuis une semaine cela fera l'affaire. Elle prépara un petit plateau qu'elle emporta avec elle dans son lit. Les brûlures se répétèrent. Elle croqua dans un de ses canapés et avala deux codéines avec le vin mousseux. —Qu'est-ce que c'est bon le vin qui pétille, elle sourit. —Et ces petits sandwiches, pas si mal que ça après tout ! —C'est quoi tout ce tapage sur ces dates d'expirations ! elle éclata de rire. —Rire, quatre lettres qui révèlent un son de gaité, synonyme de bonne santé, le mémorandum de la liberté, ce verbe qui l'avait déserté depuis bien des semaines, revenait enfin lui rendre visite. Elle éclata de rire à nouveau. Elle trembla d'émerveillement sous l'effet euphorique que le rire venait de prodiguer en sa personne. Elle s'enfila un autre verre de bulles, et se laissa transporter par l'émotion dont elle était témoin.

—Le docteur a sans doute raison, c'est juste une infection ! Elle s'adonna à cœur joie à dévorer ses biscottes et à s'enfiler son liquide alcoolisé. Une force déterminée resurgit en elle. À se demander comment, Issata voulait y croire. Et ce besoin réveilla en elle, le désir d'écouter son morceau préféré. Une clope en main, elle choppa la télécommande de sa chaîne hifi Sony et pressa la touche 'play'. *Air sur la corde G,* s'échappa de ses hauts parleurs. Dès l'instant qu'elle entendit les premières notes, les larmes lui montèrent aux yeux. Son corps venait de se métamorphoser en un instrument à corde. Elle était le violon, qui se décomposait en viola, pour se transformer en violoncelle, contrebasse, sans oublier la kora. Aucune importance quel instrument jouait, les cordes la fascinaient. Ces lianes musicales s'allièrent pour l'aider à réveiller ses rêves. La nicotine remplissait ses poumons. Un son lent retentit dans l'espace. Ses organes vibrèrent sous les caresses répétitives et romantiques des cordes. Elles incitaient ses larmes à danser sur ses joues sans gêne. Il n'y avait pas de mots pour exprimer ce qu'elle ressentait. Bach possédait cette magie d'installer ce soupçon d'espoir, l'essence même qui nourrit l'être humain pour avancer. C'était beau, doux, riche, spécial ! C'était Bach !

Il est temps que je vous raconte toute l'histoire derrière son amour pour Bach. Elle avait treize ans. Elle le découvrit au collège grâce à Monsieur Lawrence, son professeur de musique, un fervent admirateur de Bach. Il commençait tous ses cours avec ce chef-d'œuvre et expliquait à ces adolescents, vêtus de pulls à capuche, chaussés de Doc Martens ce qui l'élevait à cette stature de génie. —La devise de Bach, 'C'est la pratique !'

Ainsi ses cours s'annoncèrent. Son talent d'aujourd'hui dériva de tout le labeur fastidieux qu'il opéra au cours du déroulement de sa vie. —Bach incarnait l'explorateur de la musicologie. Il trouva la clé du secret musical et apporta une nouvelle dimension au monde sonore : —Le Maître des compositions, voilà qui est Bach, un Maître éternel.

—Vous êtes jeunes, et je vous demande de composer l'harmonie de votre propre vie ! Trouvez le rythme de votre propre mélodie ! Ajoutez autant de contrepoints qui vous interpellent ! Écrivez votre histoire, —Nous avons tous notre propre talent ! —Trouvez le vôtre, il s'écriait, avec l'espoir que l'un d'eux deviendrait le prochain virtuose.

Ce fut aussi grâce à sa passion d'insuffler, cette soif d'apprendre, qu'Issata prit connaissance de la raison du choix de ce titre, 'Air sur la corde G'. À l'origine, ça s'intitulait, 'La Suite pour orchestre n°3.'

Pourquoi donc ce changement ? La plupart des suites de Bach se consistaient principalement de danses, comme *la courante*, suite Française au tempo vif, *la suite Allemande*, dénonçait le tempo modéré, *la sarabande*, suite Espagnole se devinait au tempo lent, donc des styles très à la mode sous l'ère baroque. Et au coeur de la suite n° 3, émerge un air, une balade qui nous saisit et nous pénètre, comme j'ai essayé de vous le décrire à travers les états d'âmes d'Issata. *J'observai les filles un moment et je déclarai : —C'est orgasmique ! Non, il n'a pas dit ça à ses élèves ! —C'est exquis, il dit ! Nous rîmes bien entendu. Entendre leur voix, résonner de bonheur et de fragilité ; sous le ciel brûlant de l'Afrique, j'eus la curiosité de me demander : —Avaient-elles déjà expérimenté ce plaisir sexuel, qui est si bon quand on le reçoit, quand on l'offre à l'autre et à soi-même, ce plaisir si naturel, sain ? —J'aurais dû m'orienter dans l'éducation sexuelle, ma pensée me guidait à méditer ! Quant à mes yeux, ils me rappelèrent que j'avais une histoire à raconter.*

—Mais retournons à Bach ! Environ cent cinquante ans après sa mort, un dénommé August Wilhelmj, violoniste Allemand, réputé pour son élégance intellectuelle et artistique, tomba sur le charme de cet air. Il inventa une nouvelle façon de jouer ce morceau, en transposant la mélodie sur un octave plus grave ; ce qui lui inspira l'ingéniosité de transférer le solo des violons sur la corde 'G'. Elle devint la note clé. Voilà toute l'histoire !

Elle m'avoua cependant, car on commence à la connaître cette coquine, plus les années se déroulèrent, toujours captivée par cette lente et majestueuse balade, loin de la classe de M. Lawrence, et l'ayant elle-même expérimentée et vécue maintes fois, un jour, son esprit mit la lumière sur le plus grand mystère de l'humanité.

—Eureka elle s'exclama, tout est lié au point G !

—Newton avec sa découverte sur le point de gravité et Bach et Wilhelmj dans *l'air sur la corde G* ! Et bien sûr, Issata fidèle à elle-même a de suite détecté la différence dans la subtilité de la langue et des cultures. Newton, l'homme anglais, ne pouvait que démontrer cette réserve que nous connaissons si bien aux anglais, car on ne fâche personne en Angleterre, préféra mettre l'accent sur la gravité du point G. Cela expliquerait sans doute pourquoi la Grande Bretagne flotte au milieu de la Manche. Ce pays se doit de protéger son point G. Alors que les Allemands, ils sont carrément allés danser sur le string. Quant aux français, ce mot tout simplement définit, cette étoffe qui sépare la fesse gauche, de la droite, et qui en fait jouir plus d'un. Quelle finesse ! Donc Issata en conclut : —Messieurs, n'aurait-il pas été plus facile de demander à une femme ? Autant vous dire que ses connaissances musicales se limitèrent au point G.

—*Ou en étions-nous dans l'histoire ?*
Ah oui, cette mélodie romantique déambulait autour d'elle et l'entrainait à contempler son propre coeur. —Bach donna naissance à cet air si divin, l'air de l'époque baroque, l'air de l'ouverture Française. —M. Lawrence avait raison, je dois trouver ma clé ! Il faut que je me ressaisisse, c'est juste de la fatigue, elle se força à se convaincre !

Demain j'irai faire vérifier mes yeux. Et ce fut un coeur apaisé qui rencontra des offrandes décomposées, mourant sur son autel bouddhiste. —Pas très catho, elle soupira. Elle éteignit sa cigarette et se présenta devant son butsudan.

—Seul le Buddha sait combien de temps je vous ai laissé pourrir. Issata ôta tous les détritus et s'affaira à dépoussiérer les portes de sa petite boîte sacrée ; à nettoyer le reste de cire sur ses bougeoirs argentés ; à mettre en ordre sa bibliothèque bouddhiste. Dans son acharnement, elle ressentit une légèreté rassurante, s'infiltrer en elle, un sentiment qui lui murmurait : —*Everything's Gonna Be All Right.* Ce sincère dévouement à conserver la pureté de sa foi, la motiva à entamer le polissage direct de sa propre vie. Elle nettoya son studio. Retrouvant son espace lumineux, elle s'agenouilla pour performer ses prières, quelque chose qu'elle avait laissé de côté depuis quelque temps. Elle pria sincèrement pour apprécier ce qu'elle possédait. —J'ai un toit au-dessus de ma tête, un travail que j'aime, je crois, Jimmy, de l'argent. Je suis bien lotie. Alors qu'elle prononça son dernier Nam-myoho-renge-kyo, son téléphone vibra. A la vue de l'interlocuteur, elle hésita à répondre. — Je ne peux pas polir un domaine de ma vie tout en conservant l'autre aspect terni. « Allo, » sa voix se fit entendre, feignant un semblant d'enthousiasme.

« Issata, c'est maman. »

« Je sais que c'est toi, ça va ? »

« Oui, mais je t'ai laissé trois messages. »

« Je les ai entendus. » Non ce n'était pas vrai.

« Tu aurais pu m'appeler, » Maman se plaignit.

—Et ça recommence. « J'allais le faire, je viens juste de terminer mes prières, » elle la coupa court.

« Envoie-moi des textos parfois, » elle continua sans prendre compte de la réponse de sa fille.

« Oui tu as raison, mais et toi comment vas-tu ? » Issata enchaîna, sachant que cela ne servirait à rien de se prendre la tête avec sa mère.

« Je voulais juste entendre ta voix. » Le son dérivant des mots de Maman, roucoulait comme la voix d'une gosse abandonnée dans un pays étranger. Un monde où elle fut forcée à apprendre la langue et la culture. Sa fille l'écouta gémir de ce long et étouffant soupir, qu'elle entretenait constamment, aussi bien dans son silence, que lorsqu'elle s'exprimait. C'était comme si elle cherchait à être entendue, à être vue, derrière ce rôle de mère qui tapissait le décor de son existence de femme. —Mais maman je t'ai juste demandé une simple question, comment vas-tu ? son cerveau voulut répliquer. Elle s'entendit haleter dans le combiné de son portable, et sentit monter en elle cette irritation, la même que celle qu'elle subit, lorsqu'elle croisa le regard triste de la femme, dans le miroir. Cette sensation elle venait de l'entendre ; le bruit d'une vérité non dite. Perturbée par cette analyse, elle s'efforça à expliquer :

« Tu sais que j'ai un nouveau rôle, et mes horaires ne sont pas très faciles. Je débute ma journée très tôt. »

« Ben moi, le médecin m'a dit que je dois éviter certains aliments maintenant. On doit contrôler ma tension, ça n'arrête pas d'augmenter. »

« Tu as entendu ce que j'ai dit ? »

« Oui, oui, fais attention. » Maman sortit et s'arrêta comme si elle cherchait ses mots. « Moi aussi, je commence à fatiguer, j'attends juste ma retraite. »

« Et Antoine comment va-t-il ? »

« Il va bien, il sait qu'il ne pourra jamais trouver quelqu'un comme moi ! » Issata écouta les mêmes vieux commentaires, qu'elle connaissait si bien. Quand ses parents vivaient ensemble, le désir profond de Maman reposait sur l'achat d'une grande maison. Son désir ne fut pas réalisé. Avec Antoine, elle partageait une maison de cinq chambres, deux salles de bains et un jardin immense. En dépit de ce confort, la grandeur de cette maison mettait lumière sur un fossé longtemps creusé dans les allées de sa vie. A mesure que le temps passait, elle voyait sa mère sombrer dans son propre gouffre.

« Ok tant que tout va bien, c'est ce qui compte, » elle s'empressa de répondre. Elle voulait juste clore cette conversation insensée avec sa mère.

« Un jour tu comprendras ! Quand tu vis avec quelqu'un et bien tu t'adaptes. »

« Bien sûr maman, mais il faut que j'y aille maintenant. »

« Bon ben envoie moi des textos quelquefois. »

« Oui, je le ferai. »

« Au revoir mon aînée. »

« Au revoir maman ».

Elle chopa son grand cahier, qu'elle gardait toujours près de son autel et alla s'asseoir sur son lit. — JE DOIS PARLER À MAMAN, elle nota, et lit à haute voix ce qu'elle venait de griffonner. Comment ? Je ne sais pas !

Écrire représentait sa véritable passion. Pendant son enfance, elle grandit dans la plus grande discrétion que le seul moyen qu'elle détenait pour confronter ses sentiments se traduisait par les exprimer sur papier. Dans ce jardin secret, elle y plantait tous ses chagrins, toutes ses peurs, et tous ses rêves très librement. Beaucoup de ces graines avaient déjà muri et devinrent des plantes, qui donnèrent naissance aux fruits de l'arbre de sa vie, à travers lequel elle venait de récolter ses trente-sept années. Mais d'autres comme *l'Amour* demeurait encore dans leur phase de dormance. Cette graine attendait patiemment les conditions meilleures afin que la germination commençât. Elle partait à l'aventure. Elle apprenait à briser les barrières dans son cœur. À travers son propre vocabulaire, elle peignait le monde comme elle le percevait. Derrière ce plaisir d'écrire, elle se donnait rendez-vous à elle-même. Feuilletant les pages et revisitant les chapitres de sa vie, elle fredonna :

—Un jour, mon prince viendra…

L'opticien détecta de sérieuses lésions enflammées dans le coin de ses deux pupilles. Il confirma l'infection et la refera urgemment à Moorfields, un hôpital pour les yeux. Dans le métro, elle se sentit submergée d'une inquiétude dévastatrice. —Peut-être que je vais devenir aveugle, elle se morfondit. Les larmes luisaient dans son regard. Arrivée à l'hôpital, elle fut assistée de suite par Dr Kyle. Il effectua test sur test, et constata que certains nerfs se trouvaient endommagés à cause de l'inflammation. Il lui donna un diagnostic très clair. Elle souffrait de la sarcoïdose.

« Mais c'est quoi ? » elle questionna paniquée.

La sarcoïdose est une de ces maladies propres au système immunitaire. Celle-ci prend forme lors du dérèglement du système lymphatique. La cause est inconnue, mais Dr Kyle tenta d'expliquer.

« Ce dérèglement s'observe quand un antigène, une substance étrangère à l'organisme, s'invite dans le corps humain. Cet imposteur provoque une réaction. Le système immunitaire anticipera une réponse cellulaire, orchestrée par les lymphocytes B et T, agents spéciaux pour détecter les virus, dirigés spécifiquement contre l'intrus. Dans ce cas, les cellules reconnaissent une anormalité. Bien qu'elles suivent les procédures d'identification et de protection, le déroulement entraîne des granulomes, définis par amas de cellules inflammatoires. Ceux-ci se révèlent par des bosses rougeâtres ou des patches sur la peau. Ils touchent aussi les yeux, le cœur, le système nerveux, les reins… »

La sarcoïdose entraîne de grandes fatigues, des sueurs nocturnes, une perte de poids, des douleurs musculaires et articulaires : tout ce qu'Issata était en train d'expérimenter.

—Pas étonnant que je sois constamment crevée, elle pensa.

« Et ça se soigne ? » elle pleura.

« Il y a tellement de mystère derrière cette condition, qu'en tant que médecin, nous n'avons pas encore toutes les réponses. »

« Qu'est-ce que je peux faire ? »

« Je vais vous prescrire un traitement de cortisone. »

« Non, pas de stéroïdes, ça gonfle le visage, » elle défendit.

« Ça va vous aider à combattre l'inflammation et je vais faxer votre centre médical pour les convoyer à ce que faisiez des tests approfondis au niveau de vos poumons, surtout si vous fumez. »

« Je ne sais pas quoi dire, » elle éclata en sanglots de plus belle.

« Ça va aller, on se revoit toutes les semaines pendant au moins un mois, pour contrôler votre taux d'ACE (enzyme de conversion de l'angiotensine). Il lui remit son ordonnance. Elle récupéra ses médicaments à la pharmacie de l'hôpital.

—Sarcoïdose, une maladie inconnue et sans traitement et bien sûr, il faut que ça m'arrive à moi, elle s'exprima devant son Gohonzon, de retour chez elle. —Mais pourquoi ? Ses larmes plurent à flot sur son visage. Elle les entendit clapoter sur son sol en lino, comme ces gouttes de pluie violentes s'écrasant sur un toit. Elle passa le reste de la semaine dans son appart, durant laquelle elle avala ses 120g de prednisone, accompagné d'oméprazole conseillé par Dr Kyle. Elle informa Jimmy. Il était inquiet et rassuré qu'ils aient trouvé quelque chose, qui expliquerait son mal être.

« Issata, » salua Michael, à son retour au boulot.

« Bonjour, » elle répondit le serrant dans ses bras.

« Alors ce repos ? »

« J'avoue que ça m'a fait du bien » elle laissa entendre, se demandant si elle devait mentionner sa maladie.

« Je suis content d'entendre cela, par contre tes yeux sont très étranges. »

« Ok, à toi je peux le dire, » elle soupira.

« Quoi ? »

Elle lui confia les symptômes et le diagnostic.

« Ça ne m'étonne pas, avec ces horaires de dingue ! »

« Tu penses que le travail aurait pu déclencher cela ? »

« Mais bien sûr Issata, cinq jours par semaine à cinq heures et demi du matin, c'est inhumain. En tout cas, vois comment tu réagis au traitement et n'oublie pas, je suis là pour toi, » il offrit gentiment.

« S'il te plaît garde le pour toi. »

« Pas un mot ! »

« Tu penses qu'il va voyager aujourd'hui ? » L'expression sur son visage dénonçait autre chose.

« On va voir, de toute façon je t'appelle, » il arqua ses sourcils.

« Ai-je vraiment l'air étrange, Michael ? »

« Issata, tu es magnifique, prends juste soin de toi ! » Il la serra encore une fois dans ses bras avant de la laisser partir. Dès qu'elle posa ses pieds au premier étage, elle entendit : « Vous avez meilleure mine. » « Content de vous voir reposée », « Prenez-soin de vous », « Merci » elle ne put que répondre. Mais dans son coeur, elle proclamait : —Je souffre de la sarcoïdose, une maladie incurable. Le décor était en train de changer. La Issata qu'ils connaissaient se confondait dans ce palais imaginaire, qu'elle peignit à travers ses rêves. Alors que ce lieu continuait de briller dans toute sa splendeur, la maîtresse de maison s'éteignait à petit feu.

À ce moment du récit, je ne pus que me replonger dans le monde d'Honoré de Balzac, notre romancier du dix-neuvième siècle, avec son chef d'œuvre, La peau de Chagrin, dans lequel, il démontre le conflit entre le désir et la longévité. Issata feignant des sourires pour égayer le peu de force qui lui restait, ressemblait pour moi clairement, à l'histoire de Raphael de Valentin protagoniste de ce livre. Désœuvré et suicidaire, ce jeune homme perd son argent au jeu. Un jour avant de vouloir en finir avec sa vie, il atterrit chez un antiquaire, qui lui présente une peau d'onagre, dite peau de chagrin, d'où le titre, qui réalise tous les désirs. Cependant pour chaque voeux exaucé, la peau rétrécit, consumant une partie de l'énergie physique de la vie. Était-ce cela le destin d'Issata ? Que le salon lui enlevât sa beauté, sa jeunesse, sa force, son je ne sais quoi, ses qualités uniques qu'elle seule possédait ? Pour gagner quoi ? Dan ou bien quelqu'un qui lui ressemblerait ? Était-ce le prix qu'elle devait payer ?

À 9h45, son instinct la guida vers l'escalier. Elle écouta son cœur battre amoureusement. Elle anticipait son odeur sublime et envoutante. Son parfum lui chatouillait déjà les narines, et réveillait ses sens. Il attisait son désir de vouloir y croire. Elle se préparait à entendre le son de ses pas innés à sa propre personne, qu'elle composait de tête avant même de recevoir l'appel de Michael. Puis son iPhone retentirait, juste une fois. « Oui, » elle répondrait. Il lui dirait : « Il est là ! » Elle écouterait le sourire coquin dans sa voix. Issata attendit pendant de longues minutes, plantée seule. Son parfum s'estompait dans le salon. Ses pas lointains s'effondrèrent dans le puit de son cœur. Michael ne l'appela pas, mais l'observait du bas de l'escalier. Il bougea ses lèvres et elle y lut : ' Ne t'inquiètes pas ! Ça va aller !'

« Non ! » ses yeux dénoncèrent. —Dan n'est autre qu'un joueur ! elle conclut, abandonnant sa scène.

Blindée de stéroïdes, elle finit sa semaine de travail moins fracassée. À sa surprise, les douleurs s'atténuèrent. Elle reprenait du poids et commençait à se sentir mieux. Mais l'état de sa vue inquiétait Dr Kyle. Il augmenta la dose de cortisone et la refera pour un scanner des poumons. Quel rapport avec ses yeux ? Pour détecter combien sévère la maladie habitait son corps.

Alors la Sarcoïdose, quelle est son histoire ?

Son histoire elle découvrit, Dr Jonathan Hutchison, le chirurgien, ophtalmologue, dermatologue, vénéréologue, pathologiste, anglais, la raconte en 1876. Il la présente comme une dermatologie condition qui vire la peau à une couleur violette très sanglante. Celle-ci entraine une éruption cutanée sur le visage et le corps. —Et 98 ans après, en 1974, je naquis, elle médita. En 1888, le terme lui-même fut inventé par le Dr Lupus Pernio Ernest Besnier un dermatologue dont l'histologie de la structure de cette maladie fut reconnue en 1902. Par la suite cette maladie rare se décela dans les yeux, les os, les poumons et fut identifiée tel un mal systématique par Dr Schaumann. Pour en comprendre son étymologie, le mot sarcoïdose comme beaucoup de mots de l'encyclopédie actuelle, provient du grec : *sarco-* signifie « chair », *-(e) ido,* veut dire « Ressembler ou comme type » et sis « condition ». Tout simplement la sarcoïdose, implique « *une condition qui ressemble à de la chair crue ou vivante* ». Elle est aussi reconnue comme la maladie (BBS) après le nom des trois médecins Besnier - Boeck - Schaumann. —Fascinant, elle déclara émue. —Je souffre d'une condition qui ressemble à de la chair crue. Il y a un agent agresseur en moi que mon corps essaie de combattre. —Une maladie rare, orpheline, non contagieuse et dont la configuration génétique représente un risque pour l'organisme. Cette découverte la sidéra. —Très bien, alors comme ça tu brûles tout ?

—Présente-toi à moi et je te vaincrais !

« Peut-être que je devrais prendre en compte, mon régime alimentaire ? Après tout, nous sommes ce que nous mangeons ! » Elle s'informa : —Éviter la viande rouge ! Impossible car elle aimait son steak ! Qu'il était préférable de manger les aliments au blé complet, comme les pâtes et le pain. —Ça ne me dérangerait pas ! Lorsqu'elle arriva aux conseils recommandés par tous médecins : —Éviter la caféine, le tabac et l'alcool, —Hors de question, elle s'exclama à haute voix ! Je suis française et j'ai besoin de mon café ! Le tabac fait partie de ma vie depuis plus de quinze ans. Cette drogue va de pair avec le sexe et l'alcool et le café ! —Quant au sexe, je ne sais quand cela arrivera ! elle ricana. —C'est vrai que tout tourne toujours autour du sexe, même la sarcoïdose, cette chair crue, me renvoie à ma propre sexualité. Voilà, c'était du Issata tout craché, elle détenait cet art de tourner la plus grande des difficultés en comédie.

Comédie ou pas, un lundi matin, après ses prouesses matinales, elle s'assit dans la zone privée. Absorbée par ce qu'elle faisait, elle ne paya pas attention à l'heure, mais ses narines détectèrent une odeur familiale. Son cœur cognait très fort. Elle leva la tête et le vit sortir, son regard métallique dirigé vers elle. « Dan, » elle murmura et se leva. Enjambant le pas, pour la retrouver, il honorait un costume bleu royal, d'un bleu aussi électrique que la couleur de son regard cinglant. Une cravate rouge, soigneusement ajustée autour du col de sa chemise blanche, se mélangeait harmonieusement avec la rousseur de ses cheveux. Transportant son manteau beige par-dessus son bras gauche et sa sacoche en cuir de sa main droite, il avançait lentement, son visage habillé de ce même sourire dangereux, dont il ne se séparait jamais. Elle demeura figée, sa main droite collée au milieu de sa poitrine.

Elle serrait sa gorge, craignant de s'effondrer.

« Issata bonjour, » sa voix suave prononça.

Haletante, elle le fixait et n'en revenait pas. Mais la liqueur vaginale qui dégoulinait de ses lèvres labiales lui rappelait que c'était bien réel.

« Bonjour, » elle bafouilla.

« Vous m'avez manqué ! Bonne Saint Valentin. »

Il sortit une rose rouge de sa sacoche, qu'il lui présenta.

« Dan ! » elle s'exclama.

« Vous vous en souvenez ? »

« Merci, » elle admira son cadeau d'un regard de petite fille émerveillée. Celle qui découvre la joie pour la première fois.

« Pour me faire pardonner de mon absence prolongée. » Il sourit et chopa sa main gauche, sur laquelle il déposa un baiser. Paralysée, elle se laissa faire. Ses poils s'hérissèrent sur tout son corps, surtout ceux en contact avec sa petite culotte. Après cette caresse fusionnée qui ne dura que le temps d'un frisson, la main d'Issata, toujours dans la sienne, il déclara sûr de lui :

« Je vous aurais bien emmené boire du champagne en ce jour de l'amour, mais j'ai encore beaucoup de choses à régler. Puis-je me joindre à vous ? »

« Bien sûr, » elle s'assit, les genoux collés, ses bras croisés devant son ventre. En l'occurrence, il prit place juste à côté d'elle, à sa surprise. Il se tourna vers elle. Il enveloppa sa jambe gauche de par la droite et garda son coude droit collé sur le dos du fauteuil. Il utilisa son poing pour soutenir sa tête.

« C'est mieux ainsi. » Elle l'entendit prononcer.

« Très bien, alors vous étiez où ? » elle sortit dépassée, par la tournure des choses.

« J'étais à Berlin et à New York pour une histoire d'héritage. D'ailleurs vous avez reçu mon message ? »

« Oui » elle remua la tête. « Et c'est réglé ? »

« Oh que non ! Je serai encore absent pour trois semaines. Quelques jours à Paris et New York à nouveau, pour mes cinquante ans. »

« Ah oui, le 16 Février ! » elle remarqua coupable.

—J'aurais dû acheter la carte, elle regretta !

« Vous le saviez ? »

« Disons que nous avons accès à votre profil. »

« Je vois. » il sourit. « Vous connaissez bien Paris ? » il ajouta.

« Comme une touriste ! »

« Je n'ai jamais visité Notre Dame, vous savez. »

« Jamais ? »

« Non, car comme vous, elle est très impressionnante ! »

« Dan ! » elle s'esclaffa.

« Issata, j'envie tous ces hommes qui ont pénétré son territoire. » Il se pencha vers elle, animé de ce désir sauvage, qu'elle lui a toujours connu. Il la regardait. Ses yeux lui souriaient, lui parlaient, la caressaient. Hypnotisée, elle se laissa transporter par son charme érotique qui conversait avec les parcelles secrètes de sa féminité. Elle frémissait à l'intérieur. Ils étaient seuls dans un décor parfait, le salon. Son cœur tremblait. Des sensations intenses traversèrent son corps. Mr. Smith ne la lâchait pas du regard. Elle sentait ses mains, sa bouche stimuler son plaisir. Les lèvres entrouvertes, elle contrôlait sa respiration et serra ses cuisses. Elle suivit des yeux sa main se diriger vers ses genoux. —Il ne va pas oser ? Au même instant, l'embarquement fut annoncé. Son cœur fit un bond.

« Et si je vous accompagnais ? » sortit de ses lèvres.

« Non Issata, cela ne serait pas nécessaire. » Il rassembla ses affaires et ajouta : « Je vous emmène dîner à mon retour. » Il tourna les talons.

« Merci pour la rose ! » elle lui adressa. Il poursuivit sa route sans se retourner.

—C'est quand même incroyable, il y a quelques semaines, on me découvrit une maladie mystérieuse et maintenant que je me sens mieux, il réapparait, elle contempla, en rentrant à la maison.

—Je dois être en forme pour son retour, elle déterminait tous les jours. Elle se plongea dans des recherches plus poussées sur sa maladie et inclut des compléments alimentaires sous formes de gélules.

À commencer par, Lactobacillus acidophilus. Qu'est-ce que c'est ? L'acidophilus est une bactérie lactique de la famille des *lactobacillaceae* que l'on trouve isolée dans la bouche, le tube digestif humain et animal ainsi que dans la flore vaginale de la femme. Elle est également présente dans le lait, le levain panaire, cette pâte obtenue au cours du mélange de farine complet et d'eau. Et, et, et, écoutez bien cela : —Le vin rouge ! Autant vous dire qu'Issata, toute bonne citoyenne que nous lui connaissons, ne manqua pas à s'adonner à la recherche de cette bactérie essentielle ! Elle y ajouta un cocktail de multivitamines contenant les antioxydants A, C, E, de l'oméga 3, riche en oligo- éléments, d'où l'importance du poisson.

De ce qu'elle en retint, cet animal aquatique contiendrait le meilleur taux de vitamine D. Ce vertébré écailleux rend les gens heureux, car des tests auraient démontrés que les acides oméga 3 présents dans le poisson, permettaient de réduire les effets de la dépression. Il est essentiel pour le coeur, il aide à limiter le risque cardiaque, il bénéficie à la vue, grâce à son apport en vitamine A. En résumé, le poisson c'est bon ! — Mais je mange Japonais pratiquement toutes les semaines. Peut-être pas assez, elle remarqua ! Les myrtilles, les figues, les prunes, l'accompagnèrent partout, bien rangées dans une boîte en plastique. Essentiellement, elle reprit le sport, enfin ses longues marches. Ainsi, je découvris l'existence de Sayon.

Vêtue de jeans, un pull rouge, sous son perfecto marron et ses converses blanches, Issata marchait en direction de Regent's Park. Un air doux flottait autour d'elle, annonçant l'arrivée du printemps. Elle devinait l'impatience d'accueillir ces journées ensoleillées, inscrit sur le visage de ces quelques personnes qu'elle croisa ; toutes abordant des tenues légères. Elle pénétra le parc et longea *Primrose Hill,* le fameux passage à partir duquel, une vue panoramique de

Londres pouvait être admirée. Elle remarqua des couples, ils marchaient main dans la main. —Ils ont l'air heureux ! Plus elle s'engouffrait dans le parc, plus la foule déboulait devant elle. Des enfants couraient et jouaient dans l'herbe à l'écart de la route bétonnée. Certains se déplaçaient à vélos, d'autres en patins à roulettes, et même en skateboard. Mais elle Issata, poursuivit son parcours.

Elle emprunta un sentier dont elle seule connut l'existence. Ce chemin la guida au jardin de la reine Mary, *Queen Mary's Rose Gardens.* Elle sentit son odeur. Lorsqu'elle atteignit la fontaine de Triton, un assemblage de sculpture, la mise en scène d'un dieu de la mer, qui souffle dans une coquille, entourée de deux sirènes à ses pieds, son coeur battit très fort. À ce niveau-là, elle aperçut sa crinière, son feuillage rouge et touffu, resplendissant telle une couronne sauvage que la nature avait soigneusement étudiée et préparée. Émue, elle courut vers elle, dévisageant l'immensité de sa taille, trente mètres de hauteur, fermement encrée dans son pieux palace, sa droiture régnait humblement. Vous l'avez deviné, Sayon était un arbre, un chêne dérivant de la famille *Quercus coccinea,* appelé chêne écarlate, de par sa couleur flamboyante durant la floraison. Par pur hasard, dix ans auparavant, leurs chemins se croisèrent. Issata, une grande amoureuse de la nature adorait se perdre dans ce monde mystique. Elle s'inspirait de la force que mère nature détenait à se renouveler à travers les saisons. Bonne élève, elle apprenait le rythme de la vie. Et un jour, perdue dans sa mélancolie, elle tomba sur elle. Elle était là, comme si elle l'avait attendue.

C'est exact, Issata décida que cet arbre incarnait la femme. Dès l'instant qu'elle posa ses yeux sur cet être végétal, une grandeur majestueuse l'enveloppa. Elle fut frappée par un coup de foudre prémédité. Éblouie, elle se souvint de : *Mon Bel Oranger* le premier roman qu'elle lut dans l'année de ses sept ans. L'auteur José Mauro de Vasconcelos y décrit l'histoire d'un jeune Brésilien appelé Zézé, âgé de cinq ans. Sa famille étant très pauvre, pour échapper à son misérable quotidien, il se plongea dans un monde imaginaire, et se lia d'amitié avec un oranger, à qui il révélait tous ses secrets… Et l'arbre communiquait avec lui aussi. Cette histoire demeura avec Issata à tout jamais. Sa passion pour les livres naquit grâce à Zézé. Secrètement, elle souhaitait également posséder un arbre, qui la réconforterait et la protègerait. Cet arbre tant recherché, lui tendait finalement ses branches, telle une mère ouvrant ses bras à son enfant.

Elle se souviendra toujours de son énergie hypnotique, qui vibrait à travers son écorce et lorsqu'elle demanda de la manière la plus naturelle : « Puis-je te toucher ?» Un vent doux souffla à travers les feuilles de l'arbre. Le souffle simula un clappement de branches. Un lien venait de se créer, ficelant une fille à sa mère. Une fusion que rien ne pouvait détruire. Les larmes roulant sur ses joues, Issata étreignit cet arbre de toutes ses forces. Le tronc se positionnait parfaitement dans le diamètre de ses bras encerclés, qu'elle put toucher ses doigts. « Je t'ai trouvé ! » elle s'exclama ! « Et je vais t'appeler *Sayon* ! »

Pourquoi Sayon ? Parce que c'était un prénom Guinéen, qu'elle découvrit dans l'*Enfant Noir,* récit autobiographique raconté par Camara Laye. Il raconte son enfance, à Kouroussa, son éducation à Conakry, et son éventuel départ pour la France. Sayon signifie sagesse. De la façon la plus mystique, l'écorce de celle-ci se transforma en une peau dorée. Issata analysa cette transformation comme un message de la part de l'arbre. « C'est un honneur de recevoir ce nom. » Ainsi, leur histoire commençait. « Sayon, » elle s'accrocha à elle, bouleversée de sensations fortes, et conserva sa tête contre sa peau sèche. « Tu m'as tellement manqué ! » Elle respira son parfum boisé.

« Je suis désolée, de n'être pas venue te voir ! Comment vas-tu ? » Un rayon de soleil transperça le ciel, illumina son propre visage, confirmation qu'elle se portait bien.

« Faut que je te parle de Dan. » Et là, son cœur s'ouvrit, un vrai robinet en fuite. Les mots coulèrent gaiement et suivirent le fil de sa pensée, la trajectoire de son désir. Ses mots longeaient l'intensité de ses sentiments. Plus elle s'excitait à partager les détails sur cette rencontre idéale, plus elle plongeait dans ce gouffre romantique qu'elle s'était construit en elle. Libre, elle se sentait de jouir. Quelqu'un l'écoutait sans la juger. Dans son excitation, elle ressentit un grognement émaner de l'arbre et reconnut comme un signal qu'elle aurait omit de dire quelque chose.

« Et la sarcoïdose ? J'allais te le dire. » elle chuchota. Une chaleur grimpa en elle rapidement puis se transforma en souffle d'angoisse. « Je sais la santé, c'est la base de tout ! J'ai fait des recherches, j'ai commencé à faire des changements et on va voir. »

Trois lundis plus tard, Dan l'invitait.

Le jour J, un corps épuisé et tourmenté de douleur, la força à ouvrir ses yeux au matin. Ces terribles lendemains depuis son diagnostic remplissaient les chapitres de sa lutte journalière. L'inflammation possédait tout pouvoir sur ses membres, plus encore sur ses jambes. Ce feu s'infiltrait dans ses muscles, sa chair, et prenait racine dans ses cartilages. Issata en pleurait et avala deux codéines. Elle resta allongée, tout en conservant les pastilles blanches sur sa langue. Ainsi, elle anticipait l'effet de l'opium. Et oui, la codéine était devenue son élixir de jouvence. Elle cherchait dans l'opium, un soulagement à sa douleur physique et émotionnelle. Le médicament fondit dans sa bouche mais l'effet somatique prit du temps à se produire. Irritée, elle en ingurgita deux autres. Lentement, elle se sentit glisser dans une légèreté assoupissante. Ses muscles se relaxaient, sa tête se vidait. Une gaieté palpable la submergea. Elle trouva la force de se redresser. Elle prit son portable et lut onze heures trente. Mais la date, la frappa encore plus.

—16 Mars, elle sortit à haute voix ! —Comment n'ai-je pas persécuté ? —C'est un signe ! Excitée, elle sauta du lit. Pipi, café, clope, vitamines, méditation et…*Laissez-moi danser*…Dalida l'accompagnait dans sa préparation. Elle savait comment elle s'habillerait, une robe noire, qu'elle dénicha chez Massimo Mutti. Quelles chaussures allaient l'emmener au bal ? Elle tira de sous son lit la boîte en plastique, où une collection de pompes vivait ensemble, depuis des années. Jamais elles ne quittèrent leur cellule, ce qui expliquait les prix encore tagués sur certaines de leurs semelles. Elle contempla des paires aux styles et couleurs différentes, toutes mesurant dix centimètres de hauteur, dansant sous le rythme endiablé de Dalida et finalement opta pour une paire de L.K. Bennet en daim noir et rose fuchsia aux talons aiguilles en bois. —Quoi cacher sous la petite robe noire, elle analysait, admirant ses muscles sensuellement soulignés, par la grandeur de ses talons ? De sa garde-robe, elle tira un grand panier rectangulaire en rotin rouge, et s'installa sur son lit. Le coffret posé à ses côtés, elle délia la corde de tissu couleur crème, qui reliait le couvercle à la boîte. Lorsqu'elle révéla ce qu'il contenait, une odeur de lavande frappa ses sens. Elle aimait garder des savons avec ses dessous. Une exposition érotique s'offrait à ses sens. Fière de sa collection, qu'elle dénicha dans des boutiques luxueuses, elle la caressait des yeux, et les imaginait effleurer ses seins et ses fesses. Dans son admiration, elle remarqua un bustier porte jarretelle en dentelle de soie rose et noire. Ses pieds toujours séquestrés par *L.K. Bennett,* elle retira sa chemise de nuit et se para de l'étoffe onéreuse. Devant son miroir, elle plaça ses mains sur ses seins comme pour peser leur lourdeur. —J'espère que t'es un bon coup, Dan ? — Au prix où j'ai payé la robe ! Elle éclata de rire. Un son dirigea son regard vers son iPhone :

« *T'es prête ?* » elle lut et paniqua lorsqu'elle vit l'heure. —Déjà 16h, merde ! « *Non, encore la jungle à labourer ! Et mes ongles à peindre !* »

19h45, Issata entra le Connaught, couverte d'un manteau en cachemire noir qui lui frôlait les genoux. Un pashmina rose bonbon lui protégeait son cou. Elle transportait sous son bras droit, une pochette noire en cuir. Elle ressemblait à une déesse africaine.

« Bonsoir Madame, » un homme grand et maigre, d'environ cinquante ans, les cheveux grisonnants et courts, dont les yeux marron clair, lui inspirait une fragilité touchante l'accueillit.

« J'ai rendez-vous avec Daniel Smith, » elle prononça, nerveusement.

« Issata Shérif ? » il demanda.

« Oui. » Stupéfaite, elle murmura.

« Je suis Jason, Mr. Smith nous a demandé de nous occuper de vous. Voulez-vous bien me suivre ? »

Ils longèrent un petit couloir et il entrouvrit un rideau rouge où une salle bien plus grande que son studio, se révéla à ses yeux. Au milieu de ce boudoir, deux flûtes en cristal et un bouquet de roses rouges, reposaient sur une table recouverte d'un tissu en soie blanche. Elle ne manqua pas de repérer un canapé Rococo, en velours rouge pourpre, au-dessus duquel un gigantesque miroir en or massif ornait le mur. —Il a pensé à tout, elle ne put que se dire, hypnotisée par une telle beauté.

« Je peux vous débarrasser de votre manteau Madame ? »

Bouche bée, elle retira sa veste en laine. Une robe noire en velours, au col arrondi, tombante sur ses épaules, recouvrait son corps. Ses bras amaigris flottaient dans les manches longues, fabriquées en fines dentelles. La longueur de la coupe rendait ses jambes plus fines qu'à l'ordinaire. Mais elle restait toujours aussi belle. Il lui prit son habit des mains, qu'il posa sur le divan.

« Je reviens, » souffla Jason.

Elle sourit et vérifia son iPhone. —Dans cinq minutes, il sera là. « Dan n'est pas encore là, mais l'endroit est magnifique, » elle texta Jimmy. Les minutes qui suivirent, encouragèrent un malaise qu'elle n'osait envisager. Jason réapparut. Il poussait un chariot argenté qui transportait une bouteille de champagne, placée dans un bac à glace, un plateau de saumon fumé, délicatement enroulé en fines tranches, des petits feuilletés, des bruschettas de tomate, et des olives. Ceci-dit, ces mets si joliment présentés, sans questionner qu'ils provenaient de produits de la plus haute gamme, n'interpellaient pas son appétit. Cette fringale venait de s'évader comme une fugitive en conflit avec sa propre angoisse.

« Champagne ? » Il lui présenta une bouteille de Cristal de Louis Roederer et fit sauter le bouchon.

« Du Cristal ? Bien sûr ! » —Dan s'est donné tout ce mal, il ne va quand même pas me faire faux bon ! Les larmes lui montèrent aux yeux.

« Madame ! » dit Jason, en lui présentant son verre.

Un merci, émis sur la tonalité d'une inquiétude, glissa de ses lèvres. Elle but une gorgée, et l'observa déposer les hors-d'œuvre sur la table.

« C'est vrai que c'est bon ! »

« Profitez, je vous retrouve plus tard. » Alors qu'il s'éclipsait, l'iPhone d'Issata sonna.

« Jimmy ! »

« Alors ? »

« Il n'est pas encore arrivé. »

« Il ne va pas tarder ! »

« Il est déjà vingt heures quinze »

« C'est vrai que pour un premier rendez-vous, ça la fout un peu mal ! Pourquoi ne l'appelles-tu pas ? »

« Pour lui dire quoi ?»

« Au moins tu seras fixée ! »

« Il a tout organisé, une salle spéciale, du Cristal et des canapés. »

« Appelle-le, il y a surement une explication ! »

« Ok, » dit-elle avant de raccrocher. Elle finit son verre et chercha le numéro de Dan. Les chiffres s'inscrivirent comme ces jeux de machines à sous, où tous les symboles doivent être similaires pour gagner le prix. Ses yeux restèrent scotchés sur l'écran pendant des secondes. Son cœur pompait son sang avec vigueur et sa peur animait ses doigts. Au moindre bruit, son regard se rivait vers le rideau. Elle l'imaginait s'excuser et même transporter un énorme cadeau. —C'est sans doute la raison pour laquelle il est en retard. Il est en train de me trouver le présent, parfait. C'est la seule explication, elle se voulait de penser, comme ça elle n'aurait pas à presser la touche. Éventuellement son doigt en jugea autrement. Ça sonnait mais elle ne put laisser de message. Elle répéta cette opération à plusieurs reprises, jusqu'à ce que son oreille fût accueillie par ce message enregistré : « *Nous ne sommes pas en mesure de connecter votre appel, veuillez essayer ultérieurement...* » Issata demeura plantée au milieu de cet endroit féerique. Le poids d'une humiliation alourdissait son cœur. — Non, elle cria dans son for intérieur, et se battit pour contenir ses larmes. —Pourquoi, elle demanda, en adressant les trois lettres inscrites sur son téléphone ? Les lettres ne répondirent pas. —Dan, pourquoi elle insista, ne désirant pas croire qu'il l'aurait abandonné. Car c'était ainsi qu'elle le ressentait ? Et cette notion d'abandon, déclencha une éruption de larmes qui dégringolèrent sur ses joues. Elle marcha de long en large et assista à une vraie avalanche d'émotions. Son esprit chamboulé, tremblait, incapable de raisonner. Elle vit sa tête rouler dans la pièce comme une grosse boule de neige. Elle se remplissait de flocons de tristesse, rembourrés d'embarras, qui cherchaient à exposer sa colère. Dans ce moment de rage, elle rencontra son regard dans le miroir. Elle cligna des yeux at s'approcha de la glace. —Vous encore ? elle défia le reflet. L'image l'enveloppa de ses yeux meurtris et accusateurs. Le cœur d'Issata battit en conséquence. Il martelait dans le creux de sa poitrine, devant le visage de cette manipulatrice, qu'elle soupçonnait de lui voler ses rêves, son droit de vouloir y croire. —Tout ça c'est votre faute, elle la pointa du doigt. Son organe vital continua de battre violemment. Elle peinait à respirer et sentit une pression agripper son cou comme des mains cherchant à l'étouffer. Elle ne put crier, ni bouger. Son portable encore caché dans ses mains retentit. Un cri s'échappa de sa gorge, mais elle ne put cacher la déception sur son visage quand elle lut le nom de son interlocuteur.

« Jimmy, » elle bégaya.

« Il n'est pas arrivé, c'est ça ? »

« J'ai appelé son numéro, ça a sonné, puis ça a coupé. »

« Essaye à nouveau. »

« Comment peut-il me faire cela ? »

« Il y a sans doute une explication ! »

« Il m'a planté, c'est la seule explication ! » Elle éclata en sanglots.

« Ok, je viens te chercher ! »

« Oui, s'il te plait, viens me chercher, »

Jason entra dans la pièce et la trouva en larmes.

« Quelque chose ne va pas madame ? »

Elle pleura de plus belle.

« Il ne viendra pas, c'est ça ? » Il s'approcha près d'elle.

« Je n'arrive pas à le joindre ! »

Jason chopa une serviette sur la table.

« Tenez ! »

Elle la garda dans sa main.

« Madame, » il commença et posa une main amicale sur son épaule. « Je ne veux pas interférer mais ce n'est pas la première fois. »

Elle le toisa du regard, d'un air qui demandait plus d'explications.

« Mr. Smith… » Il s'arrêta comme s'il recherchait ses mots. « J'ai assisté beaucoup de femmes qui, toutes comme vous l'attendaient. La plupart d'entre elles ont quitté le Connaught en larmes. »

« Non, non, non. » Elle bougea sa tête de gauche à droite.

« C'est la vérité. »

« Nous ne pouvons pas parler de la même personne ? » elle cria choquée.

« Un grand roux, bel homme, Allemand au teint Italien et avocat réputé ? »

Elle secoua la tête, ne croyant pas ce qu'elle entendait.

« Je ne devrais pas vous dire cela car je pourrais perdre mon emploi, mais Mr. Smith est un vrai coureur de jupon. Vous avez tellement de classe ! Dès que je vous ai vu, mon cœur a pleuré pour vous. »

Elle s'éloigna de lui, pour atteindre le fauteuil rouge et redoubla de pleurs. —J'aurais dû m'en douter ! Elle tamponna son visage avec la serviette en papier. Jason la suivit et s'assit près d'elle.

« Je me sens nulle ! »

« Ce n'est pas de votre faute ! Les hommes qui ont le pouvoir, pensent qu'ils peuvent tout acheter. Mais l'argent n'achète pas le bonheur. »

« Pourquoi me dites-vous tout ça ? » elle reniflait.

« Mr. Smith est un client de l'hôtel depuis dix ans, et il est marié. »

« Marié ? Je n'ai jamais vu de bague à son doigt ! »

« Il est facile d'enlever un anneau, » il renchérit.

Ses yeux bruns s'inondèrent à nouveau. La seule image imprimée sur son visage se résumait au cracha de maquillage, dispersé sur sa peau comme une peinture inachevée.

« Issata, » appela Jimmy, en pénétrant le boudoir et marchant vers elle.

« Jimmy, » elle se leva et courut se blottir dans ses bras. Jason les regardait, envieux de leur complicité.

« Je prends le relais maintenant, » il intervint.

« Très bien monsieur, l'addition est déjà payée, tirez en parti et j'y ajouterai la facture du taxi. »

« Merci. Champagne ma chérie ? »

« Ça me tuerait, sors-moi d'ici ! »

« Taxi donc ? » demanda Jason.

« Oui. » Jimmy lui donna l'adresse d'Issata.

« Qu'est-ce que je vais faire ? » elle demanda, quand Jason les quitta.

« Il ne te mérite pas. Cela doit être le Bouddha qui te protège parce que tu es une femme si précieuse. »

« Et dire que je dois le voir demain ! »

« Peut-être que tu ne devrais pas aller travailler. »

« Je dois y aller ! Je veux le confronter ! »

Elle se détacha de son ami pour rassembler ses affaires.

« On pourrait quand même finir ce champagne, du Crystal en plus ? » Celui-ci remplit les deux coupes.

« À Daniel Smith, » il plaisanta.

« Non, c'est un salaud ! » elle sanglota.

« Alors au salaud ! »

« Jimmy, s'il te plait. »

Il sourit, et s'enfila son champagne.

« C'est sans plus, laisse-moi goutter à nouveau. » Il vida le verre de sa copine. Elle ricana timidement.

« Au moins, je t'ai fait sourire. »

« Votre taxi est arrivé, » interrompit Jason.

« Merci, » dit Jimmy.

« Madame, ça va aller. » Jason lui fit signe de la tête.

Elle répondit par une moue et Jimmy l'escorta dehors. Le trajet se déclara très calme. Il la garda près d'elle, son grand bras droit au-dessus de ses épaules.

« Veux-tu que je reste avec toi ? » Il demanda, lorsqu'ils arrivèrent devant chez elle.

Sa figure couverte de larmes, mêlées à son résidu de semblant de beauté : « Non, » elle marmonna.

« Ok essaye de dormir, je t'attends demain chez moi après ton travail. » Issata hocha la tête pour réponse.

Une fois rentrée dans son studio, elle enleva sa robe, retira ses bas et ses dessous qu'elle jeta par terre. Elle s'essuya le visage évitant de regarder dans sa glace et s'allongea nue dans son lit. Dans le noir, elle assista à son propre concert, celui de larmes rythmiques qui orchestraient la propagation de ces malaises existentiels, ces maux dont les causes profondes dérivaient d'émotions sombres et infectieuses. Un son récurrent revenait sans cesse, lui rappelant une odeur, une senteur qui la suivait, comme une puanteur indésirable. Voilà ce qu'elle ressentait, Issata se sentait indésirable. Elle demeura éveillée, guettant l'heure du réveil officiel avec pour seule couverture sa douleur interne. L'alarme sonna. Elle se traîna jusqu'aux toilettes, où elle s'habilla sans prendre de douche. Elle ne pria pas non plus! Pour quoi faire ?

À cinq heures, elle sortit prendre son bus, portant son sac lourd sur l'épaule. Il pleuvait à verse. Heureusement que l'arrêt de bus ne se trouvait qu'à quelques pas d'où elle vivait. Elle atteignit le terminal de VoyE, complètement absente. Elle ressemblait à un fantôme qui flottait dans un décor touristique.

« Issata, » Michael appela. Dès qu'il l'aperçut approcher la réception, il remarqua de suite son effacement et se précipita vers elle. Elle leva la tête, le regard hagard, cette voix qui lui parvint, déclencha en elle une explosion cellulaire. Elle ressentit comme une énergie métaphysique, lui fendre le crâne. Prenant conscience de la flexibilité de son propre cerveau, elle assistait aux battements de son cœur, coincée au milieu de deux mondes parallèles. Le réel, dans ce décor qui l'entourait et l'irréel qu'elle percevait dans son esprit. Une lutte intense émergeait entre son esprit et son âme. Des sons provenaient de toute part, quand soudainement, ses yeux croisèrent son propre reflet se multiplier devant elle. Prise de secousses incontrôlables, elle trembla frénétiquement. Michael atteignit sa portée. « Issata, c'est moi Michael ! »

Les yeux d'Issata roulèrent sous ses paupières. Elle reconnut son image et bégaya : « Il… n'eesst…papapas…vevenu... » dans un ruisseau de salive, qui dégoulinait des coins de ses lèvres sèches. Et s'effondra dans ses bras.

Agnès et Jimmy regardèrent leur amie effondrée sur ce lit d'hôpital, choqués de voir cette femme qu'ils côtoyaient à leur façon, enterrée dans un sommeil douloureux qui lui peignait la peau en bleue. Un masque d'oxygène couvrait son visage aux yeux fermés. Ils l'écoutèrent respirer. Nommés comme ses points de contact au Royaume-Uni, ils furent les premiers alertés. Jimmy éclata en sanglots à l'annonce de cette terrible nouvelle.

—J'aurais dû l'empêcher d'aller travailler, il s'en voulut. Michael expliqua les faits aux ambulanciers intervenus à son secours, que lui-même avait appelés. Il leur confia le changement soudain dans son comportement, sa perte de poids et qu'elle suivait un traitement à base de stéroïdes depuis peu. Mais dans son cœur, il remettait en cause ce rôle aux horaires inhumains. Comment Voyage Europe avait pu mettre en place un tel poste sans évaluer les risques ?

Dans la soirée, elle ouvrit les yeux, mais était incapable de communiquer. Confinée dans un mutisme, elle fixait droit devant elle, d'un regard livide, celui d'un corps déjà mort, qui attendait que quelqu'un vienne fermer ses lucarnes.

Ils rencontrèrent Dr Reynolds, un homme d'une soixantaine d'année, grand et de peau noire, au cheveu crépu, comme le définit l'homme africain. Il prit note de sa condition, et remettait en cause un choc émotionnel. De suite, Jimmy associa Daniel Smith comme étant la clé de cette équation. Il la revoyait désespérée, blessée, trahie. Agnès était triste de découvrir que son amie lui avait caché sa maladie. « Je vais la mettre sous perfusion et demander aux infirmières de la changer mais de lui garder sa veste de travail. Car si c'est ce que je suspecte, elle a besoin d'un déclencheur. Je vais commander des prises de sang et lui prescrire une cure d'antibiotiques, » il décida.

« Bienvenue Sophia. » Jimmy accueillit la version plus jeune d'Issata. Des tresses fines tombaient sur ses épaules. C'était la première fois qu'ils se rencontraient. Dès qu'il apprit la nouvelle, il la contacta à travers Facebook. Maman, désespérée se voulait de venir assister sa fille, la chair de son sang, mais Sophia décida d'être présente pour sa sœur aîné. Il organisa le nécessaire pour le billet de train et l'invita à rester chez lui.

« Jimmy, merci de tout cœur, » elle gémit.

« C'est une battante, » il compatit. Il l'emmena à l'hôpital. Agnès les attendait. Elle fondit en larmes à la vue de sa grande sœur qui avait toujours été si forte et qu'elle regardait comme un rôle modèle. Cette personne qu'elle admirait, se trouvait confiner dans ce lit pour malades. Elle imprégnait le rôle d'une patiente souffrante de graves troubles psychiatriques. À la seule exception qu'Issata n'était pas attachée au lit. Les larmes roulèrent sur ses joues. Elle escalada les souvenirs de l'époque où elles vivaient ensemble. Son aînée choisissait ses vêtements pour l'habiller. Elle tressait ses cheveux en nattes collées. —Tu me berçais avec des contes de fées, afin que je puisse plonger dans des rêves agréables. —Tu es comme ma deuxième maman, elle soupira, se faufilant vers le lit.

« Elle va s'en sortir, » assura Agnès. Elle se leva pour la serrer dans ses bras. Jamais ne s'étaient-elles rencontrées, se connaissaient seulement de noms.

« Issata, » Sophia en larmes, murmura.

Celle-ci leva les yeux mais ne répondit pas.

« C'est moi Sophia, ta petite sœur », elle continua choquée. Issata la fixait. Ses yeux aussi larges et étirés que des pépites d'amandes, fragilisés par leur perdition de briller, de charmer, décriaient un néant inexplicable sur un visage émacié. Et comment les lire ?

« Qu'est-ce qui ne va pas avec elle ? »

« Le médecin pense qu'elle a reçu un choc émotionnel, » répondit Agnès.

« Que pouvons-nous faire ?» Sophia serra la main de sa sœur, en l'appelant à nouveau. Ce même silence fut sa réponse.

« Mais dîtes-moi la vérité, est-ce qu'il lui est arrivé quelque chose ? » Elle toisa Jimmy et Agnès. Le désespoir criait dans ses yeux.

« En fait, elle a commencé un nouveau traitement, » Jimmy murmura.

« Mais quel traitement ? » Sophia pleura.

« Pour le système immunitaire. C'est arrivé d'un coup. » Il la prise dans ses bras.

« Tu penses que son travail aurait contribué à sa chute ?»

« J'en suis convaincue ! » La colère d'Agnès résonna dans la pièce. « Ce n'est pas normal de s'effondrer dans un lieu de travail comme ce qui est arrivé à ta sœur. »

« Et pourquoi elle garde sa veste ? » Sophia réalisa.

« Dr Reynolds l'a suggéré. La couleur rouge est très puissante. »

Quatre jours s'écoulèrent, toujours pas d'amélioration.

Dr Reynolds commençait à perdre espoir, mais se refusait d'envisager son transfert dans un hôpital psychiatrique.

Lorsqu'Issata me raconta la détermination de ce docteur et combien elle lui était redevable, je me suis moi-même questionnée : qu'est-ce qui me pousserait à m'investir de cette façon envers une patiente, à part le serment d'Hippocrate, bien entendu. A cette introspection, je ne pus que me permettre d'observer que peut-être la noirceur de sa peau lui rappelait que tous deux, partageaient le même combat. Le combat des hommes et des femmes noires dans un monde de blancs. Même Dieu est blanc apparemment. Des blancs qui ont tout volé à l'Afrique avec pour mission de venir nous éduquer. C'est pourquoi il se devait de sauver sa patiente. Il ne pouvait l'abandonner dans un pays de blanc où le seul remède pour éduquer l'esprit résidait dans les antidépresseurs. Il se donna jusqu'à lundi pour décider.

« Mais Lady Kondo, les antidépresseurs sont aussi importants lorsque l'on souffre émotionnellement ? » j'entendis se prononcer, venant d'une voix fluette.

Je levai la tête vers le son qui m'interpellait.

« Comment t'appelles-tu ma fille ? »

« Coumba ! », Un visage fin, à la peau très claire, et les cheveux gonflés sur sa tête en boule afro, me répondit.

« Merci pour cette pertinente remarque Coumba, tu as raison. Je ne suis pas en train de dire qu'il faut délaisser les médicaments ; juste qu'il est important de comprendre la cause primordiale de chaque maladie, car ceci s'applique à tout fléau de notre existence. » Les yeux de toutes s'élargirent.

Je voulus connaitre son ressenti pendant cette phase comatique ? Issata m'expliqua : « J'ai vécu une période noire et mouvementée. Des images apparurent comme des mirages. Je pouvais voir, mais mon cerveau n'enregistrait rien de ce que je crus entrevoir. Des formes humaines présentées de la même similarité défilaient autour de moi. Elles me fourraient de la bouffe dans la bouche, je ne ressentais aucun goût. Du liquide glissait entre mes jambes. On me lavait. Je dormais, mais ne rêvais pas. J'étais là sans être là !»

Un bruit puissant détonna au-dessus de sa tête, comme le grondement d'un tonnerre, elle entendit et se réveilla en sursaut. Ses yeux se dirigèrent vers les grandes fenêtres. Les persiennes restées ouvertes, elle observa la grisaille dans le ciel, teintée d'une pluie torrentielle. Son cœur retentit bruyamment au tempo de l'orage. Son regard rencontra le bleu cinglant qui recouvrait les murs de la chambre. Elle frissonna. Cette couleur lui évoquait une sensation troublante. Elle ferma les yeux. Quand ? Où ? À sa grande surprise, elle prit conscience de sa propre faculté de penser comme si elle découvrait ce privilège. Tout s'enchaînait très vite. Un brouillard se dissipait dans son esprit. Issata y figurait. Elle courait dans tous les sens, sans destination précise. Aucune forme, aucun signe, aucun message, juste

Issata au milieu des ténèbres. Bien qu'éreintée, elle refusait d'abréger sa course. —Rouge, sa tête prononça soudainement, quand elle aperçut une lumière pourpre, brillant au loin. Le son de sa voix résonna dans son âme.

Elle écarquilla ses yeux et repoussa sa couverture. Elle reconnut la même nuance sur sa veste. —Bleu, rouge, son esprit répéta. Des émotions émergèrent, sans un mot où une pensée pour les expliquer. Son regard virevolta d'une couleur à l'autre. —J'ai déjà vu ces couleurs, elle s'entendit penser. Ça lui rappelait une tache de sang au milieu de l'océan. Tremblotante, elle toucha le matériel de la veste et ce bruit rugissant qui la fit sursauter se reproduisit. Son oreille suivit la provenance du fracas. Elle admira la force de ces gouttes d'eaux qui tombaient du ciel. Celles-ci s'écrasèrent sur les fenêtres comme des balles d'armes à feu, tirées de différentes directions. —Et ce son ? il m'est familier ! Elle se redressa sur le lit et ferma les yeux. Son être tout entier se fondit en harmonie avec cet orchestre torrentiel.

—Il y avait de l'eau, il faisait sombre ! Sa mémoire resurgissait. Le tempo s'intensifia. —Où ai-je entendu cette mélodramatique symphonie ? Des images défilèrent dans sa tête. Un restaurant, du champagne…Elle aperçoit une femme au visage familier. La femme porte une robe noire. Puis la femme panique, puis elle pleure. Un homme la serre dans ses bras. La femme est habillée de rouge. La femme s'écroule. Son cœur battit rapidement.

—Qu'est-ce que ça veut dire ? L'orage s'arrête ! Affolée, —Non ! gronda sa voix, dans la pièce. —Je sais parler, elle s'écria. Émue, des larmes roulèrent sur ses joues. Ses prunelles mouillées et dirigées vers les fenêtres, elle suppliait le ciel de lui rendre sa musique, cette fanfare qui venait de lui rendre sa voix. —S'il vous plait, elle prononça.

Instinctivement, ses dix doigts s'entrelacèrent et sa bouche formula : —Nam-myoho-renge-kyo, Nam-myoho-renge-kyo, Nam-myoho-renge-kyo. Les caractères vibrèrent en elle, de par leur définition véridique. *Je mets ma vie en rythme avec la loi mystique, la loi de causalité, la loi de vérité éternelle.* Elle sentit son état de vie se remplir d'une bouffée de joie telle une montgolfière prête à décoller. Simultanément, le ciel s'éclaira lui offrant un arc en ciel. Dans la culture chinoise, l'arc en ciel symbolise le pont du bonheur et de la bonne fortune. Issata regarda le ciel, captivée par cette explosion de lumières. Les couleurs flottèrent devant ses yeux. Elle se voyait danser entre chaque goutte d'eau. Issata une enfant assez mûre, pour savourer l'eau, dégoulinante en abondance sur son corps de femme. La brillance dans les nuances monta en puissance. Elle devinait la couleur rouge se détacher de l'arche. Cette déchirure lui inspira un cœur brisé, une incision étroite qui miroitait sa propre histoire. —L'amour fait mal elle soupira. Le poids de sa pensée s'écroula en elle. Elle n'eut point le temps d'écrire une dissertation cérébrale, qu'une lumière dorée transperça le ciel. Elle sentit un souffle doux infiltrer ses sens et ses bras se déplier imitant les battements d'ailes d'un ange. Prête à prendre son envol, un bleu profond s'étendit dans le ciel. Ça ressemblait à un tapis en velours satiné, protecteur de la galaxie terrestre. Cette couleur bleue luisait d'une force étrange, une force qui lui parlait, à travers un langage familier. Complètement absorbée par cet effet lumineux, elle se confondait dans ce décor indigo. —C'est évident, l'indigotine ! elle laissa sortir. Cette molécule représente la matière colorante bleu-violacé extraite des feuilles et des tiges de l'indigotier. Elle récita haut et fort :

« La glace est composée d'eau, mais elle est plus froide que l'eau. La teinture bleu indigo vient de l'indigotier, mais

quand on teint quelque chose à de multiples reprises, on obtient une couleur plus pure que celle provenant de l'indigotier. » Elle tirait cet extrait du Gosho, *La suprématie de la loi*, rédigée par Nichiren. Le mot « *gosho* » signifie les écrits d'une personne respectée et représente des lettres d'encouragements, de Nichiren à ses disciples. Ces missives, se lisent comme des instructions écrites, dans lesquelles, il leur exprime sa plus grande appréciation pour leurs efforts et offrandes et surtout pour les éveiller à comment faire jaillir l'état du bouddha à tout moment. Aujourd'hui, ces lettres sont publiées dans deux grands volumes, sous le titre, *Les Écrits de Nichiren Daishonin*.

Tout comme le témoigne la plante indigo, du fait de son processus, Issata m'expliqua que ce passage dénonçait l'importance de constamment renforcer sa foi, afin d'obtenir encore plus de vitalité et de bonne fortune.

Une averse de gratitude dégoulina sur son visage.

—L'arc-en-ciel est synonyme d'un nouveau départ, elle exprima émue de joie et poursuivit sa méditation. Des images galopaient dans son esprit. L'enseigne d'une gare percuta ses pensées, une salle surpeuplée de gens, —sans doute des voyageurs, elle analysa, car ils transportaient des valises et des sacs. Elle rencontra cette femme à nouveau. Cette fois-ci, elle lui remarqua la veste similaire à celle qu'elle portait. —Mais c'est moi ! Son cri, la libéra à s'avouer : —Dan ! —Tu m'as planté ! Au même moment, une infirmière entra dans la pièce.

« Je suis où ? » elle paniqua. « Vous parlez ? L'infirmière approcha Issata et la fixa éblouie.

« Je suis Anna, vous êtes à l'hôpital. »

« À l'hôpital ? »

« Tout vous sera expliqué. Votre sœur va être contente. »

« Sophia ? »

« Bonjour Madame Shérif, ».

Issata leva les yeux vers la voix qui l'interpella. Elle vit un homme dont la noirceur les rapprochait et une femme qu'elle voulut croire venir des Indes. Elle les fixait et sentit son âme se remplir de tellement de choses et peser d'un grand vide à la fois. Après la visite d'Anna, elle eut le temps de boire un café, manger une tartine au beurre et à la confiture de fraise, découvrir la date, le 23 mars, faire pipi, sans que personne ne l'aida, et d'observer qu'elle était en vie. Le plus important, elle ajustait ce luxe de s'en souvenir. Elle communiqua avec des êtres humains. Toutes les personnes qu'elle rencontra, se réjouirent de la trouver animée d'une vitalité réconfortante. « Vous êtes courageuse ! » « Tout va bien se passer ! » « Quel bonheur, de vous entendre parler ! » Elle se trouva plongée dans un mutisme total, pendant sept jours. À son réveil, ces formules de gentillesse l'accueillirent.

« Je suis Dr Reynolds et voici mon assistante, Dr Morgane. »

« Bonjour, » dit Dr Morgane.

Issata fit un signe de tête.

« J'entends dire que vous parlez ? » Dr. Reynolds poursuivit.

« Oui, » elle soupira.

« Et comment vous sentez-vous ? »

Son regard se rétrécit. —Si seulement, je le savais ! Une lueur faible y scintillait, au reflet de la résonnance du mot désespoir. La question réveillait ses propres interrogations sur ce qu'il lui était arrivé ; sa revendication sur la durée de son temps dans ce lieu médical et sa demande majeure, au sujet du pourquoi.

« Comment je me sens ? » Elle répéta et éclata en sanglots. Il rapprocha le fauteuil situé dans un coin de la chambre et invita sa consœur à y prendre place, pendant qu'il s'assit sur le rebord du lit.

« Vous savez pourquoi vous êtes ici ? »

Elle renifla et fit, non, en signe de tête.

« Votre collègue a parlé de la Sarcoïdose. »

Ses prunelles s'étirèrent, se demandant qui.

« Michael, celui qui a appelé l'ambulance. » Dr. Reynolds comprit le message derrière sa grimace.

Le visage d'un homme noir, aux cheveux tressés, lui sourit.

« Michael ? » elle bafouilla à travers ses pleurs. « Il me tenait dans ses bras, » elle se souvint.

« Vous connaissez Jimmy… ? »

« Jimmy ? » elle coupa perturbée.

« Il était là ! Il sait tout ! » elle pleura de plus belle.

« Issata, » intervint Dr Morgane.

« Où est mon Jimmy ? Je veux le voir ! » Elle continua sa sérénade larmoyante.

« Jimmy nous a expliqué que vous aviez un rendez-vous galant et le prétendant n'est pas venu. »

« Non !!! Pas ça !!! » Elle agita ses mains dans l'air. Les mouvements donnaient l'impression, qu'elle cherchait à balayer les souvenirs de la nuit du 16 mars. Hélas, elle ne parvint pas à s'en libérer. Le déroulement éclata dans son esprit. Un feu d'artifice amplifié par la douleur, le rejet, l'humiliation, illuminait son cerveau ombragé depuis une semaine. « C'est un salaud ! » Son braillement entraîna plus de larmes, des larmes qui invitèrent des tremblements corporels, des secousses physiques, qui entrainèrent des reniflements saccadés. Morgane chopa ses bras.

« Calmez-vous, vous êtes une femme remarquable ! » Elle tentait tant bien que mal à la maîtriser, sous le regard de Dr. Reynolds. —Me calmer ? logea dans son esprit, avant qu'elle ne ripostât furieuse :

« Alors, pourquoi ? Dîtes-moi pourquoi ? » Une force colossale, s'empara d'elle. Elle se voyait tout saccagée.

« Issata ? » Morgane serra ses poignets fermement, la forçant à la regarder.

Surprise, son instinct répondit à la demande intentionnelle de cette femme docteur.

« La déception fait toujours très mal. Elle fait mal car elle réveille autre chose enfouie en nous. »

Issata garda ses yeux posés sur le docteur. Le sentiment qu'elle parlait à cette chose en elle l'interpellait.

« Comme quoi alors ? » s'échappa de sa bouche.

« Je n'ai pas de réponses à cette question. » Sa voix s'était radoucit et elle la lâcha.

« Votre silence qui dura sept jours dénonce la réaction d'un trauma. » Reynolds intervint. « Vous vous en êtes tirée. Vous venez d'exprimer votre douleur par des larmes. Essayez d'y mettre vos propres mots maintenant. »

Les larmes coulèrent de ses yeux à nouveau.

« Quels mots ? Je voulais juste tellement y croire… » arpentèrent ses lèvres.

« Voilà, vous avez trouvé les mots, » Dr. Morgane renchérit. « Personne ne vous empêche d'y croire encore. »

Comme un déclic, une avalanche de mots déb
oula de son cœur. Des mots qui vibraient sous ce son mélancolique qui berçait sa vie : le son de la solitude, le son de la souffrance,

le son de la femme brisée. Elle incarnait le rôle d'une brebis blessée qui comptait ses jours. « Voilà où j'en suis, à l'hôpital, » se révéla la seule phrase qu'elle sut articuler correctement. Dr Morgane l'applaudit lentement.

« Maintenant, il va falloir travailler sur ce qui vous empêche d'y croire » elle compatit.

« Et quel a été le déclencheur ? » Dr Reynolds, voulut savoir.

« La pluie ! J'ai reconnu le son de la pluie. »

« J'en étais sûr ! Une belle femme comme vous ne pouvait sombrer dans la folie ! » il s'exclama fier de son intuition anticipée. Fier, car il était un homme noir. Un médecin noir, qui se refusa de condamner une jeune femme noire, un être humain à une souffrance conditionnelle, qui dans son cas n'avait pas lieu d'exister.

Il n'y avait pas de mots pour exprimer ce que Jimmy et Sophia ressentirent quand ils la retrouvèrent. L'entendre parler, la voir en vie, représentaient le plus beau cadeau que l'univers puisse leur offrir. Des larmes inondèrent le visage de trois personnes, qui s'aimaient très fort. Sophia appela leur mère. Celle-ci soulagée, fidèle à elle-même ne fit que parler et pleurer. Agnès et Michael se joignirent à eux.

Une semaine après son réveil, Issata rentrait chez elle. Nos deux médecins demeurèrent catégoriques sur le diagnostic. « Je vous encourage à prendre un long congé maladie et d'entreprendre une thérapie urgemment. » furent les conseils prononcés par la sagesse d'un docteur noir.

Jimmy à ses côtés, ils passèrent le seuil de sa porte. Des secousses vertigineuses l'assenèrent. Ses affaires l'attendaient, telles qu'elle les avait laissées et lui rappelaient le rendez-vous raté. Sa robe noire, ses *LKB* chaussures, ses dessous, trainaient encore par terre. L'odeur de la nicotine accueillit ses narines. Elle ne put prévoir qu'elle ne rentrerait pas chez elle. Son cendrier débordait de mégots.

« Ça va aller !» Jimmy la serra contre lui.

« Il faut que je me casse d'ici ! »

« Chaque chose en son temps ! »

Au même moment, ils entendirent un frappement à la porte. Ils se regardèrent, curiosité questionnant le moment.

« Qui est-ce ? » elle demanda.

« C'est moi Rajeev. »

« Non, » elle soupira.

« C'est qui ? » Jimmy chuchota.

« Bonjour, » elle ouvrit la porte.

« Oh, vous avez quelqu'un avec vous ?»

« Vous désirez ? »

« Rien, j'ai remarqué que vos persiennes étaient fermées ces derniers jours et je me suis inquiété, » il balbutia.

Issata regarda Jimmy d'un œil qui soutenait : —Il se prend pour qui ? —Se serait-il comporté de même si j'étais un homme ? « J'étais à l'hôpital mais vous n'aviez pas à vous déplacer ! »

« Désolé d'apprendre cela, j'étais juste dans les parages ! Rien de sérieux j'espère ? »

« Tout va bien merci et comme vous le constatez, je suis en bonne compagnie. »

« N'hésitez pas, si vous avez besoin de quelque chose, je suis là pour vous. »

« Très bien, merci » Elle ferma sa porte. « C'est mon propriétaire. »

« Je m'en suis douté. Il y a clairement quelque chose de vicieux en lui. »

« Tu as tout à fait raison ! C'est son côté mielleux qui me dégoûte ! Et tu te rends compte, il s'inquiétait ? »

« Oui, j'ai entendu ! Enfin, ne le laissons pas contaminer notre existence. Et si tu te reposais ? Je suis sûr que tu aimerais méditer. Je te retrouve plus tard. »

« Merci. »

Elle ramassa ses affaires du sol quand il partit, et les fourra dans un sac en plastique. —De toute façon, mes chaussures m'écrasaient les orteils, lança-t-elle et jeta tout dans la poubelle noire, garée dehors. Elle vida son cendrier, lava les quelques assiettes qui occupaient son évier, puis s'alluma sa première cigarette depuis dix jours. —Marlboro tu m'a manqué ! Elle tira sur sa clope. Un plaisir sincère s'inscrivit sur son visage.

« Issata confessa qu'elle appartenait à cette classe de fumeurs qui associait la cigarette au plaisir. Par conséquent, l'hôpital ne représentant pas un lieu de confort pour assouvir un besoin égocentrique, cette nécessité ne l'interpella pas. » Elle ouvrit son Frigo.

Une bouteille de Prosecco à demie pleine y dormait paisiblement. —Pas pour longtemps, elle sourit.

Elle se servit un verre et laissa ce sirop raffiné, couler dans son gosier. Les bulles pétillèrent sur ses papilles, d'un coup froid et sec. —Comment ai-je pu vivre sans toi ?

Elle reprit une lichée et ses yeux s'attardèrent sur son sanctuaire. —J'arrive ! Elle s'enfila sa boisson d'une traite et se remplit un autre verre. —Ben quoi, on a tous besoin d'inspiration, surtout si je veux comprendre quelque chose à ma vie ! —Alcoholique ? Je le savais déjà ! Et pouffa de rire. Pendant qu'elle fumait, ce rire spontané se dissipa rapidement. Au milieu de sa pièce, elle observait la fumée s'incruster dans la lourdeur de l'atmosphère. À travers ce poids étouffant, elle ressentit, un ravin profond creusé en elle. Elle devait faire face à la réalité.

—La réalité est que je suis vraiment malade. Ses larmes lui montèrent aux yeux et vibrèrent dans sa voix. Elle grilla sa clope, dépoussiéra son butsudan et s'installa devant son Gohonzon. —J'ai besoin de savoir, elle contempla avant de commencer. Sa voix résonna dans la pièce sur la même fréquence que son désir de vouloir découvrir la vérité. La vérité sur Dan qu'elle croyait l'homme parfait, la sarcoïdose, une maladie incurable, son travail qui empestait le pouvoir et qui ne servaient qu'aux élites du monde. Cet élan à trouver des réponses, l'incita à revisiter une directive de Daisaku Ikeda.

La maladie n'est pas seulement un inconvénient à subir. C'est un signal de croissance dans notre vie spirituelle. Du point de vue de l'éternité de la vie, c'est l'indication d'un grand changement, et une opportunité à ne pas manquer. De la maladie naît l'esprit de recherche. Lorsque le karma de la maladie apparaît nous avons la possibilité de le transformer une fois pour toutes. Ce karma a été profondément ancré, peut-être pendant de nombreuses vies, nous faisant souffrir. Lorsqu'il apparaît sous une forme aussi concrète, restons- en assurés que nous nous en sommes déjà approprié. Nous l'avons déjà suffisamment changé pour qu'il puisse faire surface dans une forme physique, de sorte que nous puissions le reconnaître et le traiter. Du point de vue de la foi, c'est une cause pour le plaisir.

—Karma, elle répéta. Cinq lettres qui expriment des sons et des pensées, répercutés dans nos actions en conséquence. —Je dois donc changer mon karma Sensei, c'est ça ? —Vous aussi vous aviez le vôtre à changer, elle murmura.

Daisaku Ikeda qui souffrait d'une constitution physique très faible, aggravée par la tuberculose, à un très jeune âge se vit condamner à ne jamais atteindre ses trente ans. Les médecins lui avaient informé. Ces prédictions lui ont clairement donné un but précis dans la vie. Celui de ne pas perdre le temps. Ce qui a défini sa personnalité. Et devinez quoi ? En 2012, il respirait de ses quatre-vingt et quatre années, avec la vitalité d'un jeune homme de vingt ans. Mais qui est vraiment cet homme ?

—Un philosophe Bouddhiste Japonais, un éducateur, un auteur et un activiste engagé, pour la paix dans le monde. C'est à travers Josei Toda, à l'âge de dix-neuf ans, qu'il se convertit au Bouddhisme de Nichiren. Sa rencontre avec Toda, s'avéra être le tournant de sa vie. Dès leur première rencontre il tomba sous le charme, la droiture et la passion pour la justice qui vibrait en cet homme que lui-même jeune Ikeda, chercha à développer après avoir perdu un frère pendant la guerre.

Tout se joua lors d'une réunion Bouddhiste. Il trouva en lui, un maître spirituel pour l'éternité. À sa mort, il en revenait de la mission de Daisaku Ikeda, de servir comme le troisième président. Il choisit de dévouer sa vie à partager la philosophie de Nichiren à travers le monde, basée sur le concept de la Révolution Humaine. Comme le mot l'implique, une révolution se mesure par un renversement brusque et forcé d'un régime politique.

Dans ce bouddhisme, ou plutôt à travers tout chemin spirituel, le renversement s'enclenche à l'intérieur de l'être humain. L'idée centrale repose sur l'observation du soi. À commencer par développer cette immense compassion à l'égard de nos émotions, les comprendre, apprendre à travailler sur nos pulsions. Autrement dit, la révolution humaine consiste à transformer notre vie, en profondeur, afin de lui donner un sens. Ce sens illustre le modèle de Kosen Rufu, le but de la SGI.

Cette phrase trouvée dans la traduction Japonaise des écrits du Sutra du Lotus, se définie par la paix dans le monde, à travers la transformation de l'individu. Pour changer le monde, il faut changer le soi.

Dans une explication plus détaillée, *Kosen* peut se comprendre comme : largement déclarer, flux, et promulguer ; Rufu *: découler comme une éminente rivière* ou bien encore, *se répandre telle une toile gigantesque.* En d'autres termes, Kosen Kufu représente une vision largement déclarée de la propagation et l'application des enseignements contenue dans le Sutra du Lotus, découlant sur toute l'humanité.

Cette relation, de maître à disciple, l'intriguait. Elle y travailla dessus. —Ça a du sens, me confia-t-elle ! Dans toutes sphères de vie, il y existe quelqu'un qui possède les compétences, les qualités humaines pour mener, enseigner. —Sensei, comme elle l'appelait, représentait le seul dirigeant religieux en qui elle avait confiance, parce qu'il démontrait comment appliquer la loi merveilleuse dans la vie quotidienne. De son point de vue, elle était convaincue que le plus de personnes s'engageraient à polir leur vie via la voie du bouddhisme, et à inspirer autrui à faire de même, la société s'épanouirait sans le moindre doute en une grande fleur, la fleur du Sutra du Lotus de l'humanité. Sa détermination à tisser ce lien, s'amplifia lorsqu'elle découvrit que la SGI avait acquis, le Château de Roches à Bièvres et l'avait nommé, *La Maison Littéraire de Victor Hugo,* pour l'ouvrir au public. Cette maison était la propriété d'un certain Louis François Bertin, le célèbre directeur du *Journal des Débats* autour de1789-99. Et c'est en 1804 qu'il acquiert Le Château de Roches et commence à y organiser un salon littéraire, dans lequel il y invite des artistes, dont Victor Hugo. Depuis 1989, l'Association culturelle Soka de France en est propriétaire. Mr Ikéda lui-même déclara :

—*Cette maison sera le pont entre deux civilisations, française et Japonaise et j'aimerais qu'elle devienne un point de référence pour la littérature du monde entier.'*

—Sensei l'a fait ! Dans ce moment précis, elle décida de sincèrement prier pour comprendre le cœur de son maître et d'utiliser sa maladie comme l'expérience qui transformera sa vie.

Jimmy réapparut, chargé de sacs remplis de bouffe et bien sûr du champagne.

« À une santé de fer ! » ils trinquèrent.

Par où commencer ?

Issata était en vie. Cependant, quelque chose en elle, avait disparu, elle ressentait ; comme si une partie de son histoire, s'évapora, un morceau d'elle mourut. Quoi ? En-ai-je vraiment besoin ? elle se demandait.

Jimmy partit pour Amsterdam, le travail l'y obligeait. « Je suis avec toi ma chérie, » il ne manqua pas de lui rappeler.

Dr Vanessa, de son centre médical la convoqua après avoir pris note des conseils de Dr Reynolds. Elle la plaça en arrêt maladie pour six mois et mentionna la thérapie suggérée par le rapport. Issata refusa. Dr Vanessa n'insista pas, mais lui organisa deux séjours à l'hôpital.

—Brompton hospital, car une biopsie l'attendait, pour étudier ses ganglions lymphatiques. L'intervention se passa très bien. Cependant on lui coupa quand même un muscle vocal. Apparemment, il n'était pas important. Par contre la sarcoïdose construisait un empire, dans ses deux poumons ce qui expliquait sa lutte respiratoire, lorsqu'elle pratiquait et durant la moindre activité physique. —Royal Free, dans le département de rhumatologie, car elle était rongée par la douleur. La fatigue et sa colère animaient principalement son séjour hospitalier. Elle s'engageait dans des conversations enflammées avec toutes les infirmières, qui faisaient de leur mieux pour l'assister. Le docteur en charge accusait la maladie et s'en inquiétait. Il lui proposa des antidépresseurs pour calmer ses nerfs. Elle refusa. Pourquoi cela ? —Car si cette maladie a été produite par mon corps, alors celui-ci peut aussi s'en guérir, elle en conclut quand elle rentra chez elle, quinze jours plus tard.

Elle se réinvestit dans son régime thérapeutique, se drogua de vitamines qui lui coutaient une fortune et décida de tout baser sur la foi. Après tout, la foi c'est gratuit. Jeanne l'encourageait toujours à faire beaucoup de daimokus.
—Daimokus cultivent notre état de vie, elle lui expliquait. Issata s'aventura à pratiquer pendant trois heures par jour avec la détermination de : —*Antigène, va te faire foutre ! Son niveau de spiritualité pouvait atteindre des sommets convainquants, comme vous le découvrirez.*
En Japonais, les membres de la SGI qualifient cette activité, comme *toso*, une campagne spirituelle qui consiste à réciter une quantité définie de daimokus, invoquant la grande force vitale du buddha. Il n'existe aucune règle sur le temps que chaque membre consacre à sa pratique. Nichiren lui-même aurait déclaré : —*Pratiquez jusqu'au contentement de votre cœur.* Le bouddhisme repose sur la sagesse et de ce fait, la raison.

—Mais cette maladie s'est manifestée dans ma vie alors que je cherche à rencontrer mon HP, elle réalisa et étudia la lettre, *Les désirs terrestres sont l'illumination,* provenant des écrits de Nichiren. Le titre explique clairement l'importance des désirs et de leur fonction. Nichiren confirma catégoriquement qu'il n'existait aucune séparation entre les désirs terrestres et l'illumination. Parce qu'ils provenaient de la même source, le bonheur. —Et l'illumination, dans tout ça ? —Le salaud ! En plus il est marié ! Le scandale que cela aurait pu entrainer ! Et là, ses semaines de silence, infectées d'émotions virulentes explosèrent en elle, entrainant des litres de larmes, qu'elle tentait vaillamment d'utiliser pour effacer l'idiote qu'elle observait en elle. Le sentiment de honte et d'humiliation massacraient son cœur. —Pourquoi n'es-tu pas venu ? Et où es-tu ? Selon Michael, il n'avait pas voyagé depuis.

Tous les jours, Issata reçut le même message dans la boîte aux lettres de son cœur, toutes tachées de larmes et scellées par le seul sceau qu'elle détenait, la souffrance. Pourtant elle essayait désespérément à percer cette agonie, à atteindre sa source. Il lui arrivait même de personnifier cette souffrance. Elle la voyait telle une femme terriblement blessée et elle se voulait de l'aider. Elle l'embrassa d'énergies positives à travers ses prières, lui promettant qu'elle pouvait lui faire confiance. —Je veux juste te serrer dans mes bras. Ensemble, on trouvera une solution, Issata lui soufflait tendrement.

Un matin, concentrée devant son Gohonzon, son iPhone sonna. —Je n'ai pas le temps pour toi, Issata s'enflamma quand elle vit le nom d'Agnès clignoter sur son écran. Son irritabilité s'intensifia plus encore quand la notification vocale, s'afficha. Celle-ci ne l'appelait que pour prendre de ses nouvelles, comme elle eut fait depuis son retour chez elle. Issata ne voulait juste pas écouter son message. Son cœur hurla dans sa poitrine, au son d'un refrain obsessionnel. Elle se sentit poursuivie par un ennemi, déterminé à lui vider le sang. Il tambourinait en elle, à la vitesse d'un cheval furieux et sa colère éclata. Dans ce moment de rage, comme si elle venait de démasquer la bête sauvage, enfouie dans les ruines de son existence, elle s'exclama : —La sarcoïdose est une condition où le système immunitaire, attaque le corps humain ! La sueur rampant sous ses aisselles, elle dit : —Cette maladie est donc liée à la colère ? —Et Agnès dans tout ça ?

Nous savons tous qu'elle exhibait une énorme faiblesse, elle n'écoutait pas ! Les larmes brulèrent dans ses yeux, entrainant un tsunami d'émotions, possiblement enfermées pendant des millions d'années dans la partie secrète de sa vie, prêt à exploser tel un volcan. Il est expliqué que les volcans se forment lorsque les magna, des roches chaudes en fusion, trouvées sous la croûte terrestre, se dirigent vers la surface. Elles se transforment ensuite en lave qui permettent au volcan d'entrer en éruption. Suivant cet exemple, la maladie d'Issata serait la manifestation physique du volcan, la lave peut-être la colère. Et que représenterait la magna dans sa vie ? Elle pleura et pleura et pleura avec sa colère comme seule alliée…

—C'est officiel, je suis en colère, elle s'avoua ! Selon Google, la colère s'inscrit dans la liste de ces émotions saines et naturelles. —Bon j'ai de l'espoir ! Cependant, elle pouvait prendre des proportions démesurées. —C'était trop beau pour y croire ! À sa surprise, trois types de colères existaient. La colère passive, la colère agressive et celle justifiée. —C'est très bien tout ça, mais comment gérer ce feu qui brule en moi ? —Déceler les signes de colères, les thérapeutes d'expliquer. Et Issata d'analyser : —Si quelqu'un n'est pas capable de lire sur le visage d'une femme africaine, qui *tchip* entre ses dents d'une violence à en secouer les os de ses ancêtres dans leurs tombes, qui roule des pupilles à vous suivre jusque dans vos pires cauchemars, les narines grandes ouvertes à vous aspirer vivant, prête à émettre *hummm*, suivi du *wallahi (*Je jure sur Dieu en arabe*)* avant de proférer la sentence, alors c'est que cette personne a un grave problème. Elle connaissait clairement ces racines.

—Prendre le temps de traiter les déclencheurs. Quels déclencheurs ? Ce sont les idées *de Toubab* ! Le mot *Toubab* ou *Toubabou* le plus fréquemment reconnu en Afrique centrale et de l'Ouest, fut utilisé à l'époque coloniale pour décrire les hommes blancs. Ceux-ci étaient principalement associés à des voyageurs fortunés. Issata pouvait également être étiquetée comme une *Toubab* par une personne africaine, en raison de son mode de vie européen. *Tout comme moi, Lady Kondo !* —Trouver des techniques de contrôle, comme la respiration profonde et lente pour réguler le rythme cardiaque, la pleine conscience, un moyen méditatif de diriger l'esprit loin de la colère. —Je suis bouddhiste donc je possède déjà une approche de conscience vigilante. —Et puis j'écris, —Je lis beaucoup. Elle respira un grand coup, réalisant que ces techniques occupaient déjà sa vie. Ses yeux se perdirent brièvement vers sa fenêtre. Le ciel brillait d'un bleu serein. Et j'adore marcher.

« Sayon, » elle plaça ses bras autour de son tronc et répéta ce rituel qui leur était propre. Elle respira sa peau. Elle garda son cœur battant contre son arbre et laissa rouler ses larmes. Sayon la rassurait. Elle ressentit ses bras invisibles se poser sur ses épaules.

« Il n'est pas venu, » Issata souffla. « J'ai tellement besoin de toi ! » Elle l'étreignit de toutes ses forces, cherchant à ouvrir ce que tout croyant du Nouvel âge dénommait le chakra, bien que cette énergie existât depuis de nombreuses années. Et qu'est-ce que c'est ?

Tout simplement, le point de gravité où l'énergie se trouve concentrée. Chakra est un mot sanskrit. Il signifie une roue, un disque, et dérive du mot *Cakra.*

À l'origine, ça représentait la roue tournante ou le disque d'énergie, qui aidait à générer le flux de lumière, du corps. Il fut expliqué que lorsqu'un chakra ne fonctionnait pas, ou se présentait bloquer, cette entrave conduirait directement à la maladie. « Sayon, je me sens tellement perdue. » Agrippée à son arbre, Issata crut entendre une voix :

« Les réponses sont logées au début de notre vie ! »

« Issata, » Maman lui fit signe. Elle l'attendait devant sa Fiat Uno rouge quand elle arriva à la station de Melun, sa ville natale. Depuis Noël, ces deux femmes ne s'étaient vues. Son cœur trembla d'anxiété.

« Maman, » elle marcha pour la rencontrer.

« Ma fille, ça va ? » elle la serra contre sa poitrine.

« Oui maman, merci. »

« T'es sûre ? Ton visage est gonflé ma chérie. »

Les effets secondaires des stéroïdes, se manifestaient, d'où ce visage rond qui formait sa nouvelle image. —C'est tout ce que tu trouves à dire, me critiquer, Issata s'énerva à l'intérieur ?

« C'est la cortisone et je suis juste très épuisée. »

« Eh bien, espérons que tu puisses te reposer un peu avec moi. »

— Espérons, elle se dit. Elles sautèrent dans la voiture, direction *Corquilleroy* où Maman habitait avec Antoine. Il sortit les accueillir, lorsqu'il vit la voiture entrer dans la cour. Fidèle à lui-même, il portait un jeans et une chemise blanche qui mettait en valeur son teint méditerranéen.

« Bonjour Issata, je suis très heureux de te voir, » il l'embrassa.

« Bonjour Antoine, également. »

« Et comment va la santé ? »

« On fait aller. »

« Tu es chez toi ici, profites-en pour te reposer. »

« Merci. »

La table déjà préparée, Maman servit une quiche au saumon avec une salade verte, sauce vinaigrette. Histoire de rester fidèle aux vieilles traditions françaises.

« Alors la vie à Londres ? Comment va la reine ? » Antoine s'enquit. La politique anglaise se montrait un de ses sujets préférés, et Issata lui expliquait toujours la même chose. Les Anglais conduisaient toujours à gauche et la reine Elisabeth ne l'avait toujours pas conviée à Buckingham Palace. Voilà ce à quoi, leurs conversations se limitaient. Antoine adorait aussi aborder le sujet de la retraite. Sa mère demeura silencieuse, comme si ce tournant de la vie lui faisait peur. Le déjeuner fini, elle l'accompagna pour sa marche, s'accrochant à son bras. Comment démarrer une conversation ? —Je pourrais investiguer sur mon enfance ? —Non, Maman n'appartient pas à cette génération où l'on discute la psychologie de l'enfance en famille ! On nous encourage à étudier, obtenir un diplôme, nous marier et faire des bébés, sourit-elle intérieurement. —Je suppose que je devrais juste profiter de mon temps avec elle. Et c'est ce qu'elle fit.

Elle écoutait les histoires de sa mère, pendant qu'elle fumait. Sa vie de réceptionniste à temps partiel, sa routine avec Antoine, ses voisins, les dernières promotions du supermarché Leclerc, ses problèmes de tension, la vie d'une femme d'une soixantaine d'années et qui ne connaissait guère mieux.

—La Sarcoïdose c'est une salope ! —Dan m'a planté !

—Agnès m'énerve ! —Je suis en colère. Elle contemplait au matin devant son *omamori* Gohonzon. Qu'est-ce que c'est ?

—Une version rétrécie de celui conservé à la maison. Pour vous donner une idée, comparable à ces petites boîtes d'allumettes que l'on achète chez le buraliste. Mais le pouvoir reste le même. Seuls les membres d'une expérience avancée dans leur foi pouvaient le recevoir.

—Et Maman ! Qu'est-ce qu'il y a à comprendre ?

—Je veux la vérité, rien que la vérité, mais ne jura pas.

La vérité sur le monde qui nous entoure, cette énigme a séduite des milliers d'hommes et de femmes à s'en approprier les savoirs et à en déduire des théories. Certains misent sur la vérité dogmatique où celle-ci devient l'objet de croyance, une opinion qui relève de la foi. D'autres visent plus sur les vérités mathématiques obtenues par la logique et la preuve mathématique. Il existe aussi la vérité scientifique, seulement accessible par les méthodes scientifiques où les évidences sont analysées avec une attention des plus délicates.

Quelle est la différence entre les Maths et la Science on pourrait donc se demander ?

Selon Galilée, la philosophie serait inscrite dans ce livre immense intitulé, l'univers. Il éprouvait une fascination sans égale pour ce royaume infini. Il dédia toute son existence, à défricher les codes universels qui demandent le langage mathématique. On peut tous bien reconnaître ce grand homme italien, accroché à sa lunette astronomique qu'il perfectionna et exploita comme lunette d'approche. Alors plutôt que d'y chercher une différence, on peut en déduire que la science a besoin des maths et de la philosophie pour décrire le monde tel qu'il se présente et se doit d'interpréter les expériences en rythme avec son temps. La science c'est le savoir, tout comme la vérité d'ailleurs ! Et Issata se devait de décoder sa propre vérité scientifique, basée sur la loi mystique.

Elle sentit une ouverture dans son cœur, une invitation spontanée que sa voix suggérait d'accepter. Un diaporama des différents moments de sa vie défila dans son esprit timidement, sans ordre chronologique. Les images contenaient toutes un point commun. Issata se trouvait présente sur chacune d'elles et elle n'était qu'une petite fille. Surprise, les battements de son cœur s'accélérèrent. Elle pressentait quelque chose, inscrit dans ses yeux d'enfant. Elle hésita à confronter ce regard qui la bouleversait, quand elle reconnut la vieille armoire en chêne de bois, achetée sur un marché de brocante. Et c'est alors qu'elle aperçut l'ombre de Maman se précipiter dans le salon. Figée près du vieux canapé en cuir de couleur chocolat, Issata fixait le visage de sa mère. Il dégoulinait de sueur. Ses yeux rigides et froids hurlaient derrière ses lunettes ovales, à la monture dorée. Elle avait peur. Issata s'arrêta un moment pour reprendre son souffle.

—Mais c'était quand ça ? Elle revoyait sa sclère devenir noire et l'iris tourner au rouge brique. Ça allait tomber. La dureté dans sa fixation durerait quelques secondes, mais assez pour qu'elle resta immobile. Son cœur se paralyserait de peur et elle pleurerait : « Je suis désolée maman, » avant que celle-ci n'éclata en tornade.

« Issata, ça va ?» une voix interrompit.

Elle sursauta d'effroi et répondit : « Oui ça va maman, je finis juste de pratiquer. Je te vois après. »

« D'accord, prie pour moi alors. »

« Bien sûr, » elle soupira. —Mais pourquoi criait-elle ?

—Pourquoi je demandais pardon ? —J'ai dû faire des bêtises, car elle me disait toujours : —J'en ai marre de toi, elle se souvint. Issata n'avait que six ans. —Peut-être qu'elle ne voulait pas de moi ? —Peut-être que j'étais un accident ? —Peut-être…—Peut-être…—Peut-être.

Une semaine avec Maman et aucune réponse à observer. Une boule grossissait dans son cœur, chaque fois qu'elle tentait de lui parler. –Pour lui dire quoi ?

Elle s'arrêta sur Paris chez Sophia, avant son retour à Londres. Ses neveux grandissaient. Touchée par leur force de vie, elle se promit de guérir afin de les voir se développer en bonnes gens, respectables, authentiques et intègres.

En juillet, commencèrent Les jeux Olympiques. Chaque athlète s'en donnait à corps et âme pour soutenir leur propre nation. Issata participait à son propre marathon. Elle s'immergea dans sa foi, méditant, étudiant les écrits de Nichiren et les directives de Sensei. Néanmoins la colère la tuait à l'intérieur au point qu'un jour, tellement chargée de cette émotion, elle la vomit sur une jeune employée qui lui avait juste présenté où la file d'attente se trouvait.

—Pauvre petite, Issata me confia. Hélas, celle-ci venait de lui ôter son droit d'être en colère, de dire merde.

—Et alors je me suis trompée, je veux payer maintenant, elle défendait. Elle savait que la faute reposait sur elle, mais il s'avéra impossible qu'elle se l'admette. Sa colère avait raison. C'était comme ça ! La gérante du magasin dut intervenir pour démêler la situation. Elle quitta le magasin, son égo blessé de se permettre un tel embarras publiquement. Elle marcha jusque chez elle, rongée par la honte. —Je ne suis pas le Bouddha qui enlève la souffrance pour offrir la joie. — J'ai infligé de la détresse à cette pauvre fille, qui aurait pu être Sophia, ma sœur cadette !

—Je suis un monstre, elle s'accusa et claqua sa porte.

« Je veux voir Dr. Vanessa ! » elle gueula, les larmes couvrant son visage quand elle entra dans le centre médical au matin.

Choquées, les deux réceptionnistes se regardèrent. L'une d'elle portait un chador, l'autre ressemblait plus à une femme des Indes.

« Vous avez un rendez-vous ? » la femme voilée, tenta.

« Vous n'entendez-pas ? » elle tapa du point et courut vers les escaliers.

« Attendez, vous ne pouvez pas aller comme ça, » l'indienne répliqua. Elle se précipita à ses trousses.

Trop tard, Issata avait déjà débarqué dans le bureau de son docteur.

« Je m'en occupe, » Dr. Vanessa, intervint. « Asseyez-vous Issata, et dîtes-moi ce qui vous arrive. » Elle lui tendit un kleenex.

« Je suis possédée » elle hurlait. « Ils complotent tous contre moi ! Je les déteste ! » La doctoresse lui prit les mains.

« Qu'est-ce qui vous met dans cet état ? »

Elle tremblait à chaque sanglot et réussit à sortir : « Je suis en colère tout le temps, je suis méchante ! » Elle expliqua l'incident de la veille.

« Vous avez traversé une grande souffrance. Vous êtes admirable ! C'est très sérieux ce qui vous arrive. Et vous faîtes tout cela seule ! Recevez-vous du soutien de votre groupe bouddhiste ? »

« Non ! Je ne veux pas être associée à ces gens-là ! Ils me dégoûtent tous ! » elle hurla. La violence dans son commentaire les secoua toutes les deux. Dr Vanessa la fixa scandalisée. Elle analysa des millions de scénarios qui expliquerait un tel aveu de sa patiente.

—Peut-être qu'elle est entrée dans une secte et qu'elle ne sait comment s'en sortir ?

« Je pensais que le bouddhisme… »

« Le bouddhisme…C'est…C'est à propos de l'être humain, de la vie, ma vie ! » La rage se propulsa de sa bouche. Les mots vibrèrent autour d'elle. Ces mots qu'elle utilisa parlaient de par leurs propres définitions.

« Issata, si vous êtes en danger, il faut le reporter ! Il y a beaucoup de mouvements qui utilisent des personnes vulnérables. »

« Je n'ai pas à me justifier ! » elle défendit de plus belle.

—C'est juste que je ne sais plus pourquoi j'ai choisi le bouddhisme ? Au bout du compte personne n'a besoin de réciter daimokus pour réaliser des objectifs dans la vie ! Ainsi elle observait, en elle.

« Très bien, par contre, je pense qu'il serait tant d'entamer une thérapie. »

« Non, pas de thérapie ! Je ne suis pas folle ! Vous aussi vous êtes comme eux ! » Elle s'effondra en larmes.

« Je cherche juste à vous aider. Au moins essayez ? »

« Essayer quoi ? Je veux tuer cette rage et je ne veux plus me réveiller. »

« Issata, ne parlez pas de vous ainsi. Vous êtes sous ma responsabilité et je ne vous laisserai jamais tomber. » Choquée Dr. Vanessa tenta de faire bonne face. Quelle horreur pour un médecin d'entendre de la voix de sa patiente que celle-ci ne voulait plus vivre. Elle couina comme ce vilain petit canard rejeté par tous et renifla sa tristesse qui congestionnait sa poitrine.

« Vous êtes une battante ! »

« J'en ai marre de me battre. J'ai mal partout. J'avale des cachets à longueur de journée. »

« Que prenez-vous déjà ? »

« Codéine, »

« Laissez-moi regarder ça ! Je vois que mon confrère vous a prescrit que la codéine, » elle vérifia son ordinateur.

« Je vais vous prescrire du Cocodamol, un mélange de codéine et paracétamol. »

« Je veux dormir. »

« Ça va vous aider et essayons d'établir un objectif ensemble. »

« Dans quel but ? Regardez où j'en suis, » elle cria.

« Vous pourriez envisager un retour à mi-temps avant la fin de l'année ? »

« Je veux juste dormir et vous me parler de boulot ? »

« J'essaie de donner un focus à votre cerveau. »

« Je veux que ça s'arrête, » elle souffla, épuisée.

« Je vous mets sous antidépresseurs et penser à entamer une thérapie. On se retrouve bientôt. » Elle lui remit son ordonnance.

Effectivement, Issata constata une différence dans ses états d'âmes. En une semaine, elle se trouvait plus détendue et moins coléreuse. Mais une anxiété la guettait, soulignée par une léthargie. Alors, elle augmenta les doses. Car elle ne voulait pas penser. Elle voulait éviter le stress de devoir gérer son mal-être. Aussitôt une confrontation émotionnelle s'anima dans sa tête. Elle sentit, comme la suppression d'une partie d'elle. Elle commença à halluciner, passait ses journées au lit, cachée sous son duvet.

—Est-ce normal que je ne me sente plus moi-même ? Elle réussit à atterrir dans le bureau de Vanessa. Elle ne mentionna pas qu'elle dépassa les doses suggérées. D'autres cachets lui furent prescrits. Ce fut pire, elle se réveillait nauséeuse, le crâne enflé de maux de tête. En résumé, elle se trouva encore plus éreintée que la définition du mot en soi. Elle étudia les effets secondaires et ce qu'elle découvrit l'effraya. Ce stimulateur contrôlait son humeur. —Voilà comment de nombreuses personnes en deviennent dépendantes, elle soupira ! Elle vira tout à la poubelle.

—Que me reste-t-il donc ?

—Shijo Kingo, lui aussi, incarnait le monstre de la colère, un jour elle constata ! Et revisita un passage du Gosho, *Les trois sortes de Trésors* : « *Votre visage porte les signes évidents d'un tempérament coléreux. Mais sachez que les dieux célestes ne protégeront pas une personne de nature colérique, quelle que soit l'importance qu'ils lui attribuent. Si vous deviez être tué, vos ennemis en seraient ravis, alors que, pour notre part, nous éprouverions de la peine, même si vous atteigniez la bouddhéité. Ce serait vraiment regrettable.* » Shijo représentait un des disciples fidèles de Nichiren. Il excellait dans sa fonction de samouraï et de médecin renommé, mais il était réputé pour son tempérament fougueux. Et son penchant pour le saké lui faisait souvent défaut. Il souffrit les persécutions de son seigneur, un certain *Lord Ema* qui n'adhérait pas à ses croyances religieuses et qui lui confisqua ses terres. Nichiren, connaissant trop bien les faiblesses de son disciple, se chargea de l'avertir, d'où cette lettre sévère, une expression de sa compassion profonde. Un message qui expliquait clairement, si Shijo Kingo devait mourir, il en serait triste, mais s'il succombait à cause de sa propre négligence, les fonctions négatives de la vie, s'en réjouiraient, même s'il atteignait l'état du bouddha. Par la suite, l'histoire raconte que son seigneur tomba gravement malade et Shijo Kingo possédant les compétences médicales, se vit convier. Il guérit Lord Ema et pour le remercier, celui-ci lui offrit trois fois plus que ce qu'il avait perdu. —Il possédait aussi sa propre faiblesse et cela ne l'empêcha pas de recevoir les bienfaits de l'univers et de mettre son savoir au service de son patron, elle soupira.

— Les Dix Mondes, Issata se rendit compte qu'elle avait négligé ces principes clés de sa pratique. Ces mondes ne représentaient pas des lieux où l'homme et la femme ainsi que les enfants se déplaceraient tous les jours pour en revenir épuisés. Ceci-dit certains prennent votre énergie, surtout lorsque vous ne savez pas où vous aller. —Enfin, laissez-moi vous expliquer. Ces mondes expriment la nature de nos états de vie. Ils démontrent l'orientation fondamentale de notre état d'être, à un moment donné qui détermine tout. Ce que nous ressentons, notre façon de penser, notre attitude et notre interaction avec autrui. Tout découle de notre état de vie, qui peint le tableau de notre existence. Ils se nomment :

—L'enfer, et résonne avec le monde de la souffrance profonde ; mais rencontrer de telles malchances peut nous aider à grandir et vraiment comprendre la souffrance d'autrui.

—L'avidité, appartient au monde de la cupidité, du désir insatiable. Cet état de vie peut aussi se transformer en profond désir de voir les autres heureux et nous armer pour se battre pour un monde meilleur.

—L'animalité, celui de l'instinct, où le faible se cache derrière le pouvoir et le puissant écrase le faible. Ceci dit, cet état de vie, peut donner force à se protéger et prendre soin des autres.

—La colère, le meilleur ami d'Issata et son pire ennemi, est dominée par l'égo, un état caractérisé par l'arrogance, l'esprit de comparaison, de rivalité et de domination des autres. Cependant, regardé dans le sens positif, c'est un atout pour se dresser pour la justice.

—Le bonheur Temporaire, comme cet état le décrit, il est exprimé par le joie temporaire, quand un désir a été réalisé où lorsque l'on voit la fin d'une souffrance, de ce fait il se nourrit de facteurs extérieurs.

—La tranquillité, où l'humanité est marquée par l'habilité de raisonner et de prendre des décisions sages. Mais il peut représenter une certaine fragilité quand confronté par des conditions difficiles.

—L'état d'étude, se définit par le désir d'apprendre et la quête de connaissances. Ce désir peut mener à l'arrogance.

—L'état d'éveil, démontre l'éveillement par soi-même, à travers nos propres intuitions et observations. Néanmoins, cet état peut mener à l'égocentricité.

—L'état de Bodhisattva vise à exercer la compassion et la bonté, celui-ci qui peut aussi se négliger et se cacher derrière la vie d'autrui pour ne pas confronter ses propres failles.

—L'état de Bouddha, pour finir, révèle un état de plénitude et de parfaite liberté intérieure, dans lequel on savoure un sentiment d'unité avec la force vitale universelle. « *De ce que j'en ai compris, nous possédons tous ces tendances de vie qui se manifesteraient positivement comme négativement. À part l'état de Bouddha qui ne présente aucun aspect négatif, mais il existe dans chaque état de vie. Le but de la pratique de Nichiren repose sur l'éveil quotidien de cet état de bouddha. Quand il daigne se réveiller, bien entendu ! Ainsi, s'applique-t-il à illuminer tous les autres. Et de par cet acte de bienveillance chacun peut exprimer sa personnalité tout en restant fidèle à son identité.* »

—Je ne suis quand même pas arrogante ? Je ne cherche pas à rentrer en compétition avec les autres ? —C'est juste que je ne tolère pas les gens qui mentent et les lâches !

« Je t'ouvre ! »

Arriva le mois d'Août, elle retrouvait Jimmy chez lui, à Brixton. Elle n'eut pas à sonner. Il l'aperçut de sa fenêtre. Elle écouta le buzz, poussa la porte, courut dans les escaliers. Ils se tombèrent dans les bras.

« Tu m'as tellement manqué ! » elle s'écria.

« Toi aussi ! »

Elle le suivit dans son grand appartement, qu'il avait hérité d'un amant, quinze ans auparavant. Glen, il s'appelait, riche et plus vieux que lui. Glen s'éteignit suite à une leucémie. Ils traversèrent le couloir aux couleurs vives et chaudes, où plutôt aux murs décorés de photos en noir et blanc d'hommes nus, pour arriver dans une cuisine à l'américaine. Deux grandes fenêtres donnaient sur un immense balcon. Ce joyau arriva équiper de deux chambres et d'une large salle de bain avec baignoire, à la nuance baroque. Une bouteille de Veuve Clicquot les attendait sur la terrasse.

« Mets-toi à l'aise, j'arrive avec les amuse-gueules. »

« Merci. J'adore tellement ton appart. Si seulement, je pouvais avoir un endroit comme ça ! » elle prit place et le vit arriver avec un plateau de charcuterie, olives, et fromage et une corbeille remplie de petits pains, achetés chez Paul.

« Ça va se faire, suis juste le rythme de ta vie ! »

« En ce moment, je ne vois pas comment. » elle fit entendre.

« Tout arrive au bon moment. »

Il ouvrit le champagne et servit leurs verres.

« A toi mon amie. »

« À nous ! » Ils trinquèrent et avalèrent l'élixir de leur amitié.

« Alors, as-tu pensé à entreprendre une thérapie ? »

« Pour être honnête, je ne sais pas par où commencer. C'est surtout cette colère qui vit en moi ! » Elle s'alluma une cigarette et tira une longue taffe. Jimmy en fit de même.

« Il existe des professionnels qui sont formés pour nous aider à gérer nos émotions. »

« Tout est confus pour moi. Tu sais ma pote Agnès, elle m'insupporte ! »

« Comment cela ? Bon c'est vrai, qu'elle est un peu too much ! Mais elle a été présente pour toi. »

« Je n'ai rien à lui dire ! Comme si notre amitié s'était présentée fausse dès le départ. »

« L'as-tu vue récemment ? »

« Non ! Elle m'a appelé quelquefois, pendant ton absence. Et je pense qu'ils sont en vacances et seront de retour en Septembre pour la rentrée des classes. »

« Aie confiance en ce que tu ressens. »

« Rien qu'à l'écouter, ça me rend malade. C'est toujours à propos d'elle. Et ça parle pendant des heures. Ensuite elle finit par dire, ça m'a fait plaisir d'entendre ta voix. Quelquefois, je me demande comment Abdul peut vivre avec elle ? »

« N'oublie pas qu'elle est très belle ! »

« Touché ! Et très prétentieuse ! »

« En même temps, après sa vie de diva, cela doit être difficile d'élever deux garçons. Elle doit se sentir seule. »

« Elle a fait un choix ! »

« Tu lui en veux tant que ça ? » Jimmy fixa son amie.

« Elle s'y croit tellement ! Tu devrais l'entendre parler de son gars ! —Moi, si Abdul me trompe c'est fini ! Jamais elle ne pourrait se demander que s'il lui venait ce besoin d'aller visiter un autre territoire c'est juste que le sien n'est plus excitant ! »

« Il y a beaucoup de personnes comme cela qui se sentent infaillibles. Souvent les femmes comme Agnès essayent de se prouver quelque chose. En fait elles expriment leur propre insécurité. D'ailleurs est-ce que les biens sont à son nom ? »

« La propriété est au nom d'Abdul, elle appartient à sa famille depuis plus de cent ans. »

« Cent ans ? Impressionnant ! »

« Je ne serais pas surprise d'apprendre qu'il a une maîtresse, ce serait la plus grande gifle à son égo ! »

« Qu'est-ce qui te fait penser cela ? »

« On connait tous l'expression, il faut se méfier de l'eau qui dort ! »

Jimmy sourit avant de répondre :

« Il y a clairement quelque chose de profond qui émerge de toi. Et dis-moi, reçois-tu le soutien de ta communauté bouddhiste ? Parce que ce qui t'arrive est très sérieux. »

« Mon docteur me posa la même question. Il y avait Agnès. Mais comme tu le sais, en ce moment je m'en tape royalement ! »

« Pourtant tu étais tellement active ! Je me souviens, tu revenais toujours excitée de tes activités. Tu me parlais des expériences. »

Son regard se remplit de tristesse. Elle revisita cette époque. Toutes les réunions, elle s'y rendait. Pratiquer avec les membres, elle adorait et en gardait de beaux souvenirs. Elle devint responsable dans la SGI. Puis, quelque chose changea. Des histoires, elle en a entendu. Des membres expérimentés, quittèrent cette organisation. Certains même se suicidèrent. Que des pratiquants moururent, la faute ne reposait pas sur l'organisation. Mais la SGI se dénonçait comme le mouvement du peuple ! Ces faits, la forcèrent à se demander pourquoi elle en faisait partie, alors qu'elle se sentait, si seule ? « Tu as raison, je ne me sens plus inspirée, j'ai besoin de m'éloigner de tout cela ! »

« Je comprends. C'est important de prendre du recul.

Le danger avec ces mouvements, c'est qu'ils peuvent entraîner au fanatisme ! »

« Exactement ! Il y aussi le fait que beaucoup de ces femmes responsables, sont plus âgées que moi, et ne parlent pas l'anglais correctement. Elles essaient de promouvoir leurs expériences à travers leur foi, mais souvent je ne comprends rien. Et toutes divorcées car le mari a trouvé plaisir ailleurs. Je ne dis pas qu'il faut être marié pour être heureuse, elles me font juste de la peine. Bon au moins, elles essayent. »

« Elles doivent bien avoir réalisé que quelque chose, n'allait pas dans leur vie ? »

« Ah que oui, elles sont toutes fières de déclarer pendant les réunions : —Je ne respectais pas ma vie ! Ç'est la phrase passe-partout chez les membres. Donc parce qu'elles ne respectaient pas leurs vies, elles attendirent que leurs maris s'adonnent à l'adultère pour qu'elles puissent s'exclamer : —Grace à cette trahison, j'ai perdu du poids. Une autre de dire : —J'ai toujours voulu être coiffeuse, maintenant j'étudie l'art de couper les cheveux. Et moi je voyage, car je n'allais nulle part. J'en connais une qui s'est même faite nettoyer les dents. Elles étaient complètement noircies de tabacs. Jamais elle ne se demanda, pourquoi son mari chercha à assouvir ses besoins sexuels avec une autre. Imagine le gars, devoir embrasser une bouche pareille, voire glisser son petit oiseau entre ses lèvres. C'est la chlamydia assurée !

« Tu es incroyable ! » Jimmy éclata de rire.

« En plus il est dentiste ! »

« Tu es sérieuse ? Non… ? »

« Oh que si ! Ce n'est pas tout : —Il m'a ouvert les yeux, elles s'écrient toutes, tu les entendrais ; elles sont au bord de l'orgasme. »

« C'est clair que c'est triste ! »

« Maintenant que j'y pense, toutes ces femmes dont le mari s'en est allé brouter l'herbe ailleurs, tu les entendrais comment elles parlent des hommes : Les hommes sont bêtes, il faut les éduquer ! »

« Alors là, il semblerait qu'elles aient raté leur vocation ! »

« Et figure-toi, les maris de ces femmes que je connais, ils vivaient tous dans l'ombre, réservés, pas un mot de travers. Dans les réunions, leurs femmes se trouvaient toujours au premier rang pour jacasser. Je me demande encore, quelle motivation les a rapprochées ? Ils ne partagent tellement rien en commun. »

« Il est expliqué que les opposés s'attirent. Souvent dans les couples, on se cache derrière l'image de l'autre. »

Les mots de Jimmy résonnèrent en elle. Elle venait d'élucider un aspect, qui expliquerait pourquoi les hommes introvertis, se montrent plus enclin à trahir leurs femmes.

« Cela a du sens, en fait, ils se renvoient leurs propres insécurités ! »

« Issata tu es vraiment trop forte ! »

« Je veux juste l'égalité pour tous. »

« Tu es une féministe ! »

« Non, ce mot n'est tellement plus à la mode. Oui les hommes et les femmes sont complètement différents, mais nous partageons une chose en commun : — Nous sommes des êtres humains ! Et je sens que cette nouvelle génération est en train de nous enseigner quelque chose. As-tu remarqué le nombre de jeunes qui ont changé de sexe. Il ne s'agit plus de l'homme ou de la femme, il s'agit de l'être humain. L'être humain qui exprime son humanité tel qu'il le ressent. C'est pourquoi je choisis d'être humaniste !

« J'aime ça ! Moi aussi, je suis un humaniste, allez santé, » il leva son verre.

« Santé ! » elle le rejoignit.

« Mais mangeons, tu n'as encore rien touché ! »

« Oulala, c'est vrai ! » Elle chopa du salami et des olives, qu'elle fourra dans sa bouche. Jimmy s'enfila du fromage. Mâchant joyeusement, il regardait son amie, ému.

« Tu disais que tu te sentais seule, tu devrais sans doute retourner au travail à mi-temps ? »

« Au salon ? » elle paniqua.

Il comprit le ton dans sa voix. « D'ailleurs as- tu eu des nouvelles ? »

« Non il n'a pas voyagé depuis ! Moi qui voulais tellement y croire ! »

« Tu peux encore y croire, mais pas avec lui. »

« J'ai tellement peur Jimmy, » elle pleura.

« J'ai lu quelque part que la colère est liée à la peur. »

« Comment est-ce possible ? »

« La colère représente un outil de protection. »

« Mais de quoi ? »

« Commence une thérapie, et tu trouveras tes réponses. » Il la fixa gentiment.

« Je ne sais pas Jimmy ! »

« Je sais que Madame Clicquot nous appelle. »

—Je dois commencer quelque part, devint sa devise !
Le 1er d'Octobre, elle rencontra le responsable des
ressources humaines de Voyage Europe, Ray et son
assistante Catherine. Ils discutèrent de son état de santé et
des possibilités disponibles pour l'aider à se réinsérer dans
le monde du travail. Issata leur confia sa déception envers
Pascal. « Huit mois d'absence et je n'ai reçu aucune
nouvelle de lui, aucun message pour soulager ma
convalescence. » Ils lui assurèrent qu'ils l'approcheraient et
ensemble, ils convinrent qu'elle commença la semaine
suivante pour faire un essai de trois jours au salon.
—Est-ce la bonne chose à faire, le cœur battant, dans le
métro, elle s'entendit questionner ? Bien entendu, les vraies
motivations derrière son doute se cachaient plutôt derrière :
—Où êtes-vous ? —Pourquoi avez-vous disparu ? Et elle
paniqua. —Non, je ne peux pas, commença à cogiter dans
sa tête. C'est alors qu'elle ressentit comme un bandage
serré, écrasant son crâne. Des taches blanches éblouirent sa
vue, ces lumières similaires à celles qui la conduisirent au
diagnostic de sa maladie. —Ils s'en foutent de toi, son esprit
lui souffla. —Pascal, tu penses qu'il se serait déplacé, la
voix continua ? —Laisse-moi tranquille, elle marmonna.
Consciente des gens autour d'elle, elle baissa la tête, la
calant dans ses mains. Arrivée à destination, elle courut vers
chez elle. Les larmes rampaient sur son visage. —Je ne suis
pas prête ! Je ne veux pas y retourner ! Une peur effroyable

l'assaillit. Elle croisa son regard à nouveau, à travers les vitres de voitures, des magasins qu'elle dépassait. —Fous moi la paix, elle hurla ! Des passants la regardèrent. Ils ne savaient comment répondre. Elle continuait de courir. Sa tête tourbillonnait, comme un cerf-volant. Essoufflée, elle s'apprêta à ouvrir l'entrée principale. Mais quelqu'un d'autre la devança de l'intérieur.

« Tout va bien ? » un homme, aux cheveux blonds sale, demanda. « Non, » elle souffla et s'évanouit.

« Vous êtes réveillée ? »

Issata regardait une femme habillée d'une tunique bleue, s'approcher d'elle. Elle remarqua un tube accroché à son bras droit.

« Qu'est-ce que je fais ici ?» elle murmura.

« Je suis Michelle, vous êtes à l'hôpital. Dîtes-moi comment vous sentez-vous ?»

Elle écarquilla les yeux.

« Vous vous êtes effondrée devant votre maison. Votre voisin a appelé l'ambulance. »

Son visage se crispa. Elle cherchait qui. Sa mémoire lui rappela l'homme aux cheveux blonds sale.

« Heureusement que vous aviez votre passeport avec vous. On vous a trouvé dans le système. Pouvez-vous me confirmer votre nom et date de naissance ? »

Machinalement, elle se présenta.

« Parfait, je vais faire votre observation et j'en informe le docteur. » Aussitôt qu'elle plaça le brassard sur son bras pour prendre sa tension, les yeux d'Issata commencèrent à se déplacer rapidement, entrainant ses pupilles à rouler sous ses paupières.

« Issata ?» Michelle s'écria.

Prise de secousses incontrôlables, ses bras et jambes, s'agitèrent. Sa langue se déplia de sa bouche. À la vue de la salive dégoulinant de ses lèvres, l'infirmière appela immédiatement à l'aide et la tourna sur le côté pour qu'elle se détende. Issata entra dans un coma. Quand elle reprit connaissance, ses sens perçurent une ombre masculine qui flottait sous son regard fatigué. Effectivement, un homme grand, à la silhouette bien taillée, cheveux courts argentés, légèrement partagés sur le côté droit de sa tête, se tenait pas très loin d'elle. Une longue blouse blanche le couvrait, sans oublier le stéthoscope, le collier fétiche que chaque médecin, transporte autour du cou. Il lisait quelque chose. Sentant un mouvement, il leva la tête et elle croisa des yeux marrons, tendrement usés, mais aussi doux qu'un *Michoco*, ce chocolat bonbon français, délicieux de par ce mélange unique, de caramel doux et enrobé de chocolat noir. Elle fut séduite par la douce confiance qu'il projetait.

—Gary Grant ? son esprit analysa.

« Madame Shérif, je suis Dr Clark » il l'approcha.

—Non, il n'était pas Gary Grant, mais c'est ainsi qu'elle choisit de le personnaliser, selon son humeur. *Pas besoin de vous expliquer, qu'à certain moment du roman, il sera référé à Clark ou Gary Grant. J'essaie seulement de relater son parcours du mieux que je l'ai entendu. Souvenez-vous, ainsi, j'ai entendu ? C'est son histoire !*

« Je suis neurologue. »

« Quoi ? » elle s'exclama

« J'ai vérifié votre dossier. Je lis que vous avez été hospitalisé cet été pour la sarcoïdose. Dîtes moi ce que vous ressentez. »

« Pourquoi suis-je ici ? »

« Je suis spécialiste dans les maladies qui touchent au système nerveux. Tout ce qui affecte les troubles de la conscience, de la mémoire, du sommeil et du raisonnement. Je traite la *neurosarcoïdose »,* répondit-il rapidement, ne voulant pas l'inquiéter.

« Je suis en colère tout le temps, et je sens que quelqu'un d'autre est en moi, » elle sanglota. Dans ce moment, un sentiment d'embarras l'envahit. Exprimer sa faiblesse lui semblait aussi douloureuse que Jésus portant sa croix lourde sur son dos et pas le moins glorieux.

« Quand exactement cela a commencé ? »

« Quelques mois, avant que je ne m'effondre au travail. »

« Nous devons organiser une IRM du cerveau. »

« Mon cerveau ? »

« Madame Shérif, Il est commun chez les victimes de la sarcoïdose, que la maladie affecte le cerveau. Cela pourrait expliquer votre changement d'humeur et les convulsions. »

« Je savais que quelque chose n'allait pas, » elle continua à pleurer.

« Nous allons prendre soin de vous. »

« Je veux que la voix s'arrête ! »

« Quelle voix ? »

« Dans ma tête, je l'entends tout le temps. »

« Et maintenant ?»

« Non ! »

« Je vais vous prescrire un traitement pour vos crises d'épilepsie et des immunosuppresseurs pour reconstruire votre système immunitaire. »

« Quel genre de traitement ? »

« J'évaluerai cela après votre IRM. Vous êtes en sécurité, à présent. »

Les soupçons de Gary Grant se confirmèrent.

Le IRM montra que la sarcoïdose trouva refuge dans son cerveau ce qui expliquait ses troubles psychologiques, la voix, les sautes d'humeur. Son vertige existentiel n'exprimait nulle chose que cet appel pour la survie. Dans une forme des plus tristes, Issata criait à l'aide.

Elle commença le traitement *du méthotrexate* utilisé par voie orale, pour traiter certains types de cancer, une sorte de chimiothérapie orale.

Pourquoi une chimiothérapie ? Rappelons-nous que personne ne connait la cause de la sarcoïdose et qu'il n'en existe aucun remède, tout comme pour le cancer. Le méthotrexate est un agent cytostatique provenant d'un groupe de médicaments qui contiennent des produits chimiques. Du fait de leur toxicité sur les cellules, ces produits pouvaient donc empêcher la réplication ou la croissance de cellules malsaines. Dans le cas de notre patiente, ils aideraient à ralentir la croissance de ses cellules immunitaires, et de plus à réduire la sensibilité et la réactivité du système immunitaire. Issata ne se trouvait en aucune position de retourner au travail.

Je levai la tête et embrassai les filles derrière mon regard de femme libérée. Âgée de 61 ans je voulais juste instaurer en elles, la passion de vivre leurs rêves. La conscience de réaliser qu'être en vie, demeure le plus beau cadeau, qui puisse exister. « Pourquoi m'arrêtai-je ? » leurs yeux interrogèrent. « Ce que je vais partager avec vous, contient un message tellement fort sur l'éternité de la vie qu'il faut l'avoir vécu pour y croire. »

Il faisait noir, elle me dit. Son cœur respirait lentement à un rythme infini. Elle ne voyait pas ses membranes. Son corps se confondait dans l'immensité de cette noirceur mais elle se sentit en harmonie avec une sérénité cosmique. Elle entendit le silence profond du vide qui remplissait son existence à ce moment précis, comme un calcul du passé, du présent et du futur.

— Un futur qui n'existerait pas si le présent ne contenait pas un passé, un passé qui a besoin du présent pour exister et un présent qui déciderait le futur. C'est alors qu'elle perçut une lueur vacillante au-dessus d'elle. Celle-ci commença à briller et traversa la galaxie. Elle s'intensifia telle une étoile filante, dans l'étendue de cette nuit ténébreuse. Issata remarqua une femme allongée paisiblement sur un lit et la chaleur de cette lumière, l'enveloppa comme une caresse. Les yeux de la femme étaient entrouverts. Ils fixaient directement la lumière. Elle se reconnut en cette femme, à une différence, son teint de peau ressemblait à celui d'une barre de chocolat noir, périmée. Issata s'avança vers elle, toujours incapable de voir son corps, ni l'ombre de sa propre silhouette. Alors qu'elle s'apprêtait à lui toucher le visage, elle prit connaissance de la longue cicatrice fine sur la joue droite. —Il n'y a qu'une personne dont la joue est tatouée ainsi. Perturbée, elle s'exclama : —Mais, j'entends ma voix ? Sans comprendre ce qu'il lui arrivait, elle s'infiltra dans le corps placé à plat sur le lit et ressentit une sensation exaltante. Elle possédait ce pouvoir de voyager dans le temps. La brillance de la lumière illuminait le chemin d'un tunnel qui l'interpellait, telle une force mystique. Le plaisir qu'elle ressentit à se laisser entraîner, à se laisser prendre, à se jeter dans ce flot d'énergie, lui rappela sa première expérience orgasmique.

À l'âge de ses quinze ans, elle découvrit Emmanuelle, le personnage érotique joué par Sylvia Kristel, l'icône de la pornographie douce des années soixante-dix. Les garçons de son école parlaient d'elle et de ce qu'ils l'avaient vu faire dans ses films. Pour Issata, Emmanuelle représentait une image de femme qu'elle ne pensait pas pouvoir exister. Sa bouche, aux lèvres retroussées, tels des quartiers de mandarines juteuses, ne demandait qu'à être invitée aux plaisirs de la vie, avec tout ce qu'une telle possession pouvait délivrer. Ses seins ronds et fermes inspiraient des noix de coco, que n'importe quel connaisseur pourrait délicatement écraser sur le sol avant de sucer, croquer, et mâcher le jus doux et sucré de ce fruit. Ses jambes dont les orteils s'habillaient de rouge, dégageaient l'élégance des chats siamois. Quant à son sexe, ses poils pubiens recouvraient largement sa chatte parce qu'à l'époque, le brésilien, n'entrait pas dans la tendance de la mode, mais sa coupe permettait d'imaginer ses lèvres gonflées qui renfermaient son bourgeon secret. Issata aussi crevait de découvrir son propre bourgeon. En pleine puberté, elle le sentit se développer à l'intérieur de sa culotte.

—Qu'est-ce que je peux faire ? Cette question la tourmentait. À qui demander, ma mère ? Certainement pas ! On ne parle pas de sexe ! Coucher avec un garçon ? —Non, parce que je ne sais même pas comment embrasser ! Regarder Canal+ le samedi soir quand tout le monde allait au lit ? —Non, cette chaîne appartenait aux riches ! Acheter un magazine pornographique ? —Non, je suis mineure furent ses conclusions ! Ses hormones la rendaient folle, d'autant plus quand elle croisait Arthur, le nouveau de l'école qui venait du Canada et qui rêvait de devenir champion de tennis. Apparemment, sa meilleure amie Carine aurait couché avec lui et il l'aurait fait jouir. Il ne lui restait que les expertises de Madame Claude. Elle était son professeur de Sciences Naturelles, une femme de la soixantaine, grande et maigre, célibataire et sans enfant, toujours vêtue de noir, et qui honorait la coiffure de Mireille Mathieu. L'école, lui confia la tâche d'éveiller ses élèves à leur éducation sexuelle. —Je suis sûre que vous êtes encore vierge, Issata observait lorsque celle-ci tentait d'expliquer la différence entre le sexe féminin et masculin. Bien que ce fut évident !

En rentrant de l'école, elle passait toujours devant *Emmaüs,* un mouvement de solidarité internationale fondé à Paris en 1949 par l'abbé Pierre. Et là, elle aperçut en vitrine la couverture d'un livre : une pomme façonnée en fesse de femme, dont la peau révélait une queue de serpent. Haletante, elle fixa le livre. Ses yeux jouirent de plaisir, imaginant les ébats de cette femme. Elle hésita avant d'entrer et vit une dame d'un certain âge, assise derrière le comptoir. Elle portait un sari rose et vert, la tenue traditionnelle hindoue. Timidement, elle murmura :

« Combien ? »

La commerçante l'observa pendant quelques secondes.

« Bonjour, comment puis-je aider ? » elle salua.

« Combien ça coûte ? » elle bafouilla.

La femme quitta son comptoir et s'avança vers elle.

« Vous voulez lire Emmanuelle ? »

Gênée ; Issata se précipita pour atteindre la porte.

« Attendez ! » Cette même femme s'approcha de la vitre et prit le livre. « C'est pour toi ! »

Perplexe, Issata laissa sortir : « Gratuit ? »

« J'ai été jeune aussi ! Et ma grand-mère m'a appris le *Kama Sutra.* » Ses yeux s'ouvrirent grandement.

« J'ai aussi assisté à des cours pour apprendre toutes sortes de techniques pour découvrir mon propre corps et j'ai appris à plaire aux hommes. Le plus important est de trouver ton plaisir. » —Trouver mon plaisir, Issata répéta en soi.

« Prends-le et va apprendre. Une fois que tu connaîtras ton corps, tu pourras révéler ta propre sensualité ! »

Issata saisit le livre des mains de la vendeuse. Il devait contenir au moins cent quatre-vingt pages, mais il pesait tellement lourd pour son imagination. « Merci ! » dit-elle, en cachant sa nouvelle bible dans son sac.

Elle atteignit sa maison et fit à son habitude ; soutint sa sœur Sophia avec ses devoirs, aida Maman avec les tâches ménagères et discuta avec papa de son avenir. Son père avait déjà décidé qu'elle serait avocate ou médecin. Puis son moment arriva. « Bonsoir, tout le monde ! » Et elle s'échappa dans sa chambre. Heureusement, la porte se fermait à clé. —Je suis au lit avec Emmanuelle, elle soupira et commença à lire. Ses yeux brillant d'excitation, Emmanuelle se révélait exactement comme elle l'eut imaginée. Elle découvrit ses aventures, son cœur bercé de pulsions sexuelles. Puis elle entendit du bruit et paniqua !

—Peut-être que Sophia a besoin de moi ? Fausse alerte ! Juste papa qui vidait sa vessie. Comment le savait-elle ? Par la violence du jet de son urine. Alors elle replongea dans sa lecture. Lentement, les doigts de sa main droite, parce qu'elle était droitière, commencèrent à longer le rebord de sa culotte. Ils massèrent sa partie privée au-dessus de son slip. Échauffée, une chaleur tiède pénétra ses sens. Sa langue circulant autour de ses lèvres, elle plaça son livre sur sa table de nuit et avec son majeur poussa de côté le tissu de sa culotte. Le touché de son doigt sur son bourgeon, la poussa à gémir si violemment qu'elle s'en mordit les lèvres. Ce muscle sensible réclamait plus de caresses. Alors elle le servit à coup d'attouchement, de frottement. Une nouvelle sensation de bien-être vibrait en elle. Ça la rendit dingue. Possédée, elle s'adonna à sa folie. Celle-ci la ravagea sans se faire prier et elle sentit un ruisseau chaud émerger de ses profondeurs. Son clitoris mouillé, l'idée d'offrir un tour guidé à son index, la séduisait fortement, mais la peur de tomber enceinte l'en dissuada. Elle ôta donc sa culotte et poursuivit sa propre leçon de masturbation.

Les jambes ouvertes, elle glissa ses deux doigts du milieu dans sa bouche, les suça et les envoya rencontrer son bourgeon. Il se raidit comme un pénis et elle le sentit s'engorger de sang à mesure que ses doigtés s'activaient.

Le plaisir grandissait dans le creux de ses reins à une vitesse folle. Elle ne pouvait décrire cette sensation. Pour la première fois, sa partie féminine pleurait de joie et elle en contrôlait les larmes. Elle eut aimé contenir ce bonheur qui séduisait son corps et ses sens plus longtemps, mais elle n'était qu'une amatrice et ne pouvait plus tenir. Elle employa à nouveau les services de son index. Elle dessina des cercles, pressant sur son bourgeon avec force. Elle tapota et dans un rugissement puissant, elle jouit.

Elle cria silencieusement, pendant longtemps. Sa main gardée entre ses jambes, elle écoutait son cœur retrouver un rythme humain. —Mon premier orgasme, elle haleta !

—C'est tellement bon ! Voilà ce à quoi ces sensations exaltantes la renvoyèrent. Un choix, une décision consciente à prendre et à honorer. Son choix ne se limitait pas qu'à une seule pilule comme Neal dans *Matrix*. Elle pouvait créer sa propre matrice. Elle en possédait tous les codes, tout comme elle choisit de découvrir son propre orgasme. Puis tout alla très vite. La force lumineuse changea de trajectoire et se dirigea vers lit. Le néon blanc sur son visage éclaira un nouveau passage. Sous un regard perdu, elle sentit son corps allongé se crisper et l'énergie la pousser vers un gouffre mystérieux. « Je n'avais pas peur, » elle me dit.

« Mais ce n'était pas normal ! Ce n'était tellement pas normal que j'entende ma voix en regardant ma propre chair, assoupie sur un lit d'hôpital, que j'ai crié : —Non, pas maintenant ! » Un courant électrique la traversa. Elle ressentit un coup brutal dans sa poitrine. Elle sursauta, puis rien.

Elle se souvint que ses yeux bougèrent légèrement.

Il faisait jour. Elle regarda autour d'elle et vit la lumière dans le couloir de l'hôpital. Le spectacle ressemblait au tunnel et la magie de la vie.

—Ai-je rêvé ? Elle toucha son visage et se sentit soulagée de voir son corps. Une infirmière entra faire ses observations. Tout était en contrôle. —Une chose m'est arrivée, elle voulut lui dire ! —Mais qui me croirait ? Dans ce moment de transition, parce que c'était ainsi qu'elle perçut cette expérience, elle prit conscience qu'il n'y avait pas de séparation entre son corps et son état intérieur. Elle eut le choix, soit de suivre la lumière et de partir de ce monde, soit de rester et terminer ce qu'elle avait commencé. Elle choisit de rester.

Ce matin-là, elle s'adonna à ses prières, imaginant les caractères de la Loi Mystique : *Myo* étant sa tête, *Ho* sa gorge, *Ren* sa poitrine, *Ge* son estomac et *Kyo* ses jambes, profondément enracinés dans son quotidien.

—N*am est* l'action qui m'a maintenue en vie, elle s'exclama devant son Gohonzon, quand elle rentra chez elle, deux jours après.

« Nous allons prendre une pause maintenant, » je suggérai et j'entendis une déception sonore.
« Et M. Smith ? » quelqu'un demanda.
« On se retrouve dans quinze minutes ! » Je souris pour réponse et les suivis en dehors de la pièce. La pause terminée, je repris :

2ème Partie

Khrystian

-Changer le Poison en Remède-

3

Elle fumait sa clope, devant un café noir, assise à sa table de bistro. —J'ai été témoin de l'éternité de ma propre vie. J'ai défié toutes les lois de la physique. Sûrement, je dois avoir quelque chose d'important à accomplir, elle réfléchissait. Sinon…Une notification de courriel s'annonça. —Un message de Catherine ? Issata n'arriva pas à croire ce qu'elle lut. L'assistante des ressources humaines, l'informait d'une assurance maladie, à laquelle bénéficiait. Un plan santé pour lequel elle contribuait, depuis ses débuts chez VoyE. Comme elle comptait retourner au travail à temps partiel, cette assurance la couvrait en lui assurant un droit de protection sur son revenu. En novembre, son salaire se quantifierait à cinquante pour-cent de son revenu actuel. Émue de reconnaissance, elle s'interrogea : —C'est donc cela la protection dont toutes croyances religieuses réfèrent si souvent ? La protection spirituelle représente une bénédiction déguisée. Issata estima donc que l'épisode de sa rechute avant son retour au travail dénonçait la compassion du Bouddha qui se manifesta à travers son propre corps.

— Quelle belle victoire pour quelqu'un qui vient juste d'échapper à la mort, elle sourit et s'affaira à ranger chez elle ! Elle commença par les montagnes de lettres qui l'attendaient. Elles provenaient toutes de la mairie et stipulaient qu'Issata leur devait quatre mille pounds de taxes d'habitation. Depuis qu'elle occupait son studio, toutes les charges se déclaraient inclues dans le loyer. Choquée, elle contacta Rajeev. « Ma chère, ne vous inquiétiez pas ! Je m'en occupe au plus vite ! Vous êtes comme une sœur ! »

—C'est cela, j'attends de voir ! Elle continua son nettoyage dans une ambiance tribale, avec *Les Amazones de Guinée,* un célèbre groupe africain formé par des femmes. Ces femmes figurèrent dans l'armée militaire pendant des années, puis échangèrent leurs armes pour la musique instrumentale. Leurs sons bercèrent son enfance. Elle ne comprenait pas les paroles, mais leurs voix de guerrière lui parlaient. Issata chantonnait, elle tournoyait. Le cœur submergé d'émotions, elle se perdit dans ses pensées. Tellement de choses s'étaient passées. Et toujours aucune réponse.

Issata s'apprêta et quitta son appart. Alors qu'elle verrouillait sa porte, une voix à l'accent très fort s'éleva :
« Bonjour, »
Elle tourna la tête et aperçut quelqu'un dans la pénombre du haut des escaliers.
« Bonjour, » répondit- elle.
« Je vois que vous allez mieux, » la voix continua.
Elle observa très attentivement et vit descendre des marches, un homme grossièrement bâti, chaussé de baskets blanches, qu'elle ne put rater, le genre de godasses achetées pour peu cher, qui vous gardent les pieds trempés de sueur, pour une vie entière. À mesure que l'ombre se révélait, un jeans bleu clair et un blouson noir en cuir émergèrent avant qu'elle ne découvrît un visage blafard et mal rasé, aux sourcils blonds et broussailleux. Pour couper court, elle faisait face à l'image parfaite du voyou qui ressemblait à un musicien des années soixante-dix.
« Avez-vous appelé l'ambulance pour moi ? »

« Oui, c'est moi. »

« Merci, » je suis Issata.

« Je sais, Rajeev me l'a dit. Moi c'est Khrystian. »

Figée, ses yeux le dévisagèrent.

« Je file au supermarché. »

« Moi aussi, » elle balbutia.

« Et bien allons y. » Il la dépassa et ouvrit la porte principale. En quelques minutes, elle découvrit qu'il était polonais, sans emploi et qu'il vivait à Londres depuis vingt-sept ans. Il déménagea en Mars à Valley Park.

« Tu es bouddhiste ? Je t'ai entendu réciter : Nam-myoho-renge-kyo. » Issata resta bouche bée. Il lui expliqua qu'un pote l'emmena au centre à Varsovie. Ils arrivèrent au supermarché et Khrystian la suivit partout, comme un petit toutou, lui transportant son panier. —Il faudra que la loi mystique m'explique, elle observa, stupéfaite.

Pour le remercier, elle l'invita à dîner.

« Tu es très belle, » il souffla, lorsqu'ils se retrouvèrent. Issata s'était effectivement changée. Elle portait une robe noire en laine fine, au col roulé large montant et un collant prune opaque, qu'elle habillait de ses ballerines dorées. Ils passèrent directement à table. Un grand plat de couscous aux poivrons et aubergines, mélangé à du fromage feta, oignons rouges et olives, parfumé de quelques feuilles de menthe, les attendait.

« Ça a l'air délicieux ! » Khrystian commenta.

Elle servit le vin. « Santé ! » Ils trinquèrent. Puis elle le regarda choper sa fourchette. Son outil reposait dans sa main comme une fourche. Il la fourra dans ce tas de graines, tel un fermier utiliserait sa pelle pour retourner sa terre et enfourna trois bouchées d'affilée qu'il mâcha devant une

Issata répugnée par le bruit de sa langue. Celle-ci clapotait contre ses dents et son palais. Son visage touchait presque son assiette.

« Donc tu cherches du travail ? » elle tenta, pour détourner son esprit de ce vacarme nauséabond.

« J'essaie, » il laissa sortir. Elle écouta glisser dans son gosier ce qu'il venait d'ingurgiter, puis il poussa un gros rot.

« J'ai quarante-neuf ans, à mon âge ce n'est pas facile. »

—Quel porc ! Il ne s'est même pas excusé ! Elle inspira grandement. « Tu sais, c'est dur pour tout le monde. Mais comment as-tu atterri ici ? »

« Je suis tombé sur une annonce. »

« Je vois, tout comme moi. »

« Il se croit encore officier, celui-là ! »

« Il t'a raconté son histoire ? » Cela ne la surprenait pas. Elle se souvenait très clairement, la première fois qu'il se venta de ses mérites de soldats.

« Oui et tu devrais voir le regard sur son visage ! »

« Je pense que quelque chose lui est arrivé là-bas. »

« Tu as raison, parce qu'il aime se sentir important ! »

Issata frissonna. Le mot important dans ce contexte lui inspirait le critère d'un narcissique. C'est alors que le personnage de *Commodus,* dans le film Gladiateur lui vint à l'esprit. *Commodus* tua son propre père Marc-Aurèle pour avoir choisi son fidèle général *Maximus* comme prochain empereur après sa mort. Poussé par la jalousie et un besoin excessif d'attention et d'admiration, *Commodus* tenta de tuer *Maximus* et plongea Rome dans un profond carnage.

« Il est narcissique, des personnes comme lui ont le sens exagéré de leur propre importance. Rajeev s'attend à être reconnu comme supérieur, » Issata ajouta.

« Je suis d'accord avec toi, il y a quelque chose de pas net en lui ! »

« Comme sa maison, elle paraît tellement propre ! »

« Voir trop propre ! »

« Mais dis-moi, tu vois les autres locataires ? »

« Oui, il y a John, il habite en face de mon studio. Un grand noir, ingénieur en informatique. »

« Oui, je vois qui c'est. »

« Bref, parle-moi donc du bouddhisme ! »

« Que veux-tu savoir ? »

« J'aime la philosophie et j'aimerai essayer. »

« Je suis épatée, pourquoi pas ? »

« Tu penses que tu peux me sauver ? » Un sourire coquin s'exprima sur ses lèvres.

« Pourquoi as-tu besoin d'être sauvé ? » elle ricana.

« La seule chose que je peux partager avec toi c'est ma croyance. Cette pratique m'aide à prendre responsabilité pour ma propre vie. En ce moment, mon combat est de retrouver ma santé.

« Je n'ai rien à perdre, » Il sourit.

« D'accord. » Elle garda ses yeux rivés sur ce polonais qui ne pouvait à peine parler anglais, tout le contraire de M. Smith et certainement pas le genre d'homme qu'elle considèrerait, même comme un ami. Cependant, il dînait chez elle, au lendemain de son retour de l'hôpital, à la recherche de l'illumination.

« Prêt ? » elle l'accueillit, le lendemain.

—Tu cherches le bonheur, alors autant commencer tôt. Que penses-tu de demain à onze heures, la veille, elle lui avait suggéré ?

« Montre-moi, » il railla.

Issata lui présenta le Gohonzon, et lui expliqua le déroulement du rituel. Il préférera s'asseoir sur une chaise alors qu'elle s'agenouilla, comme à son habitude.

« À quoi dois -je penser ? » il demanda curieux.

« Très bonne question ! D'abord concentre toi à réciter les syllabes correctement. Lorsque tu te sentiras plus en confiance avec le rythme de ta voix, naturellement, tout ce qui te concerne fera surface. Et peut-être que tu pourrais pratiquer pour trouver du travail ? »

« Je dis quoi ? Que j'ai besoin de trouver du boulot ? »

« Juste détermine à trouver du travail d'ici la semaine prochaine. »

« La semaine prochaine ? » Khrystian rigola pas convaincu.

« Pourquoi pas, mais ce n'est pas magique. Il faut aussi que tu cherches ! »

« Ok. »

« Répète après moi : —Nam-myo-ho-renge-kyo. »

« J'ai la langue qui fourche, » il jasa, en essayant.

« Tu vas t'y habituer. » Elle mena la prière lentement, l'écoutant trainer sa voix derrière elle pendant deux minutes…Puis sonna la cloche.

« Je ne sais pas comment tu y arrives, c'est dur. » il laissa sortir quand elle tourna la tête vers lui.

« Maintenant, il faudra que tu essaies chez toi. »

« Tu es très belle tu sais. » Il la fixa d'un air mystérieux.

« Euh merci, » elle bafouilla perplexe.

« Je n'arrivais pas à penser à autre chose, donc si je ne trouve pas de travail, ce sera de ta faute. »

« Très fort ! » éclata euphoriquement de sa bouche.

« Et si on dinait ensemble ce soir, chez moi ? » il se pencha vers elle.

—Mais je rêve ? Des yeux globuleux sortirent de son visage.

—D'abord, il me sauve la vie. Maintenant il veut m'inviter chez lui ?

« J'aimerais te faire goûter la nourriture polonaise. »

« Khrystian, je ne sais pas quoi dire ! »

« Accepte, » son regard la supplia. « Seulement diner, rien d'autre, » il cligna de l'œil.

—Parce que tu penses même que quelque chose pourrait arriver ?

« Ok, tu as gagné ! »

« Super ! On dit dix-neuf heures ? » Il se leva et mit sa veste.

« Tu peux commencer à chercher du travail alors, » elle ne put que dire. Il partit sans commenter.

Êtes-vous la même femme que je quittai ce matin ? »

Khrystian demanda stupéfait par sa transformation, lorsqu' Issata se présenta à sa porte. Un jeans noir à la coupe slim, habillait ses jambes dont on sait maintenant en ferrait rêver plus d'un. Un pull beige moulant au col arrondi, brodé de dentelle noir couvrait sa poitrine de fillette. Et ses bottines couleur prune, démontraient qu'elle n'était pas aussi innocente que la description voulut afficher.

« J'en ai bien peur, » elle plaisanta.

« Tu es magnifique, mais rentre. »

Un effort fut aussi observé de sa part. Il s'était rasé et portait une chemise noire qui soulignait son côté sauvage et fragile. Son studio se présentait exactement comme le sien, à la seule différence qu'il possédait un balcon. La table déjà mise, il suggéra à travers un sourire énigmatique, confiant qu'elle dirait oui : « Du vin ? » Il avait raison. Il les servit et ils trinquèrent. « Mais je t'en prie, assieds-toi. »

Une forte odeur de ragoût, chatouilla ses narines. Ses yeux se dirigèrent vers la grande casserole placée sur une plaque chauffante. La senteur de la bouffe lui retournait le cœur.

« Alors, qu'est-ce qu'il y a pour dîner ? »

« *Du bigos* ! »

« *Bigos ?* »

« La spécialité de mon pays, un mélange de viande de porc, du chou, des oignons et du vin rouge. Ma mère m'en prépare toujours des gamelles que je ramène à Londres. C'était dans le congélateur. Ça se mange très chaud. C'est pour cela que ça doit bouillir. »

« Oh ? » elle soupira. —Oh quoi ? —Oh, tu n'as pas cuisiné ? —Oh, parce que pour toi, c'est normal de voyager avec de la nourriture cuite, à bord d'un avion ?

—Oh, et pendant combien de temps cette bouffe dut subir sa cuisson avant qu'elle n'atteigne Londres ? —Oh, oh, oh !

« Tu vas adorer ! » il marcha vers le réchaud, remua lentement la cuisine de sa mère, avec la cuillère en bois déjà dans la marmite.

« J'ai hâte ! » elle mentit.

« Et qu'as-tu fait quand je t'ai quitté ? » Khrystian était toujours concentré sur sa tâche.

« Rien de spécial, j'ai rangé chez moi et maintenant je suis là. » —Je n'allais quand même pas lui dire que je me sens comme une pucelle en chaleur, depuis ce matin. Que nous nous connaissions à peine mais que ça me démangeait tellement au bas du ventre que j'ai peur de ne plus m'en souvenir. Ça fait si longtemps !

« Je vois, » il interrompit ses pensées.

—Qu'est-ce qui me prend ? elle frémit, embarrassée qu'il eut entendu sa prose mentale.

« Combien de personnes pratiquent le bouddhisme en Angleterre ? » il continua.

« Euh, je ne sais pas, à peu près dix-mille. »

« C'est énorme ! »

« L'Italie est le pays d'Europe qui compte le plus grand nombre de pratiquants. »

« Ah ces italiens ! Ils sont passionnés ! J'ai eu une petite amie italienne il y a plusieurs années. »

—Il a eu une petite amie italienne ! —Pourquoi me dit-il cela ? Un sentiment amer lui pinça le cœur comme s'il venait de toucher ce qui l'intriguait en sa personne. Elle le regarda porter la cuillère en bois vers sa bouche. Il souffla doucement, puis goûta *le bigos* de sa mère. Suçant lentement, le bout de la spatule, une lueur d'extase brilla dans ses yeux.

« C'est prêt ! » il cria victoire et la rejoignit, encombré de sa grande cocotte. Un liquide marron et épais atterrit dans leurs assiettes. Issata fixa la chose brune en face d'elle qui ressemblait à tout, sauf un à repas attrayant.

« *Dobry Apetyt,* » il souhaita en Polonais.

« Bon Appétit, » elle feignit un sourire et avala une gorgée de vin avant d'essayer sa première bouchée. Elle mâcha la nourriture, comme une connaisseuse à la recherche d'épices spécifiques, de subtilités entre les arômes, qui pourraient soutenir un verdict positif. Elle n'aimait pas du tout le goût infâme de cette bouillie qui mijota sans doute pendant des jours, avant de voyager de la Pologne à l'aéroport de Luton, de l'aéroport à la station des autocars express, de l'autocar express à Kilburn, des bus locaux, à sa maison.

« Alors ? »

« C'est un goût intéressant ! » conclut-elle enfin. Le mot intéressant représente l'expression la plus anglaise qui puisse exister. Tout est toujours intéressant, dans la cervelle des anglais. Lorsque quelqu'un se montre grossier, une personne anglaise, au titre propre de son éducation ne dirait pas, mais quel con ou quelle conne, loin de là. L'anglais s'exprimerait avec une éloquence des plus correctes et il dénoncerait : il ou elle s'est déclarée d'une humeur intéressante aujourd'hui, ne penses-tu pas, très chère ? Et quand ils arborent une opinion différente de la vôtre, ils n'oseront pas vous traiter d'ignorant, mais ils admettront que votre participation attire beaucoup d'attention. Au moins, Issata savait jongler avec la subtilité de la langue.

« Je suis content que tu aimes ça ! Je te ferais découvrir d'autres plats. » —Je n'ai jamais dit que j'aimais ! Le visage toujours habillé de son faux sourire, elle rinça le goût très intéressant, avec une autre grosse gorgée de vin.

« Et toi, ta journée, tu ne m'as rien dit ? » elle enchaina.

« Je suis allé au Job center. Je dois signer toutes les semaines. Après suis allé voir une amie. »

« Une copine ? » De suite elle regretta la question.

—Sûrement, s'il avait une nana il ne passerait pas la soirée avec moi ? —Peut-être qu'ils viennent de se séparer ?

—Peut-être qu'il est gay ? —Non, car il a eu une petite amie italienne. —Quoique de nos jours, il est difficile de dire.

—Peut-être qu'elle l'a quitté à cause *du bigos* de sa mère ? En une fraction de seconde, Issata écrivit des millions de thèses dans sa tête, en réponse à sa simple question.

« Une copine ? »

« Ça te dérangerait ? » une bouche coquine prononça.

« Oublie, c'est une question bête ! »

« Non, pas de copine. Je veux ma liberté. Et toi, un homme dans ta vie ? »

Elle aurait pu lui dire qu'elle avait eu quelqu'un. Qu'il était fou amoureux d'elle. Mais qu'elle l'avait plaqué parce qu'il était trop collant et que comme lui, elle cherchait la liberté.

« Non, je n'ai personne. Et j'ai surtout, mes propres soucis de santé ! » elle s'empressa d'ajouter.

« Je comprends. Mais *ton bigos* doit être froid. Je te le réchauffe ? »

—Encore ? J'aurais vraiment de la chance si je n'attrapais pas la tourista demain ! « C'est très bien comme ça ! »

Elle se força à finir ce plat national. Heureusement, il ne lui en restait qu'une petite portion. Elle mastiqua avec acharnement, alors qu'il la contemplait comme s'il admirait une œuvre d'art. Caressant sa lèvre inférieure avec son index, concentré sur le mouvement de sa bouche, un plaisir enfantin animait ses yeux.

« Merci c'était bon ! » Encore un énorme mensonge.

« Il m'en reste encore, je peux te faire une barquette. »

« Ça ira merci, mais j'aimerais fumer ? » elle bafouilla.

« Quel idiot, j'aurais dû te le proposer. Par contre je n'ai plus de vin. » Son regard suggérait une alternative évidente.

Je m'arrêtai un moment et fixai ces jeunes femmes pendant ces secondes de silence, qui révèleraient la suite de l'histoire.

« Vous allez m'entendre parler beaucoup de sexe dans cette partie. » —Je lis à la fois de la gêne et de la curiosité luisant dans leurs regards. « Je veux vraiment que vous sachiez que le sexe est naturel et sain. C'est une activité essentielle de la vie qui régit nos émotions, nous épanouit, révèle et réveille qui nous sommes. Mais il est important de vous respecter. Il représente un acte qui se veut d'être effectué dans le consentement des deux parties. Sinon cela s'appelle un viol, vous m'entendez ? Mes yeux restèrent fixés sur toutes. Je voulais leur transmettre cette confiance à dire NON. Un viol se définit par un acte criminel punit par la loi. Elles hochèrent leurs têtes.

Tout alla très vite. Ils se retrouvèrent chez elle.

Elle servit des verres. Il y avait de la musique. Ils dansèrent. Il la dévorait des yeux. Son cœur cognait fort dans sa poitrine. Elle se souvint lui avoir murmuré :

« Prends-moi ! » Khrystian pressa ses lèvres sur les siennes qu'il suça, toisant l'expression sur son visage. Elle crevait d'envie de baiser et le conduisit jusqu'à son lit. Ils tombèrent sur le matelas enchevêtrés, tremblant de plaisir. Leurs lèvres scellées, s'embrassant à s'en avaler la langue, elle le serra contre elle pendant qu'il frotta son genou entre ses jambes. Leurs yeux se croisèrent à certain moment dans son studio éclairé par un néon de soixante kilowatts qui distinguait le contraste de la couleur de leurs peaux. Il chercha à en découvrir plus et s'attaqua à son pull-over, palpant ses seins à l'intérieur de son soutien-gorge noir. Frémissante de désir, Issata l'aida à délivrer sa poitrine. Elle vira son pull et fit sauter les crochets de son soutien-gorge, lui offrant ses seins : « Suce-les ! » Sans se faire prier, il saisit un téton dans sa bouche, suçant avec ardeur pendant qu'il massa l'autre entre son pouce et son index. Le gland noir se durcit au touché de ses doigts et il écouta les frémissements s'échapper de sa bouche. Le cœur d'Issata hurlait d'un besoin sauvage de jouir. Elle guida sa bouche vers l'autre téton qui criait de jalousie. Il s'attaqua à la tétine, la mordilla et dirigea la main de son amante vers son sexe. Habile, elle frotta par-dessus son jeans, et imagina l'énormité de cette chose qui s'étirait entre ses cuisses. Khrystian abandonna ses seins et longea vers son ventre. La léchant rapidement au niveau de sa ceinture, il s'arrêta et cacha son nez entre ses jambes, encore couvertes de matériaux inutiles. « Tu sens tellement bon ! Déshabille-toi, mais garde ta culotte, » il insista.

Perplexe, elle obéit et le mata se déshabiller aussi. Il prêta attention à ses pieds lorsqu'elle retira ses bas noirs. Du vernis rouge embellissait ses orteils fins et elle remarqua une lueur d'extase briller dans son regard. Elle associa son excitation à ce privilège de pouvoir sauter une femme. Plaquée presque nue contre le matelas, elle mouillait devant un corps grand et solide, conçu d'épaules larges, soutenu par des jambes virilement poilues. Il brandit un sexe aussi dur et épais qu'une corne d'éléphant dans ses deux mains.

« Je n'ai pas de préservatif, » elle balbutia.

« Ne t'inquiète pas, j'ai ce qu'il faut ! » Il s'accroupit au sol et tira ses pieds vers lui. « Tu as des jolis pétons. C'est la première chose que je regarde chez une femme. » Il les renifla, commençant par les deux gros doigts. Un par un, il les suça et glissa sa langue entre chaque orteil. Issata respira profondément, choquée d'être témoin de ce genre de comportement. —Et s'il entretenait un goût pour les pratiques sadomasochistes ? Elle n'eut point le temps de méditer sur ses tendances sexuelles. Sa tête retourna entre ses jambes. Les yeux rivés vers elle, il lui sourit, tel un Dieu devant son offrande. Il respira à nouveau le parfum exotique émanant de sa chatte. La senteur sucrée fouetta ses hormones masculines. De ses grandes mains, il saisit sa taille et retira sa culotte avec ses dents. Ses yeux restèrent à la hauteur des lèvres enflées de son vagin, légèrement entrouvertes. Issata frissonna dès qu'il inséra sa langue entre ses parois labiales. Et se laissa bercer par ce plaisir libertin provenant de son anus qui grandit au milieu de son ventre. La langue de Khrystian tournoyait librement, caressait son clitoris et l'entrée de son vagin. Il l'utilisait comme il utiliserait son pénis. Anticipant l'explosion de son orgasme, elle pressa son vagin contre sa bouche et se frotta à sa langue. Elle se transformait en une ogresse déchaînée. La langue affamée agressa la chatte humide qui cherchait à être dévorée. Et en un coup de léchage torride, Issata fut secouée par un orgasme explosif. Elle gémit dans la bouche de Khrystian. Il continuait à la sucer et la mena à un sommet de plaisir culminant. Hors d'haleine, elle resta allongée sur son dos, pendant qu'il attrapa son pantalon. Il en tira un préservatif et habilla son joujou excité. Dès qu'il glissa dans son ravin humide et dégoulinant, elle émit un râle, rauque et bruyant. Son pénis grossissait, à mesure qu'il la martelait. Elle fut forcée d'agripper ses jambes de guerrières, autour de ses reins et cala ses pieds fins aux fesses carrées de Khrystian. Il naviguait dans la profondeur de sa chair, suscitant en elle, des grognements animaliers. Des éclats de plaisir commencèrent à étinceler dans le creux de ses reins. Elle attrapa ses lèvres avec les siennes. Ensemble, ils s'engagèrent à se baiser la bouche à un rythme effréné, jusqu'à ce qu'ils ne puissent plus tenir. Issata se trouva emportée par son deuxième orgasme et cria comme une femme possédée. Khrystian explosa dans son territoire privé. Pantelant, il demeura au-dessus d'elle, savourant l'écoulement de son jet laiteux. Sa tige se ramollit. Il se redressa délicatement, et tira le préservatif plein de sperme, de son lieu confiné. La chaussette plastifiée dans une main, il prit place près d'Issata. Elle resta dans la même position, complètement accablée par ce qui venait de se dérouler. L'odeur du tabac, de la sueur, de l'alcool et du sexe embaumaient les quinze mètres carrés de son studio.

Un silence étouffant alourdissait l'atmosphère. Qui se porterait volontaire pour rompre ce silence ? Khrystian toucha un de ses pieds avec le sien.

« Ça t'a plu ? »

« Oui », elle s'écria, une confirmation que ces deux orgasmes étaient bien réels. Elle se tourna vers lui.

« Moi aussi, et je mets ça où ? » Il parlait du préservatif.

« Dans la salle de bain, il y a une poubelle, » elle rigola.

Il sauta du lit. Elle l'entendit pisser et l'eau du robinet couler.

—Il se lave les mains, c'est bon signe !

« Tu veux les tiennes ? » Elle le vit choper ses clopes de son pantalon.

« Oui merci. »

« Le sexe ça donne soif. » Il sourit et la rejoignit, leurs verres à la main encore remplis de vin. Ils fumèrent silencieusement, invitant la nicotine à se répandre dans leurs poumons. Un malaise l'étouffait. Et pourquoi cela ? De se savoir nue à côté d'un autre corps nu ou le fait qu'un étranger se familiarisa avec ses parties intimes ? Le plus effrayant était que le besoin de recommencer la démangeait. Une éternité passa depuis qu'un homme ait pu jouir de son expertise en la matière. L'art de forniquer appartenait à son mode de vie d'antan. Elle assistait aux soirées qui s'ouvraient à elle, et faisait bon usage des opportunités qui se présentaient. Elle ne ramenait personne chez elle. Comment avait-elle survécu ? Vous vous doutez bien, qu'une panoplie de gadgets dormait tranquillement dans un tiroir. On pouvait y découvrir une très belle collection.

—Les boules de Geishas, aussi appelées boules de Venus, Issata m'expliqua qu'un jour ces vilaines restèrent coincées là où vous savez. Paniquée, elle se trouva condamnée sur son lit pendant vingt minutes, n'osant tirer la corde. Puis, elle fut prise d'un frisson. Un éternuement s'enclencha et les boules furent libérées. —Plus jamais, elle se jura ! Elle recommença car elle aimait la sensation. Quoi d'autre, elle me parla de tous ses vibromasseurs revisités, sans oublier un mini pour son sac à main…Bref vous me comprenez ? Mais son préféré c'est le lapin au silicone, à plusieurs vitesses, phénoménal, spécialisé pour le point 'G'. Souvenons-nous, qu'elle en découvrit le mystère grâce à Bach. Le point G, pas le lapin !

« Mais dis-moi, la loi mystique c'est comme le Kama Sutra ? » Khrystian lui souffla à l'oreille, d'une façon des plus naturelles. C'est ce que tout homme, digne de cette définition demanderait à toute femme qui s'excite à réciter la loi mystique. Elle explosa d'un fou rire. Jamais on ne lui avait posé une telle question.

« Je ne sais pas, je n'ai jamais étudié cet enseignement ! »

« Il en existe soixante-quatre positions. On pourrait les étudier ensemble. »

Il embrassa dans le cou et caressa le bout de son sein noir.

« Khrystian, » elle rit.

« Issata, j'adore ton énergie. Tu sais, je n'ai jamais couché avec une femme noire avant toi. » Elle tomba des nus.

—Tu n'as jamais niqué une femme noire ! —Qu'est-ce que je dois en comprendre ? —J'espère que tu n'es pas un de ces hommes blancs qui fantasme sur les femmes noires.

—Peut-être qu'il n'y a pas de Noirs en Pologne. Naturellement, l'ère du colonialisme, synonyme du temps de l'esclavage effleura son esprit. —En quelque secondes, elle revisita les histoires décrivant le maître blanc, curieux de cette beauté inconnue que chaque femme noire imprègne, cette beauté unique qui se définit à travers de nombreux noms : —Différente mais intrigante, docile mais féroce, sauvage mais déterminée, noire et fière. Elle alla jusqu'à se rappeler d'une scène particulière dans *Racines* : — Où Chicken Georges, le petit-fils de Kinta Kinte, découvre que Tom More son propriétaire avait violé sa mère et était son propre père. L'histoire de Juillet, une jeune esclave, racontée en forme de mémoires dans le roman *Long Song* d'Andrea Levy, écrivaine anglaise. Le récit se déroule dans la Jamaïque coloniale du dix-neuvième siècle et la transition vers la liberté qui eut lieu par la suite. Et il y avait un maître blanc, Robert Goodwin, fils d'un ecclésiastique anglais, révolutionnaire, pro anti-esclavagiste, qui jouissait d'une relation intime avec July, sa servante. Elle donna naissance à son enfant. Puis la guerre Baptiste éclata, aussi connue sous la Rébellion de Noël, voire même l'Insurrection de Noël. Cet évènement mena à l'émancipation des esclaves jamaïcains ; par conséquent, le droit des Noirs devait être honoré. Malheureusement Goodwin oublia ses principes libéraux et engagea des blancs pour massacrer la maison et le bétail des hommes noirs, des Jamaïcains. Voilà ce que le commentaire de Khrystian : « Je n'ai jamais couché avec une femme noire avant toi, » lui incita. Pourquoi fallait-il toujours, tout associer à la couleur de la peau ?

« J'ai un vagin, comme toutes les femmes, » elle commenta.

« Maintenant je le sais et j'aimerai explorer ce vagin africain plus encore. »

« Fais-toi plaisir ! » elle caressa son sexe.

« Il n'y a que toi pour écrire de telles histoires ! » Jimmy ne s'en étonna pas lorsqu'elle le retrouva chez lui, le lendemain. « C'est quoi la suite ? »

« Il m'a quitté ce matin. Il veut qu'on se retrouve ce soir. »

« Mais tu le trouves comment ? »

« En fait, il me rappelle quelqu'un. Dans ses yeux, je lis contrôle, je lis danger. »

« Daniel Smith, quoi ! » Jimmy coupa.

« Exactement ! J'avais peur d'y penser. »

« Ça sonne très mystique tout ça ! Après l'homme d'affaire, le chômeur ! »

« Khrystian ne peut quand même pas être la réponse à mes prières ? »

« Ma chérie, au moins tu as niqué ! »

« J'avoue que cette nuit, je me suis sentie puissante ! J'étais une autre femme ! »

« Profites-en donc ! »

« Tu te rends comptes que je devais reprendre le travail ! »

« Je suis sûr qu'un message se cache derrière cette rencontre ! »

« Lequel ? »

« Rien ne t'empêches à préparer ton retour au travail ? »

« Tout est tellement bizarre ! »

« Issata, vis ce que tu as à vivre ! On va juste dire que Cendrillon n'est pas pour toi. Alors observons *La belle et le Clochard.* »

« Jimmy ! » elle s'écria. Ensemble, ils pouffèrent de rire.

L'odeur de Khrystian régnait encore dans son studio, lorsqu'elle rentra chez elle. Une odeur intense, de transpiration, de sexe, une odeur d'homme dans laquelle elle voulait se baigner et s'endormir. Alors qu'elle s'apprêtait devant le Gohonzon, un cognement se fit entendre.

« Je t'avais dit que je reviendrais, » il prononça lorsqu'elle ouvrit sa porte.

« Oui, tu me l'avais dit. »

Elle n'eut à peine le temps de fermer la porte, qu'il la couvrit de baisers. « Je n'ai pensé qu'à ça, toute la journée. » il chuchota. Issata dut se rendre à l'évidence. Sa bouche occupée à lui lécher la langue, elle ouvrit sa ceinture, déboutonna son pantalon et fit glisser sa braguette. La main dans son froc, elle palpa la chair polonaise qu'elle rencontra la veille. De ses doigts, elle jongla avec les boules qui entouraient sa queue. Il gémit, échauffé tel un matador, et la tira vers le lit. Il baissa son jeans jusqu'aux bas de ses chevilles. Ses fesses installées sur le lit, il lui offrit son gland. Le regard excité, elle se mit à genou, et porta l'engin vers sa bouche. Elle le suça avec douceur remontant de la verge vers le haut du sexe avec ses deux mains. Le désir grimpant dans son corps, il s'affala sur le matelas, pressant son crâne, avec ses larges mains. Issata lécha frénétiquement. Le bonheur du polonais vibrait dans sa bouche. Elle se sentit fière de contribuer à son plaisir masculin. Il grognait bruyamment. Au bord de l'orgasme, il la repoussa.

« Je veux être en toi. »

Elle se redressa et tomba sur le lit. Prête à ôter sa culotte, il l'arrêta.

« Non, laisse-moi faire ! »

Sans voix, le cœur palpitant, elle le lorgna libérer ses pieds de son pantalon et habiller son dard. Déchaîné, il retira l'étoffe rose en coton qui cachait sa chair féminine et plaça le tissu sur son nez. Il renifla fortement la moiteur collée au textile. Issata fut témoin d'une transformation immédiate. Khrystian entrait en transe et d'un coup sec, la pénétra. Elle cria de plaisir et de douleur à la fois. Ses entrailles s'élargissaient à la mesure qu'il poursuivait son chemin dans le conduit de sa chatte enflammée. Le courant érotique grandissait par vagues, dans ces deux corps qui brulaient de sensations fortes. Ils s'adonnèrent à leurs gémissements personnels, totalement voués à l'expression de leur propre luxure. Khrystian commença à se raidir et observa le visage d'Issata se crisper. Elle vibrait sous la poussée féroce de son sexe. Il accéléra le mouvement. Son sexe plongeait en profondeur, dans son orifice. Après plusieurs contractions, ils étaient tous deux prêts. Ensemble, ils poussèrent un cri violent. Le slip d'Issata, toujours à la portée de ses narines, il la laboura jusqu'à ce que la force le quittât. Des sons saccadés et lourds de respiration dominaient l'atmosphère. Les lèvres de Khrystian gisaient encore dans son cou.

« Tu es un miracle ! » Il réussit à lui murmurer à l'oreille, comme s'il venait de décrocher un trophée. Issata n'en revenait pas. D'abord il y avait Mr Smith, et il disparut.

—Et maintenant, je me trouve au lit avec Khrystian en train d'écrire une nouvelle version de La *Belle et le Clochard.*

Un nouveau chapitre commençait : Issata et Khrystian. Ils baisaient quotidiennement, d'une voracité sans description. Un besoin charnel les unissait. Après tout, il lui promit de pratiquer le Kama sutra. En dépit des performances acrobatiques qu'elle exerçait avec son amant, elle abordait ses jours consumés de fatigue. Souvent accompagnés de violentes envies de vomir ; rien à voir avec une grossesse prématurée. Ses symptômes se prononçaient telle une grippe la guettant. Elle se sentit pire et déboussolée. Elle associa son manque de vitalité à son nouveau traitement : — Chimiothérapie orale. « Je pense que mon état s'aggrave, » elle s'en plaignit à Dr Clark, mais il insista qu'elle continuât, lui assurant que son corps s'adapterait.

Jimmy rencontra Khrystian chez Issata. Celui-ci offrit de cuisiner. Et il leur concocta des Spaghettis bolognaise, version polonaise. Il rajouta des rondelles de saucisses. Jimmy le découvrit exactement, tel que son amie le peignit. Un grand gabarit aux allures de voyous que beaucoup de femmes chercheraient à délivrer.

Nous y voilà, le 18 Novembre ! Cette date représente l'établissement de la Soka Gakkai, créée en 1930 ainsi que la date d'anniversaire de la mort de son premier président, Tsunesaburo Makiguchi, en 1944. Ce mouvement doit son expansion à son pilier central : La *Zadankai,* un terme Japonais observé comme réunion bouddhiste. Ces activités consistent à partager les bienfaits du Bouddhisme de Nichiren.

Ce matin-là, assise devant son Gohonzon, elle réalisait, qu'elle avait délaissé sa pratique depuis l'apparition de Khrystian qui passait plus de temps entre ses jambes, et autres parties de son corps, qu'elle devant son miroir spirituel. —C'est dingue, comment cet homme réveille mon appétit sexuel ! J'ai envie de lui tout le temps ! Je suis peut-être une nymphomane ? Un dégout surgit en elle. Elle se sentit sale et rabaissée. —Pourtant, je ne fais rien de mal ! Je nourris ma libido, je prends juste du plaisir ! Ses pensées défilaient dans son esprit, des mots clés sélectionnés, comme pour se justifier.

—Tout est de la faute de la *sarcoidose* ! Si elle n'était pas venue me faire chier, celle-là !

—D'ailleurs je n'ai toujours pas de réponses.

—Tout comme ces lignes noires, que représentent-elles ? Ses yeux regardèrent les calligraphies différemment. Au milieu du parchemin, se lisait inscrit Nam-myoho-renge-kyo. Ça, elle le savait déjà. Sous le mantra, Nichiren imprima son nom ainsi que sa signature, dans le but de mettre l'accent sur le fait que l'état de Buddha ne repose pas sur une théorie abstraite. Il ne peut se manifester que dans la vie réelle et à travers nos comportements en tant qu'êtres humains.

—Très bien, je ne sais pas pourquoi la sarcoidose, mais je peux trouver une explication aux écrits noirs sur mon Gohonzon. Elle chercha et trouva une représentation graphique du Gohonzon, dans un *AOL, (The Art of Living)* le bouddhiste magazine de la SGI en Angleterre. Son étude commença. Elle découvrit, qu'il en existait trente-quatre. Un sentiment qu'elle les connaissait déjà la rassura. —Sans doute parce que je les rencontre tous les jours lorsque je pratique ? Elle se concentra sur quatre en particulier, car leurs noms apparaissent souvent dans l'enseignement.

À commencer par Shakyamuni. Celui-ci fut enregistré, comme le premier Bouddha historique. Il est connu sous le nom de Namu Shakamuni-butsu. Il s'identifie sur le Gohonzon, en haut à gauche, près de Nam, le premier charactère de la loi mystique, par le symbole de la sagesse. 2500 ans s'écoulèrent depuis sa naissance. Héritier des Shakya, une tribu dont le royaume se trouvait situé dans les contreforts de l'Himalaya, très jeune, sa découverte des quatre souffrances inéluctables de la vie humaine, observées à travers la naissance, la maladie, la vieillesse et la mort, dans un monde troublé, le força à renoncer à sa vie de prince. Il s'engagea dans une quête spirituelle ardente afin de trouver la cause fondamentale de la souffrance humaine et d'y apporter un remède.

Après de longues recherches et diverses pratiques religieuses, il abandonna ces façons de vivre, les jugeant inaptes aux réponses qu'il recherchait.

Un jour, assis sous un arbre pipal, près de Gaya, Shakyamuni entra dans une profonde méditation et réussit à atteindre l'illumination. Il comprit avec sa vie, la véritable nature de l'existence humaine. Cette réalisation le mena à exposer le Sūtra du Lotus, dans lequel il révèle toute la vérité sur sa propre illumination. Ainsi pendant cinquante ans, il voyagea partout en Inde, partageant son éveil avec toute personne qui croisait son chemin, en fonction de leur capacité à apprendre, à comprendre et à recevoir. Il partagea surtout comment accéder à l'immense potentiel existant en chacun de nous.

Dans sa doctrine, dénoncée telle une description emblématique de son interaction devant un grand rassemblement de bouddhas, il y souligne les grands avantages qu'ils pourraient bénéficier à y croire.

L'histoire raconte, après qu'il termina d'expliquer la profondeur de son enseignement, qu'une gigantesque *Tour aux trésors* décorée de bijoux précieux, émergea de la terre, à l'étonnement de l'audience. Celle-ci, disparaissant loin dans le ciel souleva tous les participants dans l'air.

Cet événement se qualifie par, *La Cérémonie des Airs*.

Puis une voix de l'intérieur de la tour se fit entendre et déclara que le Sûtra du Lotus exposé par Shakyamuni est tout à fait véridique. Shakyamuni confirma à l'assemblée, qu'il s'agissait de *Namu Taho Nyorai* appelé *Taho*, un autre des caractères inscrit en haut, sur la droite du Gohonzon et reconnut comme le symbole de la loi, et de ce fait l'enseignement.

Selon le onzième chapitre du Sūtra du Lotus, *Taho* vécut dans le monde de la Pureté du Trésor, une partie orientale de l'univers. Alors que celui-ci s'adonnait encore à la pratique de la bienveillance, il promit qu'après même son entrée dans le nirvana, il apparaitrait, et attesterait de la validité du Sūtra du Lotus, partout où il serait enseigné. Ce moment se présenta. Shakyamuni ouvrit la tour et à l'invitation de *Taho*, prit place à ses côtés.

Juste pour la petite histoire, Issata me confia qu'elle trouva curieux que Shakyamuni lui-même ouvrit la tour. Allez savoir ! Je le précise car ça avait l'air d'être important pour elle.

Cette cérémonie honore l'immensité du cœur humain. Shakyamuni exhorta alors toutes personnes présentes de l'aider à propager la Loi merveilleuse dans le futur. Ainsi commença la propagation de la loi mystique.

Issata fit également connaissance, de —*Kishimojin,* connue sous le nom de Mère des enfants démoniaques. Cette Femme est représentée quelque part en bas, sur la droite du parchemin. Fille du démon *Yaksha de Rajagriha*, elle aurait eu 500 enfants en Inde. Certaines sources disent même, 1000 à 10 000. *Tout ça pour dire qu'elle aimait le sexe cette cochonne ! La blague d'Issata !* Apparemment elle tuait les bébés des autres pour nourrir ses enfants. La population terrifiée et en deuil chercha de l'aide auprès de Shakyamuni. Maître de la sagesse, il cacha *Binkara*, le plus jeune fils de *Kishimojin*.

Éperdue, la méchante chercha à travers le monde pendant sept jours, mais en vain. Dans son désespoir, elle finalement approcha le bouddha. Shakyamuni la réprimanda pour sa mauvaise conduite et elle dut faire allégeance de ne plus jamais tuer un autre enfant. Puis il lui rendit son fils et *Kishimojin* fut vénérée en Inde comme la déesse qui accorde les bénédictions des accouchements faciles. Par la suite, son mythe fut introduit au Japon et dans le vingt-sixième chapitre du Sūtra du Lotus, on y découvre que Kishimojin et ses dix filles se sont engagées devant le Bouddha à sauvegarder les pratiquants du Sūtra du Lotus.

Et bien entendu, —*Dai Rokuten* no Mao, célèbre sous le nom du Roi Démon du Sixième Ciel. Il est l'ennemi le plus redoutable du Bouddha qui utilise librement les fruits et les efforts fournis par les êtres humains. Son seul plaisir repose sur l'entrave à dissuader les croyants de leur pratique bouddhiste. Il jouit de voir les autres souffrir, saisissant chaque occasion à perpétrer de mauvaises causes ; un peu à l'image du *Ça* de Freud.

—Et si Khrystian se cachait derrière la personnification de celui-ci ? Elle resta émerveillée devant son sanctuaire et regarda son objet de culte sous un autre œil, comme si elle appréhendait une carte sacrée qui la mènerait à un trésor. C'est alors qu'elle s'écria : —Ça ressemble à une carte du bonheur ! —Oui, le Gohonzon est la carte de mon bonheur ! Excitée, elle s'interrogea : —Comment n'y ai-je jamais pensé auparavant ? Issata de se répondre : —Ça n'a pas d'importance ! Ce qui compte repose sur ma propre réalisation ! Comme Nichiren l'explique clairement dans un de ses écrits, *Choisir en fonction du temps,* le temps demeure un facteur crucial, pour la découverte et la propagation de l'enseignement du Bouddha. Et il souligne : *En ce qui concerne l'étude des enseignements bouddhiques, il faut d'abord apprendre à juger du moment.* —Voilà donc le temps d'étudier ! Son cœur se remplissant de joie, elle s'inclina devant chaque symbole inscrit sur le Gohonzon, qui lui promirent de la soutenir. Soudainement, elle les vit flotter devant ses yeux symboliquement, comme une réponse à sa propre révérence. Les calligraphies commencèrent à se déhancher, telles des milliers d'âmes volatiles, révélant des formes féminines, libres de danser, libres de chanter, libres de rire, libre d'hurler leur droit d'exister ! Libres d'être, tout simplement ! Une force mystique et naturelle l'éleva dans une dimension intemporelle, l'invitant à participer à cette danse mise en place par la nature de sa sincérité. Elle se laissa guider et rejoignit la dance avec toutes ces femmes qui l'acclamaient et l'attendaient dans ce voyage éternel. Alors elle entendit : '*C'est ma propre vie à moi, Nichiren, qui devient l'encre sumi avec laquelle je calligraphie le Gohonzon. Vous devez donc croire en ce Gohonzon de tout votre cœur...*' un passage tiré de sa lettre ' *Réponse à Kyo.* —Mais c'est réel ! L'illumination dérive de l'état de vie ! C'est ce que Nichiren explique à travers le Gohonzon. C'est l'expérience de sa vie, détaillée comme un autoportrait de sa propre existence dans ce monde. — Moi aussi je viens de participer à la cérémonie dans l'air ! —Et j'y assiste tous les jours ! Tous ces Bouddhas s'envolant dans le ciel, n'expriment que la fusion de l'être humain et de l'univers. Nous sommes tous connectés à l'univers et l'univers agira en conséquence ! Émue jusqu'aux larmes, elle venait de réaliser que chaque fois qu'elle récitait Nam-myoho-renge-kyo, elle faisait partie de cette cérémonie mystique et que son objet de culte représentait la preuve tangible, du comment cette cérémonie se manifestait avec l'individu au centre. —Mais bien sûr, mais bien sûr, mais bien sûr !

— C'est ce que Président Toda lui-même a dû réaliser, son for intérieur lui souffla ! Il atteignit l'illumination en prison. Dans sa cellule, inquiet de n'obtenir aucune nouvelle de son mentor, il entreprit d'étudier avec intensité le Sūtra du Lotus.

En fait, ce n'est pas tout à fait cela. Apparemment, le Sūtra du Lotus lui fit envoyer. Têtu comme on découvrirait Toda, il le renvoyait à chaque fois. Puis sa sagesse eut raison de lui. C'est alors qu'il se pencha sur l'écrit. Un jour, pendant qu'il méditait sur les trente-quatre négations dans le Sūtra du Lotus, qui décrivent le corps, la chair, l'âme du

Bouddha, il se trouva confronté à l'expérience la plus mystique de sa vie, cachée dans le cœur de l'enseignement et déclara : *'Le Bouddha est la vie elle-même.'* En d'autres termes, l'expression de la vie elle-même, car sans vie, et les défis qui nous assaillent, jamais nous ne pourrions révéler notre Bouddhéité, la raison d'être du Bouddha. Bien entendu, il n'y avait aucune comparaison entre la réalisation de Josei Toda et Issata. Néanmoins, c'était à travers sa rencontre avec la sarcoïdose et son questionnement sur le vrai sens de sa vie, qu'elle appréciait d'observer ses réalisations. —Et maintenant ? —A qui parler ? Les larmes brillèrent dans ses yeux rivés sur le miroir de sa vie. —Qui me croirait ? Comme réponse à sa question, quelqu'un cogna à sa porte. Je vous laisse deviner qui !

—Tu vas y arriver ! elle se rassura.

Après neuf mois de congé, le 1ᵉʳ Décembre, Issata arriva au travail en taxi. La fois dernière qu'elle prit le bus de nuit, elle ne rentra pas chez elle. Dès qu'elle pénétra le terminal, elle les vit tous en uniforme, imprégnant la fierté de Voyage Europe.

« Issata est de retour ! » Kwame laissa entendre, quand il l'a vit s'avancer vers lui. Il l'accueillit dans ses bras.

« Prends soin de toi ma sœur. J'ai prié fort pour toi ! »

« Merci mon frère ! » Il scanna son badge et elle s'éloigna. Michael qui la vit dépasser la sécurité, quitta son poste pour la rencontrer.

« Issata, tu nous as tellement manqué. »

« Toi aussi, tu m'as manqué ! » elle souffla. Ils s'enlacèrent tendrement.

Une stupeur impressionnante, anima l'expression de tous, le personnel, les voyageurs, quand elle posa les pieds au premier étage. Leur maîtresse du salon était en vie. Elle échangea de longues embrassades et à sa surprise, elle aperçut Pascal, dans son costume noir de mauvaise qualité, sortir de l'ascenseur ; le genre de costume dont la sueur reste bien imprégnée dans le tissu.

« Issata, c'est un vrai un plaisir de vous retrouver, » il déclara, quand il arriva à sa hauteur. Elle scruta ses yeux bleu clair enfouis dans ses paupières. Pascal était d'origine asiatique, de Hong-Kong précisément. Alors Pascal, le soi-disant responsable d'Issata, je l'ai juste évoqué au début de l'histoire, car il s'avérait tout aussi inexistant que ses qualités de gérant. Ceci dit de ce que j'en garde, ses cheveux blonds taillés en brosse, il ressemblait à un hérisson. Il gouvernait en accord avec sa maigreur maladive et son visage à la peau hideuse aussi rouge qu'un soulard, démontrait le cœur d'une personne qu'il fallait redouter.

—C'est ça ! Pas une seule fois, ne m'as-tu contacté ! Et vous êtes heureux de me revoir ! « Merci, » elle répondit poliment.

« Si tu as besoin de quoique ce soit, nous sommes là pour vous ! »

Hésitante, elle tenta : « Justement, pour l'instant je vais devoir venir en taxi au travail. Je me demandais si je pouvais bénéficier de soutien financier ? »

« Bien sûr, je vais voir ce que je peux faire. Allez bon courage ! »

Elle le regarda filer. —Pauvre type, sa pitié la démangeait de lui cracher à la figure ! Mais choisit de poursuivre son travail. Elle se laissa bercer par les commentaires de bienveillance, de tous ses réguliers, heureux de la revoir.

« Issata, est de retour ! » « Issata, tu nous as manqué, » « Issata faîtes attention à vous, » s'élevèrent autour d'elle. Leur compassion rendit son retour spécial.

L'heure de sa pause se pointa. Elle se réfugia dehors dans son coin, loin du terminal. Cherchant à retrouver sa routine, elle tira sur sa cigarette pensive. La fumée la replongea dans le nombre de fois, elle grilla sa Marlboro rapidement, de peur de rater l'heure de son arrivée. C'est alors qu'un parfum familier émana dans l'air. Cette senteur s'infiltra en elle et lui appartenait, pour l'avoir respirée tous les lundis et conservée dans le coffre-fort de ses fantasmes.

—Ce n'est pas possible ! Elle jeta des regards autour d'elle, épiant les taxis noirs qui attendaient garés devant Voyage Europe. Elle s'alluma une autre clope.

— Et si je le voyais aujourd'hui, elle frémit ? Sa pensée l'effraya et l'excita à la fois. —De toute façon, je mérite une réponse. De retour au salon, elle fit une escale aux toilettes. Son téléphone sonna alors qu'elle se lavait les mains. Son cœur battit follement. —C'est l'heure à laquelle il arrive normalement. « Oui, » sa voix tremblante répondit.

« Il est là, » murmura Michael.

« Qui ? » Elle connaissait déjà la réponse.

« Mr. Smith ! Il passe la sécurité. »

« Je l'ai senti, » elle balbutia.

« Tu connais la vérité, il ne peut plus jouer avec toi. » Michael lui dit très fermement. Elle demeura silencieuse.

« Il arrive, » et il raccrocha.

Se précipitant hors des toilettes, elle fixa le coin dédié à son spectacle sensoriel. —Oui c'est mon travail, mais il n'est stipulé nulle part dans mon contrat que je dois l'attendre en haut de l'escalier. Il n'a été stipulé nulle part que je devais tomber malade au sein d'une compagnie, qui se fout royalement du bien-être de ses employés ! Son cœur s'enflammait. Pas pour les raisons, à lesquelles elle nous habitua. Le décor se dévoilait pareillement, vide, silencieux mais l'actrice revêtit un nouveau rôle. Encrée sur ses jambes de guerrière, elle se positionna au milieu de l'espace privé.

—Je veux savoir ! Les pas de Dan frappèrent les marches et son moteur vital trembla au rythme de cette mélodie mesquine qui manipula son désir d'y croire. Son odeur grandit dans l'espace et le premier regard qu'ils échangèrent, son sourire ravageur qui la séduisit, sa voix ténébreuse qui l'ensorcelait, s'emparèrent de son esprit. Elle frémit d'une envie capricieuse de courir vers la balustrade, ressentir pour une dernière fois, cette bouffée de chaleur, traverser son corps, lorsqu'il relèverait la tête. Issata ne bougea pas d'un pouce et aperçut le reflet de sa silhouette à travers le diviseur translucide. L'ombre grossit à mesure qu'il atteignait le haut de l'escalier, puis s'arrêta. Immobile, son cerveau gelé, elle rencontra ses yeux. Ses narines frémirent et son cœur s'effondra dans son estomac. La beauté de Dan radiait de son être, son charme se dispersait à coups de baguette magique. Et son intelligence contrôlait le sort de ses victimes. —Tu semblais si parfait Dan ! Seuls ces mots réussir à couvrir la surface de sa cervelle.

« Issata, » il appela, tout en marchant vers elle. Il la fixait du bleu intense de ses yeux. Ses billes précieuses la crucifiaient. Elle voulut crier : —Tu m'as fait du mal Dan ! Arrivé à sa hauteur, il la garda prisonnière de son regard narquois. Cherchant son courage, une voix forte lui souffla : —Je ne possède pas ce pouvoir de vous ôter vos yeux Dan, mais je détiens le pouvoir de choisir.

« Je vous ai attendu, » sortit de sa bouche.

« Comment ça ? » Dan arqua ses sourcils.

Elle dégagea un énorme souffle nuageux de sa gorge et répéta : « Je vous ai attendu ! »

Dan cligna des yeux, surpris. Puis son visage s'éclaira.

« Vous n'avez pas eu mon message ? » Il plongea sa main dans la poche de sa veste.

« Quel message ? » Elle regarda son index défiler sur son portable.

« Regardez ! »

Elle lut : « *Je suis dans l'obligation d'annuler notre rendez-vous pour ce soir, je file à New-York. Ce n'est que partie remise. Vous me manquez, D.* » Elle remarqua l'heure. Le texte fut écrit à midi le jour du rendez-vous, puis sourit, car le message ne fut pas envoyé.

« Je comprends. » Elle pointa du doigt le signe du sens interdit.

« Oh non, je suis terriblement désolé Issata ! Que puissè-je faire pour que vous me pardonniez ? » Il approcha ses mains d'elle. Reculant d'un pas en arrière, elle observa silencieusement : —Tu es marié Dan, alors va te faire foutre !

« Cela ne vaut mieux pas M. Smith ! »

« Plus de Dan ? »

« Non plus de Dan. »

« Issata, tout va bien ? Je vous trouve changée ? »

—Vous me trouvez changée ? —J'ai voulu y croire moi ! Regardez où cela m'a mené ! —Neuf mois sans nouvelles !

—Vous étiez sans doute trop occupé à rajouter des trophées à votre tableau de chasse ? Et maintenant, vous n'avez personne pour entretenir votre misérable existence, donc vous revenez vers moi ? La petite Issata, qui aux yeux d'encore beaucoup d'hommes blancs, restera toujours la femme noire, la négresse prête à servir le maître.

—Oui, j'ai changé, elle le maudit dans son cœur.

« Oui M. Smith tout va bien, je ne veux rien mélanger. » elle prononça, redressant sa poitrine les bras tombant le long de son corps.

« S'il vous plaît donnez-moi une chance ! » Il copia sa posture, ses yeux bleus scellés à ses yeux bruns, il caressa ses doigts délibérément. Un frisson sexuel lui traversa le corps. Son cœur rebondit rapidement. C'était tentant. Issata anticipait la course silencieusement. Le regard de Mr Smith s'appropriait vigoureusement ses sens. Elle pressentit ses lèvres dans son cou. Elle sombrait dans une folie excitante. Elle le désirait. Un liquide doux s'échappa de ses lèvres privées ; et l'embarquement fut envoyé. Très vite, elle retira sa main.

« Au revoir, Mr. Smith, » se propulsa de sa bouche.

« Issata, je vais me rattraper. Je rentre ce soir. Retrouvez-moi au Ritz pour diner. »

—Mais vous ne vous arrêtez jamais ?

« Au revoir, Mr. Smith, » elle répéta.

« Après je m'absente pour New-York demain soir pour plusieurs mois. J'ai un très gros dossier à gérer.

Elle demeura silencieuse.

« De toute façon, j'ai toujours votre numéro, je vous appellerai. » Et il s'en allait, comme il était arrivé.

Elle le regarda descendre les escaliers et fredonna : *Voilà comment ce lundi-là, il s'en allait.*

« Très chère, je vous attendais. »

Elle roula des yeux quand elle vit Rajeev devant la maison.

« Bonjour, » elle se força à répondre.

« Je vois que vous êtes retournée au travail ? »

« Oui, effectivement »,

« Vous sentez-vous mieux ? »

« Je vais bien, merci. Que me voulez-vous ? »

« Justement, je suis en train de régler ce problème de taxe d'habitation. Vous connaissez la bureaucratie ? »

« Et alors ? » elle s'impatienta.

« Ils veulent une déclaration de tout locataire vivant dans la propriété. »

« Mais vous avez bien mon contrat ? »

« J'essaie juste de faire avancer les choses, » il défendit.

« Ok, très bien, je ferai ça demain. »

« Merci beaucoup, j'apprécie vraiment, et prenez-soin de vous » poursuivit sa voix mielleuse.

« Au revoir. » Elle le dépassa et fila dans son appartement. Le dos collé à sa porte, elle fondit en larmes. — J'ai réussi ! Maintenant il faut que je me débarrasse de Khrystian ! Notre relation n'est pas saine ! D'ailleurs, ce n'est pas une relation, nous sommes deux accros au sexe.

« Nous sommes heureux de vous revoir ! », « Vous nous avez manqué ! » « Issata vous êtes de retour ! », « Mes enfants vous ont fait un dessin ! » « Vous êtes l'âme du Salon ! » Deux semaines depuis son retour, et les messages de bienvenue se succédèrent. Des dizaines atterrirent dans le bureau des ressources humaines. Ils mentionnaient tous que Voyage Europe avait trouvé la perle rare. Issata était bien plus que touchée. Mais est-ce que Voyage Europe appréciait vraiment son talent ?

Le 13 Décembre, elle fêta ses trente-huit ans. Noël, elle fila sur Paris. Khrystian s'envola pour la Pologne.

« Ma belle, on t'attend pour le Nouvel An ! »
Le message d'Agnès qu'elle redoutait tant. —Je n'ai tellement pas envie de la voir, elle bougonna lorsqu'elle reçut son email. —Et puis il y a Khrystian ! Cependant, quelque chose en elle, la suggéra de demander : —Puis-je venir avec quelqu'un ? —Petite cachotière, bien sûr ma chérie ! Son cœur dansa d'excitation. —Pour une fois, j'arriverai accompagnée au bal.

Tous deux élégamment habillés, Issata et Khrystian se rendirent en taxi à leur soirée du 31 Décembre. Lorsqu'elle le vit vêtu en noir de la tête au pied, à l'exception de son écharpe en laine blanche, ses yeux lui sortirent du visage. L'élégance semblait ne pas appartenir à sa garde de robe mais ce soir-là, une casquette couvrant sa tête, ravivait ses cheveux blonds sales. Il portait un manteau en cachemire, sur un costume en soie bien taillé qui valorisait la chemise légèrement entrouverte, sur son torse musclé qu'elle aimait baiser. Avec ses Charleston, il ressemblait à ces gangsters des années cinquante.

« Tu m'as dit qu'ils menaient un train de vie très élevé, donc j'ai fait un effort, » il répondit à l'expression sur son visage.

« Je vois ça ! » Issata aussi joua ses cartes. Une robe noire bustier en dentelle, style rétro, coupée droite et ornée d'un nœud de papillon argenté au niveau de l'échancrure du buste, lui révélait une autre féminité. Pour raffiner son look, elle enfila ses escarpins argentés. Vingt minutes de trajet et :

« Quelle magnifique propriété, » Khrystian s'exclama quand ils sortirent du taxi.

« Attends de voir à l'intérieur ! » Issata pressa la sonnette.

« Ma chérie, je suis tellement heureuse de te voir ! Tu as l'air en forme ! » Agnès les accueillit et l'embrassa.

« Bonsoir Agnès, merci de nous avoir, voici Khrystian. »

« Je vois… »

Khrystian demeura cloué devant cette beauté Scandinave. Ses lèvres pulpeuses peintes en rouge, qui faisait ressortir sa peau blanche et nacrée, à la senteur du lait concentré sucré, ne le laissa pas indifférent. Ce délice représentait le goûter préféré d'Issata, que Maman étalait dans un bout de baguette pour une petite fille gourmande, à sa rentrée de l'école. Laissez-moi vous dire ce à quoi ce rouge, sur les lèvres d'Agnès me rappela : —*Aux femmes Égyptiennes ! Et oui, tout semble reposer sur la mythologie Grecque ! L'histoire raconte, que se peindre les lèvres de rouge, exprimait bien souvent des préférences sexuelles. Plus encore, cet acte assuré, envoyait un message très clair. Ma bouche est consentante à pratiquer le sexe oral et pour l'exposer d'une telle façon, il fallait en posséder l'art. Cléopâtre elle-même adorait s'en habiller les lèvres. — Du rouge bien entendu. Je parierais même que ce fut son code vestimentaire qui séduisit César ou ce à quoi elle s'adonna à lui offrir ! Tout cela pour dire que le rouge sur les lèvres faisait déjà grande tendance dans l'antiquité égyptienne. Fardée de rouge, ces dames étaient clairement diplômées d'un master en BJ, initiales pour Blow job en anglais, — une appellation certifiée par Issata, je me permets de préciser, alors qu'en français, on préfère appeler cette activité raffinée :*

« Tailler une pipe ». Ces femmes aimaient le sexe sous toutes ses formes, en particulier le façonnement de la pipe. Alors Pourquoi cette fascination pour la fellation ?

Connaissez-vous Le mythe d'Osiris et Isis ? Osiris le Dieu de l'au-delà et de la mort fut tué des mains de son propre frère Set, le Dieu des tempêtes, la violence et du chaos. Celui-ci découpa son corps en morceaux et les dispersa dans le monde entier. Quelle mort tragique pour le pauvre monsieur ! Isis, en plus d'être la femme d'Osiris était également sa propre sœur. L'antiquité représentait l'époque, où de nombreuses maisons royales pratiquaient l'inceste pour préserver la pureté de leur lignée ! Dieu merci, Bouddha merci, enfin merci à quelqu'un, car aujourd'hui l'inceste est un crime ! Un crime interdit ! Dévastée, elle s'aventura à travers le monde, cherchant les parties du corps de son précieux amour, avec pour mission le ramener à la vie. Et elle les retrouva ! Seulement, un petit problème surgit. Je dirais même un gros problème. Il lui manquait son zizi. Les filles se plièrent de rire. Savez-vous ce qu'elle entreprit ? Elle lui fabriqua un zizi en argile, et y souffla la vie dans ce marbre. Comment ? Libre à votre imagination ! Et des rires résonnèrent dans la classe.

—Pendant que j'y pense, c'est de là que provient l'expression : « Tailler une pipe ! » Et, bien voilà ! Ensemble nous venons d'élucider ce mystère ! Une romance à l'égyptienne ! Moralité mes filles, toute expérience sert l'humanité ! L'extrême compassion d'Isis d'insuffler la vie dans son objet fétiche, donna naissance à ces variétés de joujoux sexuels et Ann Summers est à présent très reconnue dans le monde entier.

« Lady Kondo, » elles s'écrièrent toutes.

« Khrystian, enchantée. » Agnès ouvrit ses bras et se colla contre lui, déposant deux bises énormes sur ses joues rugueuses. Ses lèvres rouges effleurèrent le creux de ses oreilles comme si elle lui murmurait un message. Il la serra à sa façon, de sa main gauche sur son épaule et de la droite scellée à sa taille. Une tactique qu'il adoptait comme une signature. « Moi aussi Agnès, » il souffla. Issata vit la lueur d'admiration briller dans les yeux de Khrystian.

« Allons que la fête commence ! » dit Agnès.

Ils traversèrent ce fameux couloir interminable qui les mena jusqu'à la salle à manger. Abdul et les autres invités se désaltéraient déjà joyeusement.

« Issata, » s'exclama Abdul, s'avançant vers eux. Derrière sa beauté Hindoue Somalienne, entretenue par l'élégance de ses costumes coupés sur mesure, Il arborait une tenue traditionnelle, rouge soie et broderie dorée qui se compose d'une *sherwani,* une veste longue retombant sur un pantalon.

« Bonsoir Abdul, » elle l'embrassa.

« Tu es magnifique ! » Il se détacha d'elle lui tenant les mains. « J'ai entendu dire ce qui t'est arrivé. Tu as l'air comme neuve ! Et je suis très heureux de te revoir avant que nous déménagions. »

« Comment ça ? » elle demanda surprise.

« Tu ne l'as pas informé ? » Abdul se tourna vers sa femme.

« J'allais l'annoncer ce soir. Nous retournons en Suède temporairement, mais vous pourrez venir nous voir, » elle sourit, se positionnant au côté de son mari, telle une maîtresse de maison se devait de le faire.

« Quelle surprise ! » Issata ne savait pas si elle devait s'en réjouir.

« Présente donc Khrystian à Abdul » Agnès se trémoussa, chopant le bras de son mari.

—Tu viens juste de le faire, typique de toi ! Il faut toujours que tu te trouves au centre du monde, elle fut sur le point de mordre, mais lança plutôt :

« Effectivement, voici Khrystian ! »

Les deux hommes se détaillèrent poliment.

« Bonsoir Khrystian, je suis Abdul, vous prenez bien soin de notre amie j'espère ? »

« Bonsoir Abdul, il faudra lui demander. » Khrystian serra sa main et sourit.

« Je n'y manquerai pas. Mais donnez-moi vos manteaux, et Agnès mon chou, occupe-toi de nos invités. »

« Certainement Abdul, » elle lui vola un baiser.

Ils se dévêtirent et se mélangèrent aux autres invités. Agnès fit les présentations. Lorsque son mari les rejoignit, elle proposa un toast : « Mes Chers Amis, Abdul et moi sommes très heureux de pouvoir célébrer ce réveillon avec vous. Comme certains d'entre vous le savent déjà, nous retournons en Suède à la fin du mois de janvier et vous êtes tous invités ! » Des applaudissements se firent entendre.

« J'aimerais porter un autre toast à ma chère amie Issata qui est tombée gravement malade mais sur le chemin de la guérison et je suis encore plus profondément excitée de la voir enfin accompagnée, d'un charmant garde du corps ce soir. »

Blessée dans son orgueil, Issata sentit une chaleur douloureuse, réchauffer ses joues et des larmes de colères brûler dans ses yeux. —Tu n'a pas fait cela ! —Merci de me rappeler que j'ai toujours été seule à tous tes réveillons. Bouillante d'humiliation, elle ne porta pas attention aux commentaires qui s'élevaient autour d'elle. Elle ne cherchait qu'à être enterrée vivante.

Khrystian témoin de son malaise, plaça un bras autour de sa taille. « Santé, » il brandit son verre. Elle se sentit forcée d'acquiescer : « Merci et santé à tous ! »

Ils avalèrent leurs jus pétillants et Abdul escorta tout le monde dans la luxueuse salle à manger. Un festin les y attendait. Une table pour dix plus précisément, embellissait l'espace décorée de mets pour cette occasion. Quant à leurs enfants, plutôt les ados, ils dinaient dans leur salle privée. Dès qu'ils s'installèrent, Issata remarqua le regard pétillant de Khrystian tourné vers Agnès et surprit celle-ci lui émettre des sourires qu'elle trouvait suggestifs. Elle observa Abdul au côté de sa femme, qui ne semblait pas le moins préoccupé. D'ailleurs, ils avaient l'air tous heureux. Alors pourquoi cette vibration étrange, résonnait en elle ? Un sentiment de ne pas appartenir, ce refrain qu'elle connaissait si bien. Ses narines africaines frissonnaient chaque fois qu'elle apercevait leur regard furtif. Un pincement désagréable, lui poignardait le cœur. —Je ne suis quand même pas jalouse ? Elle déshabilla son amie du regard, questionnant leur amitié.

4

J'ai envie de toi ! Ces mots prononcés par une voix enflammée annoncèrent le commencement de *2013 : L'année de la victoire pour une SGI jeune.* Cette même voix incitait une main déterminée à palper les tétons à moitié éveillés, sur la poitrine d'Issata pendant que l'autre main se dirigeait aveuglement vers un trou, difficile d'y accéder quand les frontières sont fermées. Incapable de s'exprimer, elle ressentit un énorme bâton frotter l'orifice de son anus, une bouche lui lécher le cou, des dents lui mordiller l'oreille droite. C'est alors que des images de la veille resurgirent. Elle se débattit, cherchant la chronologie des événements. Khrystian désireux d'assouvir sa faim sexuelle du matin, tenta de la retourner vers lui.

« Je veux dormir, » elle répondit, la bouche pâteuse.

« Je serai rapide, » il insista, se pressant contre elle.

« Je te dis que j'ai sommeil » elle le poussa.

« Tu sens comme je suis dur, hier tu t'es effondrée. On n'a rien pu faire. » il cracha dans ses mains et agrippa ses fesses, prêt à la pénétrer dans le derrière.

« Mais t'es fou ! » Son coude droit atterrit dans son estomac avec violence. Choqué, il lâcha prise.

« Qu'est-ce que tu as ? » il fixa cette femme nue dont il découvrait la force.

« Qu'est-ce que j'ai ? Tu allais me prendre de force ? »

« On a partagé tellement de choses, ton cul m'excitait et puis voilà ! »

« Mon cul t'excitait ! » elle balança. Le visage d'Agnès apparut dans ses pensées. Ses petits sourires en coin, son regard constamment dirigé vers Khrystian, et sa façon de le toucher, comme une chienne en chaleur.

« Issata, si tu ne veux pas ce n'est pas grave, on fera ça plus tard, » il la frôla du regard.

« Tu crois que je ne vous ai pas vu ? »

« De quoi parles-tu ? »

« Agnès par-ci, Agnès par-là ! Quelle hôtesse formidable, vous faites ! Vous avez une belle maison ! »

« T'es jalouse où quoi ? »

« Pourquoi, je devrais ? »

« Je penses que tu es encore bourrée ! »

Khrystian commença à repousser la couette. —Quoi ? Issata perdit le fil de son esprit. —C'est tout ce que tu trouves à dire ? Je sais très bien que tu veux la sauter ! C'est pour cela que tu veux te casser ? —Vous avez comploté tout ça ? —Tu ne vas pas me la faire à l'envers. La pointe de ses seins se réveillèrent. Khrystian remarqua son changement corporel et absorba l'odeur que ses hormones sécrétaient quand son corps hurlait de jouir. Il dégageait une senteur épicée, si envoûtante, qu'il s'avérait impossible d'y échapper.

« Si c'est grave ! » Elle repoussa la couette, et le tira jusqu'à ses lèvres. « Tu en as toujours envie ? Je vais te montrer ! » Sa bouche chopa la sienne, et suça ses lèvres comme elle lécherait une glace. En contrôle, elle le mordit, le dirigeait, elle établissait les règles de cette baise matinale. Elle le conduisit à travers une performance sauvage de positions sexuelles. Tout ce qui l'importait se renfermait dans ce sentiment de se faire prendre car elle l'avait décidé. De se sentir délicieusement étirée, car elle l'avait décidé. Elle mouillait tellement qu'elle entendit son jus jaillir de son sexe et rouler le long de ses jambes. Elle vibrait sur un glissando technique. Ils cherchaient à exploser. Ils y étaient presque. Elle le chevauchait telle une cavalière professionnelle, et son instrument continuait à grossir dans sa chair. Se dégageait de son pelvis, un tremblement intense. Cela lui rappelait, la sensation de ces vents des matins d'été, ces gifles qui fouettent le visage, agréablement. Progressivement, un plaisir violent la força à contracter ses muscles vaginaux et l'entraina à crier son orgasme.

Elle gémit intensément et son cri stimula l'extase de Khrystian aussi.

« Je ne sais pas quoi dire ! » il soupira, retrouvant son souffle.

« Je viens d'exaucer ton premier désir de l'année, tu devrais être content ! »

« Bien sûr, merci. Je vais filer chez moi maintenant car je dois appeler mes parents. »

—Tes parents, c'est ça ! « Bonne idée, car je reprends le travail demain. » Il sortit du lit pour aller pisser. Quand il ressurgit, elle fumait une clope. Elle le mata se glisser dans ses vêtements silencieusement. Il s'approcha d'elle.

« On se retrouve plus tard ok ? » Il lui souffla à l'oreille et l'embrassa.

—C'est surtout dans la chatte d'Agnès que tu aimerais te retrouver, se dit-elle lorsqu'il ferma la porte.

Le salon débordait de passagers. Tous les réguliers se trouvaient au rendez-vous. Elle offrit sa tournée de meilleurs vœux, soigneusement emballés de rubans d'embrassades. Elle croisa Pascal qui lui informa que Katia une de ses collègues des trains, couvrirait les jeudis et vendredis, jours qu'Issata n'assumait pas. Katia était une petite brunette, à la voix portante, enveloppée dans le corps d'une brésilienne dont je vous laisse deviner ses mensurations. Issata ne vit aucun inconvénient, mais ressentit un profond manque de considération, quand il lui annonça, que la compagnie pourrait seulement lui payer ses taxis, si elle commençait à cinq heures et demi. —Tu n'as plus qu'à m'achever ! Cette réponse non anticipée, la déstabilisa.

Au fil des jours, ses maux de tête débarquèrent et ses douleurs musculaires redoublèrent, déposant des flammes de feu sur les parties de son corps déjà visitées. Le sentiment que ces rechutes répondaient à des stimulus, la força à entretenir un journal sur sa maladie.

Un matin sur le chemin du travail, elle perdit la notion de qui elle était et où elle allait. La panique la rattrapa. Elle tremblait de peur. Elle clignait des yeux, au battement violent de son cœur. Seule au milieu de la nuit, sa voix ne résonnait que dans sa tête. Elle sentit la crise d'épilepsie la narguer. Dans le mouvement de ses yeux, elle réussit à apercevoir un symbole clé, qui illustre la location de Voyage Europe : La grande horloge, construite sur le mur de la gare. Des larmes de soulagement roulèrent sur ses yeux. Elle en avertit Dr Clark. « Ces troubles psychologiques appartiennent à la neurosarcoïdose. On a besoin de contrôler cela prudemment, » Il lui expliqua.

« *J'espère vous voir ce dimanche à la Zad. J'ai invité Khrystian, c'est mieux pour lui qu'il rencontre les hommes du groupe. Ag.X.* »

Issata reçut ce message, une semaine après l'épisode du nouvel an. Elle se trouvait à cent mètres de l'entrée du terminal. Rappelons-nous, que la Zad ou Zadankai représente la réunion bouddhiste à laquelle les membres assistent à la fin de chaque mois. En ce mois de Janvier, la réunion avait été prévue plus tôt. Au premier abord, rien de méchant ne pouvait s'observer dans ce message ? Agnès après tout, en tant que *bodhisatta sorti de la terre,* en d'autres termes, le bouddha qui mène l'action d'éveiller autrui à son propre potentiel, ne mettait qu'en pratique, l'enseignement du Sutra du Lotus. Mais dans l'esprit d'Issata, le coeur de cette femme, qui se demandait pendant des années comment aborder un sujet aussi sensible que leur amitié, un tel message n'était pas acceptable. —Qui plus est, pourquoi Khrystian ne m'a-t'-il rien dit ? Figée contre le mur à côté de l'entrée de la gare, elle repassa les mots du message dans sa tête.

—Pour qui tu te prends ? Sa colère se réveillait. —Tu veux jouer les divas ? —Je te l'offre ce scénario ! Elle tapa sur les touches de son téléphone comme une secrétaire experte en sténo dactylo. Ses larmes dégoulinaient sur ses joues, elle vomissait sa colère. Elle ressemblait à ces malheureuses, souffrantes de gastro. Tout devait sortir. Un nettoyage profond venait de s'entamer et cette négligence de la part d'Agnès dénonçait le résultat d'une énorme blessure qui pendant des années s'était infectée. Elle navigua à travers ses souvenirs, où une soirée en particulier, marqua le début de cette fissure qui s'agrandit au fil du temps. Elles s'étaient retrouvées dans la pizzéria du coin, et Agnès passa toute la soirée à parler d'elle-même. Pas une fois, elle questionna les sentiments de son amie.

—Un vrai film, Issata me confia. —Tu ne peux pas la fermer, elle mourait d'hurler à plusieurs reprises ? —Non ! Se taire n'appartenait pas à son éducation ! —Et Issata, ne pouvait-elle pas le lui faire remarquer ? Il semblerait que lui faire la remarque n'était pas son fort non plus. Elle n'avait surtout pas envie d'entendre, *Je suis comme je suis.* Car c'était vrai, Issata ne pouvait pas changer cette soi-disant amie. Alors à qui la faute ? Agnès et son manque d'éducation ou Issata qui n'arrivait pas à s'exprimer ? Cela n'avait plus d'importance. Elle cliqua sur la touche envoyer de son iPhone et écouta la vibration du son *swish,* preuve que le message allait rejoindre son destinataire.

—J'espère maintenant que tu vas remettre en question ! Parce que précisément, voici qui tu es !

Exposée par son geste, elle s'apprêta à franchir les portes de VoyE quand ses yeux rencontrèrent l'image de la femme noire. —Toi ? Une hystérie cérébrale s'empara de son esprit. —C'est de sa faute ! Elle m'a poussé à bout, elle hurla.

Sa vision se multiplia. Puis plus rien.

Elle atterrit aux urgences. Après plusieurs tests et scanner les résultats révélaient que la Sarcoïdose progressait aussi bien dans le crâne d'Issata que dans ses poumons. Mais Dr Clark plaçait sa consternation sur son état mental et insista qu'elle commençât une thérapie. Jimmy la retrouva et rencontra ce dernier. « Issata, ton docteur a raison ! Ne fous pas ta vie en l'air ! » Il la suppliait.

Une semaine plus tard, elle fut déchargée. Dr Clark avisa Dr Vanessa de la placer en congé maladie pour un mois et qu'il la réfèrerait à une consœur psychiatre.

Pas de nouvelles d'Agnès, ni de Khrystian. Il ne répondit pas à ses appels, ni à ses textos.

« *J'ai dû me rendre en Pologne, Bonne chance ! KX* » fut la note qu'elle et Jimmy trouvèrent glissée sous sa porte, quand elle rentra chez elle. « On va chez moi ! » il ordonna.

« Pourquoi tout arrive en même temps ? Je ne peux même pas expliquer ce qui me blesse le plus ? La trahison d'Agnès ou le départ de Khrystian ? » elle sanglotait, vautrée sur le canapé de son Jimmy.

« Tu trouveras tes réponses. »

« La réponse est d'arrêter le bouddhisme ! »

« Tu n'y songes pas ? »

« La pratique a réveillé tous ces problèmes. Ma vie serait plus simple si j'arrêtais de désirer des choses impossibles. Ça fait mal de rêver ! Les rêves ne sont pas réels Jimmy ! Dis-moi que j'ai raison ! » Ses larmes inondèrent son visage.

« Tu sais quoi, je trouve très intéressant que Khrystian disparaisse au même moment où tu révèles ce différend avec Agnès. » Stupéfaite par sa remarque, elle analysa l'équation.

« Mais il ne sait rien de ma relation avec Agnès ! »

« Seule la loi mystique peut expliquer cela ! » il sourit.

« La loi mystique, » elle soupira. « Il est parti sans dire au revoir. »

« Ma chérie, c'est le moment de prendre soin de toi. Reste ici aussi longtemps que tu en as besoin. Je veux juste retrouver mon amie, la Issata que je connais. »

« Issata Shérif ? » une voix rauque et distincte, nuancée par un accent latin, l'interpella. Elle se leva et se retrouva face à une femme vêtue d'un tailleur pantalon couleur prune qui mettait en valeur un col roulé gris clair, faisant ressortir son teint métissé. Ses cheveux frisés noirs, taillés en coupe garçonne, la présentait comme une femme moderne. D'une cinquantaine bien avancée, l'expression sur son visage dénonçait que la vie ne l'avait pas épargnée. Mais ses yeux brillaient d'une sincérité incontestable et ne cherchaient qu'à apaiser le cœur des autres. « Bonjour, je suis Dr Bénédicte » elle ajouta… *Et Lady Kondo de dire nous la découvrirons comme Dr B, juste par ce que B c'est plus court !*

« Bonjour, » répondit Issata avant de la suivre dans un bureau spacieux. La salle était peinte en mauve, meublée d'une table en bois, couleur noir ébène et de fauteuils en cuir brun. Ce qui attira son attention se révéla à travers une immense photographie en noir et blanc, accrochée au mur. Des enfants évoquant plusieurs nationalités, riaient et jouaient ensemble. Le photographe réussit à capturer l'âme de chaque gosse, leur enthousiasme et leur innocence ; la naïveté de ces petits êtres destinés à réaliser de très grands rêves. Elle découvrit par la suite que l'artiste en question se nommait B.

« Je vous en prie, asseyez-vous. »

Nerveuse, elle retira son manteau et prit place devant la psy qui en fit de même.

« Puis-je vous appeler Issata ? »

Elle hocha la tête.

« Vous m'avez été référée par Dr Clark. Tout d'abord j'aimerais vous parler rapidement de moi. Je fais ce travail depuis vingt ans et j'ai cinquante-cinq ans. J'ai choisi cette profession car j'ai moi-même dû faire une thérapie qui m'a sauvé la vie. De ce fait, j'ai décidé d'en faire mon métier. » Son approche toucha Issata. « La thérapie ne convient pas à tout le monde. Le plus important est de commencer et je suis heureuse de voir que vous voulez essayer. Voilà, vous connaissez mon histoire et si vous me parliez de vous ? »

Sa voix accompagnée d'un regard tendre guettait tous ses faits et gestes.

« Comme quoi ? » s'échappa de ses lèvres.

« Comme qu'est-ce qui vous emmène ici ? »

—Qu'est-ce qui m'amène ici, elle se répéta.

Pendant son séjour chez Jimmy, seule sa souffrance lui importait. —C'est tout ce que je possède, elle pleurait ! Elle représentait son histoire ; une histoire qu'elle ne voulait plus lire et ne plus écrire ; une histoire qu'elle ne désirait clairement plus utiliser, comme manuel pour sa vie. Cependant la vie, ce grand scénariste, lui offrait toujours le même scenario et Issata acceptait toujours le rôle. Elle pourrait le refuser ? Mais n'osait pas. Pourquoi ?

—Karma, on en revient toujours au karma, un jour, elle souffla. —Si le karma est quelque chose qui se répète, ce n'est pas en me cachant chez Jimmy que je réglerai le problème. Elle décida de commencer sa thérapie.

« Je suis en colère ! » elle s'élança.

Son visage se décomposa. Les veines ressortaient de ses yeux et elle éclata en sanglots. Elle balança tout ce qui la bouffait à l'intérieur. Le travail ? —Ils m'ont abandonné !

La maladie, —Je suis dépendante de la codéine !

—Agnès ? Je la déteste ! —Khrystian, il me dégoûte !

« J'en ai marre d'être seule ! » Ses larmes coulèrent à flot.

« Je veux juste rencontrer quelqu'un et vivre dans une grande maison ; je ne demande pas grand-chose. »

B voulut savoir ce qu'il se passait quand ses éclats de rage émergeaient. « Je hurle dans ma tête ! Et je me parle à moi-même. » « Comment vous calmez-vous ? »,

« À travers l'écriture je suppose, et je suis bouddhiste, et je vais au parc. » « Votre famille ? » Elle confia sa colère envers Maman. B, prit une profonde inspiration. « Avez-vous déjà entendu parler de la bipolarité ? » elle questionna.

« Je ne suis pas manique dépressive ! » elle cria.

« Donc vous connaissez ? »

« C'est une maladie de l'esprit, je ne suis pas folle ! »

« La bipolarité peut devenir une maladie de l'esprit si on ne la détecte pas à temps. Ceci-dit, celle-ci s'identifie plus par des troubles de l'humeur. »

« Je sais cela, je ne suis pas une hyper active qui tombe dans une dépression, après un coup de speed ! » Issata gueula sa colère.

« Nous pouvons être bipolaire, sans bénéficier de l'hyper activité. »

Issata regarda B, perplexe.

« J'essaie juste d'envisager toute possibilité. Cette colère qui vous domine provient d'une source liée à une grande souffrance. Nous allons la découvrir ensemble. Je vais vous prescrire du lithium carbonate pour vous aider à stabiliser, vos humeurs et j'aimerais pratiquer avec vous la TCC. »

« Ça consiste à quoi ?

« C'est une thérapie cognitive et comportementale, orientée vers un objectif spécifique. Cette méthode vise à changer nos perceptions et nos habitudes en focalisant sur les pensées, les valeurs, les attitudes et les croyances. L'idée se présente très simplement, si les pensées guident notre vision des choses et par conséquent nos réactions, en changeant comment on voit le problème, on peut alors transformer notre perception et bien évidemment choisir une approche âpre à la gestion du problème. »

« Si vous le dîtes ! Je veux juste arrêter cette colère ! »

« Je suis déterminée à vous aider à analyser tous les mécanismes derrière vos émotions. » Issata resta muette.

« On se retrouve toutes les semaines pendant un mois, pour commencer ? » Elle hocha la tête et la séance se termina.

Le lithium fit ses preuves. Elle sentit une grande différence comparée aux premiers antidépresseurs, qu'elle essaya. B, lui avait confirmé que ça aidait à ralentir l'hypomanie. Elle rencontrait la femme calme en elle.

Le 1er Mars, à son retour au salon, Pascal lui annonça que pour les besoins de la compagnie, VoyE décida de garder Katia au salon. —Pour les besoins de la compagnie, elle répéta silencieusement. Son rêve de repundre son rôle à plein temps venait de s'effondrer. Elle vit la porte de l'espoir qu'elle essaya tant de garder ouverte se refermer devant elle brutalement. Il ne démontra aucun remord. Pour Voyage Europe, elle n'était qu'un numéro.

—Non pas lui, ses yeux s'écrièrent lorsqu'elle vit Rajeev sortir de sa voiture.

« Issata bonjour, »

« Bonjour, »

« Excusez-moi de vous interpeller, il est temps de renouveler le contrat. »

« Effectivement, mais la prochaine fois avisez moi d'avance, car je rentre du travail, là. »

« Je m'en excuse. J'ai les papiers avec moi si vous êtes disponible. »

« Suivez-moi. »

« Merci, et comment va la santé ? » il demanda, quand ils entrèrent son studio.

« Tout doux. »

« J'ai remarqué que Khrystian et vous aviez une belle complicité. »

« Écoutez, ma vie personnelle ne regarde que moi, signons-le, ce contrat ? »

« Pardonnez-moi, je ne voulais pas interférer. »

« Ceci dit, vous venez juste de le faire ! »

« Je m'en excuse. En ce qui concerne le contrat vous devez payer la taxe d'habitation. »

« Pourquoi ? »

« Parce que c'est la loi. »

« Très bien, tant que c'est la loi ! »

« Il y a aussi un petit problème. »

« Quoi encore ? » elle riposta, perdant patience.

« Vous devez payer pour les arriérés. »

« Comment ça ? Je pensais que c'était réglé ? »

« Vous êtes responsable de payer, car vous vivez ici. »

« Quoi ? » Ses yeux s'écarquillèrent.

« Vous avez admis ! » Son regard brillait d'un air malicieux. Issata identifia la monstruosité qui régnait dans cet être aux deux visages. —Je l'ai toujours su. Son intuition se confirmant, elle s'écria :

« Vous m'avez utilisée ? Je n'aurais jamais dû faire cette déclaration ! » Sa colère résonna comme un avertissement. Ses poings la démangeaient si fort, qu'elle sentait une urgence de lui casser la figure.

« Très chère, je vous ai juste informé de la situation. Je suis un homme honnête, » il sourit.

« Sortez d'ici ! » elle ouvrit sa porte.

« Et le contrat ? » Les veines de ses pupilles étaient prêtes à exploser. Elles virèrent au rouge. Il ressemblait à un drogué en manque.

« Puisque vous êtes un homme honnête, renseignez-vous sur vos droits et je me renseigne sur les miens, en tant que locataire ! »

Le regard mesquin, il poursuivit : « Vous n'allez pas très bien, donc je vous pardonne. »

Elle claqua la porte.

Dr B accueillit une loque dans son bureau…Très bien, elle ne pouvait pas retrouver son poste à plein temps. Mais elle détenait l'option de déménager. Et selon Jimmy tout arrivait pour une raison. Elle s'enregistra avec des agences immobilières et entreprit la chasse à trouver l'appartement parfait. Car tout se devait d'être parfait pour Madame Shérif. En dépit de toutes les actions qu'elle menait, elle ne trouvait rien dans son budget. Ou bien, on ne lui proposait que des taudis.

La taxe d'habitation devait être payée, donc elle paya. Elle ne reçut aucun avis de factures impayées.

—Peut-être qu'il essayait juste de me soutirer de l'argent, elle en déduisit écœurée. Rajeev ne l'approcha pas depuis. Par contre sa voiture prenait toujours racine devant la maison. La vue de ce monstre stationné dans la rue lui retournait le cœur. Elle entendait sa voix, son timbre nasillard et sans éducation. Tremblante d'anxiété et la peur lui nuant l'estomac, son cœur galopait à la pensée de le voir.

Elle ne pouvait le sentir. Tout son être la répugnait. Elle se persuadait qu'il gardait la voiture garée à ce même emplacement dans le seul but d'imposer son autorité.

—Mais vous ne serez jamais important avec votre voix de désespéré, elle criait en elle. —C'est votre punition !

Votre voix est votre identité et vous l'entendrez toujours.

Travailler pour Voyage Europe s'inscrivait dans le record mondial le plus triste de son existence. Issata en pleurait sur le chemin du boulot. Elle décrivait son expérience comme une suspecte placée sous contrôle judiciaire, obligée de se présenter au quartier général de VoyE du lundi au mercredi à six heures trente. Il ne lui manquait plus que le bracelet magnétique. Mais elle avait encore le badge. Elle se retrouvait seule dans sa lutte pour améliorer son état de santé. Et la solitude la suivit à la maison comme un rappel, le mémento qu'elle tomba malade en effectuant son travail. Celle-ci gouvernait son monde, un immense continent, froid, laid et vide. Elle la trimbalait vivante dans un cercueil, avec pour seuls invités, ses souvenirs douloureux, ses blessures, sa maladie, ses médicaments, sa colère.

En octobre, un studio appartement apparut sur le marché, toutes factures inclues, à Kilburn. Elle contacta Rajeev pour lui présenter sa notice et lui demanda la preuve qu'il protégea sa caution. Par le ton de sa voix, elle comprit, qu'il n'avait pas suivi les règles judiciaires. Elle s'affaira à préparer ses cartons. Ayant versé trois cents livres pour apport, une semaine lui restait pour obtenir une référence de son propriétaire.

Le jour de son aménagement, alors qu'elle finissait son temps de travail, l'agence l'appela pour lui annoncer que Rajeev refusait de lui donner référence. De ce fait, elle ne pouvait pas emménager dans leur propriété. Dévastée, elle essaya de l'appeler pour le raisonner mais il l'insulta en hurlant la pire des obscénités.

Choquée et effrayée pour sa vie, son instinct la mena au commissariat de police. Un policier contacta Rajeev lui rappelant ses obligations judiciaires et lui donnant un avertissement verbal.

—Pourquoi, elle pleura, de retour chez elle, le regard rivé sur les cartons entassés autour d'elle ? Tout semblait lié à ses désirs. L'homme parfait et la maison parfaite, des désirs simples et naturels. Les désirs peuvent stimuler la plus grande des souffrances, telle une femme désespérée de ne pouvoir concevoir, ce don unique à la femme, un homme embarrassé de se voir toujours en bas de l'échelle et de ne pouvoir briller aux yeux de sa famille, ses amis, ses collègues. Mais ces mêmes désirs peuvent aussi se transformer en catalyseur, explique la philosophie de Nichiren. —Comment ? elle suppliait son Gohonzon.

La caution ? Elle sollicita l'aide de Citizen Advice Bureau, et réussit à récupérer ses trois cent livres.

Le 18 November en 2012, elle dansait avec tous les caractères sur le Gohonzon. Le 18 November en 2013, elle rencontra Dr Clark, qui lui informa que le taux de son ACE avait augmenté. « Il serait temps de considérer un traitement intraveineux. » Il suggéra. —Faites ce que vous avez à faire Gary Grant, son esprit répondit, lorsqu'elle le quitta. Elle ne trouvait pas aussi charmant que dans son rôle : *'La main au collet.'*

—Alors c'est ça ? Les gens doivent mourir pour recevoir le soutien de l'univers, elle défia son mandala, effondrée.

—Nich tu l'as dit toi-même : *'C'est ma propre vie à moi, Nichiren, qui devient l'encre sumi, avec laquelle je calligraphie le Gohonzon. Vous devez donc croire en ce Gohonzon de tout votre cœur.'* Et comment puis-je y croire, alors que je n'arrive pas à enclencher ce dont j'ai besoin ? Je dois être tellement en disharmonie avec la loi mystique, car je pensais que réciter Nam-myoho-renge-kyo me connecterait à la source. —Je suis une cause perdue, c'est clair. Et mon corps affaiblit en est le résultat !

Arriva ses trente-neuf ans qu'elle fêta avec Jimmy.

Il lui proposa d'emménager avec lui. Cette offre se présenta comme la solution parfaite ! Tellement simple ! Mais une solution qui n'expliquerait pas, « Pourquoi je suis tombée malade ? Pourquoi alors que j'étais déterminée à acheter un appartement, je n'ai pas pu récupérer mon travail à plein temps ? Pourquoi Rajeev ne m'a pas laissé partir ? »

5

Daisaku Ikeda déclara 2014, comme « L'*année de l'Ouverture d'une nouvelle ère du Kosen Rufu mondial* » Nouvelle ère rime avec changement.

Elle aborda ce tournant, bouleversée par ses fêtes sur Paris. Pour une fois, Issata avait besoin de sa mère. Elle aurait aimé lui dire à quel point elle se sentait seule. Mais cette distance émotionnelle les séparait.

Depuis son retour à Londres, le visage de cette femme noire dont les cheveux coiffés en afro, ressemblaient à une couronne blanche en coton, dont les yeux avaient cessé de pleurer au grand jour, mais dont les larmes s'égouttaient silencieusement dans l'obscurité, la hantait. On y lisait le rêve d'une jeune fille qui quitta son pays pour suivre l'homme qu'elle aimait. Cette jeune fille devint mère, de deux filles, puis grand-mère, de trois petits enfants. Cette même personne vivait encore, mais la peur de vieillir la rongeait. — Maman n'est pas éternelle, elle dut admettre ! —Et je vais avoir quarante ans ! —Comment ouvrir une nouvelle phase si je ne peux même pas me tirer d'ici ? Comment puiser la foi lorsque celle-ci me fuit comme si j'étais une peste, priait-elle corps et âme ?

Le travail ne lui apportait plus rien, encore moins lorsqu'elle reçut une lettre, lui annonçant que le contrat du salon se terminait fin mai. *C'est avec grande impatience que nous vous attendons sur les trains au mois de juillet, comme stipulé dans votre contrat original,* ainsi se terminait la notice. —Quelque part cela ne me surprend pas, elle en conclut ! — Mais quel futur m'attend ? —Je souffre d'une maladie chronique qui me bouffe à l'intérieur. —Une maladie invisible que seule ma souffrance rend visible.

Elle continuait ses sessions avec B.

« Issata, seriez-vous si désespérée de déménager si vous n'aviez pas autant de difficultés avec votre propriétaire ? » elle lui demanda, un jour. « Je le déteste ! Cet homme est le diable ! » elle jura. B regarda la douleur qui s'exprimait dans ses yeux traumatisés. Pour la première fois, après plusieurs mois de thérapie, elle y décelait une peine cachée, une souffrante liée à une expérience. « Vous le détestez, c'est votre droit, mais en lui consacrant toute cette énergie à le haïr, il vous sera difficile d'avancer. »

« Vous ne comprenez pas. Et si à chaque fois que je trouve un appartement, il refuse de me donner une référence ? »

« Je comprends parfaitement ! Pour l'instant vous devez vous libérez de votre rage et j'ai confiance en vous. Une peine terrible existe en vous et brille dans vos yeux clairs. Elle représente votre regard sur le monde, Issata. Ne la laissez pas vous détruire. Votre expérience va vous aider à grandir et toucher le cœur des hommes. »

À cet instant, elle entendit clairement le message du bouddhisme. « *Même en nettoyant un miroir continuellement, si l'on ne polit pas notre propre vie, le reflet restera le même.* » Une métaphore que son mentor utilisa à plusieurs occasions pour illustrer le concept du karma. Elle savait que sa psy avait raison. Du point de vue de la loi mystique, l'environnement ne répondait qu'à la cause profonde encrée dans sa propre vie. —Je ne sais pas encore quelles sont les causes, mais je dois me concentrer sur ma santé. Elle décida de rester. Dans ce choix consciencieux, elle se sentit libre. —Peut-être que c'est cela avoir la foi, avoir confiance ? Toutes ses affaires retournèrent à leur place.

Le mois de février se présenta aussi rapidement, que celui de janvier disparut. Un après-midi, pendant qu'elle observait sa sieste, elle entendit un cognement à sa porte. Elle sursauta. Son cœur battit rapidement. Elle vérifia l'heure sur son iPhone. —16h, elle lut. Le bruit retentit.

« Qui c'est ? » elle demanda, tremblante.

« C'est Rajeev ! » Le son de sa voix nasillarde la rendit malade sur le coup, à tel point qu'elle sentit la gerbe lui monter à la gorge. Elle inspira très fort.

« Que voulez-vous ? »

« Est-ce que vous pouvez m'ouvrir ? »

—Pourquoi ? elle fut tentée de répliquer. Ce fut sans gaité, qu'elle se tira du lit.

« Avez-vous trouvé un endroit ? » il questionna quand ils se trouvèrent face à face.

« Comme vous pouvez le constater, je suis encore ici. »

« Écoutez, je tiens à m'excuser pour mon comportement. Vous êtes comme une sœur pour moi. Quelquefois je m'emporte. Je ne vous chasse pas. Restez aussi longtemps que vous le souhaitez. »

—Est-il sérieux ? Tous ces mois sans nouvelles ? Elle le regarda choquée. Cet homme qui lui avait vomit les pires insanités, s'excusait.

« J'ai le nouveau contrat avec moi, on le signe et je vous laisse en paix. »

Torturée, elle n'avait nulle part où aller et fut forcée à ravaler sa fierté.

« Très bien ! » elle soupira.

Il sortit de sa poche un morceau de papier plié en quatre.

« Il va falloir payer vingt-cinq pounds en plus, » il émit, sans la regarder.

« Ok. »

« Merci, d'accepter mes excuses. Je vous en suis reconnaissant. » Ils signèrent le contrat et il partit.

De suite elle l'entendit dire : « Elle ne part pas et je ne peux pas la jeter à la rue, car elle paye le loyer. »

—À qui parle-il ?

—Ce n'est pas possible, son esprit hurla lorsqu'elle le vit le lendemain ! Il se tenait debout dans la cuisine communale, devant l'évier. Son cœur tambourina comme l'annonce du train qui sifflera trois fois. Elle inspecta ce géant, son torse couvert d'un pull à rayure bleu, les cheveux blonds sales, caressant ses épaules larges. Un jean protégeait ses jambes de militaire et fidèle à lui-même, il chaussait ses baskets blanches. Devant ce spectacle mortifiant, elle se replongea dans ces mois, où elle se languissait de croire que ça pourrait marcher. Son absence hanta son quotidien. Celle-ci résonna en elle, tel le son d'une cloche, le son du gong du désespoir qui attira Khrystian dans sa vie. —Non, elle gémit intérieurement, pétrifiée que cet homme qui l'avait transportée dans des lieux qu'elle n'avait jamais visités auparavant, la condamnerait à y retourner. Respirant très fort, elle serra sa corbeille à linge au niveau de son ventre, et s'avançant vers lui.

« Tu es de retour ? »

Khrystian se retourna lentement. Elle s'arrêta à mi-chemin. De son regard de chasseur, il la déshabilla avec voracité. Ses yeux se glissèrent sur sa personne. Elle frissonna et sentit les poils dans sa culotte s'hérisser sur sa peau. Son regard lui rappelait l'emprise de ses mains sur son corps, celle de sa langue entre ses jambes. Il savait s'en servir de sa grosse langue de chien, toujours haletante. Plantée dans la cuisine, elle anticipait déjà son retour dans sa chatte africaine.

« Oui, » il répondit doucement. « Désolé, j'utilise la machine. »

« Je reviendrai plus tard ! » Elle s'apprêta à rebrousser chemin.

« Attends Issata ! » Combien de fois lui souffla-t-il son prénom dans le creux de ses oreilles : « *Issata tu m'excites…Issata ça monte…* » Il marcha vers elle, ne la quittant pas des yeux.

« Comment vas-tu ? »

—Comment je vais ? Tu es parti sans donner de nouvelles et tu t'inquiètes sur mes états d'âmes ? Si elle avait une mitraillette à la place des yeux, elle l'assassinerait jusqu'à ce que son corps se réduisit en bouillie de sang.

« Ça va, » elle réussit à dire.

« Tu as l'air en forme. » Il leva sa main droite vers son visage et l'effleura.

« Mais qu'est-ce que tu fais ? » elle le repoussa.

« Issata, s'il plait ? »

Elle marcha vers la sortie et il la rattrapa.

« S'il te plait, je peux t'expliquer. » Sa main chopa son épaule.

« Laisse-moi tranquille ! » elle se débattit.

« Je finis ma vaisselle et je viens te voir. »

—Ce n'est qu'un mauvais rêve, elle essaya de se convaincre, quand elle s'enferma dans son studio. —Je vais fermer les yeux, quand je les ouvrirai, il sera parti ! —Non ce n'est pas un rêve ! elle reconnut le fameux tambourinement à sa porte. —Je n'ai pas à lui ouvrir, elle tourna en rond. —Mais j'ai besoin de savoir pourquoi est-il revenu ! —Non, pourquoi est-il parti sans donner de nouvelles ? Le battement musical, se répéta.

« Qu'est-ce que tu veux ? » elle demanda, lorsqu'ils se firent face. Tremblante de peur, ses yeux le scrutèrent comme une petite fille perdue dans un monde bien trop grand pour elle. Un monde où les hommes sont vicieux et puissants, un monde où elle ne savait plus à qui faire confiance.

« Laisse-moi rentrer, je ne serai pas long ! » Il la dépassa et se dirigea vers son lit, sur lequel leur histoire commença.

« Ma mère est décédée, » elle l'entendit clamer, à travers une voix enrouée d'un sanglot précoce, quand elle referma sa porte.

« Oh ? » sortit de sa bouche, se demandant si elle devait le croire. —Mais pourquoi me mentirait-il ? « Désolée d'apprendre cela. » elle compatit.

« Quand je suis parti, elle était dans un état critique. Mes parents ont eu un grave accident. Mon père conduisait et c'est elle qui mourut. »

« C'est vraiment triste ! »

« Mon père se sentit tellement responsable. Il avait besoin de moi ; c'est pour ça que je n'ai pas donné de nouvelles. »

« Tu aurais pu me dire à propos de l'accident ? »

« C'est vrai, mais j'étais dévasté. Et puis tu avais tes propres inquiétudes. »

—Il est parti pendant un an et il ne pouvait pas me dire ça ?

« J'ai beaucoup pensé à toi tu sais, »

—C'est cela ! —Dan aussi avait beaucoup pensé à moi, quand il disparut pendant dix mois.

« Et quand es-tu revenu ? » elle attaqua.

« La semaine dernière. Je voulais te faire une surprise. »

« Khrystian, toi et moi c'est du passé. J'ai besoin de focaliser sur ma vie et tu devrais en faire autant. »

« Rajeev m'a dit qu'il avait un plan pour moi pour trouver du travail. »

« Et tu le crois ? »

Il se leva et s'approcha d'elle.

« Ce n'est pas un ange pour sûr, mais j'ai besoin de lui. Et je pourrais te protéger. » Il caressa son visage de sa main droite.

« Arrête ça, je n'ai pas besoin de protection. »

« Rajeev est un psychopathe ! »

« Mais tu es fou ? »

« Je ne t'en ai jamais parlé, mais il y a des activités bizarres dans cette maison. »

« Pourquoi me racontes-tu ça ? »

« Tu te souviens de John mon voisin ? »

« Et ? »

« Rajeev est un mac, il gère un bordel, il me l'a confié. »

« Khrystian ça suffit ! »

« Issata ne soit pas naïve, John a surpris des jeunes femmes un soir, accompagnées d'hommes plus âgés qu'elles, se réfugier tout en haut dans le bureau de Rajeev. Tu sais qu'ils fument de la cocaïne ? C'est pour cela que John est parti.

Horrifiée, elle se souvint du nombre de fois où elle entendit des bruits bizarres, se balader à travers les murs. Elle ne saurait dire si c'étaient des cris ou des gémissements. Une odeur de vieux vinaigre aussi, empestait souvent l'atmosphère.

« Alors pourquoi es-tu revenu ? »

« J'étais désespéré. Il m'a dit que tu partais, et je me suis dit qu'ensemble on pourrait reciter daimokus, pour le coincer. Tu l'as dit toi-même, le type est louche, » il sourit.

Tout était confus dans son esprit. Pourquoi croirait-elle le Polonais qui s'éclipsa dans la nature pendant un an, sans donner signe de vie ?

« Issata, tu m'as manqué. » il insista et commença à lui lécher l'oreille.

« Arrête ça ! Et tu peux pratiquer tout seul, » elle se débattit. Il l'agrippa de force par les poignets, et frotta son sexe entre ses jambes. « Je sais que tu en as envie ! » Il se jeta sur sa bouche et força sa langue entre ses lèvres.

Khrystian était de retour ! C'était reparti pour une histoire de cul ! Elle ne l'aimait pas, mais ne trouvait pas la force de refuser cette invitation toxique qui semblait répondre à un thème récurrent dans sa vie. La seule réponse reposait sur cette attraction chimique qui les liait dangereusement. Leur connexion explosait comme un feu d'artifice, la laissant le plus souvent accro à ce voyage sexuel qu'il lui offrait, et faisant d'elle une droguée du sexe. Après son fixe, elle vibrait sur l'inquiétude et la honte. Pourquoi la honte ? Elle aimait le sexe, c'est tout ! Alors, que se cachait-il derrière ses sentiments ? Conservait-elle dans un coin de son esprit, ce préjugé bien souvent établi par les hommes que toute femme qui cherchait et prenait plaisir à exprimer sa sexualité n'était qu'une salope ?

Je dus mener mon enquête et j'en suis arrivée à cette réalisation : « C'est de la faute d'Hippocrate car selon sa théorie, le clitoris cet organe érectile permettrait d'émettre une semence. Et ce n'est pas tout, il jouerait même un rôle primordial dans la reproduction, car tout comme 1+1=2, les semences féminines et masculines ajoutés ensemble ne pouvaient que former l'embryon. Attention au scandale, la supercherie fut découverte ! La preuve que l'ovule se produisait lors du cycle menstruel éclata. Et bien entendu, l'église s'en offusqua, car le clitoris montra son vrai visage. Il apparut comme cet outil de masturbation, encourageant la contraception et à fortiori, l'instigateur déstabilisant le processus de procréation. Le clitoris devint alors l'ennemi numéro un de l'église et fut banni des livres scolaires car le sexe de la femme ne servait qu'à recevoir le sperme de l'homme. D'où la fonction du vagin, pour que Monsieur Spermatozoïde puisse aller en stage dans l'utérus, en compagnie de Madame Ovule, pendant neuf mois.

Ce pauvre clitoris fut condamné à vivre dans l'ombre au moins pendant un siècle, animant les fantasmes cérébraux de nous femmes que nous sommes.

Il fallut attendre la fin des années quatre-vingt-dix pour que : Helen O'Connell, urologue Australienne, mette la lumière sur ce mystère, dans un documentaire instructif, intitulé : « Le Clitoris ce cher inconnu. »

Elle y explique ce à quoi il sert ? À quoi il ressemble ? Comment il fonctionne ? Elle le ressuscita, le libéra de sa croix religieuse, en lui redonnant sa vraie place dans la sexualité féminine.

En ce qui me concerne, le clitoris n'a qu'une seule et unique fonction : Le Plaisir ou Pour le plaisir, chanterait Herbert Léonard. C'est pourquoi, je peux dénoncer avec certitude que ce mythe de l'orgasme clitoridien versus vaginal est complètement erroné. Comme toute chose dans la vie, c'est le parcours, le voyage entrepris pour arriver à bon port, qui marque notre vie. Il en va de même avec la jouissance sexuelle. Certaines femmes jouissent pendant la pénétration, d'autres juste par une caresse sur leur bouton rose. En parlant de bouton rose, rappelons-nous que des femmes noires, et par ailleurs très belles à préciser, existent dans ce monde. Donc rectifions le tir et accordons à notre cher ami, Mr Clitoris, un autre nom où la femme africaine puisse aussi se reconnaitre. Non qu'elle ne s'y reconnaisse, mais le sexe aussi, semble être conçu pour les blancs. Alors que penseriez-vous de la fleur noire, ou même la perle noire, ça résonne quand même mieux que bouton rose ?

Ça rappelle presque la puberté, et ces boutons qui postulent sur le visage ! Ceci dit, c'est quand même incroyable, autant le mot clitoris reconnu par la science reste un nom masculin, cependant analysé sous un regard exotique, comme la fleur ou la perle, celui-ci prend une tournure féminine. Tout cela pour dire, à nous toutes femmes, de tout âge, cultures, éducations, faisons vibrer ce clitoris. Il existe entre nos jambes pour nous faire plaisir. »

Qu'en pensa Jimmy ? « Une affaire de cul encore en cours, amuse-toi ma chérie. » furent ses mots. Dr B ?

Le parcours de sa patiente la fascinait, qu'elle se sentait presqu'inutile. « Mais moi j'ai besoin de vous. » Issata ne cessait de lui répéter.

Occupée, à pratiquer ses parties de jambes en l'air, elle ne vit arriver le mois d'Avril où *personne ne se découvre d'un fil.* Connaissant notre amie, elle démontra bien évidement le contraire. Car comme l'expliquerait l'expression, le sexe et le pognon gouvernent le monde, ce qui lui convenait parfaitement, jusqu'au jour où le moment viendrait, et qu'elle sera forcée de se rappeler que ses fesses aussi bombées que le veut la morphologie africaine, ne l'aideront pas à payer ses factures… Khrystian trouva un travail comme chauffeur de poids lourd. Il parcourait de longues distances. Il lui arrivait de s'absenter pendant cinq jours, max. Cela ne la dérangeait pas.

De plus, il vivait presqu'avec elle. Disons, qu'il passait plus de temps dans son lit que dans le sien. Ils se bèquetaient au quotidien pour des broutilles, se disputant même sur quoi cuisiner. Ils ressemblaient à un vieux couple. Comme les couples sont censés être honnêtes, elle osa :

« As-tu eu une histoire avec Agnès ? »

C'était un matin, ils prenaient leur café. Elle fumait et le trouvait pensif. Son téléphone à la main, un Android, celui-ci n'arrêtait pas de biper.

« Quoi ? » Il la regarda stupéfait.

« Dis-moi la vérité ! »

« Agnès qui ? » il bredouilla.

« Fais pas semblant. Pourquoi ne m'as-tu pas dit qu'elle t'avait invité à la réunion bouddhiste ? »

« Ah elle ? »

Issata l'observa attentivement. Il existe la preuve que le corps possède son propre langage et que les yeux sont un indicateur crucial pour analyser la sincérité d'une personne. Un menteur éviterait le regard de l'opposant lorsque confronté avec la vérité, et tournerait ses yeux dans tous les sens, préparant quoi dire. Khrystian ne détourna pas les yeux. Il semblait à l'aise.

« Écoute Issata, il faisait tard, elle l'a mentionné. J'ai dit,

—oui, comme ça. Elle insista que je prenne son numéro. Par politesse je l'ai pris et j'ai répondu que je viendrais sans doute avec toi. »

« Tu avais son numéro ? »

« Issata, c'est une femme mariée ! Que ferait-elle avec un type comme moi ! » Il posa son portable sur la table et caressa sa main gauche.

—Justement, parce que c'est une de ces femmes mariées qui ont de l'argent, qui passent leur temps dans les saunas, et dans ces clubs privés, qui recherchent toutes une escapade pour assouvir leur manque d'épanouissement, je ne serais pas surprise, si elle s'intéressait à quelqu'un comme toi, Issata était prête à gueuler.

« Réponds-moi ! »

« Oui j'avais son numéro ! Non je ne l'ai pas contacté ! »

« Pourquoi devrais-je te croire ? » Les yeux d'Issata se remplirent, de larmes.

Khrystian se leva et s'approcha d'elle. Il s'accroupit devant elle, posa ses mains sur ses épaules.

« Mais comment peux-tu penser cela de moi ? »

« Je ne sais pas quoi penser. »

« Jamais je n'aurais pu te faire une chose pareille. De toute façon tu as bien de ses nouvelles. » Il la suppliait presque de ses yeux de cocker. Issata hésita à répondre. Elle ne voulait pas mentir, mais ne voulait pas lui dire la vérité non plus.

La vérité était qu'elle la détestait. Elle détestait tout ce qu'elle représentait. Le genre de femme qui fait que beaucoup d'hommes à l'heure actuelle, ne respectent pas les femmes. Issata la trouvait d'une tristesse fade. *—Je lui demandai, parce qu'il existe des tristesses heureuses ? —*Il y a des tristesses qui émeuvent, des tristesses qui inspirent, des tristesses qui touchent la vie des gens, elle répondit. Cependant la loi mystique mit cette femme sur son chemin. Agnès adhéra au bouddhisme car elle recherchait un peu de spiritualité. Pour elle, réciter daimokus était plus une technique de relaxation qu'une recherche engagée à développer sa propre vie.

Elle soupira un grand coup.

« Khrystian, tu as raison. Je ne sais ce qui m'a prise. Quand tu es parti, je me suis sentie seule et l'esprit possède sa propre façon à déformer la réalité. »

« Ne t'inquiète pas. » il lui embrassa les mains. « Viens, » il se leva, et dirigea ses yeux vers le lit.

Voilà comment leur histoire suivit son cours.

Quelquefois, ils croisaient Rajeev.

« Issata, vous allez l'air d'aller mieux. » « Merci, elle répondait poliment. » « Vous formez un très beau couple. Khrystian vous avez beaucoup de chance, » à d'autres moments, il glissait. Elle n'arrivait pas à se faire à ce nouveau visage. Pourtant ce fut ce visage, dont elle se méfia au début qui l'empêcha de partir. Ce fut ce visage que Khrystian dénonçait. —Peut-être que ma mission est de dévoiler le vrai visage de Rajeev. Et, il en va de Khrystian de m'aider. Homme parfait ou pas !

—D'ailleurs comment savoir qui est le bon ?

Cette fascinante question demeure encore un vrai débat au vingtième siècle. Même Adam et Ève durent faire face à leur défi de couple. À qui la faute ? —Ève ! Elle encouragea Adam à manger la pomme. Ce pauvre Adam, seul au monde, sans aucune figure masculine pour le guider, se laissa tenter et croqua. Cependant, il ne put l'avaler et se trouva condamner à vivre avec ce fruit coincé dans sa gorge, qui lui colla à la peau. D'où la pomme d'Adam. À l'époque la thérapie de couple n'existant pas, ils avaient recours au saint esprit comme psychiatre. Ce qui expliquerait d'ailleurs pourquoi beaucoup d'hommes se rattrapèrent sur la banane de nos jours. Elle glisse plus facilement comme Alice aux

Pays des Merveilles. Moralité, Messieurs choisissez bien votre pomme, car certaines femmes possèdent le don de transformer ce fruit en compote et le goût peut s'avérer très amer.

Issata dévora des tonnes de bouquins sur le sujet :
—Comment attirer le bon ? Et de nombreux écrivains se sont investis à rechercher et à partager la formule clé qui illuminerait le mystère du pourquoi, les hommes et les femmes rayonnent de différences et qu'à travers leurs différences, ils pourraient se trouver un point commun.

Ceci dit, au moment où j'écris ces mots, je réalise que c'est déjà perdu d'avance, car le masculin l'emporte toujours sur le féminin. Par contre Issata m'exposa une théorie très simple : « Que les hommes pensaient avec leur bite alors que les femmes possédaient une cervelle. »

Moi de lui rappeler : Peut-être que tu n'utilisais pas assez ta cervelle pour attirer des hommes qui ne s'exprimaient qu'avec leur bite ?
« Coupable, » elle plaida.

'*L*es Règles, Comment attraper un mari en 35 leçons', écrit *by Ellen Fein et Sherrie Schneider* se place dans la liste des premiers ouvrages en la matière qu'elle étudia. Comme le suggère le titre, selon ces deux femmes, il fallait appliquer des règles pour attirer un mari. Issata refusant toute contrainte, en prit connaissance dans le seul but de défier ces règles. Le message caché derrière cette recette conjugale s'appliquait à encourager les femmes à ne pas se transformer en chasseuse d'hommes, mais plutôt les laisser nous chasser. Elle sourit à la fin de sa lecture. —Pas ma coupe de champagne, elle en déduisit !

'Les hommes viennent de Mars et Les Femmes viennent de Venus', révélé par John Gray, l'écrivain Américain et consultant de couple, s'inscrit dans le deuxième manuscrit qu'elle lut. En utilisant Mars le Dieu de la guerre et Vénus la Déesse de l'amour comme personnages pour établir les différences, dans ce travail, il y explique clairement que les hommes et les femmes ne parlent pas le même langage.

De ce fait, ces deux sexes opposés ne se ressemblent pas dans leur manière d'agir et d'exprimer leurs sentiments, d'où les frustrations, les malentendus, les déchirements.

À travers sa propre histoire, il réussit à analyser les différences dans son expérience de couple pour en faire une source d'enrichissement mutuelle plutôt que de conflit.

Son œuvre reste un best-seller indémodable de notre temps. Pourquoi ? Car le contenu aide tout simplement les hommes et les femmes à mieux se comprendre, s'exprimer, mieux s'aimer.

L'auteur met la lumière sur un fait crucial. Comparé à la femme, lorsqu'un homme éprouve une contrariété, il s'isole, dans ce que Gray décrit comme la grotte, un lieu de réflexion, afin de se prouver qu'il est capable de résoudre sa problématique. À la fin de sa lecture, elle s'écria :

—Mais bien sûr, la réponse est liée à la cave ! —Tout est une question de cave ! — Quand mon HP se présentera, je m'abstiendrai de pénétrer dans sa cave, seulement s'il m'y invite !

'Pourquoi les hommes adorent les Chieuses,' s'ajouta à sa collection de femmes modernes qui recherchait l'âme soeur. Déjà le mot chieuse, dans la version anglaise fut remplacé par le mot 'bitch', qui donnait une traduction plus vulgaire au titre lui-même et s'intitulerait : *'Pourquoi les hommes*

adorent les salopes ?' Ce livre, présenté comme un développement personnel rédigé par Sherry Argov remporta un énorme succès pour le New York Times, mais n'impressionna pas Issata.

—Quel dommage pour la femme de se voir pointer du doigt, d'une façon si dégradante, avec pour but de réclamer le respect que tout être humain mérite, elle conclut !

Elle ne mettait pas en doute l'intention de l'auteur, à encourager les femmes à révéler leur unicité mais pourquoi un tel titre ? L'écrivain aurait pu mettre l'accent sur :

—Pourquoi les hommes aiment les femmes fortes ? Quoique, une femme forte fait peur. Je pense que je vais m'arrêter là ! Vous pouvez observer qu'Issata s'est instruite. Maintenant, reste à découvrir ce qu'elle en a compris.

Le 28 juin 2014, elle s'en souviendra comme ces dates que l'on commémore pour marquer l'histoire de l'humanité sur la planète. La Guerre de 100 ans, de cent seize ans plus précisément, car elle y connut des passages de paix, soi-dit en passant, elle débuta en 1337 jusqu'en 1453 et plongea l'Angleterre et la France dans une bataille sanglante pour une question de trône. Évidemment qu'il y avait une histoire de cul cachée derrière tout ça !

Ainsi de par la miséricorde du saint esprit, apparut Jeanne d'Arc, l'héroïne universelle qui guida la France vers la victoire. Mais à quel prix ?

Personne ne peut parler de la France sans évoquer la Révolution Française, qui commença en mai 1789 jusqu'en 1799, donnant naissance à la Déclaration des droits de l'homme signée le 26 Août 1789.

Le vingtième siècle débarqua aussi avec son histoire, la calamité de ces deux guerres mondiales qui révélèrent l'atrocité d'un seul homme, un petit homme, qui se voulait grand. Il utilisa ce désir de grandeur, ce besoin d'être reconnu, comme un règlement de compte envers sa propre personne. Effectivement, le monde le reconnut pour le monstre qu'il imprégnait et comme exemple de ce que à quoi la haine peut donner naissance. Je demandais à Issata, du point de vue du bouddhisme, comment regarder Hitler, puisque tout le monde est bouddha, selon le sutra du lotus ?

« Oui, c'était un bouddha, elle confirma, mais il doit payer pour ses crimes contre l'humanité. Ce qui me rassure est que l'humanité n'eut besoin de le punir. Il se punit lui-même ! L'histoire raconte qu'il s'est suicidé. Et il en va pour tous. Nous sommes Bouddhas et nous devons prendre pleine responsabilité pour nos actions. » Évidement que non, Issata n'entrait pas en guerre, mais ce fut ainsi qu'elle perçut son dernier jour au salon.

Et les trains alors ? Le dernier scanner montra des changements inquiétants dans son cerveau et Dr Clark n'autorisa pas son retour sur les trains. Elle aurait pu considérer un autre rôle ? Aucun poste ne lui fit proposer.

—Un suivi thérapeutique avec un médecin du travail ?

—Non, mais Ray lui fit savoir que si sa santé ne s'améliorait pas, elle serait licenciée pour inaptitude. Le mot inaptitude blessa son orgueil. —Je ne suis pas inapte, c'est vous qui avez failli à me protéger, elle plaida ! Ne détenant aucune arme juridique, contre ces géants du monde capitaliste, cette femme noire n'avait qu'un seul choix, celui de dire au revoir à ses voyageurs. Tous attristés, ils promirent de se battre pour elle, qu'ils contacteraient personnellement le grand patron. Voyage Europe ne pouvait pas leur enlever leur hôtesse préférée du salon.

Touchée, elle fut. Une heure avant son départ, elle s'assit dans l'espace privé, les yeux rivés vers l'ascenseur. Elle observa cette jeune femme, vêtue d'un uniforme rouge, à la coupe garçonne, ses jambes sexy, elle clapotait avec légèreté sur le parquet de Vienne. L'excitation et la naïveté brillaient dans ses yeux. Elle inspirait la vie et la jeunesse. Tous les regards furent tournés vers elle. « Issata, bonjour … Issata, comment allez-vous ? …Issata, merci… Issata vous nous avez manqué ! Issata est de retour ! Issata, prenez soin de vous ! »

Trois ans plus tard, où se trouvait cette personne qui cherchait juste à créer une différence ? Les larmes roulant sur ses joues, elle s'entendit fredonner silencieusement :

—*VoyE c'est fini, et dire que vous étiez le nom de mon premier travail, —VoyE, c'est fini, jamais je n'oublierai qu'à cause de vous, je suis tombée malade.*

Rideau ! Et celui-ci tomba comme une guillotine coupant la tête d'une innocente. À la grande différence, Issata réussit à conserver la sienne lorsqu'elle quitta le salon. Elle embrassa Michael qui lui souhaita bonne chance et disparut dans le terminal. Assise dans le train, elle ne put que s'empêcher de penser : —J'ai perdu ma santé en travaillant pour vous ! J'ai perdu une semaine de ma vie pour que vous me jetiez à la rue comme une malpropre ! Elle éclata en sanglots et s'en foutait du regard des autres. C'était sa douleur et elle ne voulait pas s'en cacher. C'était tout ce qu'il lui restait. Quelques personnes s'approchèrent d'elle, lui offrant leur soutien émotionnel.

« Je me suis faite virée ! » elle ne cessa de répondre, pleurant fort. « Ils ne connaissent pas votre vraie valeur, » des voix défendirent. Et Issata connaissait-elle sa vraie valeur ?

Plus de réveils à cinq heures et demi du matin. Plus cet uniforme rouge qui empestait la senteur d'une entreprise qui poussait ses employés à bout. Combien de millions ils s'empochent ? —Et moi, comment je m'en sors ?
Jimmy partait en déplacement sur Paris pour un nouveau projet. Il lui restait Khrystian.

Ses journées ensoleillées furent accompagnées par une angoisse qui se nommait : —le futur. Souvenons-nous que sa vie d'étudiante se résuma à étudier les plaisirs de l'amour. —Même ça, je ne sais l'appliquer dans ma vie !

À travers la saison chaude, elle perçut cette distance, qui s'installait entre Khrystian et elle. Il passait une grande partie de son temps au téléphone. Beaucoup de chuchotement, elle capturait, et un sentiment qu'il lui cachait quelque chose, pesait sur leur intimité. Même leurs activités préférées s'écourtaient. Il prenait son pied et s'endormait. Quelquefois, il filait chez lui, prétextant la nécessité d'appeler son père. Quand elle le confrontait, il défendait, qu'il était inquiet. « Tu peux me comprendre, je bosse moi ! » Oui, elle prenait conscience. —Et pourquoi maintenant, que je suis au chômage, elle tentait d'analyser ? Alors s'enchaînaient des mots enflammés où il l'accusait de son égoïsme. Et elle sombrait dans la culpabilité. Elle souffrait surtout de le voir disparaître à nouveau.

Les faits se déroulèrent le 15 Août. Issata s'en rappelait clairement, car cette date religieuse marque l'Assomption, un évènement bien souvent confondu par l'Ascension. Pour distinguer leur différence, penchons-nous sur l'étymologie des deux mots. En latin, —Assomption représente *assumere,* qui veut dire, « enlever ». Cette assomption est reliée à la Vierge Marie. On parle de son assomption car ce serait Dieu qui l'aurait attirée au ciel, pour qu'elle prenne sa place à ses côtés.

—Ascension, commémorée le 26 Mai, vient du mot *ascendere* en latin, qui signifie, « monter ». Jésus rencontre pour la dernière fois ses disciples, quarante jours après sa

Résurrection. Étant le fils de Dieu, il monte au ciel, de par ses propres forces. C'était pour la petite histoire, une petite histoire qui donnera son sens à la grande histoire.

Un dimanche précisément, au milieu de la nuit, elle sentit le mouvement de quelqu'un sortir du lit. Un brin d'air frais passa à travers les draps, un signal que tout le lit lui appartenait. Ensuite un bruit de porte retentit. Khrystian venait de partir. Le travail reprenait. Cette fois-ci, il la quittait pour cinq jours. Elle ne se réveilla pas car l'odeur de son parfum, encore imprégné sur son duvet, la garda chaudement en sécurité. Enveloppée dans sa couverture, elle ressemblait à une petite fille, attachée à la chemise de son père, s'accrochant à sa présence virtuelle.

Elle ouvrit les yeux en sursaut au son d'une vibration. Elle vérifia son téléphone. —9h, elle eut le temps de lire, mais aucun message. —C'était quoi ce son alors ? Elle se souvint du départ de Khrystian et sauta du lit pour verrouiller sa porte. Le son recommença. —C'est peut-être mon vibromasseur ? Elle fouilla dans son sac à main. Son joujou fétiche était bien en place mais éteint. Elle en vida tout le contenu. Le ronflement résonnait toujours dans l'espace de son studio. Puis, rien. —Je ne suis quand même pas folle ! Ses yeux voyagèrent dans son studio. Pendant qu'elle questionnait sa santé mentale, sa vessie lui suggéra qu'il était temps de se vider.

—C'est bon signe car les gens normaux pissent ! Ses fesses sur le trône, elle laissa son eau jaune s'échapper de son orifice, savourant ce plaisir naturel d'uriner. Cette joie fut vite interrompue quand ce même bruit détonna, cette fois comme une explosion. Elle trembla de peur, laissant la fréquence de la tonalité guider ses oreilles. Celle-ci la mena à son panier de linge sale. Elle se leva sans s'essuyer et se pencha vers la corbeille. Un téléphone sonnait. —Il est à qui ? Elle le ramassa. Ses yeux s'écarquillèrent lorsqu'elle lut le nom.

—Non ça ne se peut pas ! Elle se rappelait clairement des chuchotements de Khrystian au téléphone, les réponses évasives : « Ce n'est pas important », « Juste une erreur », « Tu ne connais pas. » Une personne nommée Agnès, appelait ce téléphone. Le cœur battant, elle regarda le nom inscrit sur l'écran. Elle ne voulut croire que ce nom appartenait à une femme que jadis, elle respectait. Le téléphone s'arrêta de vibrer. Elle voulut confronter l'appelant, mais le code lui manquait. Des larmes commencèrent à remplir ses yeux. —Cette Agnès, ce n'est quand même pas…Le portable sonna à nouveau.

« Allô, » elle s'empressa de répondre.

Une respiration saccadée, se fit entendre.

« Allô, » Issata insista.

Même réponse de l'interlocuteur.

« Agnès c'est toi ? » La voix gémit de soupirs coupables avant de raccrocher. Elle retourna dans sa salle principale, ses yeux fixés sur le portable. —Il m'a dit que vous ne vous étiez jamais contactés. Dans sa mémoire émergea un Khrystian obnubilé par la beauté théâtrale d'Agnès, en ce fameux réveillon. Il se comportait comme un puceau, rêvant de se faire sucer par une bouche aussi vulgaire que la sienne. —Comment ont-ils pu ? —Cela explique tout ! C'est la raison pour laquelle, il disparut, elle sanglota. —Mais pourquoi revenir vers moi ? Son portable placé sur sa table de nuit, s'enclencha. Khrystian se trouvait à l'autre bout du fil. Les larmes roulant sur ses joues, elle le laissa sonner jusqu'à ce que la fanfare s'arrête.

« *Je peux t'expliquer,* » un texte message suivit.

—M'expliquer quoi, elle rumina, blessée ? —Qu'elle t'a manipulé ? Et que toi, minable que tu es, tu n'as pas eu d'autre choix ? Son portable retentit à nouveau. Le son cruel et moderne propre à l'iPhone, n'aida qu'à réveiller sa rage meurtrière. Elle la sentit glisser sous ses veines, déchainée, telle une vraie salope. Elle réveillait en elle, ce serpent qui rode, ce serpent qui guette, ce serpent qui danse, décrirait Baudelaire. Ses yeux brillèrent de vengeance. Elle s'adonna aux sensations vertigineuses que sa prêtresse lui procurait. Son crâne s'alourdit de pensées fulgurantes et son cœur désireux de lui faire honneur détonnait avec férocité. Une force incroyable s'empara d'elle. Elle côtoyait un besoin nécessaire d'hurler, de frapper, de tout détruire. Des gouttes de sueur roulèrent sur son corps. Sa maîtresse arrivait au galop. Que revêtir pour l'accueillir ? Un masque pour préserver son regard violé ? Une cape pour dissimuler le poignard caché dans un recoin de son âme ? Des gants pour effacer toute emprunte de son crime ? Autour d'elle, se démultiplia un monde en plusieurs parallèles. Son adrénaline circulait à une vitesse qu'elle ne contrôlait plus. C'est alors qu'elle détermina de se faire justice. —Vous très chère Déesse, qu'attendez-vous de moi ? Un homme et une femme m'ont piégé, ils doivent payer pour leur tort. Son portable sonna. Quand elle prit connaissance de l'interlocuteur, elle pleura de plus belle, consciente de sa propre folie.

« Jimmy, il se tape Agnès ! » les mots surgirent de sa bouche.

« Chérie, que se passe-t-il ? »

« Khrystian et Agnès ! Je les déteste ! »

« Issata calme toi, et dis-moi exactement ce qu'il en est ! »

Elle bafouilla des fractions de sa propre interprétation, pleurnichant comme une gosse perdue. Il écouta son histoire. Triste et inquiet pour son amie, il durcit le ton.

« Issata, je comprends que tu sois bouleversée mais il fallait s'y attendre ! Le gars s'est tiré sans donner de nouvelles. Au moins, comme ça c'est clair. »

Issata savait que Jimmy avait raison, c'était l'humiliation qu'elle n'acceptait pas.

« Je veux les tuer ! » elle cria.

« C'est normal, tu es blessée et en colère ! »

« Jimmy, je te dis que je vais les tuer ! »

« Non Issata ! Si tu commets cet acte, ça voudra dire que je n'ai pas été un bon ami pour toi. »

« Pourquoi Jimmy ? »

« As-tu pris ton petit déjeuner ? »

« Je n'ai même pas fumé. »

« Avale un café alors et fume autant de clopes que tu veux et va faire une marche. »

« J'ai peur de rester seule. »

« Tu vois toujours Dr B ? »

« Oui, » elle renifla.

« Appelle-là, demande à la voir rapidement. »

« C'est toi que je veux voir. »

« Bientôt ma chérie. Je dois filer maintenant. J'appelais juste pour te faire un coucou. »

« Ne me laisse pas ! »

« Promets-moi d'appeler B, je suis avec toi. » il ordonna.

— Si tu le dis, elle soupira, quand il raccrocha.

« Entrez, Je suis contente que vous m'ayez appelé. »

B accueillit dans son bureau, une adolescente paumée.

Le visage caché derrière des lunettes de soleil, des Prada, le noir l'habillait, à l'exception des converses blanches sans chaussettes. Une veste en lin tombait sur ses épaules, un large t-shirt au col arrondi couvrait sa poitrine plate et un fuseau, ses jambes maigrichonnes. Comment atterrit-elle chez sa psy ? Après l'appel de Jimmy, elle se souvint du café froid qu'elle avala, du paquet de clopes qu'elle s'enfila sans finir ses cigarettes, des cinquante appels de Khrystian et ses messages la suppliant de lui donner une chance d'expliquer. « J'en peux plus! » La fontaine commença à couler derrière son masque.

« Je vous écoute, quand vous êtes prête. » B, lui présenta la boîte de Kleenex.

« J'en peux plus, » elle répéta. « C'est absurde ! La vie n'a pas de sens ! » elle bêla, telle une chèvre en détresse et déballa l'apothéose. B fixa cette femme qui comme beaucoup de femmes dont elle-même et des hommes aussi, arrivaient à ce point analysé par Albert Camus, l'absurdité, cette prise de conscience où vivre n'apportait aucun sens, ce qui démontrerait pourquoi la vie elle-même n'exprimait aucun sens.

—Et bien sûr en tant que Professeur de philosophie, il me doit de m'exprimer sur le sujet. S'il n'existait de sens à *la vie comment donc expliquer le but profond de l'être humain sur Terre ? De quand même vivre et nier l'absurdité de notre propre existence comme Sisyphe et sa pierre ? Le mythe de Sisyphe décrit la vie d'un jeune homme châtié pour avoir défié les Dieux et combattu la mort. Il est donc condamné à faire rouler sa pierre jusqu'en en haut d'une montagne, tout en sachant pertinemment que ce rocher finirait toujours par redescendre. Les Dieux ont pensé qu'ils avaient trouvé la parfaite forme de torture pour Sisyphe, qui tenterait l'impossible pour que la pierre reste au sommet de la montagne. Le nom Albert Camus appartient à l'ère de la philosophie française du vingtième siècle, le temps des existentialistes, ce courant philosophique et littéraire dans lequel on y retrouve d'autres grands noms comme Jean-Paul Sartre, Simone de Beauvoir. Ce mouvement de pensées place au cœur de la réflexion, l'existence individuelle, déterminée par la subjectivité, la liberté et les choix de l'individu. En d'autres termes, un existentialiste se définit comme seul maître de son destin.*

Ceci dit, cette philosophie de vie embrassait l'athéisme intransigeant de Friedrich Nietzsche philosophe allemand, le plus affluant des temps modernes, avec sa Volonté de Puissance. Il souligne que le but de toute pulsion est d'accroitre juste ça : —La volonté de puissance. Il utilisa ce concept comme instrument clé pour observer le monde, interpréter les phénomènes humains et réévaluer l'existence du futur.

Il s'inspira avant tout des pensées religieuses de Blaise Pascal, philosophe français qui défendait que l'homme, de par son orgueil et son amas de concupiscence ne pouvait trouver la paix intérieure et le bonheur véritable qu'en Dieu. Selon lui, c'est le divorce entre l'Homme et son Créateur qui produit cette insatisfaction constante subit par l'Homme, et le fait douter du vrai sens de sa vie.

Soren Kierkegaard aussi ajouta sa touche personnelle au réveil de la foi chrétienne chez l'individu, dans son fameux ouvrage : Ou bien...Ou bien, dans lequel, il expose de façon ironique le choix de chacun à mener sa vie comme il l'entend. Alors comment mener une vie comme elle se l'entend, si cette même vie, nous a été léguée sans instruction et sans personne vers qui se tourner pour nous en fournir des réponses ? Où puiser cette volonté de puissance, quand celle-ci, la grande théorie de Nietzsche vous a désertée sans prendre en compte de vos pulsions ? Car il s'agit bien de pulsions Friedrich ? Ou peut-être que la souffrance, l'expression de la condition humaine partagée aussi bien par des hommes que des femmes n'inspire pas la pulsion fatidique qui pourrait activer la volonté de puissance ? Et Dieu où est-il dans tout ça ?

Pascal était clair, il faut croire en Dieu ! C'est ce que Camus s'engagea à explorer, à travers le thème de l'absurde. En analysant le mythe de Sisyphe, il serait presque plus simple de lui prêter l'envie de mourir. C'était l'effet que les Dieux pensaient générer, une frustration insoutenable fondée sur cet espoir irréaliste de Sisyphe, le plongeant dans l'absurdité cruelle de la vie, cette incompréhension qui entraine le geste définitif.

Mais Albert Camus ne pouvait pas laisser un tel acte se produire. À son tour, il défia les Dieux en changeant le destin de Sisyphe avec cette déclaration : « Il n'y a qu'un problème philosophique vraiment sérieux : c'est le suicide. » Il approcha le fardeau quotidien de Sisyphe sous un autre angle. Pour Camus, même si la vie pouvait se ressentir comme une aventure sans signification absolue, elle valait la peine d'être vécue. Le droit de vivre définissait le vrai but *de notre existence, nous en faisant prendre conscience. Alors il décida de lui faire vivre l'absurdité à Sisyphe, et d'en faire un héros, un être humain qui n'avait pas d'autre option que de la vivre.*

Albert Camus demeurera toujours un de mes philosophes préférés du vingtième siècle, de par son engagement à analyser la condition humaine et pour son audace à lui coller une étiquette. Il la dénonça telle que : —La Révolte, qu'il explique dans un essai appelé : 'l'Homme Révolté.' Pour cet amoureux de la vie, ce passionné de justice, la révolte représente la seule action crédible pour défier l'absurde. De par cette observation, il en fait appel à la révolte positive. D'où son affirmation : « Je me révolte, donc nous sommes. »

« Issata, oui la vie peut nous sembler injuste et nous mener à douter du motif de notre propre existence, mais précisément, du fait que celle-ci n'a pas de sens, elle donne tout son sens à son absurdité, comme Sisyphe, il lui a donné un sens ! »

Elle pleurait à chaude larmes. Elle sentit ses forces s'écrouler sous le poids de cette pierre énorme qui ne cherchait qu'à l'écrabouiller, jusqu'à ce qu'elle disparût sous terre. Et personne ne se souviendra d'elle. Cette pensée la révolta.

« Je ne veux pas finir ma vie comme Sisyphe, il subit l'absurdité ! » elle s'écria.

« C'est votre propre perception Issata, Camus lui donna un choix : —Se libérer de cette illusion que la pierre arriverait à rester en haut de la montagne ou d'accepter que la fonction d'un si gigantesque rocher mathématiquement parlant résidait à rouler vers le sol. Vous aussi Issata, vous pouvez choisir quoi faire dans ce moment absurde de votre vie. »

« Je veux juste comprendre ! »

« Bravo Issata ! »

« Bravo pourquoi ? Il n'y a rien de glorieux ! »

« Si, vous êtes révoltée, vous allez pouvoir donner un sens à votre révolte. »

Une série de sons provenant de l'iPhone d'Issata résonnèrent. Elle sortit son portable et vit une liste de courriels avec pour sujet : —*Merci Issata,* —*Rendez-nous Issata,* —*Je suis déçue.* —*C'est absurde !* —Cette fois-ci, son cœur fondit en larmes de reconnaissance. Quelqu'un trouvait que son renvoi était absurde.

« Vous voyez, votre vie a un sens Issata, » s'exclama B, quand elle lui montra les messages de ses voyageurs.

« Pas pour Voyage Europe, pas pour Agnès, pas pour Khrystian, mais pour toutes ces personnes que vous avez touchées, avec votre humanité. Voilà le but de votre vie. Toucher la vie des gens. Pour toucher la vie des gens, on a besoin d'expérience comme la vôtre. » Des larmes remplirent les yeux de B. « Votre vie a un sens pour moi, et elle prendra le sens nécessaire si vous lui donnez un sens. »

« Je ne sais plus, » elle bafouilla, la voix secouée de sanglots.

« Vous avez le bouddhisme, d'ailleurs il y a bien quelqu'un dans votre groupe qui peut vous guider ? »

« Tout le monde n'arrête pas de me poser cette question. Il y avait Agnès, » elle renifla « Mais notre relation se basait plus sur le social que l'aspect spirituel. »

« Il n'y a quand même, pas qu'elle ? »

« Non, il n'y a pas qu'elle. Mais pour être honnête, en ce moment, personne ne m'inspire à prendre mon téléphone et leur parler. »

« C'est énormément triste, j'ai visité leur site… J'ai cru comprendre que la SGI se déclarait comme étant le grand mouvement de paix qui ne laissait personne dans l'obscurité. Qui se préoccupait avant tout, du bien-être de leurs membres ? Surtout avec ce que vous traversez ? »

« Dr B, ne me méprenez pas, j'ai choisi le bouddhisme car c'est une philosophie qui donne un sens à ma vie. Enfin je croyais… » elle soupira. « Et la personne qui m'a initié à cette pratique, m'a dit clairement de suivre la loi, pas les gens et puis il y a Sensei, » elle poursuivit, pas convaincue.

« Il y a Sensei, » B répéta, « Et vous m'avez moi. »

Assises dans ce grand bureau, animées par la magie de ces enfants, sur la photo, qui auraient pu être les leurs, elles se regardèrent, complicité régnant dans leurs yeux. Ces deux femmes empruntèrent des chemins différents mais elles partageaient la même histoire, une histoire de femme tout simplement.

« Alors que dois-je faire ? » elle supplia.

« Je ne devrais pas vous donner de réponse, car c'est à vous de décider. Aujourd'hui je change les règles, Khrystian, Agnès, VoyE font partis de votre passé. Vous ne pouvez pas leur donner votre présent. »

« Mais comment ? »

« Vous avez besoin de vous reconstruire. »

« J'ai l'impression de n'avoir jamais était construite. »

« Alors on va le faire ensemble. Peut-être que ce serait le moment de rendre visite à votre mère, elle peut vous aider sans aucun doute. La famille reflète notre image de la société. »

« C'est trop me demander. »

« Est-elle au courant pour votre travail ? »

« Non, » elle coupa court.

B compatit à sa réponse par un petit sourire.

« Cela ne va pas être facile Issata, mais vous trouverez votre chemin. »

« Tout ce qui m'importe c'est d'arrêter de penser et de dormir. »

« Je peux vous prescrire des calmants pour dormir, en plus du lithium. Seulement pour une semaine. »

« Deux, s'il vous plait ! »

B exécuta son souhait.

Une douleur virulente, aux symptômes physiques et émotionnels, vibrait sous le rythme d'une trahison impensable. Dr Clark ramena l'option du traitement intraveineux, sur le tapis quand ils se rencontrèrent. Elle préféra attendre.

La sarcoïdose s'en réjouissait. Elle se propageait sur son corps, se glissant sous sa peau. Elle attaquait ses articulations. Elle tabassait son esprit et flirtait avec ses sentiments. Elle régnait de sa forme vicieuse. Notre amie, toute généreuse qu'on la reconnait, lui offrit son festin. Elle bouillait de colère, elle se sentait humiliée. Il ne lui restait plus que son âme blessée.

Jimmy l'appelait tous les jours. Il l'encourageait à avoir confiance. 'Je t'aime ma chérie,' il finissait toujours par dire.

Elle parlait à sa famille, à travers des textos. Elle se priva de leur dire qu'elle ne représentait plus l'image du salon. Elle augmenta les doses de lithium et réclamait plus de calmants à B car le sommeil la résistait. Évidement B hésitait. Mais elle préféra les lui prescrire plutôt que de pousser sa patiente à se servir sur le marché noir.

Ce manque de sens à sa vie peignait sa nouvelle réalité. Un quotidien d'une tristesse sublime, qui accommodait un vide émotionnel. Ce néant en elle, contenait une énergie envoûtante. Une constellation narcissique qui dissimulait une ombre, une silhouette à l'allure féminine. De lourdes pensées s'invitaient dans son cerveau reptilien. Elle ne sut les déchiffrer car les mots l'avaient désertés comme des traitres, des lâches. Elle se retrouvait pendant des heures, plantée devant une page blanche, paralysée de peur.

—Pourquoi fais-je donc l'objet d'un tel châtiment ? elle sanglotait. Même l'écriture, cet univers où je me sens en paix, où je possède la liberté d'assembler des lettres, des lettres qui forment des mots, des mots qui évoquent des sons, des sons qui expriment des sentiments, des sentiments qui réveillent des souvenirs, des souvenirs qui se partagent, qui donnent naissance à des expériences, des expériences qui offrent un sens à notre vie. Écrire, ce plaisir divin m'a délaissé. Et la criminelle vit en moi car ma vie se veut de n'avoir plus de sens.

La nuit s'annonçait comme la pire transition de son existence. La colère, cette femme des plaisirs nocturnes, déesse de toute âme blessée, entrait sur scène avec vigueur. Elle avait une copine, la sarcoidose. Assoiffée de sensations fortes, de ce besoin de résonner et de briller dans la chair du mal, ainsi elle entamait ses tirades sataniques. Sa seule audience se résumait à Issata, qui recevait ce privilège d'écouter ses monologues pervers. Terrorisée par cette fanfare qui battait son plein en elle, elle saignait d'agonie. Ses crises existentielles perçaient sa cervelle à coup de flèches empoisonnées. Elle crevait de hurler et de tout saccager autour d'elle. Mais à la vue de ces images ensanglantées qui animaient son tableau cérébral, un vrai champ de bataille à l'odeur d'une boucherie, la force de se défendre délaissa sa personne.

Et le bouddhisme dans tout ça ? Rien que regarder son butsudan lui brisait le cœur. Penser à son Gohonzon la répugnait et le son de daimoku l'aliénait.

Elle se sentit constamment poursuivie par ce mantra. Une mélodie en émergeait. Elle refusait de l'entendre ! —Laisse-moi tranquille, elle s'agitait ! —Ce son, c'est de la sorcellerie pour me contrôler, nous contrôler ! —Vous ne m'aurez pas ! Elle se cognait la tête contre la barre de son lit. Rien à faire, la voix persistait. Un jour, elle chopa un couteau, elle voulait trancher ce gossier dans sa tête. Elle voulait l'étouffer pour l'éternité. Prête à passer à l'acte, elle croisa son image dans le miroir. La violence de la scène la força à lâcher l'arme blanche. Effrayée par ce comportement rationnel, car il existait une rationalité logique de chercher à neutraliser une voix qui nous fait souffrir, elle cacha sa tête sous un coussin et pressa son crâne de toute sa puissance physique, jusqu'à ce que son cerveau s'épuisa.

—Il est préférable de laisser mon sanctuaire s'empoussiérer, elle en déduisit avec le temps. Elle espérait qu'à la vue d'un cimetière, la voix en elle, mourrait.

Elle assistait à son propre enterrement. Les fruits pourrissaient, la verdure s'asséchait. Des toiles d'araignées se construisaient autour de ce qui représentait le reflet de son état de vie. —Bon appétit, il lui arrivait même de plaisanter. Elle ne voulait plus rien avoir à faire avec la loi mystique.

Mais la voix vivait encore. Alors elle se laissa séduire par un désir violent d'arracher cet objet de vénération, de le déchirer en miette, non de l'incinérer. « *C'est ma propre vie à moi, Nichiren, qui devient l'encre sumi avec laquelle je calligraphie le Gohonzon. Vous devez donc croire en ce Gohonzon de tout votre cœur,* » elle récitait, —Et bien, va la semer ailleurs, je n'y crois pas ! Je n'y ai jamais cru !

Qu'as-tu vraiment prouvé ? Tu n'es pas le seul à avoir été persécuté ! —Jésus aussi fut attaqué et il a même réalisé des miracles. —Tiens, il transforma de l'eau en vin. Il rendit la vue à un aveugle. Alors que toi *Nich,* avoue, c'est du bidon ta philo. Ça fait vingt ans que je l'attends mon HP et voilà où j'en suis. —C'est terminé ! —Je n'en peux plus de cette vie. —Je ne veux plus transporter cette pierre sur mes épaules de femme comme Sisyphe. —Sisyphe, lui n'avait pas vraiment le choix ! Camus lui offrit ce choix !

« *C'est fini, c'est fini la comédie...* » Un matin, parmi un de ces milliers de matin où la nuit l'éreinta à se demander pourquoi, sur ce fameux tube de Dalida, elle s'avouait à elle-même qu'elle se trouvait dépassée par l'acte de vivre. Elle prit la décision que ça ne valait plus la peine. J'en reviens à Camus, car dans *le Mythe de Sisyphe*, il décrit que le moment de confession avec le soi, la vérité inévitable de s'admettre qu'à l'origine, vivre n'était pas facile, n'enclenchait pas automatiquement un désir d'en terminer avec la vie. Par contre, la monotonie, l'aspect dérisoire de cette course insensée, dans une société qui nous consume, qui nous emprisonne et trouble notre quotidien, est prône à répondre à une telle fatalité. Quelque part, on peut en conclure, que l'être humain pour en arriver à cette fatalité a entrepris sa part de travail. Il étudia sa propre condition humaine. S'il voulait demeurer en osmose avec son raisonnement, que si la vie ne représentait aucun sens, celle-ci ne valait donc plus la peine d'être vécue. C'est pourquoi la seule solution reposerait dans le suicide. Dans le cas d'Issata, elle s'en foutait. Elle avait arrêté de vivre. Elle se laissait vivre. Alors pourquoi attendre ? Et s'inspira du versé de Dalida : « *Le décor n'a pas changé et moi je n'ai plus rien à jouer…* » —Je veux une mort parfaite, une cérémonie romantique, dont tout le monde se souviendra.

—Bientôt je n'aurai plus à subir la vue de ce panorama hideux, elle commenta, une fois hors de son studio. Elle faisait allusion au bolide de Rajeev. Elle marcha jusqu'au caviste du coin et commanda six bouteilles de ce que vous savez, qu'elle fit délivrer chez elle.

—Plus que quelques heures, et ma souffrance disparaitra, chantonnaient dans son cœur. Elle marcha et marcha et marcha, empruntant des rues qu'elle connaissait si bien, des ruelles qui bientôt appartiendraient au passé de son passage sur cette terre. Flânant à son gré, ses sens interceptèrent une lumière rouge dans le ciel, dénonçant la couleur de l'automne qui s'annonçait. Dans sa stupeur, elle réalisa qu'elle se trouvait à l'entrée du parc. Elle trembla de honte. De grosses larmes commencèrent à bruler dans ses yeux :

—Pardonne moi Sayon, j'ai essayé !

Elle rebroussa chemin et rentra à Valley Park. Les bouteilles l'attendaient devant sa porte. Son champagne au frais, elle tira ses persiennes, et commanda son plat préféré. Assise sur son lit, une lucidité ineffable la propulsait, le genre de lucidité qui reflétait son choix solennel. Avant toute chose, tout acte de suicide, bien souvent, se justifie dans une lettre. Quoi leur dire ? —Je n'ai pas besoin de m'expliquer ! Ma vie m'appartient et j'en fais ce qu'il me plait. —Et Jimmy ? —J'en peux plus Jimmy, pardonne-moi ! —Maman, j'ai toujours représenté un fardeau pour elle de toute façon !

—Sophia, elle vit sa vie, avec ses enfants, et son mari.

—Et moi je n'ai rien. Je refuse d'atteindre mes quarante ans et de me retrouver sans rien. Alors, elle inscrivit sur une feuille blanche datée et signée :

La Vie d'Issata Shérif n'a pas de sens sur cette terre, alors, je pars. I.S.

Ses yeux lurent ces mots studieusement écrits de sa propre main, pensés par sa tête et dictés par son cœur, sans regret.

Son repas arriva. « Bon appétit » le livreur, lui souhaita. « Merci. » —Vous êtes la dernière personne à qui je parle, elle soupira quand elle ferma sa porte. Elle alluma trente-neuf bougies posées en cercle sur le sol. Elle saisit le tube de ses médicaments, en étala une poignée sur la table, fit sauter le bouchon de champagne : —Vous vouliez ma mort, je vous l'offre !

Bach ouvrit le bal et elle ingurgita quelques pilules avec sa boisson. Elle prévoyait d'avaler tout ce que son foie pourrait absorber. Elle but, mangea, et noya les pilules dans ce qui ressemblait à de la bouillie empoisonnée, dans son estomac. Et fuma. La fumée rendit l'atmosphère mystique. Elle entamait une deuxième bouteille. Son être se remplit de sensations fortes, sur la corde 'G'. Sensuelle, elle se déhanchait, les bras en l'air. Confiante sur ses jambes, elle implorait la sorcière africaine, gisant dans sa chair, à lui accorder son moment de transe. Lors de cette parade méditative, elle espérait recevoir la visite d'une âme masculine, qui l'accompagnerait sur le devant de la scène, cette immense galaxie appelée la vie. Les ancêtres ne répondirent pas à ses prières. Elle décida de prendre le rôle du mâle et lui attribua ses qualités féminines. La musique s'enchaina avec les paroles de Serge Gainsbourg, *Je suis venu te dire que je m'en vais.* La balade stimula ses mains à peloter ses seins au-dessus de son tee-shirt. —Moi aussi je pars. Excitée, elle le retira et révéla des tétons en érections, qu'elle souleva comme une offrande à un Dieu. Elle sentit une bouche s'en emparer et les sucer. Ivre de bonheur, elle glissa sa main dans sa culotte, recouverte par un de ces vieux caleçons du dimanche. Avec ses deux premiers doigts, elle caressa sa fleur noire, qui frémissait de plaisir sous ses attouchements passionnés. Serge grimpait en elle, au rythme de la même intensité que son désir de jouir. —Pas encore, elle eut le temps d'anticiper et retira ces amas de tissu qui empêchaient ces doigts fins de remplir leur devoir. —Après tout, là où je vais, je n'ai pas besoin de vêtements.

—Et puis à quoi sert tout ce matériel de toute façon ?

—Me cacher ? —Je ne veux plus me cacher ! Nue comme un ver, amaigrie par sa douleur existentielle, seule sa peau noire la distinguait d'un être humain et d'un squelette. Debout au milieu de la scène, les projecteurs dirigés vers elle, sa silhouette s'agrandissait dans la pénombre de la nuit. Elle glissa ses mêmes doigts dans sa fontaine africaine où sa source coulait à flot et se doigta, se tata, se massa jusqu'à ce que ses phalanges, si bien entraînées, lui arrachèrent ce cri d'extase. Tremblante de désir, elle pressa sa chatte, avec la paume de sa main.

La chaleur qui s'en émanait l'excita avec ferveur. D'ordinaire, elle se trouvait dans son lit ou sous la douche, lorsqu'elle se touchait et s'aidait de bases solides pour protéger son dos. Cela lui permettait de s'étirer et d'évacuer les résidus de l'orgasme, encore bloqués dans ses parties érogènes. Soupirant fortement, elle ressentit une sensation intense, qui cherchait à se libérer. Son œil gauche rencontra la porte d'entrée, celui de droite, son lit. Sans savoir comment, son dos atterrit sur son matelas et elle se masturba avec ardeur, contractant ses muscles pubiens jusqu'à ce qu'une deuxième éjaculation jaillisse de sa chair. Elle poussa un hurlement, aussi criard que ces sirènes déclenchées qui annoncent une urgence. —Qui osa dire qu'une femme avait besoin d'un homme pour jouir ? Allongée sur son lit, complètement émue par ces deux explosions orgasmiques, ses paupières se firent lourdes et elle se sentit partir, lorsque —*Mourir sur scène,* de Dalida s'éleva dans la pièce. Son moment se présentait.

—Je n'ai plus rien à faire ici, mais pas comme ça ! Elle trotta vers le frigo car sa mort en dépendait. La troisième bouteille en mains, elle fit sauter le barbelé. Le bouchon en liège vola dans la pièce. La bouche ouverte, elle s'aspergea du liquide doré et s'offrit une douche alcoolisée. De sa main gauche, elle se caressait les seins, le ventre. Elle joua avec ses poils pubiens et massait le mont qui couvrait son clitoris. Avec sa langue, elle se léchait les babines.

—Je pars, sa bouche émit ! —Finalement je pars, je ne reviens plus, elle ricanait sauvagement. Le liquide de la troisième bouteille épuisé, elle titubait et anticipait l'éclatement de son cerveau, lorsque les bouts de sa cervelle se réduiraient en purée sanglante, l'extinction de son esprit, qui marquerait la fin officielle de ses pensées. Ses œillades peinaient à rester ouvertes. Elle ne tenait plus debout.

—Non, c'est moi qui décide ! Toute ma vie, j'ai obéi. Aujourd'hui, je choisis quand et comment je pars !

Sa vue étirée par la douleur, elle s'affala dans le frigo et prit la quatrième bouteille. Celui-ci était resté grand ouvert. D'un sourire niais, elle rassembla le peu de force qui lui restait et réussit à déboucher le vin mousseux. Son exploit périlleux, lui fit perdre l'équilibre. Elle tomba par terre, le champagne giclant partout. Les lumières des bougies attirèrent son attention. Elle rampa vers les lueurs étincelantes, la bouteille toujours en main. Quelque chose brûla sa peau. Ce fut rapide. Elle prit place sur la scène illuminée. Allongée sur le sol, —Vraiment ? Cette interrogation l'interpella, comme une hésitation. —Tu ne veux plus partir c'est ça ? —Si, une voix paniquée défendit. Cette défense stimula sa prise de conscience, ce pourquoi, sa vie n'avait plus de sens. Une bouffée de chaleur l'envahit. Issata se sentit en pleine harmonie avec son départ. —Je veux lui parler d'abord. Un effort surhumain, l'incita à se mettre à genoux. —Maîtresse des ténèbres, elle commença, respirant gravement. —Je fais appel à vous, car je n'ai plus que vous. Ses yeux brillaient d'espoir, la luminescence de la liberté. Ses seins pointaient avec fierté sur sa poitrine. Elle donnait l'allure d'une statue en pierre, couleur ébène, taillée dès sa création dans la plus grande des souffrances. Trente-neuf ans de coups brutaux, de ponçage et de traitements injustes, qui soudoyaient ses illusions infantiles. Trente-neuf ans sans répit, trente- neuf années pendant lesquelles elle voulut y croire. Cette âme africaine ne voulait plus se faire façonner par la vie. Elle menait la Vie en justice. Elle lui attentait son propre procès, basée sur ses propres lois.

—C'est la deuxième fois que l'on se rencontre.

—La première fois, la *Vie* votre plus grande rivale vous défia à votre propre jeu. Elle m'arracha à vous. Regardez où j'en suis ! Elle me rendit malade, et planta la graine de la colère dans mon cœur. À petit feu, ce poison me tue ! Plus mon esprit souffre et plus mon corps en subit les conséquences.

—Pendant des mois, vous me suiviez. Je sentais votre présence et dans la plus grande détresse je vous attendais.

—Ce soir, je suis prête ! Sa main atteignit, le tube de pilules. Elle balança tout dans sa bouche, porta le champagne, à ses lèvres et se laissa glisser au milieu des lumières qu'elle rechercha toute sa vie, cette lumière d'exister, cette lumière d'être aimée.

Un homme attendait assis tristement dans une pièce, le visage rongé par l'angoisse. Il espérait que ce drame irréel auquel il assistait depuis quelques jours, se terminerait bientôt. Et que cette femme aux yeux clos dont la peau marron foncé, qui jadis inspirait ces pépites noires et robustes que l'on déguste dans un café velouté, ouvrirait les yeux et retrouverait cette saveur pour la vie, qu'elle offrait si généreusement. Cet homme vous le connaissez déjà et cette femme aussi. Un tube d'oxygène inséré dans ses narines, une perfusion attachée à son bras droit, et des machines qui clignotaient dans tous les sens, elle se retrouvait à nouveau entre la vie et la mort. Le savait-elle ? Son cœur battait normalement. Comment atterrit-elle à l'hôpital ?

B, qui attendait Issata à son cabinet, la contacta le lendemain à plusieurs reprises et sans réponses. Deux jours passèrent, Jimmy qui lui parlait tous les jours ne recevait aucune réponse à ses appels et messages écrits. Soucieux et craignant le pire, il demanda la permission à son patron de rentrer sur Londres. Il voyagea le 12 Septembre précisément. Arrivé devant sa maison, il remarqua les stores baissés. Ayant la clé, il s'introduisit dans l'appartement d'Issata. Une odeur de fumée, mélangée à une odeur de peau pourrie accueillit ses narines.

« Qu'est-ce que c'est que ça ? » Il avança dans la pièce et remarqua le plateau de sushi rempli de petits vers blancs qui visitent les poubelles durant ces chaleurs d'été. Horrifié, il portait la main à son nez et la vit écroulée par terre, dans ce cercueil de bougies éteintes. Des cendres de cigarette gisaient à ses côtés avec les bouteilles vides et brisées. Elle jonchait là sur le sol, dénuée de vie, les cachets éparpillés autour de sa bouche.

« Non, tu n'as pas fait ça, » il s'écria et composa le 999.

« Oui, quelle est urgence ? » une voix féminine demanda.

Il expliqua les faits. « Je vous envoie du secours ! » la femme répondit. Il raccrocha et éclata en sanglots. Son âme criait de rage et de culpabilité. —J'aurais dû anticiper ça ! Il regarda ce corps fragile, effrayé de la toucher, par crainte qu'elle ne se transforma en poussière devant ses yeux. Torturé de remords, il se précipita vers la salle de bain et chopa son peignoir. Lorsqu'il la couvrit, ses yeux se posèrent sur son autel bouddhiste. Il vit la note d'adieu. Au même moment l'ambulance arriva. Il fourra la lettre dans sa poche. Un ambulancier prit son poult.

« Elle est en vie ! » il confirma.

« Va-t-elle s'en sortir ? » Jimmy supplia.

« Nous allons tout faire pour l'aider. »

Rapidement, les soignants présents, la placèrent sur un brancard. Une fois dehors, Jimmy reconnut Rajeev qui l'arrêta. « Que lui arrive-t-il ? » il demanda, sincèrement inquiet. Jimmy hésita à répondre, se rappelant, leurs différends. « Juste un malaise, » il réussit à formuler, et se précipita vers l'ambulance.

« Je vais prier pour elle. » Rajeev regarda le véhicule s'en aller.

Assis avec elle, Jimmy n'arrivait pas à croire, que son amie avait perdu l'espoir. —Pourquoi ne m'as-tu pas parler ? Il lui demanda silencieusement. Elle atterrit en salle d'opération. On lui lava l'estomac. Vingt pilules, ils réussirent à soutirer de cette nuit-là. Le reste dormait encore sur le sol de son studio.

Un petit hématome mais sans risque fut détecté dans son cerveau. C'est ainsi qu'il rencontra D. Garrison.

« Pourquoi votre amie a essayé de se suicider ? » il voulut savoir. Jimmy lui expliqua qu'elle souffrait d'une maladie chronique, perdit son travail, souffrait de dépression, et qu'elle venait d'être trahie par son amie. Il lui donna le nom de B, et Dr Clark.

« Votre amie a eu de la chance, grâce à vous, il lui suffisait de peu. Espérons qu'elle se réveille bientôt pour saisir sa chance. »

« Elle va vraiment s'en sortir ? »

« Il faut avoir confiance. »

Jimmy quitta l'hôpital dévasté. —Et sa famille ? Comment vais-je leur annoncer une telle nouvelle ? Il relut à maintes reprises les mots d'Issata, une fois chez lui. Il s'imprégna de cette douleur universelle qui assaille le cœur d'un homme quand la lumière de l'espoir s'est estompée.

—L'espoir il soupira, perdre l'espoir est la pire des souffrances que l'être humain puisse subir ! —Issata, tu as dû tellement souffrir pour en arriver à ce point, il sanglota dépassé.

Maintenant demandons-nous comment reconquérir cette flamme, cette scintille qui nous encourage à y croire ? Pour raviver un feu, on rajouterait du bois ou des matériaux inflammables. Mais en ce qui concerne le cœur humain, comment réchauffer cet organe vital ?

Jimmy lui, pleura dans le noir. Il implorait toutes les forces de l'univers. Il ne pratiquait aucune religion, mais restait ouvert à l'idée qu'un pouvoir spirituel gouvernait la vie. Debout sur son balcon, les yeux rivés vers le ciel, il l'interpella : Dieu, Allah, Bouddha, ciel, étoile filante, pierre, enfin quelqu'un, je vous en prie, aidez-là à se réveiller ! C'est une battante ! Elle doit vivre !

Il décida de protéger sa famille et de garder le secret de son amie. Il prenait un risque énorme et en acceptait les responsabilités. Pour combien de temps ?

Sept jours plus tard, Issata se trouvait toujours à l'intersection de sa route éternelle. Jimmy passait ses journées avec elle et lui apporta même son *omamori* Gohonzon et sa trousse bouddhiste qui contenait son chapelet et son livret de prières. — Lorsqu'elle se réveillera, elle pourra prier, il voulut croire. Garrison l'encouragea à lui parler autant qu'il pouvait, que le son de la voix aidait à stimuler la mémoire sensorielle. C'est ce qu'il s'efforça de faire. Il lui parla de leur première rencontre, de ce coup de foudre qu'il n'avait jamais vécu auparavant, même avec ses prétendants. Il lui évoqua leur voyage à Barcelone où chaque nuit pendant une semaine, il s'amourachait d'un Dieu Espagnol. Les folles nuits arrosées de champagne et de pilules illégales, où ils se juraient que plus jamais. Arrivait le weekend, ils retournaient en enfer. En dépit de tous les souvenirs précieux qu'il lui racontait, ses yeux restaient fermés. Alors il passa de la musique, lui jouant les classiques de la chanson française. — *L'hymne à l'amour*, d'Edith Piaf, *L'aigle Noir* de Barbara, *La Montagne est belle*, de Ferrat et même *La Marseillaise.* Rien ne marchait, qu'il commençait à se demander s'il n'était pas plus préférable qu'il contacta sa famille. —Après tout, la voix d'une mère représente tellement de choses ; elle forme le lien entre le monde interne et externe. —C'est ce que tu veux Issata ? Il touchait ses doigts. —Où es-tu ? Si tu m'entends, reviens, s'il te plait. Il n'y a que toi qui puisses prendre cette décision maintenant.

— Issata je t'attends. Les yeux remplis de larmes, il épiait son visage et anticipait ce moment quand ses paupières s'agiteraient, ses narines s'ouvriraient et son regard feutré le dévisagerait. —Pense à tout ce champagne que nous avons encore à déguster. —D'ailleurs, deux bouteilles reposent dans ton frigo, il lui rappela.

Et si je te les apportais ? —Je pense même que c'est du champagne qu'ils devraient injecter dans ton sang, il sourit tendrement. À cet instant, une énergie étrange enveloppa la pièce. Jimmy la fixa et crut voir ses doigts bouger légèrement. —Je rêve, il murmura ressentant un chatouillement, remonter le long de ses bras.

« Issata, » il chuchota. Ses paupières tremblèrent et il pressentit ses yeux rouler à l'intérieur. « Tu m'entends ? » Elle battit des cils et ses paupières s'entrouvrirent. Un voile clair flottait devant elle. Elle reconnut un air familier.

« Issata tu es en vie ! » il s'écria et serra sa main avec les siennes. Leurs yeux restèrent fixés l'un sur l'autre. Elle cherchait à se souvenir. Ses sourcils, son regard clair et généreux, l'interpellaient. « Jimmy ? » elle prononça.

« Issata, » il éclata en sanglots et sonna l'alarme.

« Où suis-je ? »

« À l'hôpital. » il maintenait ses mains, des fois qu'elle disparaisse.

« À l'hôpital ? »

« Ma chérie, tu as fait une overdose, mais ça va aller ! »
Elle écarquilla les yeux, vit des cachets blancs et bleus. Elle était nue. La lumière brillait, puis plus rien. Les larmes roulèrent sur ses joues creusées par la détresse.

« Je te demande pardon ! » Tremblante, sa voix s'éleva comme si elle réalisait son acte.

« Issata, je suis tellement heureux ! »

« Qu'est-ce qui se passe ? » Une infirmière déboula dans la chambre.

« Elle est en vie ! » Jimmy pleura de plus belle, car une autre personne était témoin du réveil d'Issata.

« J'informe le docteur de tout suite ! »

« C'est un miracle ! » Garrison déclara quand il les rejoignit. Il se présenta et lui demanda si elle connaissait son nom.

« Issata Shérif. »

« Madame Shérif, comment vous sentez-vous ? »

« Je ne sais pas, »

« Vous savez pourquoi vous êtes là ? »

« Je lui ai dit, » intervint Jimmy.

« Êtes-vous consciente de votre geste ? » Elle le regarda sans rien dire.

« Ne vous inquiétez pas. »

« Ça fait combien de temps que je suis ici ? » Ce besoin de savoir émergea.

« Une semaine. »

« Quel jour sommes-nous alors ? »

« Lundi 19 septembre, » Jimmy répondit.

« Ça voudrait dire que je suis à l'hôpital depuis le 12 ? »

« Oui, » confirma Garrison.

—Et cela me rappelle que je dois vous expliquer la signification de ce chiffre pour l'avoir mentionné.

Vous l'aurez deviné, le 12 Septembre est associé à un moment important dans la vie de Nichiren. En 1271 précisément, en ce jour même il démontra la validité de son enseignement. Il devenait clair que pour l'époque, Nichiren, avec ses grandes théories de compassion, de bien-être, l'égalité pour tous, a fortiori les femmes et que tout être humain mérite le respect le plus profond, ne s'entoura pas de beaucoup d'amis, surtout du côté du gouvernement.

Celui-ci se présentait comme l'agitateur qui sabotait tous leurs plans politiques. Alors il fallait qu'il passe à la guillotine. Et ce fameux 12 Septembre 1271, l'exécution fut ordonnée. Mais savez-vous quoi, le moment venu, lorsque l'exécuteur s'apprêtait à lui trancher la tête, une commette traversa le ciel. Effrayé, le gros nigaud s'enfuit. Du point de vue de Nichiren et de sa philosophie, la loi mystique, il démontra à quel point, de par sa conviction en ce que qu'il propageait, que sa vie vibrait en rythme avec l'univers. Cette expérience s'intitule dans ses écrits « La Persécution de Tatsunokuchi. » Dans une autre lettre appelée 'L'ouverture des yeux' il exprime : « *Le douzième jour du neuvième mois de l'année [1271] entre les heures du rat et du boeuf, [11h du soir et 3h du matin.], cette personne nommée Nichiren a été décapité. C'est son âme qui est venu sur l'ile de Sado.* »

—C'est vrai que personne ne pouvait tuer Nichiren, elle contempla et moi je vis encore. Voilà l'histoire derrière le 12 Septembre. Cette même date, 743 ans plus tard, remettait en cause la destinée, d'Issata.

« Je vais vous observer rapidement et on organisera des tests sanguins et cérébraux, dans les jours à venir. » Elle secoua la tête affirmative et le laissa faire.

« Rien à déclarer, vous êtes bien en vie, » affirma Garrison, après avoir vérifié sa coordination physique et ses réflexes.

—Je suis bien en vie, elle se répéta.

« J'en informe Dr Bénédicte et Dr Clark. Ils seront ravis. »

« B, Dr Clark, » elle prononça. Leurs noms lui évoquèrent la réalité de son quotidien, dont elle essaya de se libérer. Les rendez-vous médicaux, les milliers de pilules à chaque repas, sans oublier la chimio, les douleurs physiques et émotionnelles ainsi que les crises d'épilepsie qui contrôlent sa vie. Un poids lourd pesait en elle. —Je ne peux pas revivre ça, elle soupira. Garrison les quitta. Seuls dans la chambre, Jimmy s'assit auprès d'elle.

« Tu m'as tellement manqué ! »

« Qui m'a trouvée ? » elle connaissait déjà la réponse.

« C'est moi ! »

« Je sais, » un air coupable se dessina sur ses lèvres.

« Tu ne peux pas savoir ce que j'ai ressenti, lorsque je t'ai vu recroquevillée sur ton parquet. Le monde s'arrêta. Pourquoi ? j'essayais de comprendre. Je me suis senti si responsable et si impuissant. »

—Pourquoi ? Moi aussi je me suis posée cette question à plusieurs occasions. « Je ne sais pas, » elle murmura.

Les yeux de Jimmy s'humidifièrent. Il avait attendu ce moment. Aujourd'hui ses prières furent exaucées.

« Fallait juste que je le fasse, que je vive cette peine, cette souffrance, que je m'en imprègne. Il y avait comme une nécessité vitale pour moi de ressentir ce que perdre l'espoir signifiait. Jimmy ça fait mal, ça fait tellement mal que le corps saigne de douleur inexplicable, » elle sanglota.

« Je sais, ça fait mal ! Moi aussi je perdais espoir. Pour la deuxième fois, j'ai eu peur de te perdre. Issata, j'ai prié ! J'ai prié comme jamais et te voilà réveillée. »

*Peut-être que c'est ça la réponse pour retrouver l'espoir :
—Prier ! j'en ai conclu, grâce à Jimmy. Le fait que l'on*

puisse prier, ouvrir son cœur et exprimer clairement nos désirs, dénote qu'une pointe d'espoir existe encore. Et c'est l'étincelle de la prière qui ravive les braises du cœur. L'espoir naît de la prière.

« Mais dis-moi qu'est-ce qui a déclenché ton réveil ? »

« J'ai entendu ta voix. »

« T'es sérieuse ? »

Elle secoua la tête.

« Quoi d'autre ? »

« Uniquement ta voix. Elle m'évoqua une image, celle de ton visage. »

« Donc tu m'as entendu ? Tu m'as entendu quand j'ai parlé du champagne ? »

« Oui. »

« C'est à ce moment-là que tu as ouvert les yeux. »

« Vraiment ? » Son sourire trouva sa place, sur un visage longtemps éteint. « J'étais attirée par ta voix. Je cherchais d'où elle venait. »

Ému du lien qui les rapprochait, il la regarda pendant quelques secondes : « Je n'ai pas informé ta famille, » il confessa.

« Maman, Sophia, » elle pleura. « Jimmy, ça aurait tué Maman ! »

« Tu vois, tu as gagné ! Tu ne peux pas abandonner ! Pense à toutes ces femmes qui comme toi souffre de solitude. Pense à comment tu vas pouvoir les inspirer. »

« Jimmy, je sens nue, » elle redoubla ses larmes.

« Je t'ai déjà vu nue ma chérie. Tu n'as rien à craindre. Maintenant tu as juste à choisir l'étoffe parfaite pour habiller ta propre vie. » Il tira du tiroir de la commode, son petit sac de prière. « Je prierai avec toi si tu veux. »

« Je ne veux plus danser toute seule à travers la vie. »

« Ton conte de fée se réalisera. Dans toute histoire féerique, il existe toujours des vilains. »

« C'est vrai ! Les vilains ont leur propre fonction, » elle renchérit.

« Je dois partir maintenant, je reviens demain avec des vêtements propres. »

Seule dans la pièce, elle ne pouvait éviter sa trousse bouddhiste. Elle ressentit une résistance infernale battre au rythme de son anxiété. L'idée d'articuler ces mots, qui l'avaient trahi, lui semblait impossible. Il lui suffisait d'un seul geste, pour briser son mini Gohonzon. Ainsi, elle n'entendrait plus parler de la loi mystique et la SGI. Mais elle ne pouvait ignorer le 12 Septembre, une réalité mystique ! Le cœur tremblant, elle sortit cette petite boîte blanche et plate de sa pochette. Elle regarda cette petite chose qui contenait l'immensité de l'univers, selon Nichiren et l'ouvrit. À la vue des caractères, elle fut secouée par un choc électrique. Ses lèvres bougèrent spontanément, une force jaillit en elle. Et cette mélodie qu'elle refusait d'entendre, vibrait au timbre de son mantra. Guidée par l'harmonie de sa voix, elle laissa couler ses larmes. « Je suis en vie ! » son cœur criait.

« Nouveau départ Issata ! »

« Nouveau départ Jimmy ! »

Ils levèrent leurs verres dix jours plus tard, assis à la Terrace de Harvey Nichols.

Jimmy l'avait récupérée et organisé une séance beauté, sur Covent Garden. En une heure, Issata se révéla une nouvelle femme. La maman africaine dont les cheveux crépus abandonnèrent le peigne afro, retrouva sa coiffure de Dee-Dee Bridgewater.

Elle ne reconnut pas chez elle, lorsqu'elle franchit le seuil de son studio. Jimmy avait tout récuré, changé ses draps et même fait sa lessive.

Elle s'agenouilla devant son Gohonzon. —Loi mystique, c'est entre toi et moi maintenant et elle émit *sansho*. À l'annonce de ces mots précieux, son téléphone vibra : « *J'ai entendu dire que vous avez fait un malaise, j'espère que vous vous portez mieux. Amicalement votre Rajeev,* » elle lut. J'espère qu'il ne m'a pas vue ! Son cœur battit rapidement, frôlant l'angoisse.

« *Tout va bien merci.* » elle répondit. Non ça n'allait pas.

—Que voulez-vous de moi ?

Petit à petit, elle reprit ses activités journalières. Avant toute chose, elle retrouva sa joie d'écrire. Le mot espoir lui parlait différemment. Elle remplissait des pages et des pages du mot ESPOIR en lettre capitale dans son carnet de notes et imagina l'essence de ce mot s'injecter dans ses veines. Son cœur se devait de réverbérer au rythme de l'espoir.

—L'espoir, elle répétait, l'espoir représente le remède de l'humanité. —L'espoir c'est la devise essentielle que nous êtres humains, nous nous devons de partager. —Pas que la révolte M. Camus ! Où peut-être que la révolte nourrit ce sentiment d'espoir ? elle analysait.

C'est alors, que le décès de ce philosophe vint illuminer son observation. Même la mort de Camus repose sur un très grand mystère. Celui-ci mourut suite à un tragique accident de voiture. —C'est quand même incroyable, elle m'expliqua que cet homme légendaire, qui a reçu le Prix Nobel, qui se pencha de si près sur le thème du suicide, choisit de voyager avec le fils de son éditeur, reconnu pour ce fou furieux de la vitesse sur la route. C'était comme si d'une certaine façon, en flirtant avec la mort, il cherchait à se tuer. Comme quoi, il démontra de par sa négligence, l'absurdité de sa vie à travers sa propre mort. Quand j'entendis sa théorie, je compris clairement que, ce qui me toucha chez cette jeune femme, se démontrait dans son désir à éclairer la vérité ! C'était sans doute ce même désir, à trouver des réponses à sa maladie qui la sauva de l'enfer. Son désir de comprendre s'annonçait bien plus déterminer que son désir de mourir.

La notion d'espoir lui permit de reconnaitre qu'il existait en elle, une séparation entre son entité et le monde qui l'entourait. La plupart de ses connaissances vivaient leur vie de parents, et appartenaient au monde du travail qui l'avait abandonné.

« Je n'ai que Jimmy, » elle confia à B.

« Et si vous adhériez le *Sarcoidosis Society Group* ? Vous pourriez rencontrer des gens qui partagent votre expérience ? » Deux ans qu'elle vivait avec la maladie, et cette idée ne lui traversa jamais l'esprit.

« C'est vrai. »

« C'est peut-être cela votre prochaine mission ? »

« Pourquoi pas ! »

« En tout cas, vous faites des progrès ! Et, votre colère ? »

« Ma colère ? » elle répéta, « Elle fait partie de moi. »

« Vous la confronterez lorsque vous serez prête. Maintenant je pense qu'il faudrait réduire la dose de lithium, en conjonction avec un autre calmant. »

« Je vous fais confiance B. »

Gary Grant ? Il ne lui laissa pas le choix quand il la rencontra dans sa clinique. « Miss Shérif, votre cas n'est pas facile, je vous encourage sérieusement à commencer le traitement intraveineux, surtout avec tout ce que vous venez de traverser. » Il la suppliait de par son regard doux et attentionné. Elle entendit la sévérité bienveillante dans sa voix, la voix d'un docteur dévoué à aider sa patiente.

Si vous le dîtes, Gary, elle s'entretint avec elle-même avant de reconnaitre un : « D'accord. »

—En octobre1994, j'ai adhéré au Bouddhisme, elle inscrivit dans son journal intime. 2014, vingt ans plus tard, je reçois le dernier courrier de VoyE, me confirmant que je ne faisais plus partie de leur grande famille. —Voilà ce que représente mes vingt ans de pratique ! —*Je suis malade, complètement malade, dirait Serge Lama.* —J'ai tenté de mettre fin à ma vie, je suis seule, chômeuse et coincée dans ce lieu sordide. —Tous les piliers de ma vie se sont effondrés. —Et ces hommes, Mr Smith, Khrystian, ils riment à quoi ? —Où est l'illumination ? Pourquoi j'attire ça dans ma vie ? —C'est exactement ça, je les ai invités dans ma vie. Cette constatation la choqua. Car elle se sentait prête à accepter sa part de responsabilité, en relation avec sa souffrance. Avec grande sincérité, elle pria. —Dan, illustrait le pouvoir, il me faisait rêver et j'avais envie d'y croire, elle analysa.

—Khrystian, il combla le vide ! Ok, il me faisait jouir ! — Et puis j'avais une histoire. —Oui, mais cela n'explique pas pourquoi j'ai croisé leurs chemins.

Elle méditait pendant des heures, comme elle s'y fut habituée, mais aucune réponse ne se prononça, aucun signe qui l'aiguillerait à comprendre.

—Peut-être que tout bêtement, il n'y a rien à comprendre.

—De toute façon dans les deux cas, j'en ai souffert, un jour, elle analysait. Dans cette seconde, le mot souffrance se révéla dans sa forme la plus concrète qu'il puisse se définir.

—C'est exactement cela ! Avec Dan, l'avocat prestigieux

qui représentait mon idéal, j'ai souffert de désespoir, et mon bien-être s'est dégradé. — Pareillement avec Khrystian, le chômeur qui m'a retourné dans tous les sens, j'ai plongé dans une dépression mortelle. —Rien à voir avec eux ! Ils continuent à vivre leur vie. —Alors que moi j'ai sombré ! C'est moi le maillon faible ! C'est moi qui dois changer ! Elle venait de réaliser, bien que ces deux hommes incarnassent des personnages complètement différents, la nature de sa propre attirance envers eux, la mena à la même souffrance : —L'abandon. S'ils s'étaient tous deux présentés dans le rôle de l'homme prestigieux, ou celui du galérien, elle n'aurait jamais identifié sa part de responsabilité.

— C'est la raison pour laquelle j'ai fait une rechute, quand je pensais être prête à reprendre le travail, elle comprit le lien, clairement. —Pour que Khrystian entre dans ma vie et que je puisse faire lueur sur ma propre insécurité. Les larmes brillèrent dans ses yeux. —C'est moi seule qui doit respecter ma vie ! —Le HP existe et c'est à moi de le définir.

—40 ans, une petite voix lui souffla.

Issata ouvrit les yeux le 13 Décembre, rayonnante de reconnaissance. Elle venait de cloître la trentième décennie de sa vie, fière d'avoir expérimenté ce grand mal, auquel beaucoup d'hommes et des femmes succombèrent. Les messages l'attendaient déjà. Beaucoup provenaient de ses anciens collègues. Et elle entendit : —*Mesdames et Messieurs, bienvenue à Paris, l'ensemble de l'équipage vous remercie d'avoir choisi Voyage Europe. Nous sommes dans l'impatience de vous accueillir à nouveau.'* Issata de sourire, —Non, vous n'allez pas me revoir ! J'ai atterri avec grande difficulté, mais je suis arrivée. Je ne sais pas où je vais, mais je ne prendrai plus ce train !

Naturellement, un sentiment de révolte s'éveilla en elle. Ainsi comprit-elle le message de Camus dans *l'Homme Révolté.*

Dans cet essai, il y dénonce une révolte métaphysique qui de par sa philosophie de vie, lui semblait nécessaire à donner du sens à l'existence humaine. Il nous faut juste étudier l'origine de toutes révolutions. Comment elles débutèrent ? Les gens crevaient de colère. Ils devaient la dénoncer. Tous ces grands révolutionnaires utilisèrent leur révolte comme catalyseur afin d'élever la condition humaine.

—Ça a du sens ! —Nichiren lui-même utilisa sa révolte pour apporter un sens à sa mission. —Pourquoi les enseignements bouddhiques cessèrent de guider l'humanité vers le bonheur ? Il y avait un besoin urgent de comprendre et de ce besoin, naquit son propre désir d'y apporter sa réponse personnelle. Il légua le Gohonzon, imprimé de son expérience de vie.

—Cette dépression s'avéra nécessaire, émue, elle s'avoua. Cette crise existentielle m'a permis d'exprimer la femme en moi, celle que j'ai longtemps réprimée. —Alors, je suis une femme révoltée, elle déclara, pleurant de joie !

Il n'existait qu'un seul endroit où elle se voulait d'explorer la nouvelle Issata.

Un ciel nuageux la guida vers le parc. Elle frémissait de plaisir. Plus encore, elle transportait une bouteille avec elle. « Sayon ! » Elle l'approcha et lui serra le tronc.

« J'ai 40 ans aujourd'hui. Je suis en vie ! Ça se fête ! » Elle fit sauter le bouchon et mena la bouteille à sa bouche.

« Merci Sayon ! » L'effervescence des bulles agirent en conséquence sur sa personne. Elle se mit à valser, gardant une main sur son écorce. « Bois avec moi ! » elle proposa et versa quelques gouttes sur le sol sec. Elle visait ses racines. Dans sa danse effrénée, elle sentit la terre vibrer sous ses pieds. Ses yeux regardèrent par terre. Elle vit la nature bouger. Son ouïe perçut le son de petites clochettes sonner dans l'air. Son regard se balada dans les alentours du parc. Le son grimpa en crescendo. La musique continua sur une polyrythmique très distincte ; le rythme de la musique africaine. Et de ses lèvres glissèrent :

—Nam-myoho-rengekyo, dadadadouidada, dada, Nam-myoho-renge-kyo, dadadadouidada, dada, Nam-myoho-renge-kyo, dadadadouidada, dadouidada…Émerveillée, elle observa Sayon et continua de chanter son mantra. Elle entendit des tambours, des timbales, du saxophone. Cela ressemblait à l'ouverture d'une marche cérémoniale. La fanfare s'intensifia dans l'espace infini du parc. Elle lâcha son amie pour capturer la mouvance de la nature. Les feuilles avaient tourné au ton marron, aubergine, orange, jaune, cette saison romantique, qui décrit l'automne. L'hiver préparait son entrée. Elle sentait son parfum glacé flotter dans l'air. Captivée par le spectacle, elle se demanda : —Je rêve ou quoi ? Un vent froid fouetta son visage. Elle ne rêvait pas. Le vent commença à souffler très fort. Il prenait le rôle d'un Chef d'orchestre. Ce gaz naturel l'encouragea à chanter avec confiance. Elle énonça son mantra, d'une voix suave et authentique. Celle-ci se mélangeait en parfaite harmonie, avec les instruments imaginaires. Sa voix s'éleva vers le ciel et parcourut le cosmos. Chantonnant à tue-tête, elle agita ses mains dans l'air. Une force la souleva. Elle leva les yeux. Le soleil perçait un énorme nuage. En une seconde, une couverture bleue couvrait le ciel. Un ruisseau ruissela dans le passage fin, d'entre ses pupilles et paupières du bas. Ébranlée de sensations fortes, elle chopa son iPhone et immortalisa cette image précieuse, avec sa mélodie comme fond sonore. —Je ne serai jamais musicienne, mais je suis une femme révoltée ! Je vivrai pour cette révolte en moi.

—C'est donc ça, transformer le poison en remède ! s'ensuivit dans son esprit. « *Transformer le poison en remède, signifie que même le plus grand mal, peut devenir notre plus grand bien. Cela ne veut pas dire retourner à la case de départ, mais de sincèrement apprécier l'expérience qui à la base, détenait ce goût de poison* » explique Daisaku Ikéda.

« À tes quarante ans ! » lui souhaita Jimmy, dans la soirée. Elle le retrouva chez Zuma, un restaurant Japonais très coté à Knightsbridge.

« J'ai pensé que ça pourrait t'inspirer à révéler la princesse qui dort en toi. » Il lui offrit toute la collection de Disney.

« Mon Jimmy, pourquoi ne serais-tu pas mon prince ? » Elle se colla contre lui. « C'est contre la loi de la nature homosexuelle, ma chérie ! » Ils éclatèrent de rire.

Noël, elle annonça son licenciement à sa famille. La nouvelle les choqua tous. Maman et Antoine annoncèrent qu'ils partaient pour la retraite en Mars 2015. Par la même occasion, sa mère expliqua, qu'elle ne souhaitait plus passer le réveillon en famille.

« Ça me fatigue de toujours monter à Paris ! » elle défendit. Son commentaire blessa Issata. —Moi je suis toute seule sur Londres. Je voulais en finir avec la vie, c'est tout ce que tu trouves à dire ? Toi ma mère ? Elle ne dénonça pas pensée. D'ailleurs personne ne releva sa remarque. C'était Maman.

« C'est l'heure de la pause déjeuner maintenant, » Je m'arrêtai, regardant les filles. « Je n'ai pas faim Lady Kondo » Bintou aux cheveux lisses, s'exclama. « Moi non plus, » d'autres voix s'élevèrent en unisson.

« Mesdemoiselles, vous avez entendu beaucoup de choses. Prenons le temps ensemble de digérer ce que nous venons d'apprendre. »

« Mais elle voulait vraiment mourir ? Je suis contente qu'elle ne soit pas morte. » une voix interpella.

« Qu'elle est ton nom ? »

« *Aminata* » *J'observai ce visage dont des tresses collées ornaient sa tête. « Quelquefois la vie teste nos limites et elle s'en est sortie. Moi aussi je suis heureuse, car je n'aurais jamais pu partager son histoire avec vous. Allons manger maintenant. Nous aurons le temps pour plus de questions plus tard. » On sortit de la salle dans un brouhaha, direction la cantine où le festin de mes parents nous attendait : Le riz Wolof avec du poisson frit.*

Moussa me rejoignit pour le déjeuner. Nous entendîmes les filles parler entre elles. « Le seul homme avec qui je coucherais c'est mon mari. » « Et si tu ne trouves pas de mari ? » Nos regards se croisèrent avec Moussa. Je lui souris. Il semblait touché.

Une heure plus tard, nous étions de retour dans la classe.

Dès que je présentai la troisième partie, Séni s'écria : « Encore un autre ? J'espère vraiment que c'est le bon ! »

3ère Partie

Edward Jones

-Honnin-myō- À Partir de ce Moment

6

L' année du Développement Dynamique dans la nouvelle Ère du Kosen Rufu Mondial, le thème de 2015 selon Daisaku Ikeda.

Et *L'Année de la femme révoltée,* Issata de rajouter. —J'appartiens, à l'univers des chômeuses.

—Je pourrais presque lancer un groupe, elle se surprise à plaisanter, pour les 40+ et en devenir une influenceuse !

Sa surprise s'accrut bien plus, lorsque son assurance santé rentra en vigueur comme stipulé par la clause de conditions de toute assurance maladie, associée au travail. De plus, la mairie la soutenait pour son loyer.

—Sarcoïdose, voilà où j'en suis, maintenant ! Chaque jour se présente comme une bataille inespérée, pour me tirer du lit. Tous les jours, une douleur insupportable poignarde mon corps. Mon esprit se perd dans la confusion et la fatigue que je dois contrôler par des médicaments, spécialisés à soulager l'épilepsie. Il n'y a pas une journée, où je ne pleure pas à cause de vous ! Alors dites-moi, pourquoi avez-vous choisi mon corps ? elle l'adressait dans ses prières.

—Tiens donc, de nouveaux locataires, elle remarqua, plus elle avançait dans le mois de janvier ! Principalement des femmes jeunes, un peu trop jeunes à son goût qui défilaient dans la maison. Toutes les nationalités s'entrecroisaient de façon très banale, mais leurs accoutrements et leurs maquillages cachaient une vulgarité inquiétante. Elles restaient polies. Un 'Bonjour' de temps en temps, suivi par 'Bonne journée' résumait ses échanges avec ces demoiselles. Mais d'où sortent-elles ? Quelquefois, elle les croisait converser avec Rajeev. Il se montrait particulièrement gentil avec elle.

Elle commença son traitement intraveineux avec *Remicade*, le nom du médicament que compose l'infliximab. Que faut-il en savoir ? Tout d'abord cette drogue, traite une série de maladies auto immunitaires, comme la maladie de Crohn, l'arthrose rhumatologique, le psoriasis. Il s'agit d'un anticorps, monoclonal chimérique qui neutralise le TNFa solule, (le facteur de nécrose tumorale) et induit une apoptose des lymphocytes T activés.

Vous y comprenez quelque chose ? Moi non plus ! Issata m'expliqua juste, qu'il se décrivait comme un traitement thérapeutique temporel.

En théorie, son temps de traitement aurait dû durer trois heures. Cela lui prit une journée entière, car il fallait vérifier ses tests sanguins, son urine, attendre que la pharmacie prépare le médicament, et surtout, elle devait être surveillée.

Elle ne se plaignit pas car Gary Grant passa lui dire bonjour. Elle découvrit un autre homme. Il ne portait pas de blouse blanche, mais une paire de lunettes bleues métallisées, habillait les contours de ses yeux généreux. La monture rectangulaire accentuait son visage cultivé et la couleur se confondait en parfaite harmonie avec le bleu pâle de sa chemise. —Prêt pour un nouveau rôle, Gary ? elle s'entendit penser. —Il ferait l'homme parfait, son esprit poursuivit, pendant qu'elle se perdait dans son regard crémeux. Elle ne pouvait dire s'il était marié, il ne portait jamais de bague.

—Peut-être qu'il la retire avant de venir me voir ?

—Après *la Belle et le Clochard,* pourquoi pas *le Toubib et sa Patiente,* elle rêvassait pendant qu'il observait ses neurones. —Je suis épuisée, elle soupira, une fois arrivée chez elle. —On verra dans quatre semaines.

« In the meantime, » je choisis ces mots en anglais car ils expriment le titre d'un livre, écrit par *Iyanla Vanzant, une écrivaine et coach spirituelle qui met la lumière sur notre propre attitude par rapport à notre vie. Elle rappelle dans ce livre que le relationnel est un travail continu de découverte, d'élévation spirituelle qui commence avec le soi. Le titre en lui-même se traduit par : « En attendant. »*

Donc en attendant, Issata se réjouissait d'avoir trouvé un groupe pour *sarcodoïsistes* dans le centre de Londres. Elle y rencontra Julia une grande blonde Australienne à la chevelure ondulée et aux grands yeux bleus doux. Elle travaillait pour une compagnie publicitaire, lorsque la maladie se déclara. Et Gary un ancien banquier Irlandais qui lui aussi contracta la maladie à un moment stressant de sa carrière. Ils accusèrent tous le stress !

« Moi aussi, la sarcoïdose a infiltré mon corps pendant que je travaillais dans des conditions très difficiles. » Elle se présenta et raconta son histoire, omit de dire son désir de vouloir mourir. Mais exprima : « Je suis tellement heureuse d'être encore en vie. » Ils se rencontraient tous les mois.

En attendant… Elle continuait toujours sa thérapie avec B, qui était satisfaite de ses progrès. Issata s'adaptait bien au nouveau dosage de ses comprimés.

En attendant…Février sonna le temps pour sa deuxième injection.

En attendant…Le temps passait à la vitesse d'une étoile filante. En Mars, elle reçut sa troisième injection. En Avril la quatrième…Aucun effet secondaire à observer, tels que nausée ou ces malaises vertigineux que peuvent quelquefois entrainer ces drogues ; seul un ballonnement persistant, similaire à un besoin urgent d'uriner en permanence. Elle en avisa Dr Clark. « Ne vous inquiétez pas ! » il sourit.

En attendant… Avec le temps, la femme révoltée trouvait sa place dans ce monde, dont l'absurdité ne lui paraissait plus absurde. Car elle lui donnait le sens de trouver des réponses à sa propre existence. Elle lisait beaucoup, écrivait ses réalisations.

Le 3 mai, Issata rentrait chez elle en train, comme à son habitude, quand elle quittait l'hôpital. Pour une fois, elle réussit à finir ses soins pour seize heures. Le printemps lui souriait et elle espérait pouvoir s'asseoir à une terrasse avant que le soleil ne disparût. —*Vous commencez à comprendre, Le 3 Mai est une de ces dates symboliques de la SGI, pour que je le mentionne !*

Josei Toda fut nommé le deuxième Président à cette date précise en 1951 et Mr Ikéda le troisième Président, en 1960, à cette même date. Cette date représente un nouveau départ et célèbre la fête des mères au sein de la SGI. Issata m'expliqua que le vrai message derrière ce 3 mai résonnait avec l'esprit d'avancer, de continuer, de ne jamais abandonner.

Dans sa robe en jean bleu, aux manches longues qui lui tombait aux genoux, une large écharpe en laine beige protégeant son cou, son Ralph Lauren sac à main rouge à ses côtés, elle lisait, *Le bouddha dans votre miroir,* un ouvrage exprimé d'une façon moderne et qui explique simplement comment réaliser l'état de vie du bouddha. Captivée par sa lecture, elle ne remarquait pas les gens qui montait dans le train. Quand tout à coup, un « Hey » se fit entendre. Ne sachant pas à qui cet appel fut adressé, elle n'y prêta pas attention. Mais la voix continua, une voix masculine qui rajouta : « Mademoiselle, excusez-moi. » Elle leva la tête. Installé en face d'elle, un homme vêtu d'une élégance simple et sobre la regardait avec intérêt. Des mèches ondulées, grisonnantes et généreusement rembourrées, touchaient légèrement ses épaules et une barbe bouc, soigneusement taillée sur son visage carré, révélait un homme d'une maturité bien préservée. Leur regard rivé l'un sur l'autre, elle ne put qu'admirer, une peau d'un marron très clair, soigneusement étalé sur un visage, à l'image d'une peinture ancienne, aux traits modernes. Un mélange de sang asiatique et africain, émanaient de son aura, elle crut analyser. Il portait des converses blanches, lui offrant ce style à la fois décontracté et distingué. Il lui fit signe du livre qu'il détenait dans sa main. À sa surprise, il lisait le même livre, en version anglaise, ' *The Buddha in your Mirror'.*

« Wow ! » elle exprima.

Un petit rire enfantin s'échappa de la bouche de cet homme si charmant.

« Vous êtes bouddhiste ? » il demanda d'une manière des plus naturelles.

« Oui, » elle souffla.

« Nichiren Daishonin ? »

« Oui, »

« Moi aussi ! » Au même moment, le train s'arrêta à Kilburn Park station.

« Je descends ici, » elle bafouilla.

« Moi aussi. » Ils sautèrent du train. De suite, elle absorba son odeur sauvage, une fragrance boisée et fruitée, le musc noir. Elle observa sa silhouette, grande et élancée. Il mesurait au moins une tête de plus qu'elle. —C'est peut-être un professeur, elle se laissa penser.

« Je suis Edward. » il lui présenta sa main, une fois dehors.

« Issata, enchantée, » elle serra sa main, en souriant.

« Très joli nom. Vous voulez qu'on prenne un verre ? C'est quand même incroyable non ? »

—Un verre ? Les seuls verres que je bois, je les partage avec Jimmy. « Ok, » elle accepta.

« Il y a un pub pas très loin, » il enchaina.

« Oui, le Black Lion. »

« Vous rentrez du travail ? » il questionna, pendant qu'ils se dirigèrent vers le pub.

« Non, j'étais à l'hôpital. »

« Oh ? Tout va bien ? »

« Juste un traitement que j'ai commencé. Et vous avez un accent ? »

« Je suis italien et musicien de jazz. »

« J'ai bien reconnu la passion italienne dans votre voix. »

« Vous êtes française ? »

« Oui. »

Ils arrivèrent au pub et trouvèrent un endroit sympa sur la terrasse pour profiter du soleil printanier.

« Que voulez-vous boire ? »

« On peut se tutoyer » elle se surprit à répondre. « Une *Desperado* »

« Bien sûr et qu'est-ce que c'est ? »

« C'est une bière mélangée avec de la téquila. »

« Jamais goûté, je vais essayer alors, » il s'éloigna.

Elle s'alluma une cigarette se demandant si elle rêvait.

La fumée s'évapora autour d'elle et elle en conclut :

—Peut-être que la vie après la mort existe finalement. J'ai purgé mes peines. J'en ai été acquittée et je suis au *Black Lion,* en compagnie du parfait inconnu. —Non, un italien qui parle l'anglais avec aisance.

« Desperado pour madame ! Tu fumes ? »

« Oui, un de mes vices préférés. » Il posa les bières sur la table.

« Moi aussi. » Il s'alluma une Philip Morris.

« Merci et Santé. »

« Salute, » il hocha la tête.

« C'est fort, mais c'est très bon. Tu veux me saoûler ? » il la taquina.

« Ça dépendra de toi, » elle lança d'une voix coquine.

À cet instant, elle sentit la flamboyance de cette femme qu'elle eut jadis connue, se réveiller en elle.

« Donc tu es bouddhiste ? » elle entama.

« Depuis 40 ans l'an dernier. » Ainsi, elle découvrit qu'il s'appelait Edward Jones, originaire d'Afrique du Sud, contrebassiste, divorcé, père de deux filles, Alexandra vingt ans, et Valéria treize ans. Il insista sur le fait qu'elles étaient magnifiques et qu'elles représentaient tout pour lui. Ses yeux scintillèrent de fierté. Il expliqua qu'il vécut en Sicile avec ses parents adoptifs, Roberto et Rosalina. Ils lui transmirent leur passion pour la musique, plus précisément la musique africaine. Rosalina mourut cinq ans auparavant. Roberto âgé de 80 ans, vivait seul dans leur grande maison familiale. Edward était leur fils unique.

—Pourquoi avait-t-il divorcé, elle voulut savoir, impressionnée par son résumé ?

« Et toi ? Quelle est ton histoire ? »

« Mon histoire ? » elle reprit. « Moi aussi, l'an dernier marqua 20 ans de pratique et j'ai eu 40 ans… » Elle ajouta ce que nous connaissions déjà, sauf l'épisode suicidaire.

« Et moi j'ai fêté mes 60 ans, l'année dernière aussi, ça se fête ! »

—Vingt ans d'écart, elle reconnut et lit la sincérité qui scintillait dans les yeux de cet inconnu.

« Absolument, nous avons un chiffre en commun ! » elle exprima à haute voix.

« Vingt ans ! » il leva son verre.

« Vingt ans ! » elle renchérit.

Ils avalèrent une gorgée de leurs bières et elle enchaîna.

« Tu vis dans le coin ? »

« Oui à Kilburn Lane depuis six mois. »

« Moi aussi ! » elle s'exclama.

« D'ailleurs je cherche à joindre un groupe bouddhiste. »

—Un groupe bouddhiste, elle répéta en elle. Son visage s'assombrit. Les réunions bouddhistes, Issata avait arrêté de s'y rendre. Depuis qu'elle tomba malade, elle regarda la SGI, d'un autre œil. Avec le regard d'une femme blessée qui continuait d'avancer. De l'extérieur, quelle belle initiative la paix dans le monde, le respect pour tous, par ce que nous sommes tous des bouddhas, des êtres humains dotés d'un immense potentiel. Cependant, de l'intérieur, ce mouvement tant observé à travers le monde, comme le nouvel humaniste, ne l'inspirait plus. Elle prit une grande respira.

« Pour être honnête, je ne vais plus aux réunions bouddhistes. »

Il la regarda intensément et sans la juger, il lui assura :

« Je comprends, j'ai aussi eu une période comme ça où les activités bouddhistes ne m'inspiraient plus. Je perdis confiance en tous ces top dirigeants au sein de la SGI. »

Touchée par sa sincérité, enfin quelqu'un la comprenait, elle décida de se lancer : « C'est tout à fait cela, j'ai perdu foi en la SGI. Je comprends pourquoi les gens quittent cette organisation. Et je suis sûre, qu'ils gardent encore les noms de beaucoup de personnes dans leur système, bien qu'ils n'appartiennent plus à ce mouvement. »

Des larmes roulaient dans ses yeux.

« Tu pourrais en parler avec la responsable des femmes ? »

« Tu ne vas pas me croire, je l'ai contactée à plusieurs occasions, elle m'a ignoré ! »

« Je vois, mais en dépit de son attitude, elle reste un être humain. »

« Pour sûr, elle reste un être humain. »

Issata se rappela la première fois qu'elle l'entendit parler. Elle vit une femme sur scène, dans une robe noire, aux manches longues en viscose, qui enveloppait sa stature asiatique. Elle s'appelait Jijo, et se différenciait des autres femmes Japonaises. Elle était métisse, d'un père japonais et d'une mère jamaïcaine. De par sa taille elle dominait, de par sa figure élancée, elle charmait. Des collants clairs, s'accordaient au teint porcelaine de sa peau, et des chaussures plates vernis, à la pointe subtilement allongée, habillaient ses pieds. Elle ressemblait à une chanteuse de cabaret des années cinquante, avec ses cheveux épais, noirs bouclés qui ornaient sa tête comme une boule de cristal. Et la couleur rose bonbon, appliquée sur ses lèvres fines, dévoilait la maturité de cette femme qui se voulait discrète. Issata écoutait les directives de cette personne avec beaucoup d'attention. Après tout, elle était plus âgée qu'elle. Son âge lui donnait raison. Et quelle était son expérience ? Elle s'éprit d'un homme marié, depuis sa jeunesse. Elle ne s'en cachait pas. L'ironie du sort, l'homme en question ne quitta pas sa femme, mais mourut d'un grave accident de voiture. De tous les hommes de l'univers, cette femme responsable de sa région, nommée pour guider d'autres femmes à réaliser leur propre bonheur, s'amouracha d'un cœur indisponible. Sans enfant, elle bossait comme directrice générale pour une association de sans-abris. Cherchait-elle, un refuge pour son âme, en se dévouant à trouver un lieu sauf, pour toutes ces personnes qui erraient dans la rue.

Comment le bouddhisme explique -t-il un amour non partagé ? Issata découvrit que *Jijo* signifiait deuxième fille. Et la Jijo qu'elle connaissait, était née la première, mais son père voulait un garçon. Quand leur deuxième enfant naquit, un garçon, ils le nommèrent Junichiro, qui prend la définition de : *Celui qui prend,* dans ce cas précis, celui qui mène. Les conditions de sa naissance résultaient-ils de son karma ou de sa mission à ne pas se limiter au deuxième rang ?

« J'ai appris à travers mes années de pratique, l'importance de ne pas juger. Et comme Gandhi le suggère clairement : Soyons le changement que l'on aimerait voir ! » Edward l'encouragea.

—Je ne veux clairement pas lui ressembler ; me retrouver à soixante-dix ans, prisonnière d'un désir inassouvi, son esprit défendit. « Tu as raison, je dois focaliser à devenir le changement que j'aimerai observer autour de moi, » elle répondit. « Ceci dit pour l'instant je me refuse de leur donner mon énergie. Après tout le bouddhisme se transmet dans la vie de tous les jours, » elle releva.

« Tu es très claire, le plus important est de continuer. Je me suis fait la promesse de ne jamais arrêter de pratiquer et de ne jamais quitter la SGI. On ne pratique pas pour une organisation. Nous sommes des ambassadeurs de Sensei et il ne tient qu'à nous de continuer ce qu'il a commencé. »

« Le pire est que je me sens libre ! Je me sens libre de ne plus avoir à participer à ces réunions bouddhistes, à écouter les discours d'une tristesse mortifiante, de tous ces responsables qui ne cherchent qu'à rallier un grand nombre de personnes dans l'organisation. »

« Maintenant, je suis là, nous pourrons faire daimokus ensemble ? »

« J'adorerais cela, » elle sourit. Ils se fixèrent pendant quelques secondes, le temps d'envisager un nouveau scénario. Le scénario annonçait qu'une deuxième desperado s'avérait nécessaire. Issata invitait. La soirée suivit son cours, à travers des éclatements de rire. —Rire, ce verbe avait déserté son vocabulaire depuis la nuit des temps et réapparut insufflant en elle, cette sensation sublime que décrivait le mot rire. Elle se sentait bien. —Comment était-ce imaginable de passer de ces journées sombres, animées de pensées suicidaires, rongée par ce manque d'espoir, et de se retrouver un an plus tard, dans un pub, pour une soirée ensoleillée, en compagnie d'un étranger, dont le sentiment de l'avoir jadis rencontré, grandissait en elle ?

Aux environs de vingt heures, le soleil se préparait pour sa nuit, le vent commença à s'exciter.

« Il faut que je file maintenant, je joue ce week-end sur Brighton, » Edwards expliqua.

« Je comprends et il commence à se faire frais. » Elle remonta son écharpe sur ses épaules.

—Et que fait-on maintenant, trotta dans sa tête ?

Ils s'apprêtèrent et quittèrent le pub. Dehors, sur le trottoir, un désir naturel de se rencontrer dans un temps sous peu, brillait dans leurs yeux. Edwards s'approcha d'elle. Ses lèvres frôlèrent sa joue et atterrirent dans le creux d'une oreille. « J'aimerais vraiment te revoir, » il souffla. Lentement il repoussa sa tête et attendit sa réponse.

Sans voix, Issata se laissa transporter par cette douceur masculine qui voulait la revoir. Sous son charme d'artiste singulier, il énonça ses mots comme le titre d'une chanson, les paroles d'un refrain, auquel elle détenait le choix d'y apporter sa propre poésie.

« Moi aussi, » ses lèvres tremblèrent. Ils échangèrent leurs coordonnées.

Effectivement, l'affaire se poursuivit. Assis, à la *Dolce Vita,* une brasserie italienne, située sur Kilburn High Road, il la regarda entrer le lieu et marcher vers lui.

À son retour de Brighton, Edward l'appela. Elle sauta de joie et de peur, quand elle vit son nom vibrer sur l'écran de son iPhone. —Est-ce que je dois répondre, son ego contempla. —Je ne veux pas qu'il pense que je suis désespérée ! —Mais on s'en fout de ce qu'il pense. Ce qui compte c'est toi et si tu veux le revoir. —Oui je veux !

—Alors réponds, une voix honnête ordonna ! « Allo, » elle répondit d'une petite voix. « Issata, c'est Edward. »

Tout cela pour souligner, que ce n'était pas un texte message qui confirmait l'heure et le lieu d'un rendez-vous. Mais une voix chaude, accentuée de cette nuance latine qui la conviait. Une voix musicale rehaussée d'une tonalité romantique, derrière laquelle on reconnait l'homme Italien.

Il portait un costume bleu velours, souligné par une chemise blanche en coton. Une étoffe en soie violette, autour de son cou, lui tombait sur les épaules. Issata opta pour une robe bleue criarde, tendance *Boubou,* l'habit africain, porté avec fierté, aussi bien par des hommes que des femmes. Le tissu était brodé d'un énorme papillon noir sur le devant. Les ailes en parfaites symétrie au niveau du cou, coupé en forme v, glissait avec légèreté sur sa silhouette. Ses sandales noires à talons en bois brun, qui claquaient sur le carrelage, tel un cheval trottant dans un pré, honoraient ses orteils fins, maquillés d'un rouge vif.

À son approche, il se leva.

« Buonasera Issata. » il l'accueillit et lui baisa la main. Frappée par son odeur, elle se laissa submerger quelques secondes. Une nouvelle senteur renforçait la fragrance primitive, qu'elle délecta lors de leur première rencontre.

« Edwards bonsoir, » elle rit de surprise.

« Je suis de la vieille école. »

« Je vois ça !»

« Et tu es superbe ! »

« Merci, toi aussi ! C'est quoi ton parfum ?»

« Terre d'Hermès et toi c'est Chanel 19. »

« C'est exact. »

« On a opté pour le bleu ce soir, c'est incroyable, tu ne trouves pas ? » elle analysa quand ils s'essayèrent.

« Bien vu, après la vie en rose, une soirée bleue ! »

Ils éclatèrent tous deux de rire et un serveur vint les assister. Ils commandèrent du Prosecco, des olives et de la focaccia pour apéritif. Edward lui raconta, le gig au Verdict sur Brighton. « La salle était pleine à craquer ! La foule a adoré ! » il se félicitait. Qu'il partait en tournée, en Europe pour trois semaines. Issata écouta avec admiration, la vie époustouflante de cet homme, qu'elle rencontra grâce à son traitement contre la Sarcoïdose.

Un parfum boisé, imbibé de notes poudreuses et cireuses flottait dans l'air. Elle crut entendre un ronflement léger s'élever autour d'elle. Elle ouvrit les yeux et la lumière du jour agressa sa vue. Une présence chaude l'interpella. Elle tourna sa tête vers la droite et le vit, assoupit en pleine sérénité, un sourire exquis dessiné sur ses lèvres. Comment en arrivèrent-ils là ?

Tout au long de la soirée, elle éprouvait un vrai bonheur en sa compagnie. Elle choisit, *linguine al cartoccio* comme plat principal. Quant à lui, « Moi c'est tout vu, j'adore leur *spaghetti al salmone !* Le serveur décanta la bouteille de chianti, sélectionné par Edward...

Elle ne voulait pas que ça se cesse.

« Que fait-on ? » il demanda à la fin du dîner.

« Un dernier verre chez moi ? »

C'était sorti tout seul. Son sourire en dit long. Un taxi les déposa devant chez elle.

« Wow, tu possèdes beaucoup de choses, » il commenta quand ils franchirent sa porte.

« L'histoire de ma vie, prêt pour ce verre ? »

« Allez. » Elle remplit deux verres de Bordeaux.

« Santé, » ils s'exclamèrent. L'arôme robuste glissant dans sa gorge, elle le désirait si fort que la pointe de ses seins se durcirent. Comme s'il entendit son appel, il murmura sur un ton galant : « Tu veux ? »

« Oui je veux ! » Ils posèrent leurs verres.

Les mains d'Edward moulèrent la forme de son visage avec douceur, comme s'il essayait de s'en imprégner. Puis il posa ses lèvres sur les siennes.

Ce quartet de chair pulpeuse se tâtonnait à coup de baisers. Issata se laissa entrainer par le désir qui grandissait en elle. Attentivement, elle écoutait les petits sons musicaux que sa bouche gracieuse émettait. Il l'embrassait comme aucun homme ne l'avait embrassé auparavant. Elle savourait un nectar aux saveurs multiples. Ce coulis, découlait dans sa bouche et glissait en elle, au rythme d'un ruisseau, déterminé à rejoindre sa source. Ses seins se gonflèrent. Elle tremblait, elle frémissait. Sa théorie se confirmait. Un homme qui détenait l'art d'embrasser une femme, savait faire l'amour.

Ces mêmes mains remontèrent vers ses hanches échancrées. Elle l'attira vers le lit. Ils s'enlacèrent et continuèrent leurs baisers passionnés. La bouche de son amant changea de trajectoire. Elle atterrit sur son cou. Avec sa langue, il sillonnait ce tronc élastique qui séparait sa tête du reste de son corps. Issata gémissait, elle attrapa une ses mains, qu'elle dirigea sur un sein. Il s'exécuta et massa la petite dune de la paume de sa main. Dès le premier touché, elle sentit une flamme familière, raviver son être tout entier. Elle retrouvait ses sensations perdues. Son vagin s'humidifia. Edward posa sa bouche sur le téton excité. Il le lécha, le suça avec une extrême tendresse. Il lui offrait ce sentiment qu'il étanchait sa soif, de son fruit préféré. Le plaisir grimpait en elle. Elle vibrait. Elle était en vie. Généreux, il n'oublia pas l'autre dune. Avec ardeur, il la servit. De ses doigts, il s'adonna à pianoter ces deux boutons noirs qui émettaient des sons différents sur une mélodie africaine. Leurs soupirs montaient en puissance. Il leva les yeux vers elle. Leurs regards remplis de complicité, il se redressa pour retirer ses vêtements. Elle admira un corps grand, fin et soigné, un corps beau. Son sexe l'attirait. Il ressemblait à une œuvre d'art, le genre de collection que l'on conserve dans des galeries privées. Cette nuit-là, elle en devenait la seule propriétaire. Il sortit deux préservatifs d'une de ses poches, qu'il laissa de côté. Armé d'un sourire coquin, il s'attaqua au slip bleu corail qui protégeait sa forêt noire. Elle frissonna, lorsqu'il approcha son visage de sa chatte parfaitement taillée. Son clitoris en érection, apparaissait par la même occasion aux yeux de M. Jones, telle une pièce rare qu'un connaisseur réputé, se devait de posséder. Pour s'assurer de son unicité, il la respira.

Excité, son nez détecta rapidement les particularités de cette fleur sauvage. Ce n'était pas l'empreinte de Gauguin, ni le coup de pinceau de Modigliani. Il découvrait une sculpture unique. Personne ne pourrait reproduire un tel joyau. Il la libéra de ses vêtements, où plutôt de sa robe. Tous deux nus, il s'allongea sur elle et ils recommencèrent à s'embrasser. De ses mains de musicien talentueux, Edward la caressa comme s'il pratiquait son propre instrument. Il allait et venait le long de son flanc. Elle palpait son cul et sentit son pénis se frotter contre l'entrée de son puit féminin. Elle l'atteignit et le branla. Il gémit de plaisir. Elle soupesait son sexe qui grossissait entre ses doigts et le massa avec plus de vigueur, tout en le guidant vers son passage secret. Il l'arrêta un moment. « Laisse-moi faire, » il souffla.

Ses lèvres se dirigèrent vers la forêt d'ébène. Sans se faire prier, sa langue effleura son clitoris. Le corps d'Issata trembla d'un plaisir immense, une immensité qu'aucun homme qui visita ce territoire caché, ne lui offrit. Ce coup de langue, cette caresse respectueuse et généreuse, sur son organe si précieux, se révélait comme un nouveau départ.

Un léchage doux, comme il se devait, lui indiquait que finalement le nuage de sa bonne fortune venait de trouver refuge au-dessus de sa destinée. Edward souleva légèrement ses fesses et poursuivit dans sa lancée. Il la bécotait doucement à l'intérieur de chaque lèvre vaginale. Il embrassa sa chair érectile, la chouchouta. Il goûta, et dégusta la liqueur onéreuse qui s'échappait de son précipice. Déchaînée, Issata écartait ses jambes. Elle se tortillait comme une panthère, prête à bondir sur sa proie. Le plaisir concentré dans le creux de ses reins, lui brûlait le bas du ventre. L'orgasme montait en elle. Elle en perdait son souffle. Edward cherchait à ce qu'elle jouisse en premier. Il la stimulait en accord avec ses respirations saccadées.

Le moment arriva. Elle enfouit ses doigts dans sa crinière cendrée et pressa sa tête entre ses jambes. Un cri d'extase s'échappa de sa bouche. Le son provenait de loin et résonna sur le même tempo que ce corps tout chaud, qui tremblait. Il cessa de bouger sa langue. Il conserva juste ses lèvres entre le mont et le gland de sa chair. Comme s'il savait, qu'une fois l'explosion évacuée, le clitoris devenait extrêmement sensible. Et que ce fut la chaleur à cet endroit précis, qui stimulait des orgasmes multiples. Submergée de bonheur, lentement, elle récupéra son souffle. Edward releva la tête, le visage couvert de salive. Elle l'attira vers elle et l'embrassa.

« Merci, » elle murmura. « J'ai adoré, Issata. J'ai eu l'impression de composer un morceau de notre rencontre. » « Edward, » elle se serra contre lui. Son sexe endurci, frôla sa chatte, toujours brûlante. « Ce n'est pas fini ! »

Il attrapa le préservatif sur la table de chevet et habilla son pénis. Elle contempla la chaussette plastifiée, se dérouler sur sa verge et l'anticipait déjà explorer ses profondeurs. Une chaleur saine la parcourut à nouveau.

Spontanément, elle approcha ses lèvres et avala ce membre engorgé de sang. À son tour, elle suça, à son tour elle lécha. Elle tripota ses boules qui réclamaient une urgente vidange. Ses tétons se raidirent ; sous une lumière tamisée, elle observait l'expression faciale d'un homme qui vibrait dans sa bouche. Serein, il connaissait son plaisir et savait le contrôler. Il massait son crâne, et la guidait dans sa besogne. Après tout, chaque corps est différent. Tout plaisir se démontre en accord avec ses propres fantasmes.

Dans un élan de contraction, il se retira de sa bouche, pour plonger ou sa langue venait de séjourner. Ensemble, ils soupirèrent de plaisir. Edward glissa en elle lentement et tendrement. Il saluait le petit monsieur dans son bateau, avec un profond respect pendant qu'il s'enfonçait dans les eaux de son vagin. Était-il en train d'écrire une nouvelle version du *Vieil homme et la Mer,* petit clin d'œil à Ernest Hemingway ? *Santiago le protagoniste était un grand pêcheur... Le moment se présenta où il dut confronter la vieillesse. Quatre-vingt-quatre jours passèrent, il n'attrapa pas de poissons. Mais il garda espoir et s'aventura dans le Gulf Stream... Éventuellement, il captura un marlin.*

On ne peut qu'envisager sa joie, la joie de la persévérance. Alors Edward continua à pagayer à son rythme. Il la regardait dans les yeux, ému de partager ce voyage avec elle.

De nouvelles sensations émergeaient de la chair d'Issata. Une nouvelle aventure s'offrait à elle, dans une dimension dynamique, une quête sexuelle et spirituelle. Plus elle se laissait séduire, plus elle cherchait à éradiquer toutes traces de Khrystian dans sa vie. Elle rinçait le goût de ses baisers de par les lèvres d'Edward. Elle utilisait chaque goutte de transpiration, de son nouvel amant afin d'effacer toutes empreintes sexuelles de ce gigolo.

Chaque vibration représentait des notes. Elle composait une nouvelle mélodie sous les caresses magiques de cet homme Italien. Ensemble ils jouaient dans leur propre comédie musicale. Ils exploraient l'élaboration d'une nouvelle symphonie, sur des notes grandissantes et bouleversantes, comme celles révélées dans les coups de foudre. L'histoire d'un homme de vingt ans son aîné, auteur et compositeur, et l'expérience d'une femme comblée d'avoir quarante ans, et d'avoir osé y croire.

Ils se baignèrent librement dans l'océan chaud de leurs sentiments, quand naturellement, ils succombèrent aux délices spasmodiques du plaisir. La femme Franco-Guinéenne, et l'homme Italien de l'Afrique du Sud explosèrent en un orgasme harmonieux.

« Buongiorno, » elle entendit.

Comme si elle se réveillait d'un rêve, « Buongiorno, » sa voix murmura.

« Madame a-t-elle bien dormi ? » Il se rapprocha d'elle et glissa sa main sur son ventre. Elle n'allait pas plus loin, mais assez coquine pour tirer un esclaffement de madame.

« Oui, et monsieur ? »

« Monsieur aussi, et il aimerait bien un café. » La main repartit à la chasse et bondit sur un sein qui s'échappait de la couette. Son index ne put s'empêcher de saluer son téton. Il le titilla et l'effet se produisit. Issata l'embrassa. Les caresses labiales d'Edward réveillèrent dans sa chair les deux voyages orgasmiques qu'elle parcourut la veille. Il fallait qu'elle y retourne. D'une main, elle frôla M. Jones, sous les draps. Flatté de la visite matinale, il exprima sa joie, en s'étirant sous ses doigts. Son sexe la troublait.

Des quéquettes, elle en avait vues, dans son enfance.

En grandissant, elle passa au langage supérieur, comme la bite, le *zob*, le pénis, et la verge. Elle aimait assez le mot verge, qui rime avec le mot asperge, enfin tout dépend de l'utilisation. À presque tous les parfums, elle les dégusta ; chocolat, vanille, fraise, caramel, rhum raisin ! —Mais rien de comparable à M. Jones. Il lui inspirait le personnage, drôle, charmeur, courtois, le romantique passionné au goût de la noix de coco. Le protagoniste Italien qui vibrait de sa taille et de son diamètre dans toute sa splendeur. Il ne lui manquait plus que le Borsalino en feutre noir, des chaussures vernies couleurs noires et blanches, du temps du Beep Bop, un verre *d'Amarone*, un cigare Colombien et c'était la dolce Vita garantie pour l'éternité.

La deuxième protection sexuelle, percuta sa mémoire. Elle récupéra la chaussette plastifiée. D'un coup de dent, elle craqua l'emballage, habilla M. Jones et bondit sur lui. Tout en le chevauchant, elle gémit. Allongé sur son dos, Edward l'admirait. Ses yeux clairs brillaient paisiblement. Les mains sur ses hanches, il contrôlait ses cambrures. Elle l'étudiait, comme un « *turnaround* » en anglais ou revirement en français, ce passage musical qui ramène tout musicien au début du morceau de sa musique, une grille harmonique entre deux êtres où la fin et le commencement n'existaient plus. Son clitoris s'échauffait, elle anticipait la montée de son orgasme. Entrecroisant ses doigts aux siens, elle se frotta à lui, et continua sa course effrénée. La ligne d'arrivée en vue, elle accéléra. Edward la suivit au galop. Leurs plaisirs grimpèrent en puissance. Pris d'une contraction brutale ils jouirent en même temps, dans un cri bestial inconnu du monde animal. Elle s'affala sur lui, tous les deux haletant. Des secondes passèrent dans la moiteur de

deux corps. Après sa respiration saccadée, Issata soupira :
« Je crois que tu voulais un café ? »

« Oui, mais avant tout, j'ai besoin de pisser, » il pouffa de
rire. « Moi aussi. »

Lentement, elle l'aida à se retirer d'elle, pendant qu'il tenait
sa verge endormie dans le capuchon. Elle déserta le lit, mit
en marche la bouilloire et disparut dans la salle de bain. Elle
dut pousser si dur pour que le jet puisse s'échapper, qu'elle
craignit de déchirer sa vessie. —Ce n'est vraiment pas
normal, elle contempla ! —Et ce ventre, toujours gonflé !

—Ceci dit, il ne s'en est pas plaint ! elle rectifia. Le
téléphone d'Edward sonna, avec le fameux *dring dring*. Au
même instant la bouilloire retentit. Elle délaissa son trône sans
s'essuyer et retira son samovar moderne de la plaque
chauffante. Elle entendit une voix féminine. 'Sûrement une de
ses filles'. Elle prépara deux Nescafés et le rejoignit au lit avec
ses clopes, toujours aussi nue qu'une limace.

« Café pour M. Jones, » elle posa la boisson chaude sur son
chevet.

« *Bacioni,* » il laissa sortir avant de raccrocher. « Valéria, » il
souligna.

« Je m'en doutais. »

Il sauta du lit. Son urine coula bruyamment pendant de longues
secondes. Elle l'écouta, une cigarette au bec.

    « Et dis-moi, cela fait combien de temps que tu vis ici ? » il
demanda quand il la retrouva. Ses yeux tournoyèrent devant
tout ce qu'elle avait accumulé. La fumée de leurs cigarettes
flottait dans la pièce.

« Trop longtemps ! » Elle lui raconta ses misères avec Rajeev
et son problème à ne pas trouver d'appart.

« On a tous notre propre porte à ouvrir, je suis sûr que tu
trouveras ta clé au moment venu. » il compatit.

« Quelle clé ? Et comment la trouver ? »

« Je ne sais pas, mais tu es vraiment très courageuse. J'ai hâte de lire un jour ton expérience dans nos magazines bouddhistes. Tu vas toucher le cœur de beaucoup de personnes, surtout les femmes. »

« Faudrait déjà que je retourne aux activités, » elle sourit ironiquement.

« Ne t'inquiète pas, ta sagesse te guidera. Si tu gardes en tête —La pratique pour le soi et le bonheur des autres, tu trouveras ton chemin à travers la SGI. »

« Tu es vraiment rempli de sagesse. »

« J'ai quand même soixante ans, ce serait dommage ! »
Ils éclatèrent de rire.

« Vu ainsi ! Et la tournée, c'est pour bientôt ? » elle répliqua.

« Dans trois jours exactement. »

« En tout cas, j'ai hâte de te voir jouer. »

« Merci. »

« Tu verras ta famille ? »

« Bien sûr, je passe toujours par l'Italie d'abord. J'ai besoin de voir mes filles, mon père et soutenir Anita. Elle a des soucis avec l'ainée. »

« Qu'est-ce qui se passe ? »

« L'adolescence. »

« Trois femmes à la maison ça n'a pas dû être facile. »

« Mes filles grandissent et moi je vieillis. »

« Pas si vieux que ça ! » Le sourire d'Issata en dit long.

« Et si on faisait Gongyo ensemble ? » fut la réponse d'Edward.

« Bonne idée ! »

Ils finirent leur café, s'apprêtèrent et se retrouvèrent devant le Gohonzon. S'entendre prier avec Edward, elle réalisait que pratiquer avec des membres lui manquait. Il récitait Daimoku comme un chanteur d'opéra. Ensemble, ils vibraient pour une immense cause, la paix dans le monde.

—Comment ai-je pu me détacher de la SGI, un besoin sincère de justifier sa décision s'empara d'elle. Des scénarios défilèrent dans le miroir de ses pensées. Et les yeux fixés sur son Gohonzon elle se replongea dans ces situations tristes, au sein de l'organisation, où les réponses fétiches des dirigeants, principalement des femmes, en qui elle cherchait le soutien spirituel, s'observaient telles deux déclarations. « Tu as tendance de souffrir à cause de tes responsables, c'est dans ton karma ! Alors, à quoi servent-ils donc ces responsables ? « Qu'est-ce que penserait Sensei de toi ? » Cet argument était la réplique la plus condescendante qu'elle eut le privilège d'écouter pendant des années, chaque fois qu'une différence d'opinion se présentait. —Pour qui ces dirigeantes se prenaient-elles ? elle ruminait silencieusement. À les entendre, elles se croyaient toutes au-dessus d'Issata, et ce parce qu'elles occupaient des postes de responsables, au sein de la SGI ! Un jour, l'une d'elle dépassa les bornes. « Demandez-vous ce qu'il penserait de vous ? » Issata défendit. « Car je m'en fous royalement de ce qu'il penserait de moi ! Et je veux croire que cet homme, ne s'engagea pas à propager la loi mystique à travers le monde, dans le but de juger les autres ! » La femme responsable choquée, car personne avant Issata, n'osa lui faire entendre ses quatre vérités, se cacha derrière cette formule toute faite : « Je vais prier pour ton bonheur ! »

« Je prierai pour le vôtre aussi ! » Issata déclara. Jamais elle n'entendit parler d'elle. Apparemment, elle serait retournée dans son pays. —C'est clair qu'elle ne manqua pas à notre amie. Cette femme avait blessé la dignité d'Issata. —C'est exact, ils ont blessé le noyau fondamental de ma dignité ! elle confirmait, ce matin-là ! —Voilà pourquoi, je choisis de dire : —NON, à la bureaucratie ! Une réponse très claire d'une femme, qui un jour perdit l'espoir. Dans ce moment de réflexion : —Le stress s'observe comme un facteur clé pour affaiblir le système immunitaire, donc mon mal être au sein de la SGI clairement contribua à l'émergence de la maladie dans ma vie, elle analysait, d'une colère justifiée !

Elle sonna la cloche. Ils émirent sansho et s'embrassèrent.

« Alors cet Edward ? » Jimmy commença.

« Il est tout simplement merveilleux ! » Issata partagea en détails ses moments passés avec son étalon Italien.

« Donc c'est le coup de foudre ? »

« Quand il m'embrasse, c'est étourdissant, c'est magique, c'est tellement beau ! »

« Il a bien soixante ans ? »

« Figure toi que pour son âge, il assure. »

« Il rentre quand ? »

« Trois semaines !»

« Finalement tu l'as ton conte de fée ! »

« J'ai tellement peur ! »

« Aie confiance ma chérie ! Je suis tellement heureux pour toi ! Je te sens transformée. Et ton nouveau traitement ? »

« Écoute ça a l'air d'aller, je me sens juste ballonnée et j'ai des difficultés à uriner. Dr Clark dit que ça va passer. »

« Bon surveille tout ça, et le groupe pour la sarcoïdose ? »

« Tout le monde est super. Ma thérapie, j'ai réduit les antidépresseurs. Et j'avoue que je m'en sors pas mal. »

Jimmy la regarda profondément ému.

« Oui, B est au courant, elle est heureuse pour moi. »

« En tout cas, tu es radieuse. »

« Mais toi aussi, dis donc, » elle le regarda, devinant un secret dans son regard.

Il sourit de son air coquin.

« Quoi ? »

« Et bien figure toi que j'ai rencontré ce mec, » il bafouilla.

« Et c'est maintenant que tu m'en parles ? »

Jimmy éclata de rire et s'ensuivit comment tout se déroula.

Il venait de terminer son heure de cardio. En se dirigeant vers les vestiaires, il aperçut un homme, grand, musclé tel un gladiateur, la peau couleur caramel, aux cheveux noirs bouclés qui le regardait. Il resta obnubilé par l'intensité de ses yeux verts. L'homme lui sourit et s'approcha de lui.

« Je suis Xavier, » il se présenta.

« Jimmy, » il sortit, embarrassé.

« Cela fait un moment que je t'observe, » il souffla.

« Ok, » un Jimmy confus, laissa entendre.

« J'en ai pour vingt minutes. Tu m'attends pour un pot à la cafétéria ? »

« Pourquoi pas ? » il rougit.

Xavier se dirigea vers la salle de gym et Jimmy disparut prendre sa douche. Excité, son sexe bandait à l'idée de retrouver cet homme qui l'observait depuis un certain temps.

—Et moi, comment se fait-il que je ne l'ai jamais remarqué, Il se demandait ?

L'homme aux yeux verts, habillé en jean bleu, portant une doudoune noire, des baskets rouges Nike, le retrouva, un casque de moto sous son bras droit. Il est français d'origine espagnole. Âgé de cinquante ans, il est photographe à son compte, père de deux garçons, Éthan douze ans et Raphaël huit ans. Des enfants ? Son ex Véro a toujours su que Xavier aimait les hommes. Elle attendit patiemment qu'il s'exprima

347

sur son homosexualité. À la naissance de leur deuxième garçon, il ne pouvait plus se mentir. Il ne pouvait plus leur mentir. Ils vécurent en famille jusqu'aux cinq ans de Raphaël. Tous deux voulaient éveiller dans l'esprit de leurs garçons, que la vie est faite pour être vécue et partagée.

« Il y a des hommes qui aiment des hommes et des femmes qui aiment des femmes. » ils leur expliquèrent.

Avaient-ils peint Van Gogh ? —Oui, dix jours plus tard. Après deux rendez-vous pour un verre, des baisers passionnés, Xavier l'invita au New Grill, un restaurant de nouvelle cuisine localisé sur Liverpool Street. Il portait un costume bordeaux, qui mettait en valeur une chemise rose saumon dont le premier bouton détaché, donnait vu sur une chaînette en or, ornée d'une pierre noire taillée en forme de losange. Cette allure romantique l'éloignait de l'athlète habitué à ses caleçons de sport moulants. Il imprégnait plutôt l'homme d'affaire, qui recherchait un peu de réconfort après des semaines de négociations. Il regardait Jimmy qui parlait à une serveuse. Celle-ci pointa dans sa direction et l'escorta dans ce lieu chaleureux aux murs façonnés de fausses briques, une mosaïque de couleurs chaudes et pimpantes. Xavier se leva.

« Bonsoir Jimmy, » il l'embrassa tendrement sur les lèvres. Une grande émotion pénétra son cœur. Il vivait pleinement sa sexualité.

« Bonsoir Xavier. » Il retira son manteau trois quart beige. Toujours très élégant, il opta pour un costume noir et une chemise rose, exactement de la même couleur que celle de son prétendant.

« C'est un signe ! » en conclut Xavier.

« J'adore les signes. » Ils s'assirent et la même serveuse retourna avec l'apéro et des amuse-gueules.

« Je commence à m'y habituer à cette vie de luxe. »

« J'espère bien, » sourit Xavier.

La serveuse ouvrit la bouteille, servit les flutes et plaça les mets sur la table : —feuilletés au saumon, charcuterie, olives, il y avait de tout.

« Santé, » ils s'exclamèrent, quand elle les laissa.

Ils avalèrent ce liquide raffiné, faisant presque l'amour avec leurs yeux. Ils n'avaient même pas encore lu le menu que leurs hormones cherchaient déjà à savourer le dessert.

—Ma foi, cela devra attendre, leurs esprits se rencontrèrent et ils s'attaquèrent aux petits fours tout en papotant de leurs activités journalières. Le travail, Éthan et Raphaël, et réalisèrent qu'ils n'avaient pas grand-chose à se dire, pour s'être envoyer des sms pratiquement tous les jours depuis leur premier café. Comment avaient-ils pu résister ? Ils rirent beaucoup aussi. Puis Jimmy lui raconta qu'il venait de finir de lire, *Le pouvoir du moment présent,* écrit par Eckhart Tolle ; l'écrivain Allemand et orateur spirituel reconnu dans le monde entier. Très clairement, il explique que le bonheur se trouve à cet instant présent à travers la découverte, du soi. Et que l'ennemi numéro un, qui empêche cette découverte personnelle s'appelle l'ego. L'Égo contrôle notre esprit et empoisonne nos émotions. Il régit notre façon de penser, et dicte notre comportement. L'ego est un imposteur, un voleur d'identité en compétition avec la société et ce qu'elle représente. Xavier sortit le livre bleu de son sac. Ils sourirent en phase avec ce pouvoir du moment, celui de partager, de parler, d'être tout simplement. La serveuse les approcha pour le plat principal. Avec ce même sourire, ils se décidèrent pour une côte de bœuf servie d'une sauce bordelaise, accompagnée de pommes dauphines et d'haricots verts. Pour le vin, leur choix se porta sur un Château neuf du Pape. Ainsi leur soirée festive débuta. Une orgie alimentaire prenait place dans ce lieu publique. Ils dévoraient leur repas avec passion. Un sourire se dessinait sur leur visage, chaque fois qu'ils inséraient leurs aliments juteux dans leur bouche. Un soupir en ressortait à chaque mastication et encourageait d'autres bouchées. Puis arriva la dégustation du vin. Ils avalèrent le sang du seigneur. Tels bons citoyens français, ils trinquèrent au bonheur d' Ève. Si elle n'avait pas poussé Adam à croquer dans la pomme, jamais ils ne se seraient rencontrés. Mais le passage le plus spectaculaire se présenta lorsqu'ils finirent leurs viandes. Ils avaient déshabillé la bête de sa chair. Néanmoins, la fameuse sauce bordelaise leur chatouillait encore le palais. Leurs yeux cloués sur la côte dans leur assiette, une idée télépathique illumina leur imagination.

« Chiche ! » Xavier défia, en riant. Il enfourna dans sa bouche, l'os mesurant environ vingt-cinq centimètres de long et le suça lentement.

« Non !!! » s'exclama Jimmy qui vira au rouge.

« Alors, on joue sa chochotte ? »

« Tu me cherches, très bien ? » Il se jeta sur son os.

Après un tel diner, le dessert ne pouvait plus attendre. Un taxi les escorta chez Xavier. Leurs queues se trouvaient en feu. Ils se caressèrent à travers leur pantalon, s'embrassant sauvagement. Ils se désiraient si fort qu'ils craignaient de jouir sur la banquette arrière.

Enfin ils arrivèrent. Ils se sentirent libres, de tous regards, de toutes formes de barrières. Ils vivaient leur plaisir au nom des hommes, à qui Dame Nature avait donné ce droit de vivre. Nus, nos deux hommes étaient déterminés à honorer ce droit. Leurs sexes en érection, démontraient l'organe le plus musclé qui s'échappait de leur corps. Xavier l'attira dans sa chambre. Ils se jetèrent dans son lit et explorèrent chaque partie de leurs corps à travers des caresses, des baisers plus aventuriers, qui se transformèrent en léchage anal et en sodomie répétée.

« Jimmy, je suis si contente pour toi ! » Issata sourit.

« C'est la première fois que je ressens une complète harmonie avec quelqu'un. Xavier est la cristallisation de ce à quoi j'aspire. »

« À notre conte de fées alors ! » Ils trinquèrent.

Elle arriva devant une grande maison Victorienne, caractérisée par ses toits à forte pente, ses briques peintes en couleurs. À l'époque, ces bâtisses furent nommées les femmes fardées. Pourquoi une telle appellation ? Le style architectural s'inspirait du mouvement esthétique qui célébrait le culte de la beauté, observée à travers les œuvres pittoresques. Cette ère mit en avant l'image de la femme associée à cet objet de désir, l'idéale, la femme fatale.

Le soleil brillait encore. Elle pressa la sonnette le cœur battant. —Et si ce n'était qu'une illusion, le mirage de mes fantasmes ? Mais les baisers, les orgasmes, je ne les ai pas inventés ?

« Bonsoir Issata, » Edward ouvrit la porte et l'accueillit dans un couloir plus grand que son appartement. Un grand chandelier suspendu à un très haut plafond blanc, embellissait le mur tapissé de papier vert au ton très clair.

Sa voix était bien réelle. Les yeux marron clair auxquels elle s'accrocha avant de s'endormir, brillaient devant elle. L'homme qui la quitta un matin, trois semaines auparavant, existait réellement. Une monture noire dessinée par Christian Lacroix, accentuait ce même visage qu'elle étudia lors de leur première nuit d'amour. Il portait un pantalon en lin clair et une chemise au ton lilas ; une tenue vestimentaire très simple.

« Bonsoir Edward, » elle sourit nerveusement.

« Tu es ravissante, » il déposa un baiser sur ses lèvres.

Une robe plissée couleur prune ornait sa silhouette. Elle ressemblait à un modèle de Coco Chanel qui osait dénoncer son élégance féminine. Un châle en soie dorée protégeait ses épaules et mettait en évidence un sac cabas beige et des sandales écrues de cuir tressé à talon haut.

« Merci, tu portes des lunettes ? »

« Oui souvent le soir. »

« Oh ? »

« L'autre soir, je les avais oubliées. » Il comprit son regard inquisiteur.

« C'est magnifique ici. »

« Attends que tu voies l'intérieur. » Il lui prit la main et l'escorta dans son manoir.

Elle resta sans voix quand ils accédèrent la salle principale, peinte en crème, équipée de vieux meubles du temps des rois et garnie d'un plancher en bois. Son émotion se démultiplia lorsque son ouïe captura la musique de son film préféré. *Cinéma Paradiso* résonnait dans cette maison enchanteresse. Ce film marqua le temps de ses vingt ans. Une histoire d'amitié, de complicité, la plus belle histoire d'amour de notre temps. Elle passa des heures à écouter la bande sonore, pendant des jours, des mois, des années, encore à l'heure actuelle. Elle rêvait d'une love story comme celle de Salvatore et d'Elena. Issata se promit un jour, d'écrire sa propre version d'un *Cinéma Paradiso*. Il plaça son bras droit autour de sa taille et la laissa déguster le plaisir sensoriel qui vibrait dans l'air. Elle frissonna. Il sentit sa tension et chercha ses doigts comme pour la protéger. Elle se laissa faire, s'imprégnant de sa vie d'artiste qui infusait clairement l'âme baroque régnant dans la maison. Chaque coin possédait sa place. Un endroit pour sa musique fut le premier emplacement qu'elle remarqua. Sa contrebasse taillée en bois de chêne, un mélange de couleur cerise et chocolat, longeait sur le sol, comme une femme après une nuit torride d'amour. Issata ressentit son aura. Une force vitale guettait le lieu, veillant sur le sanctuaire de son maître.

—Tu es en vie, elle s'entendit dire.

— Merci de m'accueillir dans la propriété de ton maître. Sombrant dans sa transe émotionnelle, elle remarqua un grand piano noir, *Fazioli,* une fabrication Italienne bien évidemment, une basse électrique, des batteries et ses timbales, une vraie scène de concert. Non loin de ce décor orchestral, son butsudan noir s'élevait majestueusement dans sa noirceur. Posé sur un meuble blanc, ce meuble sacré reflétait la personnalité de cet homme sincère et soigné.

Le coin salon les attendait déjà, avec son large fauteuil à châssis rouge dont les pieds brillaient d'or. Issata s'imaginait assister à ces bals de la cour dans un temps moderne. Deux flutes en Crystal, des serviettes blanches, des petites bougies décoraient la table basse.

« C'est l'appart d'un ami. Il est parti vivre à New York et cherchait un locataire. »

« La chance ! » elle s'exclama.

« Oui, je suis chanceux. »

« Et tu dors où ? »

« Je te montrerai plus tard, si tu le désires. »

« Et comment ! » Elle rétorqua, d'un ton qui sous- entendait, clairement que oui, elle le désirait.

« Alors assieds-toi, j'arrive avec l'apéritif ! »

« En tout cas, ça sent bon ! Oh, j'oubliais, » elle lui remit une bouteille de Prosecco.

« Merci, je vais la mettre au frais. »

Issata prit place sur le canapé luxueux et le regarda se faufiler hors de la pièce. Étourdie d'excitation, ses yeux se rivèrent vers les fenêtres grandes ouvertes, habillées de rideaux pourpres, qui l'emportèrent vers un autre siècle.

—Comme j'aimerais vivre ici, elle rêvassa. Elle détourna la tête et aperçut une table ronde à l'autre bout de la pièce, couverte d'une nappe blanche crochetée. De longues bougies rouge ancrées dans leurs bougeoirs ne demandaient qu'à être allumées. Contre un des murs, une immense armoire vitrée en bois, dominait l'espace. Ce cabinet contenait de la vaisselle en porcelaine avec des petites fleurs bleues. Tout un service y était exposé, un service de faïence qui imprégnait une histoire, une histoire de biens, de richesse, de générations, une histoire parmi des milliers de récits qui se raconte. Une telle beauté lui brûla les yeux.

Edward réapparut, un large plateau en main, chargé de champagne et de mini *bruschetta*. Les craquottes étaient tartinées d'avocat, garnies de crevettes et de tomates assaisonnées d'oignons et persil. Il plaça les mets sur la table et servit les coupes.

« Señora, » il lui offrit sa flute.

« Edward, c'est magnifique ! »

« Tu sais quoi ? » il lui fit observer, quand il s'assit à ses côtés.

« Dîtes-moi M. Jones ! »

« Nous nous sommes rencontrés le 3 mai ? »

Elle écarquilla ses yeux et s'exclama :

« Mais oui, c'est vrai ! Le jour où Sensei devint Président ! »

« C'est un signe ? »

« Absolument ! Au 3 mai ! » elle leva son verre.

« Au 3 mai, Issata Shérif ! »

Ils avalèrent une gorgée. Le bonheur s'exprimant sur leurs visages, elle demanda : « Alors cette tournée ? »

« C'était super, merci ! » Il relata combien heureux il se sentait quand il jouait ; ses moments avec ses musiciens et plus précisément avec Lelo. « C'est mon meilleur ami, un excellent batteur, tellement gauche et tellement drôle. »

« L'amitié c'est important, » Issata souligna et décrit Jimmy à travers ses mots, leur rencontre, et ce lien si fort qui les unissait.

« J'ai hâte de le rencontrer ! »

« Pour sûr, et la famille ? »

« Mais mangeons ! » il pointa les mets.

« Merci. » Elle s'aida d'une craquotte aux crevettes. Il choisit celle à la tomate.

« C'est très bon, » elle mâchait poliment.

« Fais-toi plaisir ! »

« La famille ? » il releva, « Mon père va bien. Je me demande souvent comment il fait sans ma mère. Il m'inspire tellement. Il continue à vivre sa vie. Sa routine l'accompagne dans son quotidien. Il tient bon. » Une note d'émotion se fit entendre dans sa voix. « Mais je suis inquiet pour Alex. »

« Alexandra ? »

« Oui, elle veut venir à Londres. »

« Vraiment ? » Issata toussa.

« Tout va bien ? » il tapota dans son dos gentiment.

L'annonce lui atterrit dans son estomac comme un coup de poing qu'elle en avala de travers. Sa rencontre avec Edward commençait tout juste, et cela impliquait un élément important : —Des enfants ? Des filles plutôt ! Une fille c'est tellement compliqué !

« Ne t'inquiète pas, juste un morceau de biscotte ! »

« Bois un coup alors ! » il refila leurs coupes.

« Et c'est pour quand ta fille ? » elle tâtait le terrain.

« Ce n'est pas encore décidé ! »

« Affaire à suivre alors, » elle feignit un sourire et s'enfila une gorgée.

« Je sais qu'elle a besoin de moi, » il défendit, un air de culpabilité résonna dans sa voix. Quoi répondre à cela ? Elle fixait ses yeux. Ils révélaient juste l'amour d'un père, qui cherchait à protéger sa fille.

« On peut fumer ? »

« Mais bien sûr ! » Il partit chercher un cendrier.

« Original ! » elle prononça quand il la retrouva. Il tenait en main un récipient en cuivre, taillé en forme de coquillage.

« Alex me l'a offert ! »

« Je vois, c'est touchant. »

Ils allumèrent leurs clopes. Le portable d'Edward retentit.

« Je dois répondre excuse-moi, » il s'éloigna.

Elle tira sur sa cigarette. Une bouffée de chaleur remonta en elle, jusque dans sa gorge, tout comme la voix d'Edward s'élevait du fond d'une pièce, la cuisine, elle découvrit. Elle ne transpirait pas mais la sensation la gênait. Son ressentit ressemblait à une ombre, une tache, un signe, un élément cyclique de sa vie. Cette chose arrivait toujours lorsqu'elle voulait y croire.

« C'était Alex, » il expliqua, en ressurgissant.

« Tout va bien ? »

« Un problème avec sa mère. »

« Je vois, mère et fille, une histoire de femme, » elle soupira.

Ce soupir la renvoyait à sa propre relation avec Maman.

« Enfin, focalisons-nous sur notre soirée ! » Il attrapa ses mains. « Et ton traitement ? »

« Ça suit son cours, » elle ne put que dire.

« Je te souhaite un rapide rétablissement, car on a pas mal de choses à découvrir ensemble. »

« Comme quoi ? »

Ses lèvres se rapprochèrent des siennes.

Il l'embrassa. « Comme ça ! »

Conquise, « J'espère être à la hauteur ! » elle ricana.

« Alors passons à table. » Sa main l'encouragea à se lever. Bien sûr qu'elle le suivit. « Installe-toi ! » Il tira la chaise comme dans les restaurants et alluma les bougies.

Quelques minutes plus tard, un festin reposait devant ses yeux. Un plat de tortellinis au potiron, qu'il concocta, servit d'un ragoût au bœuf. Le diner s'accompagnait d'un grand vin : —*Amarone*. « J'ai ramené cette bouteille d'Italie. Ce cru provient de la cave d'un pote. » Il libéra le vin de sa bouteille et versa le rouge velouté dans un décanteur.

« Bon appétit Issata. »

« Bon appétit Edward. »

Une lumière tamisée dicta le thème de la soirée.

Ils mangèrent, bercés par les classiques du jazz. Le repas glissait délicieusement dans sa bouche. L'habit du vin révélait la grandeur d'un homme dans toute son élégance, et la compagnie se prêta au jeu.

Quand ? Comment ? Elle perdit le fil de la soirée. Mais se souvint du son distinctif des trompettes et des timbales Charleston. Ces instruments grondèrent dans la salle d'un ton langoureux, soutenus par des notes de piano qui flottaient par éclat. Et le grincement d'une contrebasse qui unifiait l'orchestre. À ce stade, le repas avait pris fin. Ils arrivèrent au dessert, une salade de fruit macérée dans un coulis de rhum, gingembre, citron et sucre de canne. Ce délice aussi, appartenait à son talent de chef.

« C'est moi qui joue ? »

Émerveillée, elle ne réalisa qu'il l'invitait à danser, que lorsqu'il s'approcha d'elle et murmura : « *Our Love is here to stay...* Elle suivit le rythme de ses pas, méthodiquement lents, et écouta la résonance de chaque instrument qui traversait la pièce. Chaque note valsait avec elle et la préparait pour son envol. Issata se sentit guidée sur la route de sa seule et unique mission, être heureuse.

En chemin, ils firent escale sur le divan. Il retira ses lunettes et leurs langues s'engagèrent dans une danse endiablée. Par des sucements et des soupirs, ils entamèrent leur salsa du démon. Ainsi, ils établissaient le tempo de leurs attouchements spontanés.

À l'embarquement, aucun tissu ne fut détecté sur leurs corps. Une température naturelle les mena à bon port, et avec diligence ils s'envolèrent.

« Edward était un homme d'expérience ! »

—Rien à voir avec l'âge ! Il aimait les femmes. Il savait les aimer et stimuler leur plaisir sexuel, elle me révéla. *J'en tombais jalouse, juste de l'entendre exprimer ces mots !*

Il connaissait sa discipline avec précision. La femme représentait sa source musicale. Il comprenait l'unicité de chacune. Toutes possédaient leur propre zone sensible ; la clé de leur propre jouissance. Il avait juste appris à vibrer avec elles ; les petites formes, les minces, les grandes, celles enrobées sous une carapace plus corpulente. Il cherchait à guider la femme vers sa source, son puit féminin. Il prenait plaisir à la voir prendre les commandes de son propre orgasme, qu'elle s'épanouisse sans pudeur, qu'elle s'exprime librement. Il aimait cette fusion avec un corps féminin et l'exploration des jeux libertins qui en découlait. La géographie féminine n'était plus un secret pour M. Jones. De son sang Africain et Asiatique, il faisait l'amour comme un professeur. Passionné des plaisirs de la vie, il continuait d'apprendre. L'histoire voulut que lui et Issata partageaient ce point commun.

Allongés sur le côté, il choisit la position cuillère pour la pénétrer, un bras accroché à ses hanches. Elle se cambra et savoura les léchages dans son cou et le mordillement des lobes de ses oreilles. Tous deux haletaient très fort. Ils venaient de se retrouver et se désiraient dans l'angoisse d'une séparation brutale. Ils marquèrent chaque partie de leurs corps par des caresses spécifiques, des tatouages de leur empreintes digitales, que rien ne pourrait effacer, même si le désir les désertait. Tremblants sous leurs respirations saccadées, l'orgasme grandissait à travers leur chair enflammée. Un fluide sirupeux s'échappa d'entre ses lèvres vaginales. Avec ses doigts d'experte, pour avoir passé des années seule, bien avant ces joujoux érotiques, Issata stimula ce morceau de chair, si cher à son existence. Toutes les notes de son répertoire y passèrent. Edward, lui, ses testicules clapotaient entre la fente de son anus. Aux cris échauffés de son amante, il enclencha la vitesse supérieure, ne perdant pas de vue la ligne d'arrivée. Elle massa avec plus d'ardeur son compagnon de plaisir entre ses jambes. Ses doigts endiablés effleurent son pénis. Il rugit dans son cou comme une bête sauvage. Ensemble, ils galopèrent vers le passage ultime. Prêts pour l'atterrissage, les deux cœurs battirent en un seul son. La pression de leurs orgasmes s'intensifia, et une myriade de sensations éclata de ces deux corps en sueur. Un immense bonheur les submergea. Issata se sentit flotter dans l'air comme lors de sa première expérience sexuelle, à la découverte de ses doigts magiques. L'énergie continuait de déborder. Ils restèrent l'un contre l'autre. Silencieux, ils endurèrent l'apaisement nocturne qui régnait dans l'air chaud.

Longeant sa rue, Issata fut prise d'un mal de ventre. Secouée par une angoisse récurrente, elle tremblait.

La voiture de Rajeev l'attendait garée devant l'entrée. Comment retourner à Valley Park, après un moment si féerique avec son prince ?

Elle ressentait encore la lumière chaude et l'odeur d'un nectar corsé, la tirer de son doux sommeil. Ses pupilles faiblement ouvertes, elle entrevit ce qu'elle devinait ressembler à une tasse de café, et ses babines sèches anticipaient le goût des tartines beurrées au miel, posées sur une assiette blanche. Nu, assis sur un coussin, il la regardait émerger. Une lueur traversa le regard d'Issata. Elle se croyait presque au cinéma. Son regard rencontrait un homme ; un homme qui choisit de refaire sa vie ; un homme en confiance avec sa propre capacité artistique, son étoffe humaine. Elle admirait un homme libre. L'homme libre se leva. Il s'avança vers elle. Son sexe éveillé, se balançait entre jambes.

« Bonjour Issata, »il déposa un baiser sur sa bouche.

« Bonjour M. Jones, » sa main ne put s'empêcher de caresser l'autre M. Jones.

« Tu voulais voir la chambre ? »

« Exact, » elle sourit.

« Après le petit déjeuner, » il dit et lui offrit son café.

Ils ne perdirent pas de temps à manger.

À l'étage, elle découvrit deux chambres et une salle de bain. Une, qui servait plus de rangement mais assez grande pour en faire une chambre d'hôte et la chambre du maître ; une pièce immense et lumineuse, complètement aménagée avec tout ce qui s'ensuit, pour y passer une nuit de rêve. Des rideaux violets mariaient parfaitement le plafond blanc et les murs peints en jaune moutarde. Ce fut la salle-bain inclue dans la chambre qui donnait son luxe à la pièce. Un air de complicité s'imprima sur leurs visages. Il fallait baptiser la baignoire ce qu'ils s'adonnèrent à faire sans la bénédiction d'un prêtre.

La réalité força de grosses larmes à rouler sur ses joues, lorsqu'elle franchit le seuil de sa porte. Elle voulait tellement y croire. Car dans tous les contes de fée, le Prince Charmant délivre toujours sa princesse. —Edward n'habite pas très loin, dans une grande baraque et nous vivrons tous les deux très heureux sans enfants. —Enfin presque…

Elle passa plus de temps chez son amant que chez elle. Son ventre grossissait à vue d'œil. Pas pour ces raisons. Souvenez-vous, elle s'en plaignit à Dr Clark. Celui-ci dut se rendre à l'évidence et accepta de lui organiser un scanner. Elle reçut le résultat rapidement. Son rein avait développé un kyste, et il fallait le vider. —Ça prouve bien que je n'étais pas folle, soulagée, elle s'exclama !

« Vous êtes le fameux Edward ? » Jimmy, surexcité, accueillit Issata et son chéri chez lui.

« Et vous Jimmy ? »

« Oui, son mari dans sa prochaine vie ! Mais on se tutoie ! »

Edward regarda sa dulcinée, d'un air coquin.

« Je vois, elle a omis ce détail. Mais d'ici là, je te réchauffe la place. » Ils éclatèrent tous de rire et s'embrassèrent.

Ils retrouvèrent Xavier, ou plutôt Xaxa, comme Jimmy l'appelait, qui fumait sur le balcon, beau comme il le décrivit. Issata se trouva encerclée par trois hommes. Deux qui s'aimaient, un qu'elle aimait. Le champagne coula à flot comme le voulait la tradition. Chacun partagea son histoire. Xavier, sa vie de père homosexuel, combien reconnaissant il s'estimait vis-à-vis de Véro. « Sans elle, je ne me serais jamais senti libre. Toute ma vie, j'aurais été dépendant du regard de la société, la pression sociale, tout comme on peut devenir dépendant de son mari ou de sa femme. Beaucoup vivent dans l'attente que quelqu'un les sauve, mais c'est à nous-même de nous délivrer. C'est ce que je veux enseigner à mes garçons. » Des mots remplis de sagesse, d'un homme qui aimait un homme. Jimmy, toujours très réservé se blottit contre Xavier. Issata expliqua qu'elle attendait une date pour régler ce problème de cyste. L'apéro se déroulait très bien jusqu'à ce que l'Italien, le maître du jazz, l'homme libre annonça qu'Alex arrivait le 20 novembre.

« T'es sérieux ? » Tous entendirent la femme noire s'écrier.

Edward en tant que père, ne faisait que répondre aux sentiments affectifs de Xavier par rapport à ses garçons.

« Je te comprends Xavier, » il se devait de justifier.

« Moi aussi je suis père de deux filles, 20 et 13 ans. Elles représentent toute ma vie. En ce moment, mon ex et moi rencontrons des difficultés avec notre aînée. » Et il lâcha la bombe. Jimmy et Xavier furent témoins de la décomposition du visage d'Issata et de ses narines qui commencèrent à fumer. Son ami aperçut des larmes briller dans ses yeux.

« J'ai appris la nouvelle ce matin, j'allais t'en parler. » Edward plaça un bras sur ses épaules.

« Pendant combien de temps ? »

« On verra, cela me permettra de passer plus de temps avec ma fille. » Issata trembla d'émotions. Alex venait de briser son rêve. Elle vit son désir qu'il l'invita à emménager avec lui disparaître dans les décombres de son imagination. Forcément, les doutes invitèrent sa colère mais la sonnerie de la porte d'entrée la devança.

« Notre diner est là ! Allez fumer sur le balcon, j'arrive ! »

« Super idée ! » Xavier sauta sur ses pieds.

« Issata, attends-moi dans la cuisine ! » Jimmy suggéra, et se dirigea ouvrir la porte. Xaxa comprit le message, il entraîna Edward avec lui.

« Ma chérie, tout va bien se passer ! » Jimmy lança, quand il la retrouva. Elle fumait sa clope par la fenêtre.

« Je me sens tellement bête ! Il aurait dû me prévenir ! »

« Mais il a admis, elle l'a pris par surprise ! » il s'alluma une clope. « Et puis, c'est aussi une opportunité pour toi, de voir et de décider, si cette relation est faîte pour toi ! »

« Jimmy, j'en peux plus ! Je déteste où je vis ! »

« Ma chérie, souviens-toi de ce que Xaxa a dit ! Tu dois te délivrer ! Ce n'est pas la responsabilité d'Edward ! Tu te trouvais déjà dans cette galère avant de le rencontrer !»

« Et mon conte de fée alors ? » elle respira très fort, pour épargner ses larmes.

« C'est ta mission d'écrire ton propre conte de fée, » il murmura. Elle renifla. Ils finirent leurs cigarettes et retrouvèrent leurs hommes.

Issata se força à rester conviviale, même devant sa cuisine préférée. Elle trouva la solution dans le vin, le champagne, et le cognac à la fin du repas.

Dans la nuit avancée, ils rentrèrent chez Edward. Ils firent quand même l'amour. —C'était le moins qu'il puisse se soumettre à effectuer, —Me faire jouir ! Sa gosse est en mission pour saboter ma vie !

Elle le quitta au matin, habillée de son costume de femme révoltée. À l'approche de la maison, elle vit Rajeev rentrer dans sa voiture. —Qu'est-ce que tu manigances ? elle explosait à l'intérieur. Il était environ huit heures. Leurs yeux se croisèrent quand il s'assit à son volant.

—Tout ça c'est de votre faute, elle voulut lui cracher à la figure ! Ce regard vicieux toujours inscrit sur son visage, il lui riait au nez, d'un son démoniaque que tout sorcier émet lorsque son plan aboutit. —hihihi, c'est moi le maître ! Déchirée par le dégoût, elle le dépassa et l'ignora.

Agenouillée devant son Gohonzon, elle maudit Alex, et chiala, comme une hyène enragée. —Moi à ton âge Alex, je me débrouillai, je suis arrivée à Londres seule, j'ai bossé, et puis voilà.

« Issata Shérif, c'est Dr Clark, un lit vous attend au Royal Free, afin de percer votre kyste. » Elle reçut ce message en ce matin du 18 Novembre, après qu'elle sonna sa cloche et émit *sansho*.

Depuis ce dîner à quatre, les mots de Xaxa la suivirent. Trouver un palace qui comblerait son bonheur, s'inscrivait sur la liste de ses rêves, bien avant sa rencontre avec ce musicien de jazz. Et ce sentiment d'être libérée, telle une princesse, habitait ses pensées dès lors qu'elle rencontra Edward.

Ils gardèrent leurs distances. Elle en décida ainsi, et reprit ses recherches, à son rythme, avec cette date clé, au centre de sa motivation. La chasse fut dure et douloureuse. Aucun propriétaire n'acceptait de prendre une locataire au chômage et dépendante de la mairie pour subvenir au paiement de son loyer. Blessée, elle s'entendit dire aux agents de location :

—Vous savez ce que ça représente de se réveiller tous les matins, rongée par la douleur, d'être accroc à la codéine parce qu'un géant du marché ferroviaire a choisi son chiffre d'affaires plutôt que de miser sur le bien-être de ses employés ?

Non, ils s'en foutaient car ce n'étaient pas leur problème !

—Quoi encore Gary Grant ? elle s'écria à haute voix, après avoir écouté sa voix douce et paternelle. —C'est une blague ? Non, la loi mystique ne servait pas dans ce genre de boutade ! Pour combien de temps ?

Elle prépara un petit sac de voyage. À son arrivée, une infirmière la dirigea vers une chambre solitaire. La chambre était lumineuse et propre, plus grande que son studio. —Moi qui cherchait à être installée dans un nouvel appartement aujourd'hui, me voilà logée à l'hôpital, l'histoire de ma vie, elle sourit.

Dr Wagner, un homme noir, originaire du Kenya, d'environ soixante ans, l'assista. Il portait une moustache qui lui donnait un air de Martin Luther King. Il découvrit une femme prête à accoucher de triplets sauf qu'elle n'était pas enceinte. Ok, ils jouaient un peu avec le feu, de temps à autre, mais les visiteuses du mois arrivaient à l'heure.

Il l'envoya au département de science pour déceler ce mystère. Elle reçut une injection sédative, avant qu'on lui insérât un tube relié à une pochette en plastique, sur le côté gauche de son ventre, pour son rein droit. En quelques secondes, un liquide jaunâtre commença à couler. L'équipe du labo effectua une analyse. C'était de l'urine. Elle dut faire une radiographie. —Je comprends pourquoi j'avais tant de difficulté à pisser, elle réalisait. Elle regagna sa chambre éreintée, une néphrectomie attachée au ventre. Edward, Jimmy et Xavier, la retrouvèrent dans la soirée. Elle était comblée jusqu'à ce qu'Edward lui rappela la venue de sa fille. —C'est vrai, il y a Alex !

« Votre cas est unique ! » lui déclara Wagner, en possession du résultat de la radio. Fausse alerte ! Il n'existait aucun kyste sur son rein. Cependant on pouvait y apercevoir, comme une large poche grossissante autour de son rein. Celle-ci se remplissait d'urine, ce qui empêchait son organe de fonctionner. Elle dut subir une petite intervention dans l'urètre qui consistait à insérer un tube entre son rein et sa vessie pour l'aider à se vider temporairement.

Quel Verdict ! Elle informa Sophia, mais pas Maman. Inquiète, celle-ci se voulait de venir soutenir sa grande sœur. Issata lui parla d'Edward. « Je suis heureuse pour toi ma sœur, et je suis là si tu as besoin de moi. »

—M*yoho,* la loi mystique, elle observait pendant son séjour à l'hosto. —*Myo,* représente : *l'ouverture, ce qui* est *parfaitement doté* ou une *circonstance parfaite,* ainsi que *l'aspect mystique des choses* ; *Ho,* les phénomènes tels qu'ils se manifestent. Donc si le problème avec mon rein est un phénomène concret, de ce qui affecte ma vie à l'heure actuelle, quelle serait l'aspect mystique qui relierait l'essence de ma vie au blocage de mon rein, elle se devait d'enquêter ?

Une semaine plus tard, une ambulance la ramena à Valley Park. « On effectuera un scanner en Janvier, ainsi nous pourrons juger de l'efficacité de l'endoprothèse, » Dr Wagner suggéra. Dr Clark ajourna son traitement par précaution.

« Vous les connaissez ? » l'ambulancier demanda, alors qu'ils arrivaient devant chez elle.
Trois jeunes femmes habillées de tenues légères s'éclipsaient de la maison. Chaussées de talons à aiguille, elles titubaient sur le trottoir avec leurs mini jupes en paillettes. Issata réussit à voir leurs visages. Maquillés comme des putes, leurs regards défoncés faisaient peine à regarder. Scandalisée, ne voulant pas croire, que Rajeev dirigeait vraiment un bordel, elle sortit bêtement :

« Non, elles ont sans doute un peu trop forcé, les jeunes de nos jours ! »

« C'est dommage, » il compatit.

Elle regretta aussitôt son commentaire. —Si c'est le cas, je devrais les aider ! « Oui vous avez raison, c'est dommage, merci ! » Elle quitta l'ambulance.

Une odeur nauséabonde lui fouetta le nez quand elle ouvrit la porte d'entrée. Ce même arôme d'alcool brûlé qui ne peut que décrire l'utilisation de substances illégales.

Elle ne manqua pas de voir luire une lumière du haut de l'escalier. Les murs chuchotaient, les escaliers sifflaient des sons arabiques. Les trois étages semblaient trembler au-dessus de sa tête. Elle crut percevoir la voix de Rajeev, criant à chaque étage. —Quel pauvre mec ! Je pourrais presque le dénoncer à la police ! Mais pour leur dire quoi ? —Je n'ai pas de preuves ! Et j'ai déjà assez de mes propres problèmes.

« *Alex et moi, nous pensons à toi, repose-toi bien ! X* » elle lut, sur son iPhone, une fois installée devant son Gohonzon. —C'est ça, tellement fort que tu n'es pas venu me chercher, son égo boudait. « *Merci, j'ai hâte de la rencontrer, X* » —La menteuse !

—J'adore mon nouveau sac à main ! Je retire le tube le matin et le reconnecte la nuit. Quelqu'un apprenait à vivre avec les joujoux de la science ; surtout lorsqu'elle retrouvait Edward. Ils durent s'adapter à ce nouveau dispositif, car quelquefois le tube s'ouvrit et arriva ce qui devait se passer. Cela ne les empêcha pas de faire l'amour comme ils aimaient l'explorer, avec passion.

« Je te présente Alex, ma fille. »

Edward venait d'embrasser Issata, qui les rejoignit au Black Lion. Son regard se tourna vers une grande fille à la silhouette élancée, couverte d'un sweatshirt entrouvert rose, à capuche. D'office, ses yeux tombèrent sur l'échancrure de son habillement qui mettait en évidence une paire de seins plus grosse que la sienne. Elle abordait un jean blanc et des Puma noires, le look typique de l'adolescente du millenium. —Elle ressemble exactement à Edward, elle eut le temps de penser ; mêmes traits du visage, mêmes couleurs des yeux, lèvres fines, à l'exception des taches de rousseur saupoudrées sur ses joues ainsi que sur son nez de chaton. Ses longs cheveux bruns et bouclés tombaient sur ses épaules avec élégance. Alex était la version féminine de son père. Sa peau brillait d'un teint plus clair, à la nuance du lait de coco.

« Bonsoir Alex, Je suis heureuse de te rencontrer, » Issata s'apprêta à l'embrasser.

Alex lui tendit la main et répliqua : « Salut ! » d'une insolence clairement accentuée par un regard meurtrier qui insinuait : C'est mon père ! *Issata m'expliqua même que si elle avait pu me traiter de salope, elle l'aurait fait et moi je l'aurai giflée avec ma main africaine, de la façon la plus africaine qu'il n'est impossible d'imaginer.* Elle ne le fit pas. —Très bien, elle pensa avant d'accepter sa main. Elle surveilla l'arrogance de sa jeunesse dans ses yeux et décida de jouer le jeu. « En tout cas, tu es très belle ! »

« On prend un verre ? » Papa suggéra.

« Desperado pour moi. »

« Et toi ma chérie ? »

« Limonade ! »

« Tu peux prendre une bière, si tu veux. »

« J'ai dit limonade ! » une voix froide insista.

Edward sourit et partit chercher les boissons. —Qu'est-ce que je fais ? Seule avec elle, Issata se demandait. Lui parler ? Mais de quoi ? —De toute façon même si je le voulais, elle est scotchée à son portable. Toutes les secondes, un 'bip' se fit entendre. —Ah ces jeunes aujourd'hui !

« Salute, » Edward réapparut avec un plateau en main.

« Merci, » Issata chopa sa bière.

Alex trop occupée avec son iPhone ne prêta pas attention à son père.

« Alex ? » il appela.

« Oui, merci ! »

« Bon Alex, tu vas me poser ce téléphone ! » Papa haussa d'un ton. Pas très contente, elle le glissa dans sa poche et chopa son verre.

Ils avalèrent une grande lichée, puis Issata entama :

« Alors quels sont tes plans ? »

« Je veux être mannequin pour voyager dans le monde entier, » elle lança.

« Pourquoi pas, tu pourrais t'enregistrer dans des agences pour mannequins. »

« C'est déjà fait ! J'ai même aussi un portfolio ! »

« Alors ne t'inquiète pas. »

« Ma chérie, trouve-toi un boulot dans un premier temps et surtout fais toi des amis. »

« Je sais ce que je veux ! De toute façon, je n'ai pas de compte à te rendre. J'ai vingt ans ! »

Issata regarda son homme, gênée pour lui.

« Moi j'aimerai bien voir tes photos si tu veux, » elle commenta pour apaiser les tensions.

« Au moins toi tu me comprends. J'ai besoin de grandir dans le milieu de la mode ! »

« Je suis sûre que ton père te comprend, il veut juste t'encourager à te développer. » Issata plaça sa main sur celle de son chéri.

« Alors il devrait m'encourager à y croire, » elle reprit son téléphone.

Nos deux adultes observèrent le visage d'une adolescente dans le corps d'une femme. Une sensualité fraîche régnait dans ses yeux, une sensualité qui pourrait tourner en une force ténébreuse si guidée avec sagesse.

« Alex tu as raison, je devrais t'encourager à y croire. » La sagesse d'un père ému se fit entendre.

—Tu as un travail monstre avec tes filles Edward Jones, Issata compatit. Alex termina de taper quelque chose et se leva : « Je vais fumer. »

Ils se regardèrent et la suivirent. Dehors, elle se montra plus amiable. Elle posait, et ils jouaient le rôle du photographe ; l'astuce pour établir un lien avec la nouvelle génération.

La séance photo se poursuivit à l'intérieur. Elle voulut essayer la Desperado et ils commandèrent des burgers. L'atmosphère changea. Ils s'affichèrent avec leurs assiettes devant eux, quand ils croquèrent dans le burger, lorsqu'ils avalèrent des frites. En résumé, leur première soirée ensemble s'avéra une victoire. Edward rentra avec sa fille et Issata rentra seule. —La fille de mon mec est en ville !

Figurez-vous qu'ils étaient nés le même jour ? À vingt ans d'écart. Coïncidence ou mystique ? Le 13 Décembre, Edward fêtait ses 61 ans et Issata ses 41 ans. Ils se retrouvèrent au Sky Garden, le plus grand jardin public de Londres. Jimmy avait entrepris d'y emmener sa copine. Et changement de programme. Il y avait Edward et Xavier et Alex. Assis au restaurant Darwin, ils admiraient une vue spectaculaire. Tout se déroulait à merveille, à part Alex qui se plaignit tout au long du repas. —Quelle tête à claque, Issata la maudissait. Chaque fois qu'elle la voyait, sa colère fidèle servante l'assistait. Ils reçurent un bon pour un massage Thaïlandais valable indéfiniment.

« Edward tu es vraiment un homme à marier. »

Elle passa Noël chez son amant et sa fille. Il prépara un gigot d'agneau et des légumes sautés. Elle avait commandé une bûche de chez Paul. Il venait de servir les plats. Belle enfant qu'elle était, Issata complimentait le chef. Que venait-elle de dire la scélérate ?

« Moi je n'y crois pas au mariage ! C'est bidon ! Regarde-toi et maman ! » la peste dut intervenir. Noire de colère, Issata ruminait : —Je vais t'en foutre des baffes, tu vas voir. Trouve-toi plutôt du travail, au lieu de te plaindre sale gosse !

« Ma chérie, ta mère et moi, nous avons eu notre histoire, dont tu fais partie. Le mariage est un choix et nous avons choisi de divorcer, c'est tout. » Alex haussa les épaules et déserta la table.

—Elle lui voue réellement une énorme colère, comme moi avec Maman. Issata la poursuivit du regard, se vautrer sur le canapé. —Est-ce pour cela qu'elle m'agace tellement, un reflet de moi-même ? Non, je ne suis pas comme elle !

—Et mon chéri dans tout ça, je me demande vraiment comment il trouve la force de gérer ? —Peut-être qu'il s'en veut ? —C'est souvent ce qui rend toute relation très dangereuse, la culpabilité.

L'atmosphère demeura tendue. Ils lui offrirent une enveloppe pour cadeau. À peine, si elle dit merci. —Pauvre garce, je suis au chômage moi ! —Rends-les moi mes 20 livres ! C'est deux paquets de Marlboro !

31 décembre, elle assistait au concert d'Edward et son Quartet, à Pizza Express dans Soho. Jimmy et Xavier la rejoignirent. À sa surprise, Alex travaillait comme serveuse. Le restaurant cherchait des extras. Alex était disponible, le gérant lui proposa un poste. —Espérons qu'elle change son attitude, elle ne put s'empêcher de souligner ! Habillé d'un smoking noir, une chemise blanche sans cravate, Edward brillait sur scène. Impressionnée, elle le voyait jouer pour la première fois.

Il l'entraina vers la Nouvelle Orléans où les premières formes de jazz émergèrent. Il incarnait l'ère du Jazz, l'époque des légendes. Concentré sur son instrument, il fermait les yeux, et elle se glissait virtuellement dans ses bras, imaginant ses doigts caresser les cordes de son soutien-gorge, de sa petite culotte, les cordes de sa féminité tout simplement. Ils se parlèrent brièvement, ils s'embrassèrent et … Elle rentra pompette et seule à trois heures du matin.

7

Bonjour *2016, L'année de l'Expansion dans la nouvelle Ère du Kosen Rufu Mondial.*

—Encore un nouveau thème Sensei, elle médita assise sur son trône. — Moi j'ai surtout besoin d'ouvrir le canal qui relie mon rein à ma vessie ! Si vous avez une réponse faites-moi signe, après tout vous êtes le maître, illuminez mon chemin !

Elle retourna à l'hosto au milieu du mois de Janvier pour son scanner. —J'espère qu'il y aura du changement.

Ça commençait bien pour Edward, Il accumulait des gigs et rencontrait de nouveaux artistes. Elle réussit à assister à tous ses concerts, souvent avec Jimmy et Xavier. Jimmy rayonnait de bonheur. — Je suis tellement heureux avec lui, il lui confiait. Tout comme Issata, il vivait un moment difficile avec Ethan, l'aîné de Xavier.

Alex bossait toujours mais s'infiltrait dans leur vie sans gêne. —Papa ci, papa ça, enchaînés par des larmes.
Sa venue clairement perturbait leur intimité, si bien qu'Issata commençait à croire qu'elle cherchait juste à saboter sa relation avec Edward.

Une nuit, alors qu'ils avaient organisé de rester chez Issata pour vivre leur histoire, Alex téléphona en larmes. Alex aurait perdu les clés de la maison. Edward accourut à sa rescousse, abandonnant notre amie sur sa fin.

À une autre occasion, toujours la nuit, elle débarqua chez lui, effondrée et bourrée. Nus, nos deux tourtereaux s'enlaçaient sur le divan quand un cri les fit sursauter.

« Papa, » elle pleurait. « C'est Kevin, il m'a largué ! »

Un mec ? Depuis quand ? Embarrassée et surtout furieuse car elle s'apprêtait à jouir, elle chopa la couverture pour cacher sa nudité. Edward enfila son caleçon et se rua vers sa fille, la prenant dans ses bras.

« Ma chérie, ça va aller ! »

« Papa, j'me sens si seule ! Personne ne m'aime ! » elle sanglotait. « Même toi tu as ta copine ! Tu n'as jamais le temps pour moi ! » —Mais quelle comédienne ! Issata les observa et crevait d'hurler.

« Alex je t'aime, je serais toujours là pour toi. » Il continua en Italien et l'entraîna à l'étage.

Dégoutée, elle s'habilla rapidement. — Quelle conne, cette gosse ! Elle se prend pour qui ? Ses yeux se dirigèrent vers sa scène de musique. Un désir violent de fracasser les instruments d'Edward la démangeait. —Comme ça tu pourras te la garder ta gosse pourrie ! Elle voyait déjà le bois cassé de sa contrebasse, voler en éclat dans la pièce, les cordes aussi brisées que l'état, dans lequel son cœur se trouvait à cet instant ; les touches de son piano éclatées sur le sol, sonner d'une disharmonie qu'elle connaissait si bien.

« Tu vas où ? » questionna Edward, lorsqu'il la retrouva.

Effrayée par ses propres pensées, Issata sursauta.

« Vaut mieux que je rentre, » elle attrapa son sac.

« Mais il est tard, » il s'approcha d'elle. « On va continuer ce qu'on a commencé ? » Il essaya de lui prendre les mains, mais elle le repoussa.

« Parce que tu penses que c'est drôle ? »

« Issata, elle est ma fille, je ne peux pas la laisser seule ! »

« Et moi je suis quoi pour toi ? » elle explosa en sanglots.

« Tu ne vois pas qu'elle le fait exprès ? »

« Ce n'est pas facile pour moi, essaie de me comprendre ? »

« Et moi qui me comprend ? » elle se débattit.

« Reste, on va dormir et on en discutera avec elle, » il insistait. Son regard lui fendait le cœur car il était sincère.

« Non ! Gère tes problèmes avec ta môme ! Moi j'ai assez des miens ! » Elle le repoussa. Edward écouta la porte retentir comme un tonnerre derrière elle.

Seule dans son studio, elle texta Jimmy qui l'appela de suite. « Quelle garce ! Tu devrais voir comment elle me nargue ! Elle me déteste Jimmy ! Je ne peux pas vivre cette relation ! C'est trop pour moi ! »

Jimmy lui prêtait son attention.

« Ma chérie, Edward est un homme formidable. Voilà dans quoi tu t'embarques. Es- tu prête pour cela ? »

« Et moi dans tout ça ? Il voit bien que moi aussi j'ai besoin de lui. »

« N'attends rien de lui, ce qui compte c'est ce que tu ressens pour lui. À vous deux d'établir un équilibre pour votre couple ! »

« Sans Alex ! »

« Impossible ! Et de ce que je me souviens, il a une autre fille. »

« Pourquoi c'est si compliqué ! » elle pleurnicha.

« Regarde les choses autrement. N'oublie pas que tu pisses dans une poche en plastique ! »

Un silence pesa dans l'écouteur, car il avait raison.

« Issata, » il appela doucement.

« Jimmy ce n'est pas juste ! » elle sanglota.

 « Écoute, il est 2h du mat ! Fais dodo et on capte plus tard, ok ? »

« Ouais, » elle soupira.

« Je t'aime moi. »

« Moi aussi je t'aime mon Jimmy. »

B l'accueillit et reconnut cet air triste inscrit dans son regard. Un flot de larmes jaillit sur son visage. D'un ton saccadé, elle s'exprima :

« Il…Il… Il est… gentil, mais sa fille, j'en peux plus, » elle éclata.

Sa confidente l'écoutait, l'observait, l'analysait.

« Tous les éléments destructeurs de votre vie sont en train d'émerger à travers votre relation avec Edward. »

« Je ne comprends pas. »

« La vie est en train de vous tester, maintenant. »

« Encore ? »

« La colère et le rejet représentent des grandes souffrances dans votre vie. Aujourd'hui ces démons affectent votre relation amoureuse. C'est à vous de décider ce que vous voulez réaliser avec Edward ? »

« Qu'il me comprenne ! » elle sortit

« Alors parlez-lui ! »

« Mais il le sait déjà ! »

« Peut-être qu'il a besoin de l'entendre de votre voix. »

« Mais comment ? »

« Comme vous le faites avec moi ! »

« Je ne sais pas, » elle souffla.

B la regarda longuement.

« Est-ce que la colère que vous portez envers votre mère, est la même pour Alex ? »

Issata resta sans voix. La question exposait un fait, une image, un ressentit, une réalité. Mais comment l'expliquer ?

 « Toute émotion cache une expérience, qui se traduit par un sentiment, un vécu qui illustre la dépression de notre existence. Vous y êtes presque Issata ! » B, conclut.

Ces mêmes mots l'escortèrent à Valley Park.

À l'annonce de son nom, elle se leva et se dirigea vers la voix qui l'interpellait. « Bonjour Dr Wagner. »

« Entrez, je vous prie. »

« Nous avons étudié votre radiographie, » il commença quand il ferma la porte. « Votre rein contient toujours beaucoup de liquide, et malheureusement le volume d'eau affecte les autres organes. »

« Que voulez-vous dire ? »

« De par sa grosseur, il s'impose dans votre corps. On pensait pouvoir régler le problème, mais ce serait trop dangereux en vue de la position de votre rein. Donc la seule option est de le retirer ! »

« Oh non ! Vous m'aviez confirmé, qu'il était en bonne santé. »

« Effectivement, mais à ce stade, il faudrait un miracle. »

« Un miracle, » elle soupira.

« Je comprends votre déception. Je vais discuter de votre cas pendant notre conférence régionale et organiser une date pour votre procédure. »

« Je ne sais plus quoi penser, » sa voix trembla.

« Vous priez ? »

« Oui, » elle répondit, suivit par : « Je suis bouddhiste. »

« Alors demandez aux Dieux bouddhistes de vous prêter assistance. »

« C'est vrai qu'ils m'ont un peu abandonné. »

Dr Wagner sourit.

« Madame Shérif vous êtes très forte. On cherche la meilleure solution pour vous. »

« C'est vous qui voyez, » elle murmura, les larmes brillant dans ses yeux.

« On se retrouve… » il regarda son calendrier rapidement.

« Le 16 mars, il trancha, « Ainsi, on pourra discuter de votre opération ? »

Le 16 mars, quatre ans auparavant, elle préparait son rendez-vous avec Mr Smith et termina à l'hôpital. Où la vie la mènerait-elle ce 16 mars 2016 ?

« Ok, » elle répondit et s'en alla.

14 février 2016, Issata vivait une histoire d'amour avec un homme. Non, elle ne changea pas son statut sur FB.

Alex ? L'affaire se régla. Quelques jours après sa crise, elle s'était remise avec Kévin et s'excusa.

Elle fêtait cette occasion pour la première fois, elle me confia. Et que pendant des années, elle détestait la commémoration de cet événement, ce jour qui lui dictait son bonheur, qui lui rappelait que personne ne voulait d'elle. Elle détestait toutes publicités autour du 14 Février, à la télé, dans les magasins, voire même au travail, ce message qui la persécutait, à croire qu'elle avait besoin d'un homme pour être heureuse.

A son arrivée chez Edward, elle trouva un mot :

—*Entre, c'est ouvert.* Le cœur jubilant de curiosité, elle poussa la porte et se laissa guider jusqu'au salon par les lumières tamisées de bougies. Les jambes légèrement écartées et encrées sur son sol boisé, la contrebasse dans ses bras, il l'observa entrer et lui fit signe d'avancer. Issata n'en croyait pas ses yeux. Une table bistro, sur laquelle il avait placé une flûte de champagne, des cacahuètes et des olives, l'accueillait. Elle remarqua aussi une enveloppe avec son nom inscrit dessus. Elle l'ouvrit et en sortit une carte recouverte de roses rouge.

—*Issata, Je suis ton Valentin ce soir, Ed XXX.*

« Edward, » elle souffla, riant de joie.

Il leva son verre et lança :

« Salute ! »

« Salute ! » elle se joint à lui.

Lentement, ils avalèrent une lichée.

« Ce spectacle est pour toi. »

La main gauche autour du cou de son instrument, la droite contrôlant l'archet, il caressait les quatre cordes, et, s'éleva dans la salle : —*Our Love is Here to Stay*...

Ses yeux se remplirent de larmes. Ils firent l'amour sur cette mélodie. Le grincement passionné des cordes, la pénétrèrent. Son doigté sonore réveillait en elle, les plaisirs charnels éprouvés durant leurs moments intimes. Et chaque fois qu'ils faisaient l'amour, elle en puisait une nouvelle expérience. Chaque fois qu'il lui offrait le plaisir de jouir, elle jouissait pour la première fois.

Sa première performance privée, Issata enviait la posture de la contrebasse. Cette machine volumineuse, épaisse, solide et fragile ressemblait à une femme, la muse musicale qui complétait la vie d'Edward Jones. Elle la regardait danser dans les bras de son amant, et entrevit la forme d'une énergie féminine, une aura. Elle ne brillait d'aucune couleur, mais dégageait une odeur, l'odeur d'une argile pure, soignée et étudiée. Le parfum de cette terre donna naissance à des milliers de vies. Ces cellules vivantes qui racontent l'histoire de l'homme. Elle régnait de par sa force, sa beauté spirituelle. Issata arrivait à ressentir comment sa liberté d'aimer ainsi que celle de pardonner, formaient son essence.

Issata dévisageait cette force, s'exhiber entre les jambes de son maître et se voyait la rejoindre. Dans un besoin d'exprimer son désir en toute légitimité, la pointe de ses seins se durcir. Elle voulait sa place et imaginait l'archet glisser sous sa robe. Haletante, des gouttes de sueur glissèrent le long de son corps. Sa fleur noire miaulait silencieusement. Ses lèvres labiales étouffaient la liqueur exotique qui s'échappait de sa chatte. Le coulis s'accrochait dans les filets en dentelle de sa culotte pourpre. Elle frotta ses dix doigts ensemble, en position de prière et comme une réponse à son appel, Edward mit son archet de côté et entama son pizzicato. Elle se leva spontanément, et s'approcha de son homme, prêt à entrer dans le nirvana. Elle tournoya devant lui et l'implora de l'emmener dans son voyage. La vie de cet aventurier se dévoilait sur son visage. Edward Jones définissait l'homme qui parcourut le monde à travers la musique. A pas déterminés, elle suivit les mouvements de ses doigts. Elle dansait avec aisance, émue par tant de tendresse, tant de respect. —En ce 3 Mai, j'ai suivi mon cœur, mon désir de vouloir y croire ! elle hurlait intérieurement. Edward ralentit et pinça la note finale. Sans voix, elle l'applaudit. Il plaça son instrument à terre.

« Bonne St Valentin Issata, » il souffla, et lui fit une révérence. Elle plaça ses bras autour de son cou et l'embrassa…

—Un miracle, ces deux mots animaient ses pensées journalières. —Dr Wagner m'a conseillé de prier, elle ressassait. Un matin, alors que justement elle priait une voix interne la convia : — Réaliser l'impossible, requiert de la foi et la foi se traduit par la prière. Elle se rappela d'expériences de membres qui s'adonnèrent à leur pratique pendant des heures, bataillant leur problèmes financiers, maritaux, leurs problèmes de santé. Et ils surmontèrent. Elle se souvint surtout de leur joie et de leur fierté à partager leur immense gratitude envers l'enseignement de Nichiren. Issata se lança le défi de méditer dix heures par jour pendant dix jours. Elle arrivait à tenir trois heures, sans s'arrêter, donc pourquoi pas dix. Sa motivation impressionna Edward. « Je peux me joindre à toi si tu le souhaites ? » il suggéra. —Je veux méditer seule, elle lui fit comprendre.

Jour 1, le premier Mars, à six heures du matin, elle regarda longuement la montagne devant elle. Imperturbable, cette pierre mystique qui disparaissait dans les cieux, l'invitait à la rejoindre. Agenouillée, devant son Gohonzon, les dix doigts scellés, l'expression des dix états de vie, l'arc en ciel émotionnel de l'être humain, elle partit à sa rencontre. Honorée d'une telle invitation, elle priait de toutes ses forces l'escaladant prudemment avec pour guide le son de sa voix. Elle conjurait ses prières à pénétrer chaque particule de son corps. — Le cœur a sa raison que la raison ignore, dirait le proverbe, —Aie raison de mes prières, sa voix proclamait pendant qu'elle visionnait la géographie de sa carte corporelle dans son écran mental. Des heures passèrent. À midi, elle prit sa pause. Elle venait de réciter daimoku pendant six heures. Comment se sentait-elle ? Affamée et en manque de nicotine. Elle mangea un morceau, avala sa limonade préférée…Treize heures, retour à son marathon spirituel, déterminée à gagner. Tout au moins, elle voulait essayer. Elle baigna son être des mêmes prières, avec la même tonalité, la même fougue. Sonna dix-sept heures, elle termina épuisée avec une voix cassée.

Jour 2, fidèle au poste, elle implora son *chi,* l'essence de sa vie à remplir sa fonction, celle de révéler son humanité. La vie est une énergie qui se dompte. Lorsqu'elle se couche, on est comme mort, quand elle se réveille, notre cœur bat son plein. Alors elle voyage dans l'univers, s'allie à des formes matérielles, et trouve le corps qui a besoin d'elle.

—Pousse les murs de ce canal qui relie mon rein droit à ma vessie. —C'est tout ce que tu as à faire !

—Après tout c'est ton rôle ! Toi la vie, ranime mon corps. Ainsi sa voix se perdit pendant des heures et des heures dans l'espace de son studio, forçant ses cordes vocales à se muscler.

Jour 3, jour 4, jour 5, elle sentit les doutes la draguer.

—Et si ça ne marchait pas ? Cette pensée l'attrista, d'autant plus qu'elle n'avait jamais réalisé ses objectifs à travers l'enseignement de Nichiren. Pourquoi continua-t-elle ? Sa vie emprunta des chemins auxquels elle n'avait jamais pensé. Des voies qui lui offrirent une autre vision de sa destinée, qui l'encourageaient à ouvrir des horizons et à accueillir des nouvelles versions de son existence sur la terre. Pourquoi ne pas en faire de même en dépit du résultat, alors ? Parce que je veux être convaincue que la loi mystique est la voie religieuse à suivre pour le reste de ma vie, fut son raisonnement.

Jour 6, la concentration la boudait, la fatigue la rongeait. Quatre jours d'escalade à surmonter et elle se voyait abandonner. La montagne la narguait de son allure majestueuse. Elle se sentait surtout très seule, confrontée à cet énorme obstacle. Mais c'était une bataille qu'elle se devait de gagner seule.

—Que ferais-tu à ma place Sensei ? Elle se demanda pendant sa pause. —Je perds ma voix ! —Je suis crevée !

—Où as-tu puisé cette force, cette détermination à continuer ? —Toi aussi, tu as dû te sentir tellement seul, lorsque ton maître s'est éteint ! Perdue dans ses pensées, comme s'il avait pressenti sa détresse, elle reçut un texto d'Edward : « Je suis de tout cœur avec toi, tu es la femme la plus courageuse que j'ai pu rencontrer. » Le mot courage la secoua comme une bouffée d'oxygène. Daisaku Ikeda y réfère souvent dans ses directives. Nichiren lui-même explique : « *Efforcez-vous de faire surgir le pouvoir de la foi. Considérez comme merveilleux le fait d'être encore en vie. Employez la stratégie du Sūtra du Lotus avant toute autre. « Tous ceux qui t'ont fait du tort ou cherché querelle seront éradiqués. » Ces paroles d'or ne seront jamais fausses. La stratégie et l'art du sabre proviennent fondamentalement de la Loi merveilleuse. Ayez une foi profonde. Un lâche ne verra aucune de ses prières se réaliser.* » dans une lettre intitulée, *La Stratégie du Sutrà du Lotus.*

Selon le dictionnaire, ce mot signifie l'habilité d'exécuter quelque chose qui nous fait peur. Ses synonymes riment avec bravoure, audace, héroïsme, et la liste est longue lorsque l'on prend la peine de chercher. Mais observons son origine. Il dérive de la bonne vieille langue française, à la base empruntée du mot cœur. La rage est venue se rajouter, démontrant ce feu qui s'attise en nous. Donc littéralement parlant, le courage se comprend par puiser la flamme qui brûle dans notre cœur. Être courageux repose sur l'acte de révéler cette force colossale encrée dans notre cœur. Et bien souvent, il faut creuser pour le faire jaillir. Les larmes brillèrent dans ses yeux. —Mais comment, vais-je réussir à faire jaillir ce courage ? Je n'ai presque plus de voix ?

—Il est déjà treize heures et j'ai encore quatre heures à observer ! Au bord de la défaite, son regard se posa sur la photo de Nelson Mandela et Daisaku Ikeda qu'elle conservait sur son autel bouddhiste. Les deux hommes se serraient la main. Ce moment fut capturé à Tokyo en 1990, juste après la sortie de prison de Nelson Mandela.

—Madiba, elle souffla. C'était le nom du clan tribal de ce dernier, le nom des ancêtres qui appartenaient à l'ethnie Xhosa. Ce nom est un signe de respect. Nelson Mandela lui-même préférait être appelé par ce nom clanique. Alors pourquoi Nelson ? Tout simplement une coutume choisie par les Africains de l'époque. Son institutrice, nommée d'après les sources, *Miss Mdingane,* lui attribua ce nom. Issata se rappelait clairement le jour de sa libération le 11 Février 1990. Elle entrait dans sa seizième année et ne réalisait pas l'impact et l'importance de sa libération. Elle ne mesurait pas les souffrances, qu'il avait subi pour la cause du peuple noir. Elle était juste heureuse de le voir libre.

Nelson Mandela déclara : —*J'ai appris que le courage n'était pas l'absence de la peur, mais celui de le surmonter. Un brave homme n'est nul celui qui n'a pas peur mais celui qui combat sa peur.* Qui aurait pu imaginer, qu'après vingt-sept ans d'emprisonnement, il servirait l'Afrique du Sud en tant que président ?

—Le courage, elle murmura, Edward pense que je suis courageuse, et comment traduire cela dans ma vie ?

—Je ne veux pas d'un courage héroïque, le monde a changé, elle s'entendit prononcer. Les larmes roulaient sur ses joues. Elle fixa son Gohonzon. —Pourquoi ai-je entrepris cette campagne ? Après toutes ces heures de prières, j'ai sûrement débloqué quelque chose ? —Bon, je suis encore en vie.

Ces deux mots 'en vie' résonnèrent d'une autre ampleur en elle. Elle respirait, elle voyait, elle entendait, elle sentait, elle pensait, elle parlait. Elle était réelle ! Sidérée, ses narines frémirent. Et là comme une révélation, elle parla à voix haute : —Je suis en vie ! Et ressentit un plaisir chaleureux se répandre en elle. —Être courageux c'est développer l'esprit de reconnaissance envers la vie. Car sans la vie, personne ne peut exprimer le courage ! Un océan d'émotions explosa dans son corps, une sensation similaire à l'orgasme, amplifiée par des larmes de joies. *Je sais, tout semble être lié à l'orgasme chez elle. C'est ainsi qu'elle partagea ce bonheur !* Issata venait de découvrir l'essence de son propre courage, un courage spirituel, le genre de courage guidé par des valeurs morales. Elle reprit sa course, et termina sa session, confiante que la meilleure solution se prononcerait.

Jour 10, elle atteignit le sommet de la montagne.

—J'ai réussi, elle s'exclama Glorieuse ! Elle regarda sa vie de la hauteur de son studio. —Ok, j'habite encore à Valley Park, mais j'ai tenu bon !

Elle quittait chez elle, pour retrouver son chéri et vit une fille aux cheveux noirs, qui descendait les marches de son immeuble. Elle découvrit un visage maquillé d'un rouge douloureux, sur une peau très blanche ; un mélange de pleurs et de coups violents. Choquée, Issata regarda ce corps fragile couvert d'un long manteau en faux cuir bleu clair, atteindre le bas des escaliers. Elle portait des sandales à talons, sans chaussettes. Les veines de ses jambes accentuaient la couleur de son manteau. Elle tenait une roulée entre deux doigts fins et abimés par la nicotine. Elle vit de suite qu'elle se rongeait les ongles. Issata lut dans son regard gris clair, l'histoire d'une âme perdue et condamnée, qui n'avait pas plus de dix-huit ans.

« Tout va bien ? » elle s'empressa de demander.

« Ouais, je bosse pour Rajeev ! » un son criard mélangé à un accent d'Europe de l'Est s'échappa des lèvres meurtries de cette jeune femme.

« Mais vous saignez ? »

« Ça ce n'est rien, ça m'arrive tout le temps ! »

« Qu'est-ce qui vous arrive tout le temps ? »

« Écoutez, je suis crevée, j'ai bossé toute la nuit ! » Elle passa Issata.

« Je suis Issata, j'habite ici. Si un jour vous avez besoin d'aide. »

« Éva ! » elle cria, ouvrit la porte et partit.

Aussitôt Issata entendit une voiture démarrer.

—Après un tel marathon, voilà ce que l'univers me met sous les yeux ?

Et pourquoi maintenant ? Le regard rivé vers le haut de l'escalier, elle fut tentée de monter à l'étage. —Oublie tout ça, elle s'adressa strictement, et s'empressa chez son amant. Elle partagea ses soupçons avec lui.

« Que dois-je faire ? »

« C'est clair que c'est grave, mais il te faut des preuves ! »

« Ça me fait flipper ! Le pire c'est que je vis là-bas ! »

« Issata, nous avons d'autres chats à fouetter. Et si nous partions plutôt *À la recherche du temps perdu* » il lui glissa à l'oreille.

« Et celui du temps retrouvé, tu as raison, » elle ricana.

Le 16 mars, le verdict demeura le même. Elle s'en doutait et était prête à faire ses adieux à son rein droit.

Dr Wagner lui confirma qu'il avait bloqué le 3 mai pour son opération. Cela vous rappelle quelque chose ?

—Il va falloir que j'informe Maman ; l'inquiétude la rongeait déjà sur le chemin du retour à la maison.

Karma, un concept qu'elle côtoya tout au long de sa pratique, pour l'avoir elle-même utilisé à plusieurs reprises, lorsqu'elle cherchait à encourager les autres, Issata devait y faire face. Souvenons-nous que le mot karma rime avec l'action, et souvent expliqué comme la loi de causalité. Juste mentionner le mot peut faire peur. Cependant, dans l'histoire du bouddhisme cette notion a toujours traversé le temps. Les membres de la SGI associent leurs problèmes au karma.

—Le karma lié à l'affectif, le karma financier, le travail, la santé. Issata les a même entendu dire : « J'ai un lourd karma ! »

—Lourd comment, elle se voulait de répondre ?

Mais respectait les douleurs de chacun. Et qu'exprimaient-ils vraiment ? Le bouddhisme établit une différence très claire entre le karma muable et immuable. Le karma muable représente des causes qui se manifestent au moment où nous les créons alors que l'immuable, dans la tradition, était considéré comme invariable et destiné à réapparaître vies après vies, déterminant notre destin.

—Néanmoins, comme je l'ai souligné dans le prologue, le bouddhisme de Nichiren permet de transformer l'état de vie intérieur afin de construire un bonheur indestructible.

Tout ceci pour expliquer que lorsque les mêmes circonstances d'un problème ne cessent d'apparaître, cela démontre très clairement une tendance de notre part qui ne prône qu'à encourager, le problème d'exister.

—Peut-être que c'est mon karma avec Maman que je dois déceler ? —Si le karma représente l'action, quelle action je mène dans ma vie de tous les jours. —Je suis en colère, rien de nouveau !
—Mais encore plus avec toi Maman, pourquoi ?
À l'écoute de sa voix, elle cherchait Maman, la définition de ces cinq lettres assemblées qui embrasse toutes les femmes du monde. Elle entendait des cris d'enfants stridents, perdus ou effrayés, dans les supermarchés, les parcs : —Maman, maman, pleurant leurs héroïnes. Elle fut témoin de gargouillement, d'éclats de joie gloussant aux battements de leur petites mains. Leurs yeux brillaient d'innocence, ils étaient libres. Elle ne trouva pas Maman et n'entendit pas sa voix. Elle reconnut les cris de Sophia. À sa naissance, Issata jouissait de bonheur, elle avait une petite sœur et se sentait responsable. De cinq ans son aînée, elle lui disait de ne pas pleurer. Quelquefois, elle lui donnait le biberon avec Maman. Émue, elle se surprit à penser : — Je cherche le noyau de ma colère et mes Daimokus me guident vers Sophia ? —Elle ne représente quand même pas la cause de cette colère ? —Non, j'aime Sophia, je la protègerai toute ma vie. Elle inscrivit ses pensées dans son carnet. —Je dois trouver la cause de ma colère ! Dans sa quête, son esprit l'invita à revisiter une expérience qui s'était passée à l'école primaire. Choquée, elle s'arrêta. Elle devait avoir six ans. Madame Benoit, sa maîtresse de l'époque, une blondinette aussi petite qu'un moineau, aux yeux bleus aussi perçant qu'un saphir, venait d'écrire sur le tableau noir :
—*Les soustractions.* Ce matin-là, les nombres couraient partout sur le tableau. —Je n'arrive pas à me concentrer,

elle voulait crier. Le lendemain, elle reçut la plus mauvaise note de la classe.

« Issata Shérif, 3/20 » Madame Benoit lança, lui rendant sa copie. « Les chiffres courraient Madame Benoit, je n'arrivais pas à les attraper. »

« Les chiffres n'ont pas de pattes, » quelqu'un se moqua d'elle. Et toute la classe pouffa de rire. Issata éclata en sanglots. Les larmes s'éparpillèrent sur ses joues. Madame Benoit regarda son élève, elle semblait avoir compris pourquoi les chiffres couraient sur le tableau, aux yeux d'Issata. Mais elle ne demanda pas aux enfants de se taire et ne proposa aucune explication. Elle informa Maman lorsqu'elle vint la récupérer à l'école.

« Vous avez le week-end pour vous occuper de ce dilemme Madame Shérif ! »

—S'occuper de quoi, Issata voulait savoir ?

Le lundi, elle retourna à l'école, le regard rivé sur le sol.

« Hey, regardez Issata porte des lunettes, » quelqu'un la pointa du doigt. « Serpent à lunettes, » un autre élève l'attaqua. Elle releva la tête et révéla des yeux globuleux, encadrés d'une paire de lunettes rondes à monture dorée. Elle incarnait le portrait craché de Gary Coleman, la star de la série télé, Arnold et Willy ; à la seule différence, Issata mesurait au moins trente centimètres de plus que lui dans sa vie d'adulte. Tremblante de colère, elle se retenait pour ne pas pleurer. Ils se moquaient tous d'elle et elle ne cherchait qu'à s'enfuir. Malheureusement la cloche sonna, tout le monde devait se mettre en rang.

« Silence, s'il vous plait, » Madame Benoit accueillit ses élèves. Elle ne dit pas, Bonjour.

« Issata porte des lunettes, » un garçon se moqua.

« J'ai dit, silence ! » Encore une fois, elle ne protégea pas Issata. Elle n'arrêta pas non plus, le garçon qui la harcela. Le souvenir de cet épisode, lui monta les larmes aux yeux.

—J'étais tellement petite ! Je ne pouvais pas me défendre, elle pleura. —Et qu'est-ce cela a à voir avec Maman ? Instinctivement, Issata se sentit tomber dans un gouffre. Aucune paroi, aucun fond en vue, juste un trou qui l'aspirait et personne à qui se raccrocher. Ses larmes pleuvaient en abondance sur son visage, elle avait peur. Ce sentiment l'étouffait, elle écoutait son cœur se cogner brutalement contre sa poitrine. —Qu'est-ce je dois comprendre de ça ? —Effrayée de quoi ? —Je veux juste des réponses, elle soupira haletante. D'un souffle saccadé, elle cherchait à régulariser sa respiration, quand elle se souvint de la remarque de Jimmy. —La colère est une réponse à la menace. Quand on se sent attaqué on cherche à se défendre.

C'est alors que cette empreinte des yeux de Maman hurlant sur une petite fille resurgit. Elle choppa son cahier de notes et décrivit ce souvenir avec ses mots tels qu'ils galopaient dans sa tête. Les tresses collées sur son crâne, décorées de perles en bois pendantes à chaque bout des nattes, elle portait sa salopette rose préférée, ornée de deux énormes boutons blancs en plastique sur le devant. La tête baissée, elle sanglotait comme un animal apeuré. Elle cachait quelque chose dans ses mains derrière son dos et redoutait le son de voix irascible de Maman.

« Regarde-moi quand je te parle ! » la voix ordonna. Tremblotante, la fillette, leva la tête. Un regard perdu, fuyant et brisé, fixait dans le vide.

« Qu'est-ce que tu fais ? Montre-moi tes mains ! » L'enfant resta paralysé. Maman s'approcha et lui arracha des mains ce qu'elle cachait. « Je voulais juste goûter Maman ! »

« Tu as volé, ça commence comme ça ! » Maman lui montra la tablette de chocolat *Mika.* Ce délice, elles l'avaient acheté ensemble au supermarché, juste après son rendez-vous chez l'opticien. « Maman je peux en avoir ? » « Non, ce sera pour ton quatre heures après l'école, » elle répondit. Après l'humiliation qu'elle subit, son cœur se penchait vers la chose. Elle avait besoin de réconfort. Alors elle s'était glissée dans la cuisine pendant que Maman s'occupait de Sophia, grimpa sur un tabouret, ouvrit le placard et prit le chocolat. Cachée derrière le fauteuil du salon, elle croquait dans sa gourmandise et entendit : « Issata où es-tu ? »

Son regard d'adulte confronta ce visage qu'elle connaissait si bien. Le miroir de ses propres yeux, remplis d'une extrême fragilité. Elle y lut la peur, soulignée par des larmes de petite fille qui n'avait que comme défense : —Je voulais juste goûter Maman ! —Non, ils se sont moqués de moi à l'école, j'étais triste, mais Maman ne l'a jamais su.

À cet instant, elle dut s'admettre : —C'est la peur qui contrôle ma colère ! Un regard nu, posé sur sa propre faiblesse, elle ressentit une boule énorme remonter vers sa gorge. Son gosier se gonfla et prit l'allure d'un rossignol, préparant son chant. Elle ne chanta pas mais sanglota. Ses sanglots se brisèrent sur ses joues, elle y devinait le son d'éclats de verres. Des larmes douloureuses et précieuses déferlaient de son cœur. Telle une éponge, cet organe s'essorait à chaque secousse et ce poids étouffant perdait de sa lourdeur. Une bouffée de fraîcheur l'envahit, entraînant son esprit à contempler. La peur nourrit la colère.

—La colère mène à la haine, et la haine alimente la plus grande des souffrances. Ces trois émotions vibrèrent en elle. Elle se fraya une trajectoire, d'une émotion à l'autre. Simultanément, elle expérimenta les dégâts que leurs définitions peuvent causer. Elle vit flotter devant ses yeux, le magna, l'incarnation de la peur, une énergie bestiale qui attise la colère, la lave à exploser, ainsi s'érupte le volcan.

—Voilà l'explication derrière l'éruption de la sarcoïdose dans ma vie ! Cette conclusion, lui rappelait qu'à l'âge de quarante et un an, elle était restée cette petite fille qui n'avait jamais su communiquer avec Maman. —Toutes ces années, je lui en voulais ! —Elle a fait de son mieux, Issata chercha à se raisonner, submergée d'émotions !

Le 25 Avril, au matin du vendredi de pâques, elle embarqua Voyage Europe, envisageant la vraie Issata. Derrière sa rage, existait une femme, qui, comme la fleur du lotus, émerge de sa marée boueuse, notre héroïne éclorait de la marée de son enfance. Ses anciens collègues furent heureux de l'accueillir. « Tu nous manques, certains exprimèrent ! » « Tu as tant donné à cette compagnie ! Ce n'est pas cool ce qu'ils t'ont fait ! » d'autres dénoncèrent. « Je sais, » elle ne put que confirmer.

« Pas Maman ? » elle fit remarquer à Antoine, qui la récupérait à la gare de Melun.
« Non, aujourd'hui, c'est moi ! » Il l'embrassa et lui prit son sac des mains.
« Monte, c'est ouvert. » Ils s'installèrent et il démarra la voiture. « Mais tout va bien ? » elle questionna.
« Oui, elle est impatiente de te voir ! »
« Moi aussi, » elle souffla, un sentiment de terreur s'emparant d'elle.
« Tu dois être fatiguée ? »
« Un peu, je suis partie ce matin à cinq heures. »
« Je vois, sinon la santé ? »

« Je m'accroche merci. »

Issata n'allait clairement pas lui parler de l'opération.

—Ce serait trahir Maman.

« J'espère que tu pourras te reposer avec nous. »

« C'est gentil. »

La conversation se noya dans les politesses habituelles et sans qu'elle s'en rendit compte, ils entrèrent dans la cour. C'est là, qu'elle la vit tailler ses rosiers. De suite, elle remarqua sa perte de poids en sortant de la voiture.

« Maman ? » elle s'écria émue et marcha vers elle.

« Ma fille, Comment vas-tu ? » elle la prise dans ses bras.

« Je vais bien et toi ? »

« On fait aller. »

« T'as perdu du poids ? » elle remarquait que son teint avait encore vieilli.

« C'est la tension, »

« Tu dois peut-être changer tes médicaments ? »

« T'inquiètes pas ma fille, je vois Dr Leroux bientôt. »

« Il n'est pas encore à la retraite lui ? » Dr Leroux était le médecin de famille.

« Rentrons à la maison, le déjeuner est prêt. » Maman mena le chemin.

« Issata, je mettrais ton sac dans la chambre, » dit Antoine, qui les retrouvait.

« Merci, j'avais oublié. »

« À votre service la reine mère ! »

Elle sourit et suivit Maman dans la cuisine. Un gratin d'endives au jambon, servi avec une salade de tomates les attendait. Antoine les rejoignit encombrer d'une bouteille de Bordeaux qu'il déboucha devant elles.

« Santé, » il leva son verre.

« Santé, » elles reprirent.

« Bon appétit, » se fit entendre juste après, par tous.

« C'est très bon Maman. »

Celle-ci sourit sans regarder sa fille.

« Alors les nouvelles ? » Antoine la taquina.

Son sang se glaça. —Comment vais-je pouvoir leur annoncer tout ça, elle ruminait dans sa tête. —Et si je ne disais rien ? Non ils doivent savoir, surtout Maman.

« C'est à vous que je devrais poser la question. Et comment se passe la retraite ? »

« N'en parlons pas ! » Maman marmonna.

Elle regarda l'expression sur le visage de sa mère et l'entendit siffler des dents à l'africaine.

« Moi ça m'arrange, j'ai le temps pour jardiner et pour décorer la maison. »

« Peut-être que vous pourriez voyager quelque part ? »

« Je n'aime pas l'avion, » Antoine défendit.

« Prenez la voiture ou le train, »

« De toute façon, il n'aime rien celui-là ! »

« Et toi, tu n'arrêtes pas de te plaindre ! »

« Si tu n'es pas content, va te faire cuire un œuf. »

—Mais c'est quoi ce délire ? Elle sentit la tension monter.

« De toute façon vous n'êtes pas obligés de voyager ensemble. » elle intervint. « Maman tu peux aller chez Sophia, je suis sûre que les petits enfants seront ravis de te voir plus souvent. »

« Issata ça suffit ! » Maman l'interrompit. Ses yeux criards la pénétrèrent. Ce même regard, cette voix autoritaire la renvoya à la petite fille, qui résidait en elle. Les larmes commencèrent à lui piquer les yeux et elle sentit sa colère, grimper en elle. —Tu n'as aucune idée de ce que j'ai vécu à cause de toi ! —Toi, toi, toi ! Toujours toi, martelaient dans son esprit ! Sans Jimmy, tu ne m'aurais jamais revue ! Issata croisa le regard d'Antoine et comprit que lui aussi ne supportait plus Maman. Issata voulut gueuler sur Maman et lui faire payer pour toutes ces années de souffrance où elle se sentit condamner à se taire. Et ce fut ce qu'elle reproduisit, elle resta silencieuse, cependant plus par respect. —Je suis en mission, elle se rappela.

Le repas terminé, elles se réfugièrent dans le jardin. Antoine lui, se retira dans son bureau. Sa mère avait transformé ce lieu en un paradis botanique. Enfin presque, une sélection de fleurs, des roses, des tulipes, des orchidées, toutes plantées harmonieusement, embaumaient l'espace, de leur senteur distincte. Issata se voyait assister à un festival de fleurs.

« Le jardin est toujours aussi beau Maman, tu as vraiment la main verte, » elle fit entendre.
« Je fais ce que je peux, allons sous le charme. »

La charmille habitait le jardin depuis bien avant la venue de Maman. Elles prirent place sur des fauteuils en osier.

Une clope au bec, Issata se laissa bercer par le mouvement des branches et de ses feuilles. Ce spécimen souvent comparé au hêtre, se différencie par son écorce grise qui se fissure avec l'âge. Il est vêtu de feuilles elliptiques à la robe couleur vert émeraude, imprimées de nervures distinctes. —Comme c'est charmant, elle s'en réjouissait de plaisanter !

Par moment, elle croisait sa mère du regard et surveillait la vieillesse se répandre sur son visage. Au lieu d'y lire l'histoire d'une femme fière d'avoir exploré les différentes phases de sa vie, de s'être battue pour donner une éducation à ses filles, elle découvrait une femme dont les rides gravées sur sa figure, son cou, ses mains, dénonçaient une extrême solitude, une femme qui avait arrêté de se battre, qui attendait son heure tout simplement. Elle remarqua ses lèvres bouger et crut l'entendre parler.

« Maman ? » Celle-ci ne bougea pas et continua à marmonner. Elle fixait devant elle, et secouait la tête comme si elle s'adressait à quelqu'un. Puis elle pointa du doigt et roula des yeux. « Mais Maman, ça va ? » Sa mère tourna le doigt vers elle, l'attaqua de paroles incompréhensibles. Issata se leva et s'agenouilla devant elle. Les deux mains sur ses épaules, elle la secoua légèrement.

« Qu'est-ce qui t'arrive ? Je ne te reconnais pas. »

« Il ne pourra jamais trouver quelqu'un comme moi !» Maman s'enflamma.

« De quoi parles-tu ? »

« Moi je te dis ! Je ne suis pas sa bonne ! »

« Maman regarde-moi ! » elle chopa ses mains et força son regard.

« Tu disais quoi ? Et le boulot ? » ses lèvres prononcèrent, comme si de rien n'était.

—Quoi ? Mais elle perd la tête ! « Maman, tu sais bien que je me suis faite virée ! »

Embarrassée, Maman baissa la tête et marmonna.

« Je voulais dire et la santé et ma bouche a dit quelque chose d'autre. »

—En plus, elle ment ! elle eut le temps de penser, mais ne se laissa pas manipuler.

« En fait, il faut que je te dise quelque chose. »

« Je peux me joindre à vous ? »

Issata vit Antoine s'approcher.

« Bien sûr, prends mon fauteuil » elle se redressa. Maman resta silencieuse.

« Écoutez, » elle commença, se frottant les mains. « Je vais devoir subir une opération. »

« Oh ? » Antoine s'inquiéta.

« On doit me retirer un rein au mois de mai. »

« Quoi ? » Maman s'écria, d'une voix secouée de larmes.

« Je suis désolé d'apprendre cela Issata, mais de nos jours, on arrive à vivre qu'avec un rein. »

« Toi, c'est bon, tu n'as pas d'enfants, tu ne peux pas comprendre. »

« Mais quelle mauvaise langue tu es ! »

« S'il vous plait tous les deux, il s'agit de moi là. »

« Désolé, tu as raison ! » Antoine compatit.

« C'est sérieux ? » renchérit Maman.

Elle expliqua brièvement.

« Mais pourquoi tu n'as rien dit ? Chaque fois que je te demande, tu me dis que tout va bien ? Déjà que moi j'ai une santé fragile. »

« Je préférai vous parler de vive voix. »

« Comment tu vas faire ? Tu es toute seule là-bas, au moins si tu avais quelqu'un à tes côtés ? Je peux venir rester avec toi ? »

« Non, je ne serai pas toute seule. En fait, j'ai rencontré quelqu'un. » sa fierté s'exprima.

« En voilà une bonne nouvelle ! » s'écria Antoine.

Maman regarda sa fille. Son visage s'assombrit. Ses lèvres tremblèrent et crevant de jalousie, elle cracha : « C'est bien, on n'a pas besoin de moi ! La vie est belle pour tout le monde ! »

La tension grimpa en Issata et elle répondit vigoureusement : « Je te dis que j'ai quelqu'un. Tu pourrais au moins être heureuse pour moi. N'as-tu pas envie de savoir comment il s'appelle ? Eh bien, il s'appelle Edward et il est très gentil ! »

Un silence profond s'installa dans le jardin. On n'entendait plus les oiseaux chanter, les fleurs cessèrent de se pavaner et le charme fidèle à lui-même, cet arbre qui sait tout faire, car même isolé, il s'exprimait librement. Ce jour-là, il servait de témoin à Issata. Elle avait osé répondre à Maman. Elle se vit prendre place dans le corps de cette petite fille et remplaça son regard effrayé, par un regard dominant mais rempli de compassion. Ainsi trouvait sa place, la femme révoltée, qu'elle venait de délivrer, semaines auparavant. Blessée, sa mère s'enfuit.

« Issata je suis très heureux pour toi. Ça va aller ! »

« Qu'est-ce qui lui arrive ? »

« Pour tout te dire, même moi je n'en sais rien. J'avoue que je m'inquiète ! J'en ai marre. »

« Ça a commencé quand ? »

« Quand on prit notre retraite, peut-être avant, c'est juste que lorsqu'on travaillait, on ne se tapait pas sur les nerfs. »

« Je vais aller la voir. »

« Surtout ne t'inquiète pas, ce n'est pas de ta faute ! »

Elle fila à la maison et trouva Maman assise dans la cuisine, la tête dans ses mains, en pleurs. Elle s'approcha d'elle, une main sur sa tête, elle souligna :

« Maman, arrête de pleurer. Il y a pire dans la vie que de perdre un rein. Je suis encore en vie c'est ce qui compte. »

« Pourquoi tu ne m'as pas dit pour Edward ? » elle sanglota.

—Ah, c'est donc cela le vrai problème ?

—De me voire heureuse car cela te rappelle à quel point tu es malheureuse, elle s'entendit penser ?

« J'attendais juste le bon moment ! »

« Moi je suis là, personne ne me dit rien, on attend toujours quand c'est chaud pour me prévenir. »

« Maman, tu vas arrêter de toujours tout ramener vers toi ! C'est moi qui dois subir une opération. Ne peux-tu pas m'encourager ne serait-ce qu'une fois dans ta vie ? »

« Je te propose de venir te voir et tu m'annonces que tu as quelqu'un ! »

« Oui, j'ai dit ça ! Et c'est à toi de décider comment tu peux m'encourager. »

Maman l'agrippa. Pleurant de plus belle, elle balbutia :

« Je me sens si seule ! »

« Mais tu as Antoine ! »

« Tu ne comprends pas ! » Sa mère émit un son douloureux. Issata ressentit sa peine et l'embrassa à travers ce bruit plaintif du désespoir, cette variante qu'elle reconnut pour l'avoir vécue. Amoureuse de Bach, serrer sa mère dans ses bras, la transporta vers *La Passion selon Saint Matthieu.* Ces passions représentent les chants sacrés et réfèrent bien entendu, à la foi. Celle de *Saint Matthieu* fut écrite pour des voix solistes et deux orchestres. Des sources racontent que cet *oratio* fut exécuté le 7 avril, vendredi saint, en 1727.

Cette œuvre lyrique naquit du courant de pensée luthérien, la théologie protestante initiée par Martin Luther, son fondateur. Pourquoi le protestantisme ?

—Tout simplement, un besoin de considérer différemment la religion à travers la vie sociale. La mort et le salut représentaient des questions importantes, durant son temps. Selon Luther, obtenir le salut de Dieu repose sur la capacité de suivre et mettre en application la parole du Christ, sans l'intercession de l'église. Il y voyait en la bible, la seule source légitime d'autorité chrétienne, qui se basait sur, l'Épitre *aux Romains,* de Paul. Ce texte décrit une très longue lettre du Nouveau Testament et forme la doctrine des églises chrétiennes au sujet de la justification par la foi, celle de servir Dieu. La première fois qu'Issata écouta ce chœur, elle pleura toutes les larmes de son corps. Elle était amoureuse encore une fois, mais personne ne l'aimait. Seul Dieu, grâce à la Passion de Mathieu. Le corps musical grimpa en elle. Chaque musicien, vocaliste, flutiste, exprimait d'une manière si personnelle ce qui en fait, ne dénonçait qu'un seul message : —La compassion, Pour accéder à ce sentiment de liberté, de joie spirituelle, traverser l'enfer, devenait un passage nécessaire. Comme dirait Jung, « *Ce n'est pas en regardant la lumière qu'on devient lumineux, mais en plongeant dans son obscurité. Mais ce travail est souvent désagréable, donc impopulaire.* »

Des années passèrent, elle découvrit qu'en Japonais le mot compassion se comprend dans les caractères de « *Jihi* ». « *Ji* » *démontre l'acte d'offrir de la joie à son prochain.* « *Hi* », *celui de soulager la douleur.*
Elle berça sa mère dans ses bras. Celle-ci souffrait, elle se devait d'alléger sa souffrance. « Si, je te comprends ! Pour moi, c'est juste une autre étape à franchir. J'ai confiance, tout va bien se passer. » elle réussit à souffler. Maman respira très fort. « Toi aussi ne t'inquiète pas ! C'est la vie de couple ! »

—La vie de couple, elle se retrouva dans sa chambre, au téléphone avec Edward, ce commentaire en tête. —C'est ce qui s'est passé entre toi et Anita ? elle voulut savoir, l'écoutant parler.

Dans la soirée, ils dinèrent sur la terrasse du jardin. Personne ne mentionna l'opération. Après le repas, ils s'installèrent dans le salon, pour regarder un épisode de *L'amour en Héritage*, une histoire de passion et de toiles à en faire mourir des jaloux.
De temps à autres, elle les regardait. —Ils ne partagent rien en commun, même pas la retraite !

—28 Avril, la date détona dans son esprit pour deux raisons mystiques. À son réveil, Issata revisitait la journée de la veille avec Maman. Elle l'aidait à nettoyer le jardin et fut témoin de cette profonde solitude qui l'habitait. La solitude imitait ses faits et gestes et s'annonçait comme une sœur jumelle qui finalement se rendait justice. Elle existait et ce besoin d'être reconnue prenait de l'ampleur sur la personne de sa mère. Elle la vit s'incruster, dans les recoins de chaque brique que Maman scella pour façonner la façade de sa relation avec Antoine. Les briques lui inspiraient ces créatures Japonaises que beaucoup de jardiniers redoutent, car les dégâts s'avèrent désastreux et sans remèdes. —Toi qui voulait une grande maison maman, elle voulut lui crier, tu l'as ton palace, et regarde où tu en es ? Issata voyait le trompe-œil s'effondrer sous ses yeux. Maman toujours forte, toujours déterminée à protéger son bercail, se laissait dissoudre dans les ruines de ses propres mensonges. Un sentiment d'impuissance s'empara d'elle. —Comment mère en es-tu arrivée là ? elle saignait, à l'intérieur. —Ton désir a été réalisé et te voilà malheureuse ! Devant ce spectacle bouleversant dans lequel Maman sombrait, Edward lui manquait. Elle se remémora, comment tout commença, le lien qui les unissait et les difficultés qu'ils rencontrèrent. C'est alors, qu'elle se reconnut dans ce même scénario que Maman. —Moi aussi, j'ai commencé ma relation avec Edward avec ce désir caché d'être délivrée de ma propre prison ! —Mais c'est tout à fait ça ! Elle courut vers sa mère. Submergée de reconnaissance, elle la cajola dans ses bras. —Je refuse de répéter le karma de Maman ! la femme révoltée se promit.

La première, c'était le dimanche de Pâques qui décrit l'événement de l'insurrection du Christ, le Nouveau Testament déclare. Bien qu'Issata ne croyait pas en cette théorie, elle voulait croire que Jésus exista. Et était prête à considérer qu'il aurait sans doute plongé dans un coma profond et que ce fut son cri passionné à instiller la foi dans le cœur des hommes, qui l'aida à restaurer les cellules de son corps. Scientifiquement cela restait une plausible explication. —Si la vie représente une énergie éternelle qui se manifeste et se repose, cette même essence se renouvellerait dans les conditions parfaites, grâce à la foi, elle me confia.

La deuxième, le 28 avril 1253, Nichiren proclama Nam-myoho-renge-kyo pour la première fois et s'engagea à propager son enseignement. —Aujourd'hui en ce 28 Avril 2016, je peux déclarer que j'ai changé mon cœur envers ma mère. —Tout est lié à ce manque de confiance en moi ! C'est donc ça le karma négatif ! Transformer la tendance à souffrir, ce mal encré dans la carapace de l'homme.

« *Il est nécessaire d'annuler votre opération. Nous sommes désolés pour cette inconvenance.* » Cette lettre l'attendait, quand elle rentra chez elle, mercredi 31 Avril. —Quoi encore ? Je vais devoir garder ce tube en moi ? J'ai fait mes devoirs, la porte devrait s'ouvrir ! Des larmes roulèrent sur ses joues.

« C'est pour cela que j'ai pensé à célébrer nos 1 an de rencontre ce soir. » Son visage se décomposa. Le 1er mai, à la *Dolce Vita*, leur maison Italienne, Edward lui annonça qu'il partait pour l'Italie le 3 mai, car Alex se plaignait de sa vie à Londres. —Alex, encore toi, elle la maudit dans son cœur !

« Par ce qu'elle ne peut pas voyager seule ? »

« Alex est ma fille ! » il posa sa main sur la sienne.

—Merci de me le rappeler ! Commentaire qu'elle se garda de partager et secoua la tête nonchalamment.

« Écoute, je sais que tu es déçue pour l'opération, mais je suis sûr qu'il y a une raison à tout cela. Passons un bon moment ensemble ma chérie. »

—Moi aussi j'ai besoin de toi ! Comment peux-tu me faire cela ? Sa colère grimpa en elle. Des larmes naquirent dans ses yeux et l'image de Maman, entachée de son triste quotidien, lui rappela sa promesse :

—Je refuse de répéter le karma de Maman ! À cet instant, elle comprit qu'elle avait le choix, savourer sa soirée avec son amant ou souffrir. Je vous laisse deviner ce qu'elle choisit.

« Incroyable que sa fille, décide de partir alors que tu viens de remporter ta victoire avec ta mère ? » Jimmy observa, durant leur rencontre le 3 mai.

« Typique de toi mon Jimmy, remplit de sagesse. Je n'avais pas fait le rapprochement ! » elle sourit.

L'hôpital vint à elle. À travers une conversation téléphonique, Dr Marisa gynécologue, lui expliqua que Dr. Wagner fit appel à son expertise. Un fibrome aurait trouvé refuge sous son rein fainéant. Et qu'après observation, celui-ci dormait sur le dessus de son pelvis. Ce surplus de chair pourrait très bien expliquer le pourquoi de son problème rénal. Cependant, considérant la location de ce gros coquin, le fibrome, elle voulait discuter avec Issata, si elle accepterait une hystérectomie.

« Comment n'avez-vous pas pu déceler cela avant ? Issata souligna dégoutée.

« Je comprends votre frustration, on veut s'assurer du meilleur pour vous. »

« Et bien merci pour votre sollicitude, mais il est hors de question que je fasse une hystérectomie à 41 ans. »

« Très bien, on garde l'utérus et je vous mets dans mon calendrier pour le 3 Juillet ? »

—Le 3 Juillet, elle répéta dans sa tête. Cette date met l'accent sur la relation du maître et du disciple. Comme je l'ai déjà expliqué, la relation de maître et de disciple est la quintessence du bouddhisme de Nichiren. Il n'appartient qu'à chaque personne adhérente à l'enseignement, de développer cet esprit de recherche, cette aspiration spirituelle à comprendre le cœur du maître.

Pourquoi cette date ? Car Josei Toda fut relâché de prison en 1945, en ce jour. Daisaku Ikeda sélectionna cette date. Après avoir passé beaucoup de temps au côté de Toda, il parvint à une révélatrice, prise de conscience :

—Je suis le seul qui puisse faire connaître véritablement la vie de M. Toda. C'est ce qu'il attend de moi et c'est ma mission en tant que disciple. —Ce doit être ma mission aussi d'être libérée de ce fibrome le 3 Juillet !

« Ok ! » elle accepta.

« La porte est maintenant en train de s'ouvrir Issata, » B la rassura après qu'elle étala ses mésaventures.

« Pour l'instant, j'ai l'impression que tout se referme autour de moi. »

« Vous êtes une femme exceptionnelle et les scénarios exceptionnels ne sont joués que par des gens exceptionnels dont vous faites partie. »

« Si vous le dites ! »

« Issata, je sens que c'est bientôt la fin de votre thérapie et je suis déjà triste à l'idée de ne pas vous revoir. »

« Comment en êtes-vous si sûre ? »

« Car nous possédons tous la clé de notre propre bonheur, ouvrons la porte. »

« La clé, » elle sourit.

Edward était en Italie. Issata devait ouvrir la porte.

La porte, un mot qui appartient au vocabulaire de notre quotidien. Un élément important dans le monde qui nous entoure. Une représentation de notre vie, un symbole de force, de pouvoir, mais aussi de mystère. Que se cache-t-il derrière cette porte, on s'est un jour tous demandé ? Quelquefois, on entend des sons s'y échappés, révélés par des rires, des gémissements, des sanglots. On y écoute aussi un silence. Une fraction du temps qui nous parle, nous émeut, nous séduit. Le silence détient sa propre musique, une combinaison de notes, qui nous pénètre à travers laquelle on se perd, on s'oublie et on ne prend pas compte de ce qui se passe autour. C'est ce silence qu'Issata ignora, tout ce temps qu'elle vivait à Valley Park. C'est ce même silence qui la perturbait depuis qu'elle croisa Éva. Ce silence vibrait bruyamment derrière cette porte qu'elle devait ouvrir.

Elle la croisa à nouveau. Issata revenait de sa consultation et vit Éva marcher en direction d'une Mercedes noire, garée à l'opposé de la maison. La voiture de Rajeev reposait toujours à sa place. Des lunettes de soleil couvraient le visage d'Éva vêtue de noire. Issata remarqua une rougeur autour des verres sombres, qui insinuait qu'elle avait pleuré. « Éva, » son instinct la poussa à l'appeler.

Éva ne répondit pas. Issata vit la vitre à l'arrière s'ouvrir et sentit un regard menaçant la transpercer.

« Tu la connais ? » une voix masculine, se fit entendre, quand elle ouvrit la portière. Issata n'entendit pas sa réponse, mais une fois la portière fermée, la voix ordonna : « Personne ne doit savoir, tu comprends ? » Le chauffeur monta la vitre et la voiture s'éloigna. —Personne ne doit savoir quoi ? Issata passa l'entrée de son studio, confuse et inquiète.

—Pourquoi ne viendrais-tu pas rester avec moi, jusqu'à l'opération ? Ça te changerait les idées. » Edward suggéra à son retour. Elle était aux anges. —Plus de Rajeev, plus d'Éva… ! elle voulut croire.

Elle déménagea la plupart de ses effets personnels chez son amant. En l'espace d'un an, ils se connaissaient assez bien ; leur cuisine préférée, les couleurs qui les flattent, leurs positions fétiches au lit. Cependant, vivre avec lui, se glisser dans ses bras la nuit, se réveiller à ses côtés, tous les matins, elle ne pouvait plus cacher sa souffrance quotidienne :

—La douleur !

Un matin, il se rapprocha d'elle, comme il s'y habitua.

Il frotta son sexe contre ses fesses nues. Issata en agonie, venait d'avaler des calmants. La chaleur émanant du corps de son étalon italien, elle ne pouvait supporter. Elle éclata en sanglot. « Qu'est-ce qu'il t'arrive ? » paniqué, Edward vérifiait.

« L'histoire de ma vie ! » À travers ses larmes, elle partagea, sa relation à la douleur. « Il n'existe aucun jour, où je ne pleure pas ! »

« Pourquoi n'as-tu rien dit ? »

« Je réussissais à anticiper la douleur. »

« Issata, il s'agit de ton bonheur ! Tu dois te sentir libre, d'être toi ! Pleure autant que cela te soit nécessaire, et je serai là pour pleurer avec toi. » Il s'éloigna d'elle. Soulagée, elle continua sa routine librement, plus de secret. Et il écouta ses pleurs, une mélodie riche et personnelle.

Tous les jours, ensemble ils priaient. Son soutien spirituel, s'avérait des plus nécessaires. Il la motivait à construire une forteresse de confiance en elle.

Un jour, il souligna : « Ta voix renferme une telle force, tu sais ! Un vrai joyau ! » « Juste les résidus du tabac, » elle plaisanta. « Je suis sérieux, lorsque tu pratiques, j'ai l'impression de t'entendre chanter ta vie, ton histoire. »

—Il entend mon histoire, elle répéta. Elle partagea sa mélodie, qu'elle enregistra sur son iPhone.

« C'est juste spectaculaire, Daimoku en musique, même moi je n'y ai jamais pensé. J'aime beaucoup. »

—Issata, je suis dans l'obligation d'annuler votre opération, » elle reçut un appel de Dr Marisa fin juin, trois jours avant la procédure. »

« Pour quel motif ? »

« On garde la date prévue, mais il me faut effectuer un scanner, encore une fois. »

Les yeux brouillés de larmes, elle annonça la nouvelle à Edward.

« Seule la loi mystique, peut l'expliquer ma chérie. »

Le 3 juillet, elle reçut les résultats le jour même.

Le fibrome coincé entre son rein et son utérus, mesurait trente centimètres. —Trente centimètres ? C'est énorme ! Cette longueur lui rappela la taille de sa règle en plastique, qu'elle utilisait à l'école. — Précisément cet imposteur devait partir ! Alors on lui offrit une autre date : —Le 12 Septembre ! « Regarde, » elle présenta la lettre à Edward. Au premier abord, il ne percuta pas.

« La date ! »

« Mais oui, c'est vrai ! »

« C'est quand même incroyable d'être à ce point en rythme avec la loi mystique ! »

« J'avoue, je suis épaté. » il l'enlaça.

—Mais ce qui est encore plus épatant c'est que sans mon Jimmy, on ne se serait jamais rencontrés.

Septembre arriva et devinez quoi ? Bingo ! Pourquoi ? L'hôpital encourait beaucoup d'urgences. —Parce que je ne suis pas une urgence moi ? Clairement que non ! Donc l'opération l'attendait pour le 12 octobre. À cette date Nichiren inscrivit le Gohonzon, en 1279.

Octobre, une semaine avant le jour J, même scénario. Une infirmière l'appela. L'hôpital n'avait pas assez de lits. —Je ramène le mien alors ! elle proposa. On lui réserva le 18 Novembre.

Novembre, on annulait l'opération. Pas de panique, on mise sur le 20 décembre !

Bon anniversaire, Issata !
Le 13 Décembre, Dr Marisa lui annonça qu'elle ne pouvait pas prendre le risque d'une telle opération. « On vous retrouve en Janvier. » Issata n'avait pas de mots pour décrire, ce qu'elle ressentait. —Pourquoi est-ce si difficile d'ouvrir une porte ? elle en pleura.

Noël et le 31 se passèrent chez Xavier. Elle rencontra Ethan et Raphaël pour la première fois.

8

2017, *l'année du Développement de la jeunesse dans la*

Nouvelle ère du Kosen Rufu mondial', la bouche pâteuse, elle ouvrit ses yeux, dans le lit de son amant. Edward était en tournée, comme l'exige sa vie de musicien.

—Sensei vous n'êtes jamais crevé ? Développement par ci et développement par-là, et votre femme la pauvre, elle doit en avoir marre de toujours s'étirer. Bientôt, on la nommerait la femme élastique de la SGI.

Doucement, elle émergea et se fixa un expresso. Une Marlboro à la bouche, elle prit place sur le fauteuil Louis XIV. —Il faut vraiment que je sorte de ce tunnel cette année ! Tout semble être lié à mon rein !

La médecine chinoise considère les reins comme des organes très puissant, et les regardent comme les racines de la vie. Ces deux haricots sont des filtres. Ils servent à conserver et protéger notre essence vitale. Il serait expliqué que le méridien du rein, démarrerait sous la plante du pied. Il parcourt la voute plantaire, pour rejoindre la face interne de la jambe, la cuisse et remonterait la ligne médiane de l'abdomen, jusqu'aux clavicules. Bien souvent lorsqu'on évoque la médecine chinoise, on fait référence au Yin et au Yang. Le Yin du rein permettrait la naissance, la croissance et la reproduction, alors que le Yang, exprimerait la force dynamique de tous les processus physiologiques. Ce qui mettrait en évidence que l'être humain ne pouvait jouir d'une santé de fer, que seulement si ces énergies s'accordaient en unisson. Mais sa stupeur s'accrut de plus belle, lorsqu'elle découvrit que l'émotion liée au rein, se nommait la peur. Cette angoisse, ce choc émotionnel qui nous paralyse et nous coupe de tous nos moyens.

« Amore, » Issata accueillit Edward dans sa maison, après un mois de séparation. « Ma chérie ! » Ils s'embrassèrent, et elle l'attira vers le sofa.

« Enchantée de vous rencontrer Madame Shérif, votre dossier est extrêmement unique ! » À la fin de janvier, Issata et Edward rencontrèrent Dr Marisa et Dr Wagner. Celui-ci leur présenta Juliette Wilson, une jeune urologue qui allait reprendre son dossier car il partait à la retraite. Dr Wilson était Anglaise, aux gènes asiatiques. Grande, fine, son carré noir plongeant, raffinait son regard bleu clair et effilé.
—Encore une histoire de rythme, Issata observa en elle.
« À qui le dites-vous ! » elle souligna.
« Avec Dr Marisa, on va veiller à retirer ce fibrome et voire si cela peut aider votre rein à se vider naturellement. »
« Et le néphrostomie, ça n'a pas été changé depuis. »
« Effectivement, on s'en occupera. Est-ce que le 16 mars vous convient ? »
Un air de complicité s'inscrivit, sur le visage de nos deux bouddhas.

— Issata, vous m'entendez ? »

Elle bougea la tête lentement.

« Issata ? » la voix répéta.

« Oui, » elle répondit finalement.

« Super vous parlez, et comment vous sentez-vous ? »

« Où-suis-je ? »

« Dans la salle de réveil. »

« Mais l'opération ? »

« Oui, vous avez été opérée. Ils ont réussi à retirer le fibrome mais ils ont dû vous enlever un ovaire. »

C'est alors qu'elle se souvint du réveil précipité au matin et d'Edward à ses côtés.

« Oh vraiment ? »

« Vous avez mal ? »

« Non, » elle répondit encore dans les vapes.

« Donc l'épidural fit son effet. La douleur se réveillera plus tard et on vous donnera des calmants. »

« Et mon compagnon ? »

« Il vous attend dans la chambre. »

L'infirmière rassembla ses affaires et avec l'aide d'une autre collègue, elles l'escortèrent jusqu'à sa chambre. Quatre autres patientes occupaient la chambre.

« Edward, » elle soupira quand elle le vit.

« Ça va ? »

« Je ne sais pas. Es-tu resté tout ce temps ? »

« Oui, Dr Marisa and Dr Wilson m'ont tout expliqué. »

« Elles m'ont privé d'un ovaire, tu en penses quoi ? »

« Elles voulaient juste te protéger. »

« C'est souvent ce qu'ils disent, » elle soupira.

« Écoute tu es fatiguée. Le plus important est que tu te reposes. Et puis espérons que cette opération règle le problème, ok ? » Elle secoua la tête.

« Je dois partir, je reviendrai plus tard. Tu veux quelque chose ? »

« Oui, du champagne ! »

« Ma chérie, cela devra attendre la maison. » il l'embrassa. Ses yeux s'écarquillèrent. —Il a dit la maison.

La douleur se manifesta dans les heures qui suivirent.

On lui administra de la morphine. Jimmy et Xavier lui rendirent visite. Ils lui offrirent une boîte de chocolat et un dessin que Raphaël lui avait peint. La peinture représentait la soirée de Noël qu'ils passèrent ensemble. Il avait décrit Issata en marron foncé, lui avait ajouté une robe dorée et des chaussures rouges, ainsi que son béret noir décoré d'une mousseline pour visière. Extrêmement touchée par tant de sincérité, elle savait que son Jimmy venait de trouver son Prince Charmant. Les jours qui suivirent, on l'encouragea à exercer des petits pas pour accélérer la guérison de sa cicatrice. Au départ, cela lui semblait impossible. Chaque fois qu'elle tentait de poser les pieds sur le sol, une douleur brutale lui rappelait l'incision taillée au niveau du bas du ventre. Mais elle réussit à contrôler son agonie. Dr Wilson expliqua que les organes intérieurs prendraient du temps pour se repositionner.

Son visage s'illumina, lorsqu'elle rentra chez Edward.

« Je t'avais dit, à la maison. » Il lui sourit. Effectivement, sa boisson préférée, l'attendait.

« Je pourrais presque vivre ici, » elle laissa sortir.

Son chéri ne se prononça pas. Ou il n'écouta pas ses mots ou feignit de ne pas entendre. Il fit péter le bouchon et vêtit les flutes de leur robe dorée. —Devrais-je lui demander, s'il m'a entendu ? Et qu'est-ce que cela changerait ?

S'il voulait vraiment m'inviter, il l'aurait fait.

« À ton bonheur absolu ma chérie ! »

« À nous ! »

Elle retrouvait ses forces, participait à ses rendez-vous thérapeutiques, s'arrêtait à Valley Park, seulement pour vérifier son courrier. Rien à signaler ! Toujours ce silence pesant et mystérieux ; le silence d'activités nocturnes.

En mai, Issata and Edward fêtèrent leurs deux ans ensemble, sans Alex, sans drame. Elle n'en revenait pas. Et pourtant à l'âge de 42 ans, Edward était sa première vraie relation.

—Je suis désolée, » dès que D. Wilson prononça ces mots, elle comprit que l'opération n'avait pas marché.

C'était en juillet. Retirer le fibrome ne changea rien au problème. Pour couronner le tout, le rein gauche perdait ses fonctions. « Non, pas ça ! » elle hurla !

« Moi j'y ai cru à cette opération ! Regardez où j'en suis ! Vous m'avez même volé un ovaire ! » elle s'effondra.

« Vous l'avez sans doute vendu ! » Ses larmes roulèrent sur ses joues. Edward la prise dans ses bras et demanda calmement. « Qu'est-ce que vous suggérez alors ? »

« Mon opinion honnête, je ne sais pas. »

« Vous ne savez pas ? Je fais quoi moi ? »

Elle remonta son tee-shirt et lui montra le tube sur son ventre. « Regardez ça ! Nous sommes en 2017 ! Ça fait deux ans ! Je n'en peux plus ! » Son désarroi explosa dans la pièce, comme un tremblement de terre. Choquée et touchée, Juliette Wilson se sentait responsable.

« Issata, je ressens complètement votre peine. Et on va trouver une solution. »

« Non, vous ne savez rien ! J'avais un travail ! Je gagnais de l'argent, j'avais un objectif important, m'acheter un appart et regardez où j'en suis ? À Pisser dans une poche en plastique ! C'est ça la science ! Je m'en fous ! Retirez-moi ce putain de rein ! Et que je crève comme ça vous serez tous contents ! »

« Issata, ne parle pas comme ça ! » Edward tentait de la calmer.

« Je parle comme je veux, » elle se débattit.

« Dr Wilson, il est préférable que l'on parte, mais elle ne peut pas continuer comme ça. » L'homme de conviction, homme de cœur se devait de protéger sa reine.

« Nous allouns trouver une solution ! »

Elle se leva et lui serra la main.

« Issata je vous le promets ! »

 Issata sortit sans la regarder.

—Je vois. »

Ils venaient d'arriver à la maison. Edward vérifiait son courrier.

« Qu'est-ce qui passe ? »

« C'est Ricardo, il veut récupérer sa maison à la fin de l'année ! »

« T'es sérieux ? Il te dit pourquoi ? »

« Il veut la vendre ! »

« Tu vas faire quoi ? »

« Je n'ai pas le temps de chercher un appart. Je dois me préparer pour ma tournée de Novembre. »

« Mais tu ne me l'as pas dit ça ! » elle haussa le ton.

« Issata, je suis musicien et ça tu dois le comprendre ! Le plus important pour toi c'est ta santé ! »

« Tu veux me quitter c'est ça ? » Elle redoubla ses larmes.

« Bien sûr que non ! J'essaie juste de te faire comprendre que les choses prennent du temps. »

Son rêve d'emménager chez lui venait de s'effondrer.

—Comment vais-je sortir de cet enfer ? Mon rein, Valley Park ? Et maintenant toi, tu pars.

« Ma chérie, nous venons d'entamer le mois d'Août, il me reste à peu près trois mois pour me préparer. Reste ici autant que tu veux, mais souviens toi que nous avons tous notre propre karma à transformer, et notre mission à accomplir selon la loi mystique. »

« Alors peut-être que l'on pourrait trouver un appart ensemble ? » elle suggéra, sa voix remplie d'innocence. Il l'enlaça dans ses bras, plongeant dans ses yeux.

« Issata, je n'ai jamais pensé que je tomberais à nouveau amoureux, après mon divorce. » Ses larmes cessèrent de couler. Edward, l'homme au sang chaud lui exprimait sa flamme. « Tu es une femme exceptionnelle. Je me sens bien avec toi. À toi, d'être claire avec toi-même. » Elle ne put que se perdre dans ce regard rempli de sagesse et de tendresse. Jamais un homme ne lui avait parlé ainsi. Et elle, aimait-elle Edward où était-ce l'idée qu'il la secourut dont elle tomba amoureuse ? Elle colla sa tête contre lui, le respira et se laissa bercer par cet amour qu'il lui vouait.

« Tu as raison Edward, je ne peux pas échapper à mon karma. »

Son studio demeurait tel qu'elle l'avait laissé lorsqu'elle rentra chez elle au matin. Elle s'assit sur son lit, ce mobilier dans lequel elle n'avait pas dormi depuis des mois, et dirigea ses yeux vers son sanctuaire. —Alors c'est comme ça, tu me testes ? —Edward doit déménager. Il va partir en tournée. Et moi où vais-je ? Vingt ans d'écart ! Deux filles dont une bien chiante, un mode de vie complètement différent du mien ? —Ok nous partageons une chose en commun, le bouddhisme, cette magie spirituelle qui nous rapproche.

Alors partons de ce fait ! Une magie spirituelle les unissait, néanmoins, Issata se retrouvait seule. Jimmy bossait. Il vivait son histoire d'amour. Elle aussi vécut la sienne. L'histoire n'était pas terminée. Mais laquelle ? Depuis sa rencontre avec Edward, elle ne vivait qu'à travers son regard doux et rassurant ; qu'avec le goût de ses baisers passionnés et spontanés ; dans l'attente de ses caresses respectueuses et envoûtantes. Elle se laissait vivre, sur le son de leur idylle, une mélodie tant recherchée et désirée. Elle n'existait qu'à travers un homme, qui choisit de vivre sa vie, elle réalisait. Oui, Edward ajouta cette touche épicée dans son quotidien. Il décriait le fait qu'un homme faisait partie de sa vie. —Et moi ? Où est ma place dans ce récit romantique ? elle se surprit à observer.

« Sayon, » elle prononça en l'encerclant tendrement.

« Je t'ai laissé de côté pendant deux ans ! » Elle sentit l'énergie de son arbre l'envahir et éclata en sanglot.

Les gouttes salées de ses yeux déferlèrent sur son visage, sur son cou. L'été était au rendez-vous. Le ciel restait bleu. Les oiseaux chantaient. Les papillons virevoltaient librement dans ce vaste espace, appelé dame nature. Les abeilles butinaient au loin. La vie suivait son cours. Accrochée à son idole, cette force qui l'a soutenue, qui l'a écoutée, bien avant la venue d'un être masculin dans son lieu sacré, une pensée empruntée à Antoine de St Exupéry, effleura ses sens. *« Aimer, ce n'est pas se regarder l'un l'autre, c'est regarder ensemble dans la même direction. »*

Elle trembla. Elle venait de comprendre. La vie l'invitait à vivre. La vie lui demandait de ne pas délaisser ses habitudes, de ne pas se noyer dans une relation. La vie lui ordonnait tout simplement, de ne pas s'oublier.

—Si Edward et moi partageons une mission, l'univers guidera nos pas, son cœur détermina.

—Tu reviendras ? » elle chuchota.

Enveloppée dans sa propre nudité, Issata attendait devant l'entrée de sa porte pour dire au revoir à Edward. C'était la nuit du 9 Novembre.

« Oui, je t'ai dit que j'avais un gig le 25 novembre à Pizza Express. »

Elle lui prit la main qu'elle guida entre ses jambes et serra fort. « Tu promets ? »

« Je te le promets et je dois y aller. »

Les larmes brillèrent dans ses yeux. Elle relâcha sa main. Ils s'embrassèrent et elle le regarda partir.

Here, I go again, and my karma yet to remain, just have to deal with it, so I can change my destiny, that is my only chance. Adossée, contre sa porte fermée, elle regardait le lit défait et s'entendit fredonner son propre verset sur la mélodie d'Ella Fitzgerald : *Taking a chance on love.*

C'était réel ! L'Italien était parti.

—Nich, comment as-tu quitté L'île de Sado ? Elle priait.

L'histoire raconte qu'après avoir atteint l'illumination, Nichiren fut envoyé dans l'île de Sado, un lieu pour les criminels, condamnés à mourir. Personne ne retournait de cet endroit. Pendant son temps d'exile, il composa une de ses plus importantes lettres, intitulée *La Lettre de Sado*. Il l'adresse à un de ses disciples, *Toki Jonin*. Il y souligne que la voie directe vers l'illumination n'était autre que de dédier sa vie au partage du bouddhisme. Même dans les situations de vie ou de mort, Nichiren continue d'encourager ses disciples. On y découvre l'extrême compassion qui gouverne son cœur. Il élabore aussi sur le concept du karma, utilisant sa vie comme exemple. Il en conclut que les persécutions qu'il rencontra, étaient liées aux calomnies qu'il avait sans doute émises à l'encontre du Sutra du Lotus, dans le passé. Et que la seule manière de changer le cours de sa vie, se révélait dans la propagation du Sutra du Lotus. Le message principal de cette lettre démontre que les difficultés sont nos alliés pour transformer notre karma. Après qu'il analysa son parcours, il inscrivit le Gohonzon. Et devinez quoi ? Il fut gracié et libéré sans raison. —Il semblerait que Valley Park soit aussi mon île de Sado ! —Alors moi aussi, je veux ma grâce !

—Le moment, Nichiren proclama Nam-myoho-renge-kyo, il était convaincu que sa vie serait protégée, un jour elle réalisa ! Et c'est alors que cette phrase, « *Le seul bonheur pour les êtres vivants réside dans la récitation de Nam-myōhō-renge-kyō.* » se logea dans son esprit. Cet extrait provient de la lettre, *Le Bonheur en ce monde.*

—Tout repose sur la foi ! Juste réciter ces mots représente le plus grand bonheur du monde, elle réalisa. C'était le 16 Novembre en fin d'après-midi. Les yeux fixés sur son Gohonzon. —J'ai suivi ton enseignement Nich !

—J'ai même essayé de me tuer ! Je me suis ratée, encore heureux ! D'ailleurs merci beaucoup de n'avoir pas répondu à ce vœu en particulier ! Bon c'est vrai que je ne suis pas la vierge Marie ! Donc mea Culpa pour ne pas être une sainte, ceci dit, ce 18 novembre doit représenter le début de la fin de ce cauchemar. Il doit sûrement exister un appartement pour moi ? Une femme révoltée ?

Son iPhone retentit. Un appel privé s'inscrivait sur l'écran.

« Allô »

« Issata, c'est Dr Wilson. »

« Dr Wilson ? »

« J'ai peut-être trouvé un moyen pour fixer votre rein. »

« Quoi ? »

« Votre rein est en bonne santé, et la seule façon de le protéger est de retirer le blocage.

— Avait-elle bien entendu ? —Physiquement retirer le problème ?

« Tout ce que vous dites, je suis prête ! » elle s'exclama.

« Très bien, mais ça peut être dangereux. »

« Je m'en fous, j'en peux plus d'attendre ! »

« On vous attend le 29 Novembre à 7 heures du matin. »

C'était reparti ! Elle fila aux agences immobilières qu'elle avait déjà contactées. Elle les relança toutes, avec cette détermination qui brûlait en elle : —La loi mystique, j'ai deux jours pour réaliser l'impossible !

—Le 18 Novembre j'aurai trouvé un nouveau chez moi.

—Mon rein a besoin d'espace pour fonctionner, tout comme ma vie à besoin de grandir. Un endroit sauf et confortable. Elle marcha partout, dans Kilburn, Hampstead et ses alentours, déchiffra des petites annonces, laissa des messages.

17 Novembre, Jour -1, elle courut à nouveau.

Autour de dix-sept heures, elle se retrouvait devant son objet de vénération. —J'ai mené toutes les actions nécessaires ! À toutes les forces de protection dans l'univers, j'ai besoin de vous, elle priait comme jamais auparavant. Elle utilisa ce passage de Nichiren, tiré de la lettre, *Sur la prière : « Et pourtant, même si l'on pouvait prendre la terre pour cible et la rater, même si l'on pouvait réussir à attacher le ciel, même si le mouvement de flux et de reflux des marées pouvait cesser et le soleil se lever à l'ouest, jamais les prières du pratiquant du Sūtra du Lotus ne resteraient sans réponse. »*

Elle m'expliqua qu'elle ne s'adressait pas à un Dieu, qui par enchantement viendrait la libérer. Ces forces existent. Elles se manifestent en accordance avec la fusion du Bouddha et de la loi mystique. Et ne répondent qu'à la sincérité de notre foi et notre attitude envers notre pratique bouddhique. Les cinq caractères, Myoho-renge-kyo, glissaient avec aisance sur ses lèvres. Sa voix détonnait d'une singularité nouvelle. Cela ne rimait pas d'une question de force, ni de détermination, mais d'une envie d'avoir confiance en la loi de causalité. Plus les daimokus émergeaient de son cœur, plus elle ressentait une présence vibrer dans l'air. Une force rassurante qui la guidait vers le bout du tunnel. Prisonnière dans ce donjon contemporain, engloutie dans une obscurité totale, cette envie d'y croire se transformait en certitude. Elle se laissa soulever par cette armée invisible, et cette certitude donna place à une conviction : —Je suis une entité de la loi mystique, je suis un Bouddha ! —Un Bouddha à la caractéristique d'une femme, de nationalité française et d'origine guinéenne. Un être humain tout simplement. À cet instant, elle se sentit libre, en totale harmonie avec son identité. —Ce n'est pas grave si je ne trouve pas d'appart d'ici demain, je dois juste continuer à réciter Nam-myoho-renge-kyo.

Soulagée, détachée de toute souffrance artificielle, elle crut entendre la maison prier avec elle. Puis des cris s'élevèrent dans le couloir.

« Je veux arrêter ! » une voix au timbre féminin sanglotait.

« Non, tu ne partiras pas, je t'ai ramassé dans la rue et c'est comme ça que tu me remercies ? » Issata reconnut la voix de Rajeev, suivit par un son qui ressemblait à une gifle.

« Je te rendrais ton argent, je ne veux plus continuer. »

« Viens ici, » il hurlait. Un tapage de pas bruyant s'ensuivit dans l'escalier.

—Qu'est-ce que je fais ? —C'est peut-Être Éva ?

Elle appela la police et reporta ce qu'elle suspectait.

« On envoie quelqu'un ! » un officier confirma.

—Je ne peux pas laisser cette jeune femme en danger. Elle fila à l'étage. La fille criait, suppliant Rajeev d'arrêter.

Des cris stridents voyageaient à travers les murs amplifiés de gémissements rauques, tels ceux de bêtes sauvages, se jetant sur leur proie. Elle arriva devant une porte entrouverte.

« Tu n'es qu'une garce ! Tu mérites d'être punie. »

Je m'arrêtai et regardai les filles. « Ce que je vais vous raconter est répugnant, malheureusement certaines vérités sont difficiles à écouter. »

Elle poussa la porte et fut témoin d'une scène des plus monstrueuses qu'un être humain puisse infliger à son prochain. Au début, elle n'était pas sûre si c'était lui car il ne portait pas son turban. Mais la couleur verte de l'uniforme ne pouvait trahir sa perception. Elle voyait ses cheveux pour la première fois, du moins ce qu'il en restait, collé sur son crâne. Rajeev avait poussé Éva contre son bureau et l'enculait violemment.

« Il n'a pas fait ça !!! » des voix horrifiées s'exclamèrent.

« Il est ignoble, » d'autres poursuivirent. « Oui, » je confirmais. « Il est moins qu'un homme ! Un vaurien ! Et malheureusement, ces êtres humains existent. C'est pour cela qu'il faut se dresser pour la justice. » Elles restèrent bouche bée.

« Tu n'es qu'une merde ! Prends ça dans ton cul ! » et il la tabassait en même temps.

Éva n'avait plus que ses larmes pour tenir !

« Laissez-la ! » Issata hurla et se rua pour le pousser.

Perdant son contrôle, Rajeev se retourna la bite à l'air.

Il transpirait comme un porc. Issata était sur le point de gerber à la vue du sang sur sa queue et l'anus fissuré d'Éva.

« Éva, j'ai appelé la police » elle tenta de la rassurer.

« Vous n'avez pas le droit d'être ici ! Partez de chez moi de suite ! » il gueula.

Pris sur les faits, Rajeev remonta son pantalon.

« Non pas la police ! » Défigurée, Éva ramassa ce qu'elle put et s'enfuit.

« Éva, attendez ! Vous devez porter plainte ! »

« Foutez-moi le camp, j'aurai dû vous foutre à la porte ! » il criait et se posta devant elle, la pointant du doigt. « J'ai eu piété de vous ! »

Devant le regard sans scrupule de son propriétaire, des yeux aussi indifférents, exposaient les grammes de cocaïnes qu'il s'envoyait pendant des années.

Tout devint claire. Rajeev était un proxénète qui utilisait des jeunes filles. —Éva est sans doute une immigrée, à qui il promit des papiers, si elle travaillait pour lui ? Révoltée, elle inspira un grand bol d'air.

« Vous allez faire quoi ? La police arrive ! »

« J'étais un général, tout le monde me respectait. »

« Vous me dégoûtez ! Vous n'avez aucun droit d'abuser les gens vulnérables. Vous étiez en train de violer cette pauvre jeune femme, c'est un crime et vous allez payer pour ça ! »

« Je ne veux plus vous voir chez moi ! » il gueula.

Issata resta figée et écouta les parodies d'un individu qui chercha la gloire toute sa vie. Un être qui s'était mis en tête, qu'abuser les plus faibles, ferrait de lui un grand homme. Elle lut la misère, inscrite sur le visage d'un septuagénaire qui toute sa vie s'était nourrit du poison de sa propre ignorance, ce venin qui infiltra son être, le détourna de la beauté de sa propre vie. Il vomit son désespoir, d'un vocabulaire des plus raffinés, à travers l'éloquence d'un homme misérable.

Un cognement retentit. « C'est la police ! » elle entendit.

Elle se précipita pour leur ouvrir la porte.

« Brigadier Courtney » une femme se présenta, montrant son badge. « Voici Brigadier Holmes. C'est vous qui nous avez téléphoné ? »

« Oui, il est à l'étage ! Vous devez le coffrer ! Il a violé cette fille. »

« Attendez-nous ici. »

Elle s'assit sur les marches. —Si seulement j'avais un moyen de contacter Éva. —Pendant sept ans, j'ai vécu dans ce bordel, et je n'ai rien vu ? —Pourquoi a-t-elle crié maintenant ? —Personne n'est venu l'aider. La maison est complètement silencieuse !

« Nous ne pouvons rien faire sans preuve, » Brigadier Courtney, la tira de ses pensées.

« Mais qu'a-t-il dit ? »

« Qu'elle était en retard pour son loyer. »

« Vous allez le laisser continuer à abuser des gens. »

« Il nous faut la déposition de cette jeune femme. »

« Moi je porte plainte. Vérifiez avec les autres locataires, Il y a dix appartements dans la baraque. »

« Je te laisse gérer Holmes ? »

« Très bien, » il s'exécuta.

Très vite, le policier les retrouva chez elle.

« Personne ne répond. »

« Je vous dis qu'il gère un bordel, » Issata insistait.

« Vous devriez surtout penser à partir d'ici, » conseilla Courtney et lui remit sa carte.

« Je sais, » sortit de sa bouche et elle chopa la carte.

—Peut-être que c'était ça ma mission à Valley Park d'exposer Rajeev ? Issata raisonna après que la police la quitta. —Et maintenant ? Un numéro qu'elle ne connaissait pas appela son portable. « Allo, » elle décrocha.

« Bonsoir, c'est Jonas, vous avez laissé un message pour l'appart à West end Lane Hampstead, êtes-vous toujours intéressée ? »

Issata avait laissé tellement de messages, mais se souvint d'un logement en particulier avec jardin à partager.

« Oui, rappelez-moi le prix du loyer ? » elle répondit sous le choc. Il lui confirma le montant. Ça lui revint. Elle se souciait de la somme, qu'elle ne pourrait payer seule. —Je dois décider. « Effectivement, quand puissè-je le visiter ? »

« Ce soir à 19h30, il y a un autre couple intéressé. »

« Très bien j'y serai. Donnez-moi l'adresse. »

« Vous êtes ? »

« Issata, nous sommes deux pour l'appart, moi et mon partenaire, il est musicien, » elle prit le risque de répondre.

— Oui, » dit Edward sans hésitation.

Elle arriva à l'heure devant une magnifique maison et rencontra Jonas, un Marocain, grand, habillé comme une personne âgée, qui portait des lunettes, à la monture marron et épaisse, comme une personne âgée, des cheveux très gris bouclés lui servait de couronne, et une barbe assortie, masquait sa bouche. En résumé, il ressemblait à un Hermite, vivant en ville. Elle fit signe au couple, mais s'en foutait.

— Exactement tel que je l'envisageais, elle vibrait de joie, quand elle passa l'entrée. Un grand salon avec une cuisine américaine, décoré de papier crème très luxueux. La salle de bain au plafond et sol en bois, contenait une baignoire, qui pourrait accueillir quatre personnes. Le comble de sa victoire l'attendait dans la chambre qui menait au jardin par les French Windows, diraient les anglais. Edward téléphona via Face Time.

« C'est magnifique Issata, prends-le ! »

« Alors ? » demanda Jonas

« On aime beaucoup, » dit l'autre couple.

« Nous aussi, » elle attaqua.

« Pouvez-vous payer, un mois d'avance et un mois de caution. »

« Absolument ! » elle prit les rennes.

« Vous venez de trouver vos locataires, nous n'avons pas l'argent. »

« Quand pouvez-vous emménager ? »

« Demain ! » Issata déclara.

« On se retrouve demain à 11h alors ! »

« On a l'appart Edward ! » elle s'exclama une fois dehors, les larmes aux yeux, excitée de bonheur.

« Je suis si fier de toi et si honoré que tu m'invites dans ta vie ! »

« On emménage le 18 Novembre, tu te rends compte ? »

« Oui, ensemble avec Sensei ! »

Elle tomba des nues, quand elle arriva au 66. La voiture de Rajeev avait disparu. —Sept ans que ce monstre était garé devant cette maison blanche ! —On dirait que la malédiction vient d'être levée, elle ne put qu'observer, quand elle vit l'espace vide ! Mais pour combien de temps ? Elle se glissa chez elle et informa Jimmy ! « Ma chérie, c'est génial ! »

« Ce serait réel quand j'aurais signé le contrat ! Maintenant je dois organiser le déménagement. »

« Je parle à Xaxa, il connait du monde ! Dernière ligne droite mon chou, l'univers est à tes côtés ! »

« Oui, la loi mystique a répondu à mes prières.

Le 18 Novembre, elle retrouvait Jonas. Il lui expliqua que l'ancienne locataire habita les lieux pendant trente ans ; une vieille dame alcoolique. « Cela m'a couté dix ans de frais judiciaires pour m'en débarrasser ! Vous êtes mes sauveurs, » il laissa sortir ému.

« Trente ans ? » elle répéta. Une nouvelle mission est clairement en train de commencer pour moi, elle se confirma intérieurement. « Voilà vos clés, » lui présenta Jonas, une fois le contrat signé et partit. Issata se dirigea vers la chambre, ouvrit les grandes fenêtres et fuma sa première cigarette dans son jardin. Enfin, une mini jungle à défricher. Jonas l'informa que le voisin possédait des compétences de jardinier, et offrit de s'occuper du jardin. —Je vois, elle ne put que dire. Perdue dans ses pensées, elle imaginait sa nouvelle vie avec Edward quand la pluie la tira de sa rêverie.

De retour à Valley Park, elle rédigea son préavis.

—Comme j'aimerai voir votre gueule de minable, Mr Harijan, lorsque vous lirez ma déclaration. Xavier lui offrit le déménagement. « Prépare juste tes cartons ! » il lui dit.

Edward arriva sur Londres le 25 Novembre. Ils récupèrent ses affaires du garage. Elle l'emmena dans leur nouvel appart. Elle avait déjà emménagé pas mal de choses. « Nous serons heureux ici, » il s'exclama, une fois que ses instruments trouvèrent leur place. « Oui, et voilà tes clés ! »

elle souffla. Elle assista à son concert. Ils passèrent leur dernière nuit au 66. —Au revoir Valley Park ! Le 28 Novembre, Issata laissa les clés sur la porte. Elle passa sa première nuit dans son nouveau chez soi. Le 29 Novembre à six heures du matin, elle se dirigeait vers l'hôpital, victorieuse. — Cher rein, Tu m'as forcé à déverrouiller la tendance négative qui domina ma vie pendant des années lumières. —J'ai ouvert la porte ! —À toi de jouer !

Elle fut accueillie par Dr. Wilson. On l'invita à se changer. Une infirmière la guida pour son anesthésie. Pendant que la drogue s'infiltrait dans son sang, un désir urgent de faire sansho s'empara d'elle. « Vous êtes bouddhiste ? » cette même infirmière observa. « Oui, » elle soupira, « C'est marrant que vous posiez cette question, car j'aimerais réciter mon mantra. » elle ajouta. « Allez-y ! » « Nam-myoho-renge-kyo, » Issata chanta trois fois d'une voix paisible. Elle se trouvait en paix avec elle-même. Si elle ne devait se réveiller, ses derniers mots furent dédiés à la loi mystique. « Comme c'est beau ! » elle réussit à entendre.

« Ça a marché ! Félicitations ! » Une voix féminine n'arrêtait pas de répéter, trois heures plus tard. Cette voix n'était autre que celle de Juliette Wilson. Elle tenait ses mains. À ses côtés elle aperçut Dr Wagner, qui s'était voulu d'assister à cet exploit, avant sa retraite.

« Vous avez retiré le blocage ? » Issata eut la force de prononcer. « Nous avons retiré le blocage ensemble ! » Wilson rectifia.

Le nouveau chapitre de sa vie commença officiellement le 8 Décembre. —J'aurais pu trainer VoyE devant les prudhommes. J'aurais pu gagner pour sûr, gagner beaucoup d'argent ! Mais j'ai fait mieux que cela ! J'ai donné vie à ma vraie nature, et ça, rien ni personne ne pourra me l'enlever. —*Pourtant, je m'élève, je m'élèverai toujours.* Elle récita à haute voix, ce vers du poète *Maya Angelou.* Voilà ce que furent ses pensées, le lendemain à son retour de l'hôpital. Ainsi se résumait son *Manifesto existentiel* ! Devant le miroir dans sa chambre, elle regardait l'énorme incision qui partageait son ventre en deux. Elle ressemblait à une femme qui avait subi une césarienne.

« Joyeux anniversaire ma chérie ! Tu vas pouvoir l'écrire ton histoire ! » Issata fêtait ses quarante-trois ans avec Jimmy et sa nouvelle famille dans la pizzeria du coin. Il lui avait organisé un gâteau d'anniversaire qui arriva avec un cadeau. Issata pleura à la vue de ce que contenait le paquet. Un MacBook Pro.

« Mon Jimmy ! » elle le prit dans ses bras.

« De la part de Xavier et des garçons aussi, » il souligna.

« C'est vrai que tu écris des livres qu'on achète, comme dans les magasins ? » Raphaël demanda, sa voix remplie d'une innocence que l'on ne trouve que dans l'enfance. Émue, elle le sera contre elle. « Je vais essayer Raphaël ! »

Le 24 Décembre, elle décora un petit sapin avec des boules rouges et argentées. Elle l'habilla de guirlande et d'étoiles. Elle se concocta, son premier diner de réveillon. Des moules marinières avec des frites. Cela lui suffit amplement. Elle s'assit sur son canapé devant sa télévision. Elle dégusta son repas seule. Elle était heureuse.

Le 31 Décembre, elle marcha jusqu'au parc, lentement et avec beaucoup de peine. Il neigeait, mais elle devait s'y rendre. « Sayon, » elle appela. Elle ne put l'enlacer comme l'habitude lui permettait. Mais toutes les deux se comprenaient. Elle se calla contre son tronc et sentit son écorce lui masser le dos. Devant cette grisaille hivernale, cette nudité glaciale, le soleil brûlait en elle. Issata contenait l'univers dans le creux de sa main. Et la vie en ce dernier jour de 2017, se présentait comme une jolie danse qu'elle choisit de danser. —Je suis Issata, *celle qui se bat pour devenir une personne aimable, remplie de bonne volonté,* elle déclara.

« C'est l'heure de la pause, » j'annonçai. « Oh non, on veut la suite. » des voix s'élevèrent. « Vous allez bientôt le découvrir. En tout cas moi j'ai besoin de souffler.
Ça fatigue de parler ! » Elles ricanèrent. Trente minutes plus tard, je repris :

4ème Partie

La Loi Mystique, La Danse de la vie

(Shimei —Utiliser ma Vie)

9

Sensei, il a suffi de la compassion de trois hommes dont vous faîtes partis, pour que je puisse rencontrer une philosophie de vie si révolutionnaire. Pour une fois je suis en rythme avec votre thème de l'année. Issata se félicita d'entamer victorieuse : 'l'*Année d'un Brillant Accomplissement dans la Nouvelle Ère du Kosen Rufu Mondial'*. —2018, je suis prête ! Son âme vibrait sur une nouvelle énergie gouvernée par la loi mystique.

—Demain vous irez célébrer vos 90 ans. Toute votre vie, vous l'avez consacrée à rendre l'enseignement de Nichiren Daishonin, une religion accessible au monde. Cette doctrine s'interpelle maintenant comme ce nouveau chemin spirituel pour l'humanité. —Je vous serai éternellement reconnaissante, ainsi qu'à la SGI. À mon tour, maintenant ! Comment ? Je ne sais pas, mais j'y veillerai.

Elle finissait ses prières quand son iPhone sonna.

À sa surprise, le nom de Sophia s'affichait.

« Allo, » elle décrocha, inquiète.

« Ma sœur, faut que je te dise quelque chose. »

Issata n'arrivait pas à croire ce qu'elle découvrit. Antoine les contacta, désespéré. Il ne supportait plus Maman, elle menaçait de se foutre en l'air. Sophia et son mari la récupèrent. Ils consultèrent Dr Leroux. Il leur révéla que Maman souffrait de bipolarité depuis des années.

« Quand est-ce que ça s'est passé ? »

« Depuis le 29 Novembre, elle vit chez nous. »

— Le 29 Novembre, elle se répéta, le jour de mon opération.

« Pourquoi tu ne m'as rien dit ? »

« On ne voulait pas t'inquiéter. Tu avais déjà tellement de choses à gérer, l'opération, ton déménagement. J'allais te le dire, mais je voulais que cela vienne d'elle. Je te la passe. »

« Allo, » sa mère prit le téléphone.

« Maman, » elle retint ses larmes, et l'écouta marmonner des débris de mots qui ne formaient aucun sens.

—Cela explique son comportement erratique, elle conclut lorsqu'elle raccrocha. Toutes ces années elle souffrait. —J'ai sans doute hérité de ses troubles émotionnels ! Il est expliqué que l'origine de la maniaco-dépression est probablement liée à la génétique.

C'est alors qu'elle comprit le concept du bouddhisme : *Volontairement assumer le karma approprier.* Cette perception du karma met l'accent sur la mission du *Bodhisattva sorti de la terre.* Il serait expliqué que si nous avions confiance en notre identité, en tant que bouddhas, nous aurions tous choisi les parfaites circonstances afin de démontrer de par notre propre révolution humaine, comment nous serions advenus des bouddhas à l'origine. Les larmes roulant sur ces joues, elle chuchota :

—De par ma propre révolution humaine, j'ai influencé Maman à se libérer de cette relation qui la faisait souffrir.

—J'ai vraiment gagné car le bouddhisme explique que lorsque l'on transforme notre karma, cette transformation affecte sept générations passées et les sept à venir.

« Maman, » elle l'interpela.

Une semaine après leur échange téléphonique, sa mère trouva un logement, à quelque pas de la gare de Melun. Elle l'attendait déjà dans le parking. —Tu as encore tellement vieilli, elle remarqua en avançant vers elle.

« Ma fille, je suis heureuse de te voir, » sa voix trembla.

« Moi aussi ma Maman, j'ai hâte de voir ton nouveau chez toi. » Elle l'enlaça dans ses bras.

« C'est là-bas, » elle pointa du doigt.

Effectivement en cinq minutes, elles accédèrent à un lotissement de dix maisons, construites dans un cul de sac, cinq maisons se faisant face. Maman habitait au numéro sept. Elles entrèrent. Sa mère lui offrit un tour guidé et gratuit de sa maisonnette qui possédait un jardin. Bien que modeste comparée à la baraque d'Antoine, au moins elle pourra réapprendre à vivre.

Un plat traditionnel de l'Afrique de l'Ouest fut servi. La fameuse sauce gombo, préparée avec des queues de bœufs, oignons, infusée par de l'huile de palme, qu'elle appelait l'huile rouge, accompagné de riz parfumé. L'odeur et le goût la renvoyèrent à l'époque de son enfance. Ils mangeaient tous ensembles, assis dans la cuisine, et partageaient la nourriture dans un large bol en bois. La nourriture se mangeait avec la main où toute portion se modelait en petite boule avant de l'ingurgiter dans la bouche. La plupart du temps, elle se disputait avec sa sœur chérie pour le meilleur morceau de viande, la cuisse de poulet. Et puis un jour Maman décida de cuisiner plusieurs cuisses de poulet. Ainsi tout le monde trouva son bonheur. Chaque fois, qu'elle portait sa cuillère à sa bouche, le goût de tous ces ingrédients réveillait d'autres souvenirs de son éducation comme Maman coiffant ses cheveux noirs crépus en tresses collées, terminées par des perles de toutes les couleurs. C'était une des seules fois, ses camarades blanches de classe, cherchaient à ressembler à une noire. Arrivait le ramadan, habillée en tenue traditionnelle, elle retrouvait les enfants du quartier pour comparer leurs vêtements, manger et surtout parler de dieu, plus ou moins du pouvoir qu'il possédait sur chacun d'eux. Elle chassait son histoire à travers les saveurs de ce plat africain.

« Donc, nouveau départ pour toi Maman ? » Toutes deux s'installèrent sur le canapé, après le repas.

« Ma fille je ne suis pas folle ! » sa mère s'écria.

« Je n'ai jamais dit cela. Il faut juste que tu prennes tes propres responsabilités. »

« Tu ne peux pas comprendre, quand ton père est mort, je me suis sentie seule. Mes parents m'ont renié car ton père ne pratiquait pas l'islam. Je l'ai suivi pour ne pas t'abandonner… » Le ton montait. Les larmes vibraient dans chaque mot. « Et toi, tu as décidé de partir à Londres. Aujourd'hui c'est toi qui m'as abandonnée ! »

Maman explosa. Cette douleur qu'elle portait en elle venait d'éclater : —L'abandon, la cause profonde de cette peur d'être seule, qu'elle nourrit par son attachement aux êtres qu'elle aimait, pour ce besoin d'être aimée, en retour. Elle regarda sa mère et respectait sa souffrance.

« Maman, peut-importe où je me trouve dans ce monde, je suis ta fille, mais je ne peux pas régler tes problèmes. Personne ne peut le faire pour toi. Pas mon père, pas Antoine, mais que toi-même. »

« Mais comment, je suis si fatiguée ! » elle cria.

« Il faut prier et trouver la paix en toi. »

« C'est fini pour moi, je n'ai plus la force de vivre ! »

Issata reçut les mots de sa propre mère comme le refrain de son propre karma, jusqu'à son opération. Elle ne pouvait pas juger Maman. Elle la comprenait totalement. Transformer le karma demande tellement de courage, tellement de force spirituelle. Et quand on souffre, quand cette force d'espérer nous quitte, abandonner, mourir est la seule option qu'il nous reste. L'esprit est perdu. Le cœur n'en peut plus.

« Maman, » elle chopa ses mains et fixa ses yeux. Les larmes roulèrent sur ses joues. Des larmes qui se demandaient comment après tous ces cachetons, qu'elle avait avalés, elle vivait encore. « Moi aussi je ne voulais plus vivre, » une tonalité saccadée dénonça. « Si je suis toujours en vie, c'est pour toi. »

« Pour moi ? » Le regard de Maman s'illumina de surprise.

« Oui maman ! Tu m'as donné la vie. Je suis qui je suis grâce à toi. »

« Grâce à moi ? » Maman regardait sa fille comme si elle la rencontrait pour la première fois.

« Oui Maman et si tu crois en Dieu, on a tous notre propre chemin à suivre. Il t'a donné cette mission à remplir car il sait que tu peux le faire. »

« J'ai tout fait pour Antoine, il ne m'a jamais aimée. »

« Il l'a fait à sa façon. Il nous a accueilli. Il considère les enfants de Sophia comme ses petits-enfants. Maintenant votre histoire est terminée, il faut avancer. »

« Ton père me manque tellement ! » elle pleura.

« Il me manque aussi. Papa est parti pour une nouvelle mission. Tu as encore nous, Sophia, Malcom, Nelson et Rosa. Et tu m'as moi, Issata Shérif ton aînée et je suis fière de t'avoir comme maman. » Elle se réfugia dans les bras de cette femme qui lui donna la vie, quarante-trois ans plus tôt. Elle restait accrochée au cou de Maman et pleura comme un bébé. Maman exécuta sa mission maternelle.

Elle berça sa fille, en murmurant : « *Ikana kasi* » en Malinké, traduit par : —*ne pleure pas* en français.

« Tu as toujours souhaité que je rencontre un homme gentil. Edward est un homme gentil. Je t'ai écoutée. »

« J'ai fait de mon mieux, tu sais. »

« Et je ferai plus que mon mieux pour toi Maman. »

Deux femmes que le sang reliait, venaient de se trouver.

« Vous avez sans doute raison, il est fort probable que je sois bipolaire. » Issata retrouva B, le lendemain de son retour de France.

« Si vous l'êtes, je vous classerai dans la deuxième phase, et je n'en suis pas inquiète. Après ce que vous avez traversé, votre vie est équipée pour déverrouiller tout mécanisme qui pourrait vous ralentir. »

« Même la bipolarité ? »

« Oui ! Et personnellement votre thérapie est maintenant terminée. »

Issata s'en doutait. « Qu'est-ce que je vais faire ? »

« Il vous reste à gérer la sarcoïdose, d'ailleurs où en êtes-vous ? »

« Les mêmes difficultés, la douleur, la fatigue, les angoisses cérébrales, mes crises d'apoplexie. J'ai dû arrêter l'infliximab à cause de mon rein, mais Dr Clark m'a confirmé que je pourrais reprendre en mars. »

« Vous voyez, vous avez beaucoup de chose à gérer, par rapport à votre santé. Vous allez apprendre à vivre avec la sarcoïdose. Qui sait, vous pourriez même en devenir ambassadrice pour cette cause ? »

« Il faudrait déjà que j'en comprenne les causes. »

« Issata, un parcours aussi exceptionnel que le vôtre se doit d'être raconté. Chaque fois que vous franchissiez la porte de mon bureau, vous me lisiez votre propre histoire. J'attendais la suite avec impatience. »

« Par où commencer ? » une voix de fillette s'exprimait.

« Par le début. »

« Par le début, » elle répéta. « Mais il y a quelque chose que j'aimerais comprendre, comment est-ce possible que je sois encore en vie. » B la regarda profondément et sortit :

« J'ai une confession à vous faire. »

L'impatience brillait dans ses yeux.

« Vous n'arrêtiez pas de réclamer des médocs, alors je vous ai donné des cachets vides, sans produit chimique. C'est une technique utilisée pour combattre l'addiction. »

« Vous avez fait cela ? »

« Vous devez me comprendre. »

Issata se leva et se jeta dans ses bras.

« Oh B, je ne voulais pas mourir. Je voulais juste arrêter la souffrance. C'était insupportable ! Je ne voyais pas d'issue de secours. Il fallait que ça s'arrête ! Merci B ! Merci de tout cœur ! »

« Je le sais, » B. la serra contre elle.

Elles restèrent attachées, lune à l'autre ; deux femmes consacrées à leur mission de femmes.

« Vous pensez vraiment que je suis prête ? » elle se détacha d'elle, lentement.

« Issata, un proverbe africain dit : *Le feu qui t'a brulé représente le même feu qui te réchauffera.* »

443

—*Les désirs mènent à l'illumination,* Nichiren expliqua.

—*Le désir est l'essence même de l'homme. C'est à dire, l'effort par lequel l'homme s'efforce de persévérer dans son être,* Spinoza, conclut.

Assise à la table de la cuisine, une tasse de café fumant, une Marlboro entre ses lèvres, son MacBook Pro allumé, les pensées dans son esprit cogitaient devant son écran vide. Une gigantesque fresque, se révéla à ses yeux. Elle représentait des images peintes, inspirées de sa vie, et scellées par son propre sang. La route s'annonçait très longue, guidée par des montagnes géantes, que rien qu'à regarder dans leurs directions, semblaient impossible d'escalader. Mais elle aperçut aussi des palaces de merveilles à découvrir, aussi secrètes que celle de la caverne d'Ali Baba, avec pour seule différence, ses trésors ne proviendront pas de butins volés. Sa richesse dériverait du trésor du cœur, le cœur de la foi, ce trésor de l'espoir. Et ce joyau rare se révèlera dans cette histoire qu'elle seule ne pourrait écrire. —Tout commença avec mon désir de rencontrer l'homme parfait, elle analysait. Un simple désir qui ouvrit toutes les possibilités nécessaires.

Afin que je puisse le rencontrer, il m'a fallu accueillir :

—*Le-mal-a-dit* dans ma vie. *Sarcoïdose*, vous êtes mon badge d'Honneur ! Vous m'avez permis de révéler la femme parfaite en moi.

—Car la femme parfaite, elle aussi se doit de faire danser l'homme parfait à travers les tourbillons de l'existence.

Ce serait trop facile ! Pensons à la pression imposée à tous ces jeunes hommes, avant même qu'ils ne soient nés !

On voulait l'indépendance ! À nous de l'assumer ! S'esclaffant, son esprit analysa : —Dans tous les contes de fées, toutes les princesses avaient aussi leur karma unique à transformer ! La pauvre Cendrillon, son karma s'associait à la méchante belle-mère, et des belles-sœurs pires que la mère. —Blanche-neige, miséricorde, elle ne put s'empêcher de croquer dans la pomme rouge…Et apparurent les sept nains ! D'ailleurs, on n'a jamais su ce qui c'était passé entre eux ! Sans oublier sa marâtre ! La Belle au bois dormant, elle passa sa vie à dormir. La liste est longue ! —Moralité, toutes souffrirent ! Un autre gloussement s'échappa de son gosier. —L'illumination, c'est l'expérience, aussi simplement que ça, elle s'émerveilla. C'est sans doute ce que Shakyamuni dut comprendre avant d'aller partager son histoire ! D'ailleurs ça semble presque logique qu'il ouvrit la porte de la tour aux trésors, c'est la porte de sa propre vie ! Ainsi, elle tapa : —*La Femme Révoltée.* Alors qu'elle frappait la dernière lettre, elle entendit un son métallique, le bruit d'une clé s'insérant dans une serrure. Nerveuse, elle se leva et dirigea ses yeux vers la porte. Celle-ci s'ouvrit et elle vit son Italien couvert d'un long manteau en cachemire, couleur camel, franchir l'entrée. Il ressemblait à un homme d'affaire, rentrant au bercail pour retrouver sa femme. Il laissa ses bagages de côté et marcha vers elle. Elle resta paralysée de bonheur. « Bonne année ma chérie. » Il la prise dans ses bras et l'embrassa. Sa vieille robe de chambre laissait apparaitre, sa petite chemise de nuit rose satinée. Elle sentit un désir sexuel grimper en elle. Les billes noires sous son étoffe, s'excitaient. Deux mois sans se béqueter, se toucher, deux mois sans faire l'amour. Sa fleur noire miaulait encore plus lorsqu'il frotta son sexe en érection contre ses lèvres vaginales dénudées.

« Bonne année à toi aussi, » elle souffla.

« J'ai trouvé un titre pour ta mélodie, » il murmura.

« Vraiment ? »

« Depuis que je l'ai entendue, je n'arrête pas d'y penser. »
Impatiente, elle écarquilla les yeux.

« The Mystic Law, The Dance of Life. » Il lui chopa les mains et l'entraina à travers une valse passionnée.

« Oh Edward ! Oui la vie est une jolie danse et je veux la danser avec toi Edward Jones ! »

Ils tournoyèrent dans leur salon. Tout en suivant ses pas, elle emprunta aussi le chemin de sa pensée. —Moi qui cherchait l'homme parfait avec qui je pourrais danser à travers l'existence, c'est quand même incroyable de rencontrer un musicien ! —Edward, tu ne m'as pas délivrée sur ton cheval blanc, pour m'entrainer dans ton château, mais tu m'as touchée avec ta sincérité et ta contrebasse.

« *Tout commence avec cette noble et courageuse danse de révolution humaine, à travers laquelle chaque personne s'efforce à ce que leur vie brille de la plus grande des brillances, dans le lieu où ils se trouvent.* » Les mots de son maître, résumèrent son état d'esprit à ce moment précis.

—B avait raison, j'avais la clé en moi tout au long, et

« Nam-myoho-renge-kyo, » caché dans le Sutra du Lotus, me guida à trouver cette même clé dans ma propre vie ; la clé du courage, de la compassion et de la sagesse.

« Edward, nous possédons tous la clé de notre propre bonheur, ouvrons la porte. »

—Et si nous commencions par ouvrir celle de la chambre ?

Épilogue

J e levai la tête. « Voilà mes filles, merci beaucoup, j'ai passé un merveilleux moment avec vous. »

« Et le propriétaire ? Cet homme est cruel ! Il doit payer pour ses crimes ! »

« Mais Khrystian et Agnès, on n'a jamais su ce qu'ils sont devenus ? »

« Est-ce qu'ils vont se marier ? »

Les questions pleuvaient dans la salle. Je les regardai émue, par tant de vitalité et de curiosité, imprimées sur leurs visages. On n'a pas besoin de faire des enfants, pour devenir parents, j'observai. Il fallait juste le décider, et se rappeler du choix que l'on a fait. Ces jeunes femmes étaient donc mes enfants.

« Mes filles, pour l'instant, réfléchissez sur ce que vous venez d'entendre. Comment un seul désir peut affecter le cours d'une vie ? De toute façon, je suis en encore en Guinée. »

Moussa me ramena à l'hôtel. Je l'invitai à nouveau... Non, pas dans mon lit, une femme aussi respectable que moi, vous n'y pensez pas...

Merci

La vie est une jolie danse ; elle ne se danse pas toute seule. C'est pourquoi, je remercie toutes les personnes qui ont partagées cette danse avec moi.

À commencer par ma famille, ma mère, mes sœurs, et mes amis.

Un grand Merci au *NHS* :

-Plus encore, *Dr. Maria,* qui s'occupa de moi quand la sarcoïdose s'est déclarée. Ensuite j'ai rencontré *Dr Anne Arnold.* Ces deux femmes pratiquent au *Litchfield Grove Surgery.* Je leur suis éternellement reconnaissante pour tous les soins qu'elles m'ont apportés, et m'apportent. Merci aussi à tout le personnel, qui fait partie de ce cabinet.

Un grand Merci au *Royal Free Hôpital* :

-Plus encore, *Dr Kidd,* un très grand *Neurosarcoïdose* spécialiste qui a dédié sa vie à comprendre et trouver des solutions à cette condition qui affecte des milliers de personnes partout dans le monde. Il a établi le centre de Neurosarcoïdose, qu'il dirige dans cet hôpital. Depuis 10 ans, j'ai le privilège d'être sous ses soins.

Un grand Merci à l'équipe du *PITU* : le personnel à la réception, les infirmiers, les infirmières, vous tous.

Un grand Merci à *Maxine Tran*, Consultante Urologiste également au *Royal Free Hôpital*. Elle m'a aidé à sauver mon rein droit, avec une phrase : *on enlève le blocage.* Cette phrase a tout changé pour moi. Non seulement j'ai encore mes deux reins, mais j'ai trouvé la réponse que je cherchai.

Un grand Merci à *Fédérico Parodi* pour le logo, le signe de l'infini. Fédérico est un dessinateur en animation et pianiste.

Un grand Merci à *Astrid Brisson* for l'illustration de la couverture de ce livre et pour avoir réussi à capturer l'essence de l'histoire. Astrid est une personne formidable et remplie de talent.

Un grand Merci à la *SGI.* (www. sgi.org)